踏寻传统文化的足印
——文学评论自选集

申明秀 ◎ 著

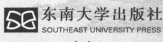

东南大学出版社
·南京·

图书在版编目(CIP)数据

踏寻传统文化的足印：文学评论自选集 / 申明秀著
. — 南京：东南大学出版社，2023.2
 ISBN 978-7-5766-0466-5

Ⅰ.①踏… Ⅱ.①申… Ⅲ.①中国文学－文学评论－文集 Ⅳ.①I206-53

中国版本图书馆 CIP 数据核字(2022)第 257627 号

责任编辑：陈 佳 张丽萍　　责任校对：张万莹　　封面设计：顾晓阳　　责任印制：周荣虎

踏寻传统文化的足印：文学评论自选集
Taxun Chuantong Wenhua de Zuyin: Wenxue Pinglun Zixuanji

著　　者	申明秀
出版发行	东南大学出版社
社　　址	南京市四牌楼 2 号　邮编：210096　电话：025-83793330
网　　址	http://www.seupress.com
电子邮箱	press@seupress.com
经　　销	全国各地新华书店
印　　刷	苏州市古得堡数码印刷有限公司
开　　本	700 mm×1000 mm　1/16
印　　张	15.25
字　　数	299 千字
版　　次	2023 年 2 月第 1 版
印　　次	2023 年 2 月第 1 次印刷
书　　号	ISBN 978-7-5766-0466-5
定　　价	62.00 元

本社图书若有印装质量问题，请直接与营销部联系，电话：025-83791830。

自序

申明秀

我的第一篇学术论文《寻找胡适式的"新眼镜"——"文学性"与"中国文学古今演变"研究》发表在2008年3月的《文教资料》上,由此"一发不可收拾",至今已发表文学与文化批评相关文章60余篇。胡适曾说过:"大家戴了新眼镜去重看中国文学史……这是我们的'哥白尼革命'。"说实话,我就是因为找到了一副"新眼镜",才写出了这些文学评论文字,才有了自己人生的"革命",这副"新眼镜"就是中国传统文化,当然为了便于理解与操作,后来我又在这副"新眼镜"上贴上了"雅俗"的标签。也许是巧合或机缘成熟吧,我是从2006年才开始对传统文化产生兴趣的,那年我已经37岁。我硕士读的是中国现当代文学,是学习传统文化让我渐渐"背叛"了自己所学的专业,而对中国古代文学发生了浓厚的兴趣,因为我觉得中国古代文学更具备深厚的文化底蕴,2009年我也如愿以偿地考取了复旦大学中国古代文学研究中心的中国文学古今演变专业,有幸师从梅新林先生。

传统文化这副"新眼镜"当然也是"有色眼镜",但它能帮助你更准确而清晰地看见这个世界、社会、人生包括文学,因为文化是人类的根本,中国传统文化是中华文明的根本。中华文明是世界上最伟大的文明,主要原因就在于中国传统文化是世界上最伟大的文化,虽然近代以来因为不断遭受到西方文化的侵扰与欺凌,中国传统文化遭到否定而被抛弃,但是事实上中国传统文化一直没有真正离开过中华大地,因为中国人选择并坚持发展马克思主义的中国实践本身,就是中国传统文化伟大力量的现代显现。全世界那么多国家,只有中国如此成功地坚持并发展了马克思主义,究其根本,还是博大精深的中国传统文化潜移默化地发挥了中流砥柱的作用。马克思主义与以儒家思想为核心的中国传统文化本质上是一致的,都是人类历史上产生的伟大的文化与思想精华。当然,中国传统文化这副"新眼镜"也有其特别之处,因为其拥有3D视角,即儒、道、释,这其中每一维度的视角,都有着无限的人文风光,闪现着巨大的思想光芒,是人类文明最伟大的结晶,无与伦比。我只是一名普通的大学中文系教师,在学界更是一个无名小卒,可是中国传统文化这副"新眼镜"给了我批评的底气与勇气,作家学者,无论是多么著名、多么红火,我都照"批"不误。

我硕士毕业论文是研究贾平凹的,因为当时我经过反复比较,觉得贾平凹是当代作家中最有文化韵味的,可是我文学批判的第一炮(《思想的疲软 语言的狂欢——论贾平凹小说创作的精神资源》发表在《小说评论》2008年第5期)就"轰"在贾平凹身上,其后鲁迅、于丹、余华、莫言、谢有顺等现当代作家学者都难逃我"新眼镜"的凝视与拷问。说实话,要是放在以前,这些现当代名家我是连顶礼膜拜都还来不及的,可是自从戴上了那副传统文化的"新眼镜"之后,我的文学世界就发生了彻底的改变。2008年,"于丹热"还未退烧之时我写了《问君能有几多躁——"于丹事件"症结分析》一文,锋芒直指整个时代与社会。鲁迅是中国现代文学的灵魂,2009年进复旦大学读博不久,我就写了《鲁迅"破"及"立人"思想探析》一文,重新审视与解读鲁迅的思想与形象。2012年,莫言获得了诺贝尔文学奖,举世轰动,令一直有着诺奖情结的中国人激动了好一阵子,我却写了《莫言创作思想刍议》给"莫言热"泼了一瓢凉水,当时这篇不合时宜的万字长文确实不好发表,直到2015年才得以刊登在《华文文学》上,该论文2016年又获得了第五届"长江杯"江苏文学评论奖二等奖,我的大唱"反调"得到了专家的一致认可。谢有顺一直是我比较喜欢并崇拜的当代批评名家,他的文字真诚,有一种诗性的流露,可是后来他的批评也有点飘并开始忽悠读者了,于是2016年我写了《论谢有顺文学批评的"伦理"话语》一文予以痛击。当然,我也不是一味地"唱衰"中国现当代文学,韩邦庆、老舍、废名、张爱玲、苏童等不少作家作品还是得到了我"新眼镜"的高度肯定与赞美的。

我文学批评的重心一直都放在中国古代文学上,不仅李白、杜甫、李商隐、岑参、李煜、苏东坡、王阳明等诗人一一接受过我"新眼镜"的敬礼,明清小说更是我"巡视"的重点对象,我的博士论文《明清世情小说的雅俗流变及地域性研究》正是从雅俗的视角来专门研究明清世情小说,2019年出版的专著《明清世情小说与儒家文化》就是在我博士论文的基础上修改而成的。《红楼梦》是我倾心研究的第一部古代小说,其后"三言二拍一型"、《觉世名言》《豆棚闲话》《金瓶梅》《醒世姻缘传》《绿野仙踪》《歧路灯》《姑妄言》《儒林外史》《海上花》《老残游记》《孽海花》《文明小史》等世情佳作纷纷在我的笔下留下了靓丽的情影,与其说我在用"新眼镜"重新解读这些小说,不如说我是在接受中国优秀传统文化的熏陶。

现在整理自己这些年来所写的文稿,有些文字读起来都已经有些陌生,但又是那样的亲切而让我再一次热血沸腾,比如"鲁迅是中国几千年来文化的一个最大的异数,个人偏激的性格,加之独特的生活经历和对西方文化的抉择,更重要的是'风雨如磐'的中国黑暗现实造就了他的极端,非极端不足以反抗,非极端不足以批判,非极端不足以让人们警醒,所以从对中国传统文化糟粕的'破'的意义上来说,鲁迅的功绩是举世无双的,毛泽东也正是从这个角度把鲁迅尊为'现代圣人'的。鲁迅一生广闻博览,但他真正吸收的还是最契合自己性格的尼采的'超人'哲学。鲁迅是一个脚踩大地、执着现实的'精神界之战士',一个最坚决、彻底的现实主义者、唯物主义者,一个摒弃了一切关于绝对、完美、永恒的乌托邦的神话与幻觉世界的'中间物'"(《鲁迅"破"及"立人"思想探析》,《浙江师范大学学报》2010年第4期)。再比如"因为自己思想的贫瘠,就极力排斥思想,乃至否认理性在创作中的重要作用,而一味纵容自己的感官能力,且千方百计地去证明这种创作的合理性、先进性,甚至奉之为文学创作的正途与至高法则,这种欲盖弥彰的滑稽剧竟然赢得了满堂喝彩,而且这部'皇帝的新装'还会更加隆重地上演下去,因为莫言获得了诺奖"(《莫言创作思想刍议》,《华文文学》2015年第5期)。我觉得我的文学批评不是干巴巴的理论说教,而是鲜活的生命律动,因为其中有一条汹涌的文化血脉。

回想起自己10多年来文学批评的"峥嵘岁月",可谓感慨良多。我的批评有破有立,而且以立为主,可是比较惹眼的还是那些"破"的文字。我是一个性格温和的人,自己似乎都不敢相信我会写下那些"剑拔弩张"的文字,其实我也知道,不是那些名家不够优秀,而是我那副"新眼镜"的批评标准太高,但我之所以还要向那些名家"大放厥词",是希望中国当代文学与当代文化不要满足于现状而沾沾自喜,止步不前。我是一个理想主义者,但不是一个完美主义者,我能接受当下的现实,但我希望明天会更好。

这本小册子选取了20篇论文,一方面尽量不与自己已出版的专著内容重复,一方面又要有代表性。当今文学研究考据之风盛行,从历年的国家社科基金项目评选就可略知一二,我的阐释性文学批评自然也显得比较"另类"。党的十八大以来,习近平总书记多次强调要弘扬中华传统优秀文化,我虽算是一个积极响应者,但我清醒地知道,我的声音早已被时代喧哗的声浪所淹没,这也是我出版此论文集的初衷,就是希望有缘的读者能和我一起去"踏寻传统文化的足印",同时领略中国文学神奇而美妙的风景。

我所戴的这副中国传统文化的"新眼镜",不仅仅要用于文学批评,更要用于自己的生活,已俨然成为我生命的"新眼镜",受益多多。我寻找到了这副人生的"新眼镜",现在我希望能有更多的读者,也早日拥有这副精美绝伦、妙不可言的文化"新眼镜"。

自说自话,自吹自擂,自不待言,是为序。

目　录

上篇——古代文学的文化现场

- 论《红楼梦》的"大旨"和"本旨" ……………………………………… 3
- 论《红楼梦》主题的雅俗共赏 …………………………………………… 10
- 论《绿野仙踪》的世情底蕴与道教追求 ………………………………… 23
- 《林兰香》主旨新探 ……………………………………………………… 35
- 《金瓶梅》雅俗论 ………………………………………………………… 43
- 宋濂道统文学观之成因与内涵探析 ……………………………………… 57
- 论王阳明诗歌的心学意蕴 ………………………………………………… 71
- 论《醒世姻缘传》的道德诉求与因果叙事 ……………………………… 83
- 论曾朴小说的现代精神 …………………………………………………… 96

中篇——现代文学的文化转型

- 论《海上花》的雅俗品格 ………………………………………………… 111
- 论张爱玲小说的雅俗追求 ………………………………………………… 122
- 鲁迅"破"及"立人"思想探析 ………………………………………… 132
- 《神曲》情结与"灵的文学" …………………………………………… 146
- 论中国现代小说人性抒写的两重模式 …………………………………… 152

下篇——当代文学的文化拼图

- 莫言创作思想刍议 ·········· 163
- 论贾平凹小说《极花》的虚实叙事 ·········· 176
- 论苏童小说的诗性写作 ·········· 188
- 余华小说雅俗论 ·········· 200
- 论谢有顺文学批评的"伦理"话语 ·········· 211
- "于丹事件"症结分析 ·········· 224

后记 ·········· 233

上篇——古代文学的文化现场

论《红楼梦》的"大旨"和"本旨"

自《红楼梦》问世以来,对小说主旨的解读就众说纷纭,莫衷一是。鲁迅先生在《〈绛洞花主〉小引》中说:"单是命意,就因读者的眼光而有种种:经学家看见《易》,道学家看见淫,才子看见缠绵,革命家看见排满,流言家看见宫闱秘事……"[①]这里鲁迅用带有嘲讽的概括,是为了否定索隐派对《红楼梦》的曲解,但同时也表明了《红楼梦》的非凡成就,因为"有一千个读者就有一千个哈姆雷特"这一现象的根本原因在于作品的伟大,而不是读者。虽然越是伟大的作品,意蕴就越纷繁复杂,"横看成岭侧成峰,远近高低各不同",所谓仁者见仁、智者见智,但对作品的底蕴应该尽早达成共识,以便进一步地深度解读。

《红楼梦》开宗明义,首先交代创作缘由:"作者自云:因曾历过一番梦幻之后,故将真事隐去,而借通灵之说,撰此《石头记》一书也。"[②]紧接着脂砚斋就这样批道:"此回中凡用'梦'用'幻'等字,是提醒阅者眼目,亦是此书立意本旨。"[③]下文一僧一道二仙师齐憨笑道:"……人非物换,究竟是到头一梦,万境归空……"[④]而后又写到甄士隐的做梦。《金刚经》中有偈语云:"一切有为法,如梦幻泡影,如露亦如

---

① 鲁迅.鲁迅全集(第八卷)[M].北京:人民文学出版社,2005:179.
② 曹雪芹.红楼梦(上、下):八十回石头记:周汝昌精校本[M].周汝昌,校订.郑州:海燕出版社,2004:2.
③ 曹雪芹.红楼梦(上、下):八十回石头记:周汝昌精校本[M].周汝昌,校订.郑州:海燕出版社,2004:3.
④ 曹雪芹.红楼梦(上、下):八十回石头记:周汝昌精校本[M].周汝昌,校订.郑州:海燕出版社,2004:7.

电,应作如是观。"佛经中常用"梦""幻"等字来阐说佛理,以方便人们领悟佛教真谛,显然"本旨"即佛教思想。作者在第一回中又借空空道人云:"虽其中大旨谈情,亦不过实录其事,又非假拟妄称,一味的淫邀艳约,私订偷盟之可比。"①可见这"大旨"所谈之"情"又非一般的卿卿我我之情。《红楼梦》两"旨"并驾齐驱,扑朔迷离,令人眼花缭乱。本文认为,这"两旨"就是灵性与佛性,它们共同构成了《红楼梦》的底蕴。

(一) 灵性说

讲究灵气,重视灵性,是中国传统艺术精神的主要特征之一,也是中国文化天人合一思想的艺术体现。李贽的"童心说"、汤显祖的"至情说"与"灵气说"、袁宏道的"性灵说"等等,都强调了艺术作品的灵性。曹雪芹更是推崇灵性,在《红楼梦》中逮着机会就大力推销灵性说。在第二回中,就迫不及待地借冷子兴和贾雨村之口集中抛出了他的灵性说的两大发现:"正邪两赋说"和"女儿崇拜论"。曹雪芹认为,天地生人,除大仁大恶外,其余皆无大异。但有一种人与众不同,就是秉正邪二气所生的人,"使男女偶秉此气而生者,上则不能成仁人君子,下则亦不能为大凶大恶。置之于万万人之中,其聪明灵秀之气则在万万人之上,其乖僻邪谬不近人情之态,又在万万人之下……"②诚然,曹雪芹的"正邪两赋说"固有主观臆想之嫌而显荒唐,但我们不得不承认,确实有这样一种人,他们的聪俊灵秀之气远在常人之上,因之也必有种种乖僻邪谬不近人情之态。曹雪芹列举了陶潜、唐伯虎等,其实曹雪芹自己又何尝不是。

贾宝玉的"女儿崇拜论"更是惊世骇俗。贾宝玉的独特女儿观,是曹雪芹灵性说的重要展开和主要内容。人为万物之灵,人人皆有灵性,但曹雪芹认为,只有女儿身上的灵性最充盈,因而最美最纯洁。生怕读者不解其意,曹雪芹对此作了多方面的点拨。首先,明确"女儿论"的基本内涵。贾宝玉认为,"这女儿两字,极尊贵,

---

① 曹雪芹.红楼梦(上、下):八十回石头记:周汝昌精校本[M].周汝昌,校订.郑州:海燕出版社,2004:10.
② 曹雪芹.红楼梦(上、下):八十回石头记:周汝昌精校本[M].周汝昌,校订.郑州:海燕出版社,2004:29.

极清净的,比那阿弥陀佛,元始天尊的这两个宝号还更尊荣无对的呢"①(第二回),何哉?原来贾宝玉认为:"天生人为万物之灵,凡山川日月之精秀,只钟于女儿……"②(第二十回)他赞赏:"老天,老天,你有多少精华灵秀,生出这些人上之人来。"③(第四十九回)其次,从横向比较上提出了"女清男浊论"。贾宝玉认为:"女儿是水做的骨肉,男人是泥做的骨肉,我见个女儿,我便清爽,见了男人,便觉浊臭逼人。"④(第二回)贾宝玉这一形象的比喻非常精彩,将女娲造人的神话推陈出新,而用水这一大自然最有灵性的物质来类比女儿,真是神来之笔。我们可以这样理解,封建社会的闺阁少女,较少接触社会世道,更容易保持人的天然本色,具有清纯的品性。而少男不是没有灵气,只是较早较多地接触社会,使他们灵性过早过多地丧失而显"浊臭"。贾宝玉的这一名言,这一呐喊,在昏暗的封建末世的中国,不啻是晴天霹雳,振聋发聩,虽然这一怪论不无偏激。最后,随着贾宝玉的成长,他又进一步从纵向比较上发现了"女儿三变论"。贾宝玉奇怪:"女孩儿未出家,是颗无价之宝珠;出了嫁,不知怎么就变出许多的不好的毛病来,虽是颗珠子,却没有光彩宝色,是颗死的了;再老老,更变的不是珠子,竟是鱼眼睛了。"⑤(第五十九回)他慢慢明白为何一些女儿"只一嫁了汉子,染了男人的气味,就这样混帐起来"⑥(第七十七回)。显然,世俗社会和男性浊气的污染使女儿的灵气逐渐丧失而导致美的蜕变。至此,经过层层梳理,曹雪芹的"女儿崇拜论"可谓内容翔实,体系完备,而高高擎起了其"灵性说"的艺术大旗。

对灵性的直接说教固有画龙点睛之妙,但画龙,即对灵性的文学的形象表达却是《红楼梦》的庞大而艰巨的主体工程。曹雪芹批阅十载,呕心沥血,虽出师未捷身先死,但已完成的八十回本《红楼梦》已足以惊天地泣鬼神,让无数读者为之流泪,

---

① 曹雪芹.红楼梦(上、下):八十回石头记:周汝昌精校本[M].周汝昌,校订.郑州:海燕出版社,2004:30.
② 曹雪芹.红楼梦(上、下):八十回石头记:周汝昌精校本[M].周汝昌,校订.郑州:海燕出版社,2004:257.
③ 曹雪芹.红楼梦(上、下):八十回石头记:周汝昌精校本[M].周汝昌,校订.郑州:海燕出版社,2004:634.
④ 曹雪芹.红楼梦(上、下):八十回石头记:周汝昌精校本[M].周汝昌,校订.郑州:海燕出版社,2004:28.
⑤ 曹雪芹.红楼梦(上、下):八十回石头记:周汝昌精校本[M].周汝昌,校订.郑州:海燕出版社,2004:787.
⑥ 曹雪芹.红楼梦(上、下):八十回石头记:周汝昌精校本[M].周汝昌,校订.郑州:海燕出版社,2004:1046.

为之痴狂,其实都只为小说的一个"灵"字,一个"情"字。著名红学家周汝昌曾给"情"下了个新定义:"情,人之灵性的精华也。"①可谓一语中的,因灵而有情,因情更显灵,而贾宝玉的意淫则是灵与情的完美结合甚至最高境界。曹雪芹独创的"意淫论"在《红楼梦》中至关重要,它是"灵性说"的具体而形象的展开。可以说不搞清"意淫论",就难以读懂《红楼梦》。作者在第五回中借警幻仙姑之口对此作了详细解释:"吾所爱汝者,乃天下古今第一淫人也。……淫虽一理,意则有别。如世之好淫者,不过悦容貌,喜歌舞,调笑无厌,云雨无时,恨不能尽天下之美女,供我片时之趣兴,此皆皮肤滥淫之蠢物耳。如尔则天分中生成一段痴情,吾辈推之为意淫。意淫二字,惟心会而不可口传,可神通而不可语达……"②曹雪芹讲得有点玄了。鲁迅先生在《中国小说史略》中的一段对贾宝玉意淫的评述甚为精当,甚至至今还无人超越:"宝玉亦渐长,于外昵秦钟蒋玉函,归则周旋于姊妹中表以及侍儿如袭人晴雯平儿紫鹃辈之间,昵而敬之,恐拂其意,爱博而心劳,而忧患亦日甚矣。"③其中"昵而敬之""爱博而心劳"可谓宝玉"意淫"的重要特征。贾宝玉整天在脂粉堆里厮混,但始终如柳下惠般圣洁,没有丝毫的邪念,这看似不可理喻,其实这与贾宝玉和红楼女儿们的灵性人格是一致的——充满灵性的人生境界哪能容得些许低级和丑陋来亵渎纯洁与美好? 真是心有灵犀一点通,只有贾宝玉才能无比珍惜同样充满灵性的众多红楼女儿们,为她们的冰清玉洁的美陶醉,在大观园中演奏了一支支灵动的爱与美的奏鸣曲,此所谓"情情"也。而宝玉的特别之处更在于他的"情不情",他"时常没人在跟前,就自己自哭自笑的,看见燕子,就和燕子说话,河里看见鱼,就和鱼说话;见了星星月亮,不是长吁短叹,就是咕咕哝哝的"④(第三十五回),作者有意渲染宝玉这些怪诞行为,其实还是为了强调灵性主题。人类社会越来越俗不可耐,灵性丧失殆尽,而大自然却永葆勃勃灵气,由此可理解历史上那么多像陶潜那样的"正邪两赋之人"远离世俗而亲近自然、寄情山水了,灵性是他们和大自然共同的语言。

大观园,作为曹雪芹精心营造的灵性的精神家园,她至纯至美,是众多红楼女

---

① 周汝昌.红楼十二层[M].太原:书海出版社,2005:13.
② 曹雪芹.红楼梦(上、下):八十回石头记:周汝昌精校本[M].周汝昌,校订.郑州:海燕出版社,2004:75.
③ 鲁迅.中国小说史略[M].长沙:湖南大学出版社,2013:160.
④ 曹雪芹.红楼梦(上、下):八十回石头记:周汝昌精校本[M].周汝昌,校订.郑州:海燕出版社,2004:454.

儿们群芳争艳、竞吐灵气的世外桃源,也是贾宝玉挥洒"意淫"的人间仙境。她似梦幻,更像海市蜃楼,转瞬即逝。随着红楼众芳的散尽,大观园好景不再,留给贾宝玉的只能是一段刻骨铭心的凄美记忆。

(二) 佛性说

不容置疑的是,《红楼梦》在大书特书灵性的同时,通篇又弥漫着浓郁的佛家气息。在红学史上,认为《红楼梦》是诠释佛思禅理的大有其人,这当中最突出的恐怕要数清乾隆年间的戚蓼生。在戚本的全部评语中,戚蓼生均以佛门的"色空观念"和"因果报应观念"为《红楼梦》作评论。当代红学家俞平伯也断言,《红楼梦》的主要观念是色空。曹雪芹由锦衣玉食坠入绳床瓦灶,个人生活的巨大落差使他倾心佛学是最自然不过的事,况且凭他的过人的灵性、悟性,精通佛理并非难事。

其实,佛性与灵性在本质上是相通的。中国禅宗强调明心见性,顿悟成佛,人皆有佛性,而肯定"放下屠刀,立地成佛"。事实上,顿悟成佛的人微乎其微,渐悟成佛的也罕见,原因很简单,一般的人哪有慧能那样高的悟性,人要明心见性谈何容易,而悟性高的人必是聪颖灵秀之人,即曹雪芹所谓的"正邪两赋之人",他们的感觉异常敏锐纤细,情感异常丰富,大千世界的变化无常容易引起他们对生命意义、人生真谛的叩问,而常有陈子昂们的"前不见古人,后不见来者。念天地之悠悠,独怆然而涕下"的深沉感慨,这样敏感的人很容易悟道。古代那么多文人中年后更倾心佛教就是明证,如"诗佛"王维,晚年尤醉心佛学的白居易、王安石,外儒内庄亦释的苏轼等便是代表,他们人未必都出家,但他们是真正用心灵去领悟佛理,体验宇宙、人生的真谛的。

佛性和灵性的微妙关系在贾宝玉身上表现得可谓淋漓尽致。贾宝玉的许多在常人眼中怪诞的行为,其实既是灵性的闪光,也是佛性的萌芽,这样的例子不胜枚举。譬如叙述尚在孩提之间的宝玉,说"他天性所禀,一片愚拙偏僻,视姊妹兄弟皆如一体,并无亲疏远近之别"[①](第五回),因而对贾环,"我是正出,他是庶出"[②](第

---

① 曹雪芹. 红楼梦(上、下):八十回石头记:周汝昌精校本[M]. 周汝昌,校订. 郑州:海燕出版社,2004:63.

② 曹雪芹. 红楼梦(上、下):八十回石头记:周汝昌精校本[M]. 周汝昌,校订. 郑州:海燕出版社,2004:257.

二十回),更要宽容些才是。贾宝玉可贵的平等思想岂不是佛教"众生平等"要义的雏形。

贾宝玉最能打动读者心的,莫过于他的善良、温柔,而近乎菩萨的心肠。他不仅体贴同辈的姐妹,而且能关心下人。芳官受了干娘的气,因晴雯、袭人说她"不省事""也太可恶些",宝玉为她辩护说:"怨不得芳官。自古说,物不平则鸣。他失亲少眷的,在这里没人照看了,反倒赚了他的钱,又作践他。这如何怪的他?"①(第五十八回)晴雯病了,医生一请再请,亲自查验、调整处方,亲自熬药服侍。又向凤姐讨洋药进一步根除病痛。演小旦的药官死了,搭档同台做戏的小生藕官哭得死去活来,在大观园中烧纸纪念,被巡园的老婆子撞见,拉了要去报告,吓得不肯同去。经宝玉一番遮掩,总算没事。贾宝玉总是设身处地、无微不至地关心他人,这样的慈悲胸怀,怎一个"情"字了得?

贾宝玉潜在的佛性更体现在他的忍辱宽容。在你死我活的嫡庶之争中,赵姨娘和贾环总欲置宝玉于死地而后快。在第二十五回书中,我们看到赵姨娘终于对王熙凤、贾宝玉暗下毒手,差点害死了宝玉,而就在这场遭暗算的前几日,宝玉自外面吃多了酒回来,躺在王夫人身后炕上和彩霞谈笑,素日原恨宝玉的贾环,故作失手,将那一盏油汪汪的蜡烛,向宝玉脸上只一推,只听"嗳哟"一声,宝玉已经满脸是油,左边脸上起了一溜燎泡。这可吓坏了王夫人,忙给敷上了"败毒散"。你道宝玉怎么样?他若无其事地说:"有些疼,还不妨事。明儿老太太问,只说我自己烫的罢了。"②菩萨为了普度众生,忍辱负重,毫无怨恨。贾宝玉遇事退让,不生枝节,大事化小,小事化了,大家太平,这岂不又是佛性的种子?

对贾宝玉身上的佛性色彩,鲁迅分析得极为细致:"颓运方至,变故渐多;宝玉在繁华丰厚中,且亦屡与'无常'觌面,先有可卿自经;秦钟夭逝;自又中父妾厌胜之术,几死;继以金钏投井,尤二姐吞金;而所爱之侍儿晴雯又被遣,随殁。悲凉之雾,遍被华林,然呼吸而领会之者,独宝玉而已。"③贾宝玉常说化成灰、化成烟、化成风,不留痕迹等话,乃是灵性向佛性的一次次升华。"质本洁来还洁去","洁",是莲

---

① 曹雪芹.红楼梦(上、下):八十回石头记:周汝昌精校本[M].周汝昌,校订.郑州:海燕出版社,2004:777.
② 曹雪芹.红楼梦(上、下):八十回石头记:周汝昌精校本[M].周汝昌,校订.郑州:海燕出版社,2004:317.
③ 鲁迅.中国小说史略[M].长沙:湖南大学出版社,2013:161-162.

花出淤泥而不染的清净,是空,是人的本来面目,林黛玉的这句诗也可看作曹雪芹对"因空见色,由色生情,传情入色,自色悟空"这一佛家主题的高度浓缩。一颗充满灵性的凡心,而佛性也悄然生长,我们从"情痴"贾宝玉乐此不疲的种种"意淫"中,看到的是灵性与佛性的接轨甚至融合。

(三) 结语

至此,我们就可以揭开《红楼梦》的深层底蕴了。"因空见色,由色生情,传情入色,自色悟空"是曹雪芹对佛家真谛"色不异空,空不异色"的进一步诠释,作品以这十六字谋篇布局,贯穿全书,是对作品灵性、佛性底蕴的高度概括。

大悲大痛方有大彻大悟,灵性发展的极致必然是毁灭,自然也就"因空见色""自色悟空"了。不管作品主人公贾宝玉最终出家与否,也不管曹雪芹自身悟道怎样,通过作品本身可以肯定的是,曹雪芹于悼红轩中批阅十载,绝不会仅仅是给世人讲了一个凄美的爱情悲剧,而是通过描写这最让人刻骨铭心的、最让人神往的、最让人不舍的"美""色",潜移默化地向世人昭示宇宙、人生的真相——空。曹雪芹呕心沥血,倾毕生之力创作《红楼梦》,表面看来是他还似乎执着于自己昔日的种种"色",其实曹雪芹以如椽之笔浓墨重彩刻画宝黛爱情,最根本的目的还是为了演绎至真佛理,醉翁之意不在"色",而在"空"也。

曹雪芹在《红楼梦》的开头就发出的"满纸荒唐言,一把辛酸泪!都云作者痴,谁解其中味"的慨叹和自负,可谓一语成谶。两百多年来,读者无数,红楼名家辈出,但真正与作家、作品发生共鸣的恐怕为数甚少,特别是现代很多解读,让人觉得离作品越来越远了,不知所云。所以正确把握《红楼梦》的"两旨"即底蕴,应是当务之急。

原载《太原师范学院学报(社会科学版)》2009年第1期

论《红楼梦》主题的雅俗共赏

"开谈不说红楼梦,读尽诗书亦枉然。"清人得舆《京都竹枝词》中的这两句诗,一语道尽了当时《红楼梦》的受众之广,影响之深,也是对两个多世纪以来的《红楼梦》接受史最生动传神的概括,更是对《红楼梦》未来命运美好的预言与注脚。尤其是百年来,红学内外都异常热闹,正解误解,正读反读,高论阔论,奇思妙想,此起彼伏,正如《红楼梦》《好了歌》注中所说的"乱烘烘,你方唱罢我登场,反认他乡是故乡",鲁迅先生在《〈绛洞花主〉小引》中对此现象就曾有精辟的论述:"单是命意,就因读者的眼光而有种种:经学家看见《易》,道学家看见淫,才子看见缠绵,革命家看见排满,流言家看见宫闱秘事……"①对《红楼梦》的解读真可谓"八仙过海,各显神通",这其实正说明了《红楼梦》的无与伦比的雅俗共赏性,本文就《红楼梦》主题的雅俗共赏这一重要特色作一番探讨。

(一) 雅俗共赏之辨

雅俗之辨是中国古代文学批评历久弥新的重要话题之一,在本人的《论冯梦龙〈三言〉的雅俗整合》一文中已有论证,这里述其大概。由古文《尚书·大禹谟》"人心惟危,道心惟微;惟精惟一,允执厥中"的"十六字心传",到朱熹的"存天理,灭人欲",由"道心""人心"的对立,到"天理""人欲"的对立,是儒家道统思想发展的一大

---

① 鲁迅.鲁迅全集(第八卷)[M].北京:人民文学出版社,2005:179.

跨越,但遗憾的是雅俗问题的研究没能明确地跟这一思想成果挂上钩。本人认为,所谓雅、俗的对立,实际上就是道心与人心、天理与人欲的对立,只可惜迄今为止人们依然没有对此形成共识而众说纷纭。雅俗是对立的,可雅俗的标准又是相对的,比如在儒家看来,君子是雅,小人是俗,可在道家看来,儒家的有为是俗,道家的无为才是雅,当然在释家眼里,儒道都还有点俗,只有真正看破放下自在才是雅。在具体的个人身上,雅、俗也是辩证的,道心或天理越强,则人心或人欲越弱,反之亦然,每个人都是道心与人心的统一体,只是大多时候人心占了绝对优势,甚至人心遮蔽了道心,即所谓丧失天良。大千世界,芸芸众生,雅俗异势,雅少俗多,或曲高和寡,或俗不可耐,而真正做到雅俗共赏,实属罕见。

何谓"雅俗共赏"?这似乎是个常识问题,其实人们对其真正内涵往往不甚了了,所以进一步的分析、界定很有必要。《现代汉语词典》"雅俗共赏"条目为:"文化高的人和文化低的人都能欣赏。"这里把文化作为区别雅俗的标准,有一定道理,但只是间接的、大致的标准,因为有时候文化高的不一定就雅,文化低的不一定就俗,所以最直接、最根本的标准还是道心或天理与人心或人欲的孰轻孰重、孰强孰弱。人有雅俗,作品也有雅俗,雅人好雅,俗人就俗,当无异议。朱自清《论雅俗共赏》开篇就以陶渊明为例说雅:"陶渊明有'奇文共欣赏,疑义相与析'的诗句,那是一些'素心人'的乐事,'素心人'当然是雅人,也就是士大夫。这两句诗后来凝结成'赏奇析疑'一个成语,'赏奇析疑'是一种雅事,俗人的小市民和农家子弟是没有份的。"①俗人当然是不会欣赏像陶渊明这样雅人、"素心人"的"采菊东篱下,悠然见南山"那样的雅诗的,而像陶渊明这样的雅人、"素心人"也不会欣赏下里巴人的,那么何以"雅俗共赏"呢?

我们先看看朱自清是怎样论证"雅俗共赏"的。朱自清的思路是儒家中庸思想的体现,他通过对诗、词、曲、文、小说、戏曲等雅俗演变的梳理,认为雅士适当降低些标准,俗人适当提高些趣味,这样就能实现"雅俗共赏"。他说:"'雅俗共赏'似乎就是新提出的尺度或标准,这里并非打倒旧标准,只是要求那些雅士理会到或迁就些俗士的趣味,好让大家打成一片。"②他认为诗比词雅,而词又比曲雅,宋诗、宋文通过"俗化"而走上"雅俗共赏"的道路,他说:"不能完全雅化的作品在雅化的传统

---

① 朱自清.论雅俗共赏[M].北京:北京出版社,2004:1.
② 朱自清.论雅俗共赏[M].北京:北京出版社,2004:2.

里不能有地位,至少不能有正经的地位。雅化程度的深浅,决定这种地位的高低或有没有,一方面也决定'雅俗共赏'的范围的小和大——雅化越深,'共赏'的人越少,越浅也就越多。所谓多少,主要的是俗人,是小市民和受教育的农家子弟。"①朱自清认为,越雅就越难以"共赏",因为现实中毕竟还是俗人多雅人少,要解决雅、俗的矛盾,要实现"雅俗共赏",只有雅、俗双方都作些让步才有可能:"'雅俗共赏'虽然是以雅化的标准为主,'共赏'者却以俗人为主。固然,这在雅方得降低一些,在俗方也得提高一些,要'俗不伤雅'才成;雅方看来太俗,以至于'俗不可耐'的,是不能'共赏'的。"②总之,在朱自清看来,太雅或太俗都是不可取的,中庸的雅俗共赏才是正道,换句话说,就是"雅俗共赏"的对象必须符合一个共同的标准——不雅又不俗,像《三国演义》《水浒传》等就是此类作品,但《红楼梦》却不是,因为事实上还存在另一条"雅俗共赏"的道路,这将是本文所要重点阐述的。

本文认为,中庸的雅俗共赏的实现,除了朱自清先生所阐明的"屈雅就俗"这种常见的方法之外,还有一种就是《红楼梦》的方法——"雅俗兼备",就是在作品中既有大雅,又有大俗,当然更多的是既雅又俗,让欣赏者各取所需,这才是真正的雅俗共赏。这样的雅俗共赏的对象,表面上看只是一个作品,而实际接受过程却是雅人赏雅,俗人赏俗,似有矛盾,却不冲突,均有收获,皆大欢喜,雅与俗就这样天衣无缝地融为一体,而使得作品成为一座无尽的宝藏,显然这样的作品是极其罕见的,《红楼梦》的伟大由此可见一斑。

综上所述,雅俗共赏有两条路径:一是"屈雅就俗",这是较容易实现而常用的;二是"雅俗兼备",这是非大手笔、天才、奇才而难以做到的,可遇而不可求,是真正的千古绝唱。

(二)《红楼梦》主题研究的得失

对《红楼梦》主题的探讨是百年红学研究的重要成果之一,相关红学论著不计其数,仅相关专题论文就有150多篇,众说纷纭,令人眼花缭乱。赵静娴《20世纪〈红楼梦〉主题研究综述》一文对20世纪《红楼梦》主题研究的主要观点进行了梳

---

① 朱自清.论雅俗共赏[M].北京:北京出版社,2004:7-8.
② 朱自清.论雅俗共赏[M].北京:北京出版社,2004:8.

理,归纳为28种:索隐派的主题说、新红学派的"自叙传说""色空"说、爱情主题说、政治历史主题说、封建家族衰亡史说、悲金悼玉说、反封建主义说、子孙不肖后继无人说、为受压迫妇女鸣不平说、婚姻自由男女平等说、隐射曹家之败反皇权主题说、封建贵族的挽歌说、双重悲剧说、抨击金钱罪恶说、"无主题"主题说、人道主义说、原型题旨女神崇拜说、三重主题说、盛衰聚散说、歌颂女儿才华说、人性美及其被压抑毁灭说、三种悲剧架构说、封建制度下人生大悲剧说、女权问题说、用佛教思想否定俗世说、"金玉良缘"与"木石前盟"的悲剧冲突说、大旨谈情说,显然这样的分类比较紊乱、烦琐,还可进一步归纳、概括,但由此我们可以看到20世纪《红楼梦》主题研究的一个原生的、大致的、复杂的状况,而得到一个初步的印象。[①] 段江丽《1949年之后的〈红楼梦〉主题研究述评》一文的梳理则简洁了许多,归结为封建社会阶级斗争论、市民说和农民说、爱情悲剧说、揭露和批判封建社会说、理想世界幻灭说、三重复合主题说等6种观点,并且强调:"综观一个世纪以来的《红楼梦》主题研究,至少有三点值得关注,即主题多元化、主题研究复合化及主题研究文本化。"[②]这样的分析当然是颇有见地的,问题是人们面对《红楼梦》纷繁复杂的思想内容,无法用一个标准把这些观点统一起来,只能感叹:剪不断,理还乱,是红学。

在《红楼梦》主题研究史上,大多是各执一词,只见树木,不见森林,实为"盲人摸象"式研究,固不足取,但事实上无意中也为后来者的整体性研究开辟了道路,而功不可没。从整体性上研究《红楼梦》主题的有余英时的《红楼梦的两个世界》、孙逊的《论〈红楼梦〉的三重主题》、梅新林的《红楼梦哲学精神》、魏崇新的《〈红楼梦〉的三个世界》等,他们的观点既有前后继承、重叠之处,又各有创新,而自成一家之言,下面分别作一番简介。

1974年,在《红楼梦的两个世界》一文中,余英时开门见山地指出:"曹雪芹在《红楼梦》里创造了两个鲜明而对比的世界。这两个世界,分别叫它们作'乌托邦的世界'和'现实的世界'。这两个世界,落实到《红楼梦》这部书中便是大观园的世界和大观园以外的世界。"[③]余英时摆脱了作品具体的、单一的思想纠缠,而以一虚一实的"两个世界"从整体上来概括、包容众多的主题,在红学史上无疑具有很大的开

---

① 赵静娴.20世纪《红楼梦》主题研究综述[M]//宋子俊.中国古代小说戏剧研究丛刊(第三辑).兰州:甘肃教育出版社,2005:82-114.
② 段江丽.1949年之后的〈红楼梦〉主题研究述评[J].红楼梦学刊,2006(1):213.
③ 余英时.红楼梦的两个世界[J].香港中文大学学报,1974(2).

创性,而使人耳目一新,影响甚广。

　　1990年,孙逊《论〈红楼梦〉的三重主题》一文认为:"要而言之,《红楼梦》的主题由三重层次构成,第一层次是文学审美层次,它主要通过小说的形象体系,通过那些栩栩如生、有血有肉的艺术生命来体现,其内涵是青春、爱情和生命的美以及这种美的被毁灭。第五回的判词和《红楼梦》十二支曲即是这一层次的主题歌。第二层次为政治历史层次,它主要通过穿插于小说之中的一些重要的情节插曲和部分形象的爱情婚姻悲剧及青春命运悲剧来体现,所反映的是社会阶级斗争和政治斗争的内容。第四回'护官符'上的四句俗谚口碑就是这一层次的主题歌。第三层次则为哲学最高层次,它由小说全部故事情节和艺术形象所包含的底蕴所体现,其核心是对人生和社会经过深沉思考而得到的启示和彻悟。第一回的《好了歌》和《好了歌注》便是这一层次的主题歌。《红楼梦》的三重主题,就这样分别隐伏在作者精心结撰的前五回里。"[①]这里孙逊分别从审美的、政治历史的和哲学的层面上来总揽《红楼梦》的思想内涵,视角新颖,同样是颇见功力的。

　　1995年,梅新林《红楼梦哲学精神》一书由学林出版社出版(2007年改由华东师范大学出版社出版),这是红学史上第一部系统的《红楼梦》哲学研究专著。作者高屋建瓴,从中国传统文化、哲学的全新视角,由思凡、悟道、游仙三重模式与儒、佛、道三重哲理的对应性转换,到贵族家庭的挽歌、尘世人生的挽歌、生命之美的挽歌三重主题依次升华,层层揭开了被列为《红楼梦》十大谜之最的主题之谜,而使得《红楼梦》主题研究跃上了一个崭新的平台。他首先借用《易》之"简易"原理,将以前流行的各种主题说概括为三种:史书说、悟书说、情书说,认为其他诸说都不过是此三说的变种或徘徊于这三说之间,如自传说、影射说、政书说以及1949年以后风行一时的阶级斗争说等都属于史书说,评点家们屡屡提及的"梦""幻""空""禅机""迷情幻海"以及俞平伯的色空说等都属于悟书说,而脂评中大量论及的"情案""情限""奇文奇情""情痴""情书"以及后来所说的爱情说、情教说、圣情说等等都属于情书说。进而再以俞平伯的三重主题说——"为感慨身世而作""为情场忏悔而作""为十二金钗而作本传"为基础,由三重模式、哲理推绎出三重复合主题说:"主题Ⅰ:贵族家庭的挽歌;主题Ⅱ:尘世人生的挽歌;主题Ⅲ:生命之美的挽歌。贵族家庭的挽歌,对应于'为感慨身世而作'以及史书说。作者之于家庭毁灭的哀挽,怀才

[①] 孙逊.论《红楼梦》的三重主题[J].文学评论,1990(4):104.

不遇的悲愤,以及以自己的身世作传等等,都一并寓含于其中,在哲理上也属于入世的儒家哲学,在模式上是源于思凡模式。尘世人生的挽歌,对应于'为情场忏悔而作'以及悟书说。作者之于人生悲欢离合所经历的痛苦忏悔以及解脱,都一并寓含于其中,在哲理上属于出世的佛道宗教哲学,在模式上源于悟道模式。生命之美的挽歌,对应于'为十二金钗而作本传'以及情书说。作者之于作为至美象征的十二金钗的痴情追求、怀念以及哀挽,都一并寓含于其中。《红楼梦》所谓'悲金悼玉''万艳同悲'以及曹雪芹自命斋名为'悼红轩',都是追悼、哀挽十二金钗之意。在哲理上属于虽为解脱实为执着的道家生命哲学,在模式上属于游仙模式。"①并且强调他的复合主题说不同于混合主题说:"因为后者往往仅是各种主题说的简单相加,或依次并列,或折中调和,而前者则进而有对多重主题之内在逻辑结构与总体精神上的把握,以及从立体到整体再到本体指归上的领悟,也就是本书导论中所提出的立体性、整体性与本体性三大程序的一体化。"②显然梅新林的复合主题说更接近于《红楼梦》文本的本来面目,而成为《红楼梦》主题研究史上也是红学史上的重要里程碑。

  2006年,魏崇新的《〈红楼梦〉的三个世界》一文显然是接着讲,将《红楼梦》的文本分为三个世界:神话世界、大观园世界、大观园之外的现实世界。神话世界包含有三个神话故事:石头神话、还泪神话、太虚幻境神话,主要属于小说的哲学层面,用幻笔暗喻了小说的题旨,蕴含了复杂而深刻的思想,形成了整部小说的神话原型结构。大观园世界是曹雪芹吸取了中国文学从《桃花源记》的美丽幻想到《金瓶梅》《牡丹亭》等才子佳人小说中的"花园"意象,发挥创造性想象而为主人公贾宝玉与众女儿建造的理想国。而大观园之外的现实世界则是一个物欲横流的"末世",在对这一世界的描写中表现出曹雪芹对现实社会的体验、认识、观察、反省与思考,以及对现实的不满,对人生的悲观绝望。神话世界是幻想世界,具有喻指功能;大观园世界是理想世界,具有象征功能;大观园之外的世界是现实世界,具有讽喻功能,这三个世界又分别对应着佛教的空、情、色三种依次下降的境界,而表现出诸多矛盾复杂的情感与思想。③魏崇新在余英时"两个世界说"的基础上增加了一个"神话世界",更全面地把握住了《红楼梦》的思想内涵,而与孙逊的三重主题说、

---

① 梅新林.红楼梦哲学精神[M].上海:华东师范大学出版社,2007:359-360.
② 梅新林.红楼梦哲学精神[M].上海:华东师范大学出版社,2007:360.
③ 魏崇新.《红楼梦》的三个世界[J].红楼梦学刊,2006(6):161-173.

梅新林的三重复合主题说有着异曲同工之妙。

纵观一个多世纪以来的《红楼梦》主题研究史，可以理出一条基本的线索，那就是从片面到全面、从个别到整体、从单一主题到混合主题再到复合主题的由浅入深的演变，也就是由众说纷纭到几家争艳的过渡，成绩是显著的。上述几家观点也说法不一，各有侧重，既给人启示，又让人迷惑，无所适从。那么有没有统一起来的可能性呢？本文试图从雅俗的视角作一番努力，来融合百家争鸣。

（三）《红楼梦》主题的雅、俗之辨

曹雪芹在《红楼梦》的开头就发出"满纸荒唐言，一把辛酸泪！都云作者痴，谁解其中味"的慨叹、自负与担忧，可谓一语成谶。《红楼梦》自面世之日起，就长期混杂在良莠不齐的才子佳人小说中，被视为"诲淫"之作，少有人真正认识它的价值，即使在五四新文化运动白话小说受到重视后，其命运也并未明显好转，连考证《红楼梦》有重大建树的胡适，对《红楼梦》也没多少好感："在那个贫乏的思想背景里，《红楼梦》的见解当然不会高明到那儿去，《红楼梦》的文学造诣当然也不会高明到那儿去……我常说，《红楼梦》在思想见地上比不上《儒林外史》，在文学技术上比不上《海上花》（韩子云），也比不上《儒林外史》，——也可以说，还比不上《老残游记》。"[①]就连红学名家俞平伯对《红楼梦》的态度也时高时低，遑论普通读者了。在红学渐渐成为显学的20世纪，红学专家、红学论著可谓层出不穷，红学内外吵吵嚷嚷，好不热闹，可真正能解"其中味"的微乎其微。曹雪芹为什么会担心其作品被误读呢？而且历史也已验证了作者的忧虑，难道《红楼梦》中真的隐藏着什么天大的秘密？就像与时俱进的索隐派所想象的那样？谜底也许永远无法找到，但我们可以一步步逼近真相。

如果《红楼梦》是大俗，那曹雪芹没有必要担心别人读不懂；反过来，如果《红楼梦》是大雅，像陶渊明的那些雅作，那同样没有必要担心别人误读，因为毕竟还是有雅人能欣赏的，虽然总是极少数，而且俗人虽无法共鸣，但毕竟知道那是雅人的雅作，而不至于认雅为俗的。《红楼梦》的尴尬或伟大就在于它既不显得很俗，也不显得很雅，或者说它表面上很俗，骨子里又很雅，俗中见雅，雅中有俗，大雅大俗。如

---

① 宋广波.胡适红学研究资料全编[M].北京:北京图书馆出版社,2005:405-406.

果是这样的作品,我们就能理解作者的担忧了,因为现实生活中毕竟雅少俗多,于是误读几乎就是这类作品必然的命运了,雅俗共赏也就严重比例失调了,赏雅的太少,赏俗的太多,但毕竟也算是雅俗共赏了。

首先,我们来看《红楼梦》的俗,这也是最明显、最好分析的。《红楼梦》里当然写了很多俗人、俗事,男女偷情、钩心斗角、尔虞我诈、争权夺利、功名利禄、享乐富贵、念经拜佛、世态炎凉,贾宝玉的痴,林黛玉的酸,贾母的慈,王熙凤的辣,薛宝钗的庄,刘姥姥的谐,探春的敏,晴雯的烈,平儿的乖,贾琏的色,滚滚红尘万象,无不尽收眼底。索隐派的各种猜测、新红学派的"自叙传说"、政治历史主题说、封建家族衰亡史说、反封建主义说、子孙不肖后继无人说、为受压迫妇女鸣不平说、婚姻自由男女平等说、隐射曹家之败反皇权主题说、封建贵族的挽歌说、抨击金钱罪恶说、歌颂女儿才华说、封建制度下人生大悲剧说、女权问题说、封建社会阶级斗争论、市民说和农民说、揭露和批判封建社会说等等,无不是作品丰富的俗的内涵的认知与论证。也许很多人对我这样的归结不以为然,觉得这些主题思想怎么可能都是俗呢,其实,按照俗的定义,贪欲就是俗,财色名食睡,无不是俗。"俗"对应的英文单词"popular"是流行的、大众的意思,就是说大众都贪名闻利养,习以为常了,就是"俗"了。可见我们都是身在"俗"中不知"俗",而且很多时候还以为自己很"雅"了。

《红楼梦》仅仅是为了表现这些"俗"吗?当然不是,但我们很多人很多时候就是这样认为的。不是说阶级斗争、反封建等思想主题不重要,而是说有比这些主题更重要的主题。那有人说歌颂爱情应该是《红楼梦》雅的主题吧,其实爱情主题还不是作品所要表现的真正的雅,而只是通向雅的桥梁和表达雅的手段而已。人世间最美好的事物莫过于爱情,而柏拉图式的爱情又是爱情中的极品,宝黛爱情就是这样的人间珍品,一种灵魂或精神的恋爱,绝少肉欲,真正的相知相爱,但就这样的几乎不食人间烟火的纯真爱情也毁灭了,也是虚幻的,这世间还有什么好留恋的,而自然让人领悟到作品所要表现的真正的雅即世界的本质——空。如果能这样理解宝黛爱情,那还算是一种"雅"的理解,而且也能理解贾宝玉对大观园众多红楼女儿们的那种无贵贱高低的平等的泛爱。事实上世人对宝黛爱情更多的是"俗"的狭隘的解读,误以为是那种肉欲很重的世俗的爱情,所以他们对贾宝玉的"情情"还能接受一点,甚至羡慕贾宝玉整日在女儿国里厮混,但对贾宝玉的"情不情"的很多怪异举动就很不理解了。比如贾宝玉自己烫了手,倒问别人疼不疼,自己淋了雨,反叫别人避雨,又"时常没人在跟前,就自己自哭自笑的,看见燕子,就和燕子说话,河里看见鱼,就和鱼说话;见了星星月亮,不是长吁短叹,就是咕咕哝哝的"(第三十五回)。其实这正是贾宝玉这样的雅人赤子之心的表现,而在世人眼里只是有点呆气罢了,只有林黛玉能跟贾宝玉心心相印,从不跟贾宝玉说那些"混账话"。

  坚持爱情说的读者当然自以为是正解,是高雅的,因为他们看不到或不承认作品里还有更高雅的东西,认为作品中那些有关神话的、道释的描写都是封建迷信、糟粕,应该剔除的。试想一下,《红楼梦》所着重要表现的就是宝黛凄美的爱情吗?中国古代表现爱情的作品那么多,为什么就《红楼梦》独占鳌头呢?如果仅仅是描写了一个爱情悲剧,那还会有红学吗,红学还能存在和发展吗?还是100多年前的王国维独具慧眼,掷地有声:"故《桃花扇》,政治的也,国民的也,历史的也;《红楼梦》,哲学的也,宇宙的也,文学的也。"①王国维从叔本华哲学的高度来解读、推崇《红楼梦》:"独《红楼梦》者同时与吾人以二者之救济。人而自绝于救济则已耳;不然,则对此宇宙之大著述,宜如何企踵而欢迎之也!"②只可惜后人把这本"宇宙之大著述"的主题肆意降格为爱情说、阶级斗争说甚至索隐派的种种臆想,买椟还珠,完全应验了曹雪芹的担忧,难道就注定要一代代"都云作者痴"吗?

  本文开始就说过,雅就是道心或天理,这雅主要是通过作品中的雅人——贾宝玉、林黛玉等大观园众多儿女们所做的雅事——吟诗、参禅、恋爱等活动来体现的,这应该是曹雪芹在悼红轩中呕心沥血、批阅十载、增删五次的最根本、最崇高的目的,而给后人乃至全人类留下了一份极其珍贵的精神遗产。佛家曰"色不异空,空不异色",禅宗有"烦恼即菩提",我们也可以说"雅不异俗,俗不异雅","雅即俗"。比如我们称陶渊明的诗歌为雅,而指那些艳情小说为俗,这里雅就是雅,俗就是俗,可《红楼梦》里所描写的贾家的衰亡、宝黛爱情的毁灭、生命的消亡以及种种物欲横流、丑陋罪恶的俗事,都不仅仅是俗,而同时又都是雅的,因为通过这些俗的虚幻本质的揭示,来让人领悟雅的真谛,所以《红楼梦》写雅固然是表现雅,而写俗也是为了表现雅,这应该是《红楼梦》的最高明、最伟大、最深刻之处,所以后人或者只看到俗,能同时看到雅、俗的已是少数,而把俗也看成雅的就更少了。

  "因色见空,由色生情,传情入色,自色悟空"是曹雪芹对佛家真谛"色不异空,空不异色"的进一步诠释,而且就以这十六个字谋篇布局,展开情节,塑造人物,完

---

① 王国维,蔡元培,胡适.三大师谈《红楼梦》[M].上海:上海三联书店,2007:22.
② 王国维,蔡元培,胡适.三大师谈《红楼梦》[M].上海:上海三联书店,2007:39.

成了这部千古奇书,这里"空"对应于"雅","色"对应于"俗",而"情"则担当了由"色"到"空"、由"俗"到"雅"的中介,所以"情"在《红楼梦》中乃至人性中有着特殊的价值与意义,只有"情痴"的贾宝玉才最有可能领悟真谛,走向解脱。在《红楼梦》里,作者有意安排了一个与雅的贾宝玉相对的俗的甄宝玉,且刻意让他们相逢而产生冲突,甄宝玉希望贾宝玉能浪子回头,对贾宝玉好言相劝:"弟少时也曾深恶那些旧套陈言,只是一年长似一年,家君致仕在家,懒于酬应,委弟接待。后来见过那些大人先生尽都是显亲扬名的人,便是著书立说,无非言忠言孝,自有一番立德立言的事业,方不枉生在圣明之时,也不致负了父亲师长养育教诲之恩,所以把少时那一派迂想痴情渐渐的淘汰了些。"①(第一百一十五回)甄宝玉对贾宝玉的这一番忠告,启发贾宝玉要言忠言孝,立功立德,认为年少时代的那种天真无争乃是"迂想痴情",万万要不得,在世俗社会的眼里,这当然是天经地义的。可贾宝玉觉得甄宝玉所讲的都是"混账话",他就是要保持年少时的本真本然,拒绝走入功名利禄的污浊世界,而宁愿活在自己精神的大观园里。显然,贾宝玉是真、是雅,而甄宝玉是假、是俗,对比之下,真假自现,雅俗分明,而显示了曹雪芹所擅长使用的障眼法的独具匠心,妙不可言。

至此,我们可以用雅俗的话语来统率前面几家关于《红楼梦》主题的论述了。余英时的大观园世界和大观园以外的世界当然就是雅、俗的两个世界了。孙逊的"三重主题":第一层次的文学审美层次可看作是"情",即雅与俗的中介,第二层次的政治历史层次就是俗的世界,而第三层次的哲学最高层次当然是雅的世界了。梅新林的"三重复合主题":主题Ⅰ——贵族家庭的挽歌,属于儒家哲学、思凡模式,应该是俗的世界;主题Ⅱ——尘世人生的挽歌,属于佛道宗教哲学、悟道模式,应是雅的世界;主题Ⅲ——生命之美的挽歌,属于道家生命哲学、游仙模式,相当于雅、俗的中介"情"。魏崇新的"三个世界":神话世界可对应于雅,大观园世界可对应于"情",而大观园之外的现实世界可对应于俗。这样的类比可能有些勉强,但通过这样的对比,我们发现,上述说法都有雅、俗这两极,而且也有介于雅、俗之间的"情""美"或"灵性"这一过渡层次,所以用雅、俗来概括、界定、统一《红楼梦》的主题还是有一定可行性的。

---

① 曹雪芹.红楼梦[M].呼和浩特:内蒙古人民出版社,2007:355.

（四）《红楼梦》主题的雅俗共赏

一味的雅或一味的俗都是无法雅俗共赏的。《三国演义》《水浒传》《西游记》虽然与《红楼梦》并列中国古典四大名著，其实前三者是难以与后者同日而语的，因为前三者都难以做到雅俗共赏。也许很多人不服气，怎么《三国演义》《水浒传》《西游记》就不能与《红楼梦》平起平坐了。且不说《三国演义》《水浒传》的思想主题基本是在俗的层面上展开，即使在俗的书写后面能看出一丝雅的光芒，那也是雅人才能领悟到的，而不是作者、作品的本意；就是《西游记》，虽然写了神话、佛教，似乎雅了，但那远离现实生活的虽绚丽多姿却虚无缥缈的情节与人物，是难以激起世人灵魂的震撼与升华的，而当作世俗的神话故事看了；所以这三部作品里面究竟蕴藏了多少雅呢？应是以俗为主吧，那当然难以雅俗共赏了，而是俗者赏俗了，同时也决定了这些作品的品位与档次。

再以兰陵笑笑生的《金瓶梅》、冯梦龙与凌濛初的"三言二拍"为例，来说明雅俗共赏的不易。大多数人会认为《金瓶梅》很俗，这是无可非议的，极少数人可能觉得《金瓶梅》很雅，因为里面有因果报应等教化主题，是以毒攻毒，以恶惩恶，以色戒色，以俗显雅，这话不无道理，问题是在淫欲满纸的《金瓶梅》话语中让俗人怎么去想到雅呢，实际情况是越看越俗，而不能像《红楼梦》一样，越看越雅，因为《金瓶梅》中缺乏像贾宝玉、林黛玉那样的正面的雅人，几乎全是欲壑难填、利欲熏心的俗人、丑事，所以事实证明仅仅以俗来写雅是不成功的，是不可能雅俗共赏的。冯梦龙、凌濛初的"三言二拍"在雅俗整合方面做了很大努力，但离真正的雅俗共赏还是有很大距离的，原因有二：第一，短篇小说篇幅的限制使作者无法分开手脚去塑造、刻画饱满、生动的人物形象，以打动人心；第二，雅的正面形象很少，也主要是以俗显雅，而且这"显"还比较生硬，有明显的"雅""俗"拼凑的痕迹，刻意说教的气息很浓，使得作品本身的艺术感染力大打折扣，而难以与《红楼梦》高超的思想艺术魅力相提并论。

我们再看看中国现当代小说为何不能获得诺贝尔文学奖，更不用说与《红楼梦》相提并论了。先是文学为政治服务，后来躲避崇高而边缘化了，什么身体写作，什么"一地鸡毛"式的新写实主义，都是在俗的层面打转转，而且是越来越俗，这样的作品谈什么雅俗共赏呢，它里面有什么雅的成分呢，而发展到王朔的"我是流氓我怕谁"的痞子文学之流。张爱玲、三毛都是《红楼梦》的超级粉丝,但因为没有曹雪芹那样生命的张力和境界,所以她们纵有万般才情,写出的文字在《红楼梦》面前还是拿不出手的,尽管有那么多的张爱玲迷、三毛迷。就拿传统底蕴还算深厚的当代大才子作家贾平凹来说,他曾经自我挑战,试图向《红楼梦》发起冲击,这当然是难得的好事,可事实证明,双方实力还是悬殊。《废都》虽有明显模仿《红楼梦》的痕迹,贾平凹驾驭语言和捕捉生活细节写实的能力跟曹雪芹也有一拼,但还是相形见绌,主要问题就是作品雅少俗多,作品人物与内涵缺少向上、向雅的冲动,而停留在物欲层面上的挣扎、苦闷。正如刘再复所分析的那样:"《红楼梦》让人琢磨不尽,绝非是世俗眼睛和世俗政治评论所能说明的,原因就在于它本身是一个无始无终、无边无沿、无真无假、无善无恶的多维世界。可惜,二十世纪的中国文学,没有一个作家或一部大作品,具有曹雪芹的想象空间,在整体维度上失落了《红楼梦》的优点。即使是那些着意承继《红楼梦》传统的作家,也只是承继它的现实维度和它的伤感情结,而没有承继它的形上品格与想象力。"[①]

通过以上一系列的横向比较,我们可以更清楚地看到《红楼梦》雅俗共赏的稀罕性、珍贵性。当然雅俗共赏对文体也是有要求的,比如诗歌、散文等难以做到雅俗共赏,因为其体裁决定了其容量有限,或者雅,或者俗,而不可能雅俗兼备,即便是短篇甚至中篇小说也无能为力,只有鸿篇巨制才有可能,但也仅仅是可能,古今中外那么多长篇小说,很难找到第二部《红楼梦》式的"宇宙的大著述",所以《红楼梦》在中国清代的出现,既是必然,更是偶然,是中华民族的瑰宝与骄傲,也是世界人民的一笔巨大的、共同的、永恒的文化文学遗产。

(五) 结语:雅俗共赏路漫漫

《红楼梦》雅俗兼备,而且雅俗浑然一体,这只是作品提供了雅俗共赏的可能性,要想真正得以实现,缺少不了读者参与这一重要环节,读者参与甚至是决定性环节。自《红楼梦》横空出世以来,赏俗的人多,赏雅的人少,而把俗赏成雅的就更少,这样就严重影响了雅俗共赏的质量,其中对宝黛爱情的解读水准成了雅俗欣赏的分水岭,越是正解,越能趋向赏雅,越是误读,越是走向赏俗,所以对《红楼梦》中

---

① 刘再复,林岗.论中国现代文学的整体维度及其局限[J].东吴学术,2011(1):53.

的"情"特别是宝黛爱情的悟解成为《红楼梦》雅俗共赏的关键。"质本洁来还洁去",不管世人有着怎样的误读,都丝毫不能贬损这部不朽巨作,它的无尽的诗意、优美、高雅必将放出夺目的光辉,随着社会的进步,其雅俗共赏的时代也许会真正降临。

原载《齐齐哈尔大学学报(哲学社会科学版)》2011年第2期

论《绿野仙踪》的世情底蕴与道教追求

儒道释是中国传统文化的精髓,是中华文明的脊梁,从不同的角度与层次表达了人生的理想、人性的渴望与生命的境界乃至灵魂的归宿。明清世情小说破立结合,在暴露、批判现实世情的人心不古的同时,或以儒,或借道,或凭释,或儒道释兼施,来诱导世人去俗就雅,改恶为善,以实现其劝世宗旨。如果说《绿野仙踪》的"绿野"象征了世间、世情,"仙踪"代表了道教,而使得《绿野仙踪》成为以道教来劝世的世情佳构,那么《金瓶梅》《醒世姻缘传》《红楼梦》等或宣扬因果报应或演绎色空佛教真谛的世情小说可归为"绿野佛影",而竭力弘扬儒家精神的《歧路灯》则可算是"绿野儒魂"的代表作。熔神魔、历史、英雄、世情等小说题材因子于一炉的《绿野仙踪》的归类历来颇有争议,本文将《绿野仙踪》与"绿野儒魂""绿野佛影"之类的世情小说进行横向比较,试图揭示其最根本的世情小说属性以及道教叙事在其作品中的作用与地位。

(一)儒道释与明清世情小说

在中国传统社会,儒道释不仅是维持社会稳定与发展所需,同时也是为灵魂不"安分"的人准备的三副解药,即儒的"人格"、道的"仙格"、释的"佛格"这三种生命的内涵与境界。冯友兰先生结合中西哲学曾提出人生的"四境界说":自然境界、功利境界、道德境界和天地境界,他认为,"这四种人生境界之中,自然境界、功利境界的人,是人现在就是的人;道德境界、天地境界的人,是人应该成为的人。前两者是自然的产物,后两者是精神的创造"①。显然,大多数浑浑噩噩的凡夫俗子不是属于自然境界,就是属于功利境界,而与儒道释基本没有什么关系。道德境界可对应儒家的"人格",天地境界则对应道教的"仙格"或释家的"佛格",可见儒道释三家都属于精神的创造与生命的提升,而更有价值与魅力。

儒家的目光主要聚焦在人世间,强调"有为","仁"是其理想"人格"的核心,"修身齐家治国平天下"是其"人格"的具体内涵与展开,"达则兼济天下,穷追独善其身"是其人生准则,而体现了儒家的道德性人生追求与境界。当固守"未知生,焉知死"的孔子目光紧紧盯着人世的时候,老子与庄子的目光越过了人类的头顶,直达天地宇宙与人性的深处,以不可言说的"道"来对抗与解构儒家的"人格"世界,强调"无为"与"逍遥"的"圣人""真人""神人""至人"等道家"人格"理想已远远凌驾于儒家"人格"之上,后起的道教更以"仙格"来颠覆儒家的"人格"。对一般人来说,儒家的"人格"已经可望而不可即了,虚无缥缈的道家"人格"与道教"仙格"简直就是难以想象的,而与普通人的生存境界相距甚远,可道家与道教毕竟提供了一个更高的视角来俯视人生与社会,一定程度上弥补了儒家"不识庐山真面目,只缘身在此山中"的思想局限。儒道是对立的,可儒道更是互补的,无论是对个人还是对社会都大有益处。由儒而道,外儒内庄,个人的身心与生命的质量都会发生质的飞跃,陶渊明、苏轼就是这样的为后人景仰的人生楷模。

在儒家面前,道家、道教的智慧可谓高深玄妙,可与佛教的般若比起来,又相形见绌了。无论是《道德经》还是《庄子》,虽悟解精辟,但毕竟不成体系,重想象而少体验,其"道"让人捉摸不着,难以下手,而佛教所宣扬的义理,都是佛陀亲修亲证的结果,绝不是凭空想象的产物,其所揭示的缘起性空的诸法实相以及六道轮回、因果报应等教理,虽然一般人难以接受,可其无与伦比的究竟与全面程度还是俘获了那些灵魂不"安分"的中国人的心,而使得初闻佛法的慧远就发出了"儒道九流皆糠秕耳"的感叹,就连醇儒本色的诗圣杜甫也曾亲近佛教,可见佛教非同寻常的魅力。儒道释三教,层层递进,满足不同层次的心灵需要,同时又并行不悖,三足鼎立,共同支撑起中华文明的灿烂天空。小到治心,大到治国,大多遵循以儒为主、道释为翼的基本范式,具体到个人与朝代,或有侧重,或三位一体,耳濡目染,代代相传,最普通的中国人也会受到儒道释潜移默化的影响。

---

① 冯友兰.三松堂全集(第六卷)[M].郑州:河南人民出版社,1989:302.

明清社会，世风日下，儒道释的负面发展虽日趋严重，但儒道释的精髓依然维持着整个社会的正常运转，世情小说以当下鲜活的现实为表现对象，作品中自然就避免不了大量的儒道释因子，这是明清世情小说儒道释叙事的首要原因，而另一个更为重要的原因则是作者有意地借助儒道释思想来深化作品的主题，以实现其劝世的根本创作宗旨。与当代中国新写实主义小说不同的是，明清世情小说不单单是呈现、暴露人性的丑陋、社会的庸俗，与此同时还开出了疗世、救世的药方，而有劝世的效果。明清世情小说开出最多的药方是佛教，尤其是其因果报应思想。与儒道相比，佛教的因果报应论更能取得劝人为善去恶的积极效果，所以明清世情小说中，不仅有《金瓶梅》《醒世姻缘传》等直接宣扬因果报应的长篇大作，在"三言二拍"等世情性短篇拟话本小说中更有大量的因果报应叙事，而屡遭后人特别是现代人的诟病。因果报应属于佛法的俗谛，适应于以中下根为主的芸芸众生，在有一定果报思想基础的明清社会，世情小说频繁的因果报应叙事虽有说教之嫌，但其取得的劝世效果应该还是值得肯定的，缺乏因果报应思想的现代人对之的指责甚至否定其实是一种误解，难以体会到作者的良苦用心。佛教俗谛只是方便法门，趋向真谛才是佛教的终极目标，而佛教真谛适应于上根之人。现实社会中上根之人虽占少数，但弘扬佛教真谛更能令众生破迷开悟，所以也出现了《红楼梦》这样的演绎色空佛教真谛的世情杰作。

儒道的劝世效果虽没有佛教那么显著，但毕竟也能净化人心，所以明清世情小说中也有不少的儒道叙事，弘扬儒家伦理道德的作品以《歧路灯》为代表，借道教"仙格"来启迪世人的以《绿野仙踪》为代表。在明清世情小说的儒道释叙事中，佛教唱了主角，儒道是配角，但三教归一，都是为了劝人为善，以提升生命的境界，促进社会的和谐与世界的完美。明清世情小说关注、描写世情，不仅仅是愤世嫉俗，其最伟大之处，在于以儒道释来重铸世情，这使得明清世情小说不仅有着丰富的社会内容，更具备深广的思想内涵，而代表了中国古典小说创作的最高成就。

（二）《绿野仙踪》：神魔小说还是世情小说？

关于《绿野仙踪》主旨与归类的争议，主要有三种看法。第一种认为是神魔小说,最早由黄人提出此说,"盖神怪小说而点缀以历史者"①,后经由鲁迅认同后,几成定论,沿用至今。另一种认为属世情小说,最早有此意者当是李百川的好友陶家鹤,他在《绿野仙踪》序中对《绿野仙踪》大加赞赏:"愿善读说部者,宜急取《水浒》《金瓶梅》《绿野仙踪》三书读之,彼皆谎到家之文字也。谓之为大山水,大奇书,不亦宜乎。"②这里陶家鹤没有将《绿野仙踪》与神魔小说的经典之作《西游记》《封神演义》等相比较,而是与《水浒传》特别是世情小说的奠基之作《金瓶梅》相提并论,显然他以为《绿野仙踪》跟《金瓶梅》更接近。现代以来,也有一些学者与陶家鹤的感觉相似,如陶腊红就认为:"讲史为小说故事的大背景,神魔为小说故事的大框架,世情才是它的主体和核心。"③而曹萌等也认为绿野仙踪是"一部以神魔故事包装起来的世情小说"④,这一派观点虽较有新意,但声音比较微弱。第三种意见则是中间派,即认为《绿野仙踪》是融神魔、历史、世情等为一体的综合型小说,多元化、跨类型等是其常见的判断,持这一观点的人也比较多。那么究竟哪一种解读更接近于作品的真实面目呢?

我们承认《绿野仙踪》比较难以归类,但其作品中的神魔、历史、世情等诸多小说内涵因子并非是平均用力的,它们在作品中的作用与地位也不尽相同,如果找到了其中的核心因子,那么小说的类型属性就比较容易定位了。显然,"绿野"所象征的"世情"与"仙踪"所代表的"神魔"是《绿野仙踪》最重要的两大内涵因子,其他的如历史、英雄传奇等内涵因子都处于无足轻重的从属地位。那么"绿野"与"仙踪"在《绿野仙踪》中孰轻孰重呢?我们可从三个方面来进行考量。首先,从篇幅上看,描写神魔的文字只占了全书的一小半,而大半的笔墨留给了世情叙事,这是一个最直接的证据,说明了"绿野"在作品中的绝对性分量,但仅凭此还不能断定《绿野仙踪》就是世情小说。其次,也是更为重要的一点,是要看"仙踪"在作品中的作用与地位。我们知道,儒道释三教,道教最喜欢讲神通,神魔小说大多跟道教有关,佛教虽承认神通,但不重神通,所以世情小说的佛教叙事中很少有神通的痕迹,"敬鬼神而远之"的儒家就更不需说了。李百川既然选择了道教来劝世,就必然要在世情的叙事中融入道教因子,而道教是讲神通的,所以作品中就必然要有一定篇幅的神魔

---

① 鲁迅. 小说旧闻钞[M]. 济南:齐鲁书社,1997:121.
② 陶家鹤. 陶序[M]//李百川. 绿野仙踪. 北京:北京大学出版社,1986:18.
③ 陶腊红.《绿野仙踪》文体归类之我见[J]. 抚州师专学报,2001(4):44-48.
④ 曹萌,赵丹丹. 论《绿野仙踪》的思想倾向[J]. 沈阳航空工业学院学报,2006(6):81-85.

叙事,但这里的神魔叙事与纯粹的神魔小说不同,《封神演义》等神魔小说是为写神魔而写神魔,虽也曲折地反映现实,但毕竟远离现实社会而显得荒诞不经,而《绿野仙踪》的"仙踪"是立足于"绿野"之上的神魔叙事,源于世情又直接服务于世情,与世情描写有机地结合在一起,而与《金瓶梅》《红楼梦》等"绿野佛影"类世情小说有异曲同工之妙。最后,我们从作者及其好友陶家鹤所作的序中也能找到一些透露作品题材类型的蛛丝马迹。李百川在《自序》中提到,"家居时,最爱谈鬼"的他曾经"欲破空捣虚,做一《百鬼记》",后来觉得"画鬼"也不易,就转而创作了《绿野仙踪》,可见李百川最终完成的《绿野仙踪》并不是当初他所想写的"凭空捣虚"式神怪类小说。《自序》中他又写道:"然余书中若男若妇,已无时无刻不目有所见,不耳有所闻于饮食魂梦间矣。……总缘蓬行异域,无可遣愁,乃作此呕吐生活耳。"① 显然他创作关注的焦点是现实生活中的男男女女。陶家鹤在《绿野仙踪》序中也明确指出:"而立局命意,遣字措辞,无不曲尽情理,又非破空捣虚辈所能以拟万一。"② 由此我们可进一步断定《绿野仙踪》不是靠"破空捣虚"的想象而写成的神魔小说,而是"结结实实"的世情小说。

　　《金瓶梅》《红楼梦》等小说虽有明显的佛教叙事,但我们没有视之为佛教小说,而是公认其为世情小说的典范之作,这样看来,《绿野仙踪》就不是"四不像",而是正宗的世情小说。明清世情小说如果抽去了其中的儒道释因子,只剩下"绿野",就像当代中国的新写实主义小说一样,那么作品的世情抒写再怎样细腻、生动、逼真,也无法掩盖其作品主题苍白、扁平、空洞的尴尬,而且也难以取得劝世的效果了,由是可见"佛影""仙踪""儒魂"在明清世情小说作品中的巨大作用与重要地位。反之,如果抽去了"绿野",而只剩下"仙踪"或"佛影",就成了标准的《封神演义》《西游记》那样的神魔小说了,所以"绿野"与"仙踪""佛影"乃至"儒魂"的完美结合,相得益彰,才产生了中国古典小说的高峰——世情小说。《绿野仙踪》以其道教色彩而在明清世情小说中独树一帜,其令人炫目的"仙踪"描写固使读者误以为其是神魔小说,而其大杂烩式的叙事风格又让人不知所措,但只要抓住了其世情内涵这一根本属性,其他从属的各色叙事都可迎刃而解。

---

① 李百川.自序[M]//李百川.绿野仙踪.北京:北京大学出版社,1986:16.
② 陶家鹤.陶序[M]//李百川.绿野仙踪.北京:北京大学出版社,1986:18.

(三)"绿野":《绿野仙踪》的世情底蕴

《绿野仙踪》的"绿野"包括五大世情叙事板块,通过主人公冷于冰的"仙踪"拼接而成。第一世情板块从第一回至第五回,铺写了促使冷于冰离家求道的悲凉世情。第六至三十五回交替描写了两幅世情画卷,一幅的主人公是连城璧与金不换,另一幅围绕朱文魁、朱文炜兄弟的恩怨展开。第四世情板块从第三十六回开始,到第七十回结束,整整34回,显然是全书的重头戏,围绕主角温如玉上演了一场精彩的世情大剧。第五板块由第七十九回至第九十回,是最后一场世情大戏,由周琏主演。剩余的回目则是历史新编或"仙踪",而与世情板块共同渲染了作品亦真亦幻、亦虚亦实的神奇色彩。

《绿野仙踪》又名《百鬼图》,因为作者在《自序》中曾提到"余彼时亦欲破空捣虚,做一《百鬼记》",虽然最终完成的《绿野仙踪》并非是《百鬼记》类的神怪小说,而是写普通人的世情小说,但作品中所描写的形形色色的众多人物也可以称之为"百鬼图",因为这些人物绝大多数是"鬼"样丑恶的负面形象。李百川一生"叠遭变故""生计日蹙",常年"飘泊陌路""风尘南北"。渊博的学识、开阔的视野,加之丰富的阅历、窘迫的人生,使他对社会的人情冷暖、世态炎凉有着更为清醒与深刻的认识,上至朝廷,下至市井,各色魑魅魍魉的鬼样人物无不进入了他的笔下,而使得《绿野仙踪》俨然成了一幅人间的"百鬼图"长卷。郑振铎先生曾这样赞赏《绿野仙踪》:"这部小说,比《儒林外史》涉及的范围更广大,描写社会的黑暗面,也比《外史》更深刻。……最好的地方,尤在第三十六到第六十回的写温如玉事。苗秃、萧麻、金姐,那些市井无赖和娼妓,写来比《金瓶梅》更为入骨三分。"①显然郑振铎先生是从世情描写的角度来肯定《绿野仙踪》的,认为《绿野仙踪》某些方面甚至超越了《儒林外史》与《金瓶梅》,当不是过誉。

俗话说"画鬼容易画人难",又云"画人画皮难画骨"。李百川曾感叹创作"鬼鬼相异"的《百鬼记》之难,转而写人,显然要把人写好其实更难,要画人人相异、个个鲜活的人间"百鬼图"更是难上加难,而李百川凭其对人心世情的谙熟与出神入化的艺术表现力,画出了一组组栩栩如生的"群丑图",那一个个惟妙惟肖、入木三分

---

① 郑振铎. 郑振铎古典文学论文集[M]. 上海:上海古籍出版社,1984:466-468.

的人物与世情的细节描写,一次次令读者拍案叫绝,叹为观止。

第一世情板块中最恶的"鬼"当然是严嵩父子,可给人印象最深的"鬼"却是他们的心腹走狗——内阁中书罗龙文,作者通过罗龙文对冷于冰前后态度变化的生动描绘,让一个势利小人的丑恶嘴脸跃然纸上,比如当冷于冰写的寿文被严嵩看中后,作者写道:"只见龙文从外院屏风前入来,满面笑容。见了于冰,先作一揖,遂即跪下去了,于冰连忙跪扶,两人起来就坐。龙文拍手大笑道:'先生真奇才也。……'说罢,又拍手笑起来。"(第二回)①而当冷于冰与严嵩闹翻后,罗龙文也立马翻脸:"到次日午后,只见罗龙文入来,也不作揖举手,满面怒容,拉过把椅子来坐下,手里拿着把扇子乱摇。"(第三回)前面是"满面笑容""拍手大笑",后面是"满面怒容""把扇子乱摇",几笔勾勒,前后对比,一个活脱脱的"势利鬼"就跃然纸上。

第二世情板块中怪儒邹继苏的形象让人印象深刻,其迂腐、古怪的程度简直比鬼还恐怖。

第三世情板块中"鬼"也不少,其中胡贡生、朱文魁夫妇这三个"鬼"尤为出彩。作者给"色大胆小,专好淫欺"的胡贡生取了个绰号"胡混",他欲乘人之危,谋人美妻,在这激烈的矛盾冲突中胡贡生的丑恶嘴脸暴露无遗,与严氏的刚烈、林岱的耿直、文炜的仗义以及乡邻的公道形成了强烈的对比,当严氏义正词严、以理相劝后,他回答道:"娘子虽有许多'之乎者也',我一句文墨话不晓得。我知银子费去,妇人买来。……"(第十八回)当严氏自刎,他慌忙躲避,听报没有酿成人命案,又带了许多人来,到门前大嚷大闹,朱文炜及众乡邻解囊相助后,他仍不依不饶,最后怯于众怒,才甘罢休。朱文魁是个典型的"财迷鬼",种种灭绝人性的举动令人发指,先是胡乱医死了父亲,而后为了多占家产,对弟弟朱文炜拳脚相加,最后竟将身无分文的弟弟及父亲灵柩撇在异乡,自己偷偷地将所有家物变卖一空,径自逃回老家,回家后谎说朱文炜已死。其妻殷氏更是财迷心窍,心狠手辣,亲自导演了一场丑剧:为霸占全部家产,免除后患,先是竭力劝朱文炜媳妇改嫁,一计不成,又叫朱文魁与赌友合谋抢亲,结果阴差阳错,朱文魁是赔了老婆又去财,落了个人财两空的下场。另外,比鬼还狠的冯剥皮的形象,也让人毛骨悚然,大开眼界。

第四世情板块占了全书篇幅的三分之一强,作者最为用力,画"鬼"也最多,除

---

① 本文所涉及的《绿野仙踪》文本内容均出自:李百川.绿野仙踪[M].北京:北京大学出版社,1986.以下不再一一注明。

了沉迷声色、屡教不改的纨绔子弟温如玉之外,骗财的尤魁、水性杨花的金钟儿、奸诈卑吝的嫖客何公子、只认钱的郑三夫妇、监守自盗的奸仆韩思敬夫妇……围绕着温如玉,各式各样的"鬼"一个个粉墨登场,其中帮闲苗秃子、地头蛇萧麻子这二"鬼"的形象刻画得尤其成功。这两人先后一出场,作者就分别勾勒了他们的速写像,苗秃子"为人有点小能干,在嫖赌场中狠弄过几个钱。只是素性好赌,今日有了五十,明日就输一百,年纪不过三十上下,'贫''富'两个字他倒经历过二十余遍"(第四十二回)。萧麻子"为人最会弄钱。处人情世故,倒像个犯而不较的人。只因他外面不与人计论,屡屡的在暗中谋害人,这一乡的老少男女没有一个不怕他。亦且钻头觅缝,最好管人家闲事。……因此人送他一个外号,叫象皮龟,又叫萧麻子,为他脸上疤"(第四十三回)。这两个人虽都是府学秀才,有点小聪明,只可惜品行不端,惯常走的大多是外门邪道,十足的鼠辈小人,且一个比一个狠毒。在塑造苗、萧之流"群鬼"形象时,作者常以略带夸张的笔调,尽情揶揄、讽刺他们的种种丑态。比如第五十四回,当从温如玉身上一时难捞油水时,对温如玉的生日就个个装聋作哑,可当温如玉存在铺子里的五六百两银子被退回时,这伙"势利鬼""变色龙"就纷纷立马换上了另外一副面孔。先看苗秃子:"猛见苗秃子掀帘入来,望着如玉连揖带头的就叩拜下去。……'我真是天地间要不得的人!不知怎么就昏死过去,连老哥的寿日都忘记了。若不是劝他们两口子打架,还想不起来。'"而萧麻子一见温如玉,则是"笑的眼连缝儿都没有,大远的就湾着腰,抢到眼前下拜,也不怕碰破了头皮"。郑三夫妇也不甘落后,"两口子没命的磕下头去,如玉拉了半晌,方才起来",郑婆子更是"恨不得把如玉放在水晶茶碗里,一口吞在腹中"。像此类精彩的世情细节描写,作品中比比皆是,堪称一绝,足以与《金瓶梅》的世情描写相媲美,而显示了作品厚实的世情底蕴。

  第五世情板块用了近10回的篇幅,虽然某种程度上是为了凑足全书100回而写,但作者显然没有敷衍了事,没有长篇作品容易犯的虎头蛇尾的毛病,而是与前面世情板块一样用力,同样写得相当出色。对此陶家鹤深有感触:"大约千百部中失于虎头蛇尾、线断针折者居多。缘其气魄既大,非比数回内外书易于经营尽美善也。……十回后虽雅俗并用,然皆因其事其人,斟酌身份下笔,究非仆隶舆台、略识几字者所能尽解尽读者也。……使余竟日夜把玩,目荡神怡,不由不叹赏为说部中极大山水也。"① 这一世情叙事板块画"鬼"的数量与质量仅次于第四世情板块,好多"鬼"的形象让人过目不忘,其中何其仁的形象刻画得尤为生动。周琏与齐蕙娘私通后要娶齐蕙娘为侧室,其父周通怕亲家何其仁不答应,请众亲友去沟通,众亲友"话未说完,何指挥跳得有二三尺高下","又连拍胸脯,大喊道:'我何其仁虽穷,还颇有骨气! 凭着一腔热血,对付了他父子罢! 我是不受财主欺压的人'"。但当有人提到说周通愿送银八百两时,就出现了一个戏剧性的场面,只见,"何其仁听见'银子'二字,早将怒气解了九分,还留着一分,争讲数目。急忙把眼睁开,假怒道:'舍亲错会意了,且莫说八百,便是一千六百,看何其仁收他的不收?'嘴里是这样说,却声音柔弱下来"。接着,"他又将胸脯渐次屈下,说道:'舍亲既以利动弟,弟又何必重名? 得借此事,脱去穷皮也好;一则全众位玉成美意,二则免舍亲烦恼。只是八百之数,殊觉轻己轻人'"(第八十四回)。几经讨价还价,最后以一千二百两成交,并立马写了凭据。何其仁先是卖活女,以致逼死了女儿,后又卖死女,作者一层层地扒开了何其仁其实"何其恶"的虚伪"鬼"脸,一针见血地揭示了人性的贪婪、冷酷与世道的阴森、可怕。另外,不会或无力齐家的迂儒齐其家的形象也刻画得非常成功,其一系列迂腐、古怪的举动常常让人忍俊不禁,可怜又可恶。

在《绿野仙踪》世情板块之间,还插入了一些历史叙事,比如第七十三回至第七十九回所写的平倭,以及第九十一回、九十二回写的扳倒严嵩父子的事,这其实是作者借历史事件来抒写世情,可谓近代谴责小说的先驱,而画了一系列官场"鬼"图,其中严嵩特别是赵文华的贪官形象给人印象尤其深刻。总之,《绿野仙踪》的"绿野"叙事以画"鬼"为主,以暴露肮脏、黑暗的世情,而加以批判乃至否定。当然,作品也写了一些正面人物,如朱文炜、林岱、林润以及家仆陆芳、张华等,这些人是"绿野"中的一丝亮点,与众"鬼"对照而写,凸显了众"鬼"的狰狞面目,这些正面人物与众"鬼"相比,显得势单力薄,但多少也给了读者一点慰藉,本文就不赘述了。

(四)"仙踪":《绿野仙踪》的道教追求

面对"鬼"道横行、污浊不堪的现实世情,作者并没有悲观绝望,而是以道教为人们点起了一盏希望的明灯,以唤醒世人,早日回头,去恶从善。道教强调修道成

---

① 陶家鹤. 陶序[M]//李百川. 绿野仙踪. 北京:北京大学出版社,1986:17-18.

仙,李百川于"绿野"之上点缀"仙踪"叙事,并非是要世人都远离红尘去修仙,而是以道教向上的生命与精神的追求,来引导沉溺于欲海的世人,迷途知返,返璞归真,这无疑是对堕落的人性与世情的一种反拨与救赎。与佛教的转世成仙成佛相比,道教的即身成仙思想对中国人也许更有吸引力,虽然都比较遥远,虚无缥缈,甚至荒诞不经,但道教追求长生不死、肉身飞升的现实性、可行性似乎超过了佛教,这是道教虽义理贫瘠却仍有一定市场的重要原因之一。千百年来,修道成仙也只是传说而已,谁也没有真正见过,追求成仙而暴毙的闹剧历史上倒是有不少记载。李百川当然也没有修道实践与体验,其"仙踪"叙事主要来源于道教典籍与以前的神魔小说,所以《绿野仙踪》的"仙踪"叙事固与神魔小说相似,但其主要目的却不是宣扬道教思想,而是借道教的崇高追求来劝谕人心,矫正世情。

作者虽没有亲历道教实践,但对道教的基本精神还是相当认可的,当然对道教的至高目标也会有着一定的向往,这从有着作者明显影子的主人公冷于冰形象的塑造上可以看得出来。以往神魔小说中的修道主人公往往或是谪仙下凡受过,或是受命到人间行道,或是续前世仙缘,而少有人间烟火气,李百川笔下的冷于冰却是个例外,他是现实生活中一个自发的向道追求者,真切而更有说服力。作者为主人公取的名字就很有深意,冷于冰之"冷"与"冰"象征着主人公对世俗生活的彻底绝望,无道的社会环境使他对积极入世的儒家也失去了信心,只能转身求助于超世的道教,而不至于颓废乃至精神崩溃。才华横溢、志在必得的冷于冰三次参加乡试,均阴错阳差地名落孙山,特别是第三次,只因触怒了严嵩,而断送了几乎到手的解元,渐至心灰意冷,后在宰相夏言、兵部员外郎杨继盛相继被严嵩所害,友人潘知县和原为于冰塾师后官至太常寺卿的王献述先后猝死等事件的刺激下,恍然警醒,痛感人生的无常与无味:"我自都中起身,觉得人生世上,趋名逐利,毫无趣味。……我如今四大皆空,看眼前的夫妻儿女,无非是水花镜月;就是金珠田产,也都是电光泡影。纵活到百岁,也脱不过一死字。苦海汪洋,回首是岸。"(第五回)可见冷于冰是在参透了人生的真相之后,才有了弃家求道的惊人之举,他吃尽千辛万苦,后在西湖得遇火龙真人,方真正走上了内外功兼修的成仙之路。

道教强调外丹、内丹的修炼,亦坚持内外善双修,特别注重广积阴功、外功,正如冷于冰所说的那样:"昔年吾师教谕,言修行一途,全要广积阴功,不专靠宁神炼气。"(第三十七回)冷于冰斩妖除怪、度人成仙、助人功名、化灾救难等种种道教济世救人之举,看似与儒家的济世精神相似,其实有着本质的区别。儒家是身处尘世而济世,而道教则是超越了尘世的济世,道教济世并不表示其眷恋红尘、肯定尘世,相反,道教注重济世,一方面固然造福百姓,但同时更是为了自度,正如火龙真人在授予冷于冰的法旨中所写的那样:"冷于冰自修道以来,积善果大小十一万二千余件,天仙丹籍,久已注名。"(第九十回)同样,修道人一方面自己摒弃尘世生活,一方面又竭力济世;一方面对人世间的功名利禄毫不动心,一方面又帮助世人成就功名。这看似矛盾的举动竟统一在一个人身上,其实并不奇怪,因为修道人和世人的生命、精神层次不同,对待自己与对待世人的标准不一样,不会用修道人的标准来要求世人,自己修道远离贪欲的同时,并不否认世人正当的世俗追求,所以当已经得道的冷于冰回家探访,看到儿子已经中举、两个孙儿皆有"进士眉目"后,也感到"可喜",但这"可喜"是冷于冰以世人的视角与标准来体会的结果,并不表示他尘心未尽,更不表示他认同世间的功名富贵。总之,道教广积功德的济世精神与儒家的济世精神,其出发点与境界有着显著的差别,与世人的功名之心更不可同日而语。

《道德经·第四十一章》有云:"上士闻道,勤而行之;中士闻道,若存若亡;下士闻道,大笑之。不笑不足以为道。"意指"道"的玄妙高深及根性对修道人的重要性。上根之人一点就通,甚至无师自通;中根之人半信半疑,屡教不改;下根之人刚强难化,有如木石。而现实生活中中下根之人占绝大多数,上根之人实属罕见,所以道教非常看重修行人的根器,仙真只度可度之人,可问题是红尘中可度之人可谓凤毛麟角,正如《绿野仙踪》第一百回中火龙真人问道通真人和化行真人门下无一弟子的原因时,道通真人所回答的那样:"数百年来,也曾陆续看中十数个,于'酒''气'二字尚能把持,只到'财''色'二字上,不用两试三试,只一试便是再不可要之人,从何处度起?"所以作品中冷于冰所度的连城璧、金不换、温如玉等人的名字中就有着这样的寓意,即他们都是不可多得的、珍贵无比的可度之人,其中温如玉"特具仙骨,只是他于'色'之一字殊欠把持"(第一百回),天性好淫,屡改屡犯,虽费了周折,但最终还是修成正果。作者有意详写了冷于冰使用的种种手段,耐心地多次点化温如玉,可这个爱徒就是本性难改,稍有诱惑,便忘记师傅教诲,故态萌发,俗不可耐,与冷于冰的自发求道、精进不息形成了强烈的反差,进而说明了修道成仙之路的艰难。对普通世人来说,修道成仙虽是那样高不可攀、遥不可及,但毕竟为人世间点亮了一盏明灯,使人得以看清人性与世间的污浊,同时给人一点希望,令人升起一种向上的冲动,而自觉地去恶从善,这是《绿野仙踪》道教叙事的根本目的与价值所在。

（五）结语："鬼"——人——仙

《绿野仙踪》的"绿野"叙事中负面人物即"鬼"居多，大到严嵩、赵文华等高官之流，小到苗秃子、韩思敬等市井细民，共同组成了一个魑魅魍魉的人间"鬼"域，而朱文炜、林岱等正面人物即人无疑使得阴森的"绿野"中增添了些许亮色，不至于像《金瓶梅》所描写的世界那样"一团漆黑"。至于"仙踪"叙事中的修道者即仙就更少了，冷于冰、连城璧等就像几颗亮星，照亮了"绿野"的天空。《绿野仙踪》，"绿野"广阔，"仙踪"难觅，"鬼"、人、仙，三重境界，逐次升华，雅俗分明，以"仙踪"来导引、提升"绿野"，去俗就雅，这是《绿野仙踪》属世情小说的根本所在，而与《金瓶梅》《红楼梦》等"绿野佛影"类世情杰作比翼齐飞。

原载《济南大学学报(社会科学版)》2012 年第 5 期

《林兰香》主旨新探

明清世情小说的主旨一般都与儒道释有关,如《金瓶梅》《醒世姻缘传》宣扬因果报应,《歧路灯》弘扬儒家精神,《红楼梦》演绎佛教色空真谛等等,虽思想内涵不一,但殊途同归,都是为了实现作品的劝世宗旨。《林兰香》承接《金瓶梅》,虽汲取了一些才子佳人小说的因子,但不足以改变其世情小说的基本面貌。今人主要用现代话语来阐释《林兰香》,如"《林兰香》以其长篇巨制、深刻的激进意识和悲剧精神,展示了十八世纪悲剧的前期景象。为《红楼梦》的成功在思想和艺术形式上作出了探索"[1]"《林兰香》继承了《金瓶梅》的叙事模式和才子佳人小说崇才重情的特点,在此基础上又有所发展,力求更真实地展示女性的生存状况,从而写出了才女的悲剧,小说中女性的自我意识得到了强化"[2]等等;当然也有用传统话语来解读《林兰香》的,如"燕梦卿在理智上绝对接受的道学思想和她的不可泯灭的个性、才华的激烈冲突以及她本能上的对实现自我价值的渴望和她的实现方法之间的不可调和的矛盾,构成了这个悲剧的基础"[3]"《林兰香》中所体现出来的面对死亡的思想深度,在更大程度上是由中国传统知识分子身上所传承积淀下来的儒道思想不断交汇而得来的,作者所推崇的道家生存方式并不能真正解脱死亡焦虑,因为忘却

---

[1] 王旻.困惑与选择:《林兰香》悲剧散论[J].社会科学辑刊,1989(1):124-127.
[2] 何小蓉.《林兰香》与古代小说女性意识的觉醒[D].汉中:陕西理工学院,2010:33.
[3] 吴存存.道学思想与燕梦卿悲剧:读《林兰香》随笔[J].明清小说研究,1988(3):137-150.

的本身就是带有自发的强制性的"①等等。这些研究从不同的视角探讨了《林兰香》的思想内涵。本文依然从儒道释的视角,立足文本的分析,努力探寻作品的思想脉络,以进一步厘清作品的主旨,并从小说雅俗结合的维度来总结其创作的成败得失。

(一)"林兰香"的寓意

《林兰香》原书题"随缘下士编辑",每回末都附有"寄旅散人"的大量点评,从点评细致与到位的程度,可以推断作者与点评者实际上是同一个人,且这两个化名都一样带有道释的意味,由这两个化名读者也能推测作品大致的思想倾向与艺术风貌。

《林兰香》这一书名与《娇红记》《金瓶梅》等显然有异曲同工之妙,但它的寓意却更显丰富、深刻。《林兰香》一书深得庄子寓言写法之真传,小到人名书名,大到谋篇布局,字里行间无不充满了寓意,小说正文之前的"林兰香丛语"就已透露了作品的这一重要特色,而给了读者解读《林兰香》的一把关键的钥匙。作品开篇就详细交代了"林兰香"的基本寓意:"林者何?林云屏也。其枝繁杂,其叶茂密,势足以蔽兰之色,掩兰之香,故先于兰而为首。兰者何?燕梦卿也,取燕姞梦兰之意。古语云:'兰不为深林而不芳',故次于林而为二。香者何?任香儿也。其色娇柔,足以夺兰之色。其香霏微,足以混兰之香。故下于兰而为三。合林兰香三人而为名者,见闺人之幽闲贞静,堪称国香者不少,乃每不得于夫子,空度一生,大约有所掩蔽,有所混夺耳。如云屏之于梦卿,所谓掩蔽也。如香儿之于梦卿,所谓混夺也。掩蔽不已,至于坎坷终身。混夺不已,至于悠忽毕世。"②但从全书看来,作者的用意远不局限于此,因为代表"兰"的作品主人公燕梦卿不仅来自《左传》的"燕姞梦兰",其实更来自《离骚》的"余既滋兰之九畹兮,又树蕙之百亩"之句,而使得燕梦卿俨然成了屈原的化身。屈原常以"香草美人"来抒怀,喻示自己高洁的君子人格,他因为周围各种小人的诬陷、挑拨,得不到国君的重用,而无法实现自己的"美政"理

---

① 骆锦芳,马晓霞.从《林兰香》的生死观看儒道思想的冲突与融合[J].云南师范大学学报,2005(1):89-95.

② 本文所涉及的《林兰香》文本内容均出自:随缘下士.林兰香[M].沈阳:春风文艺出版社,1985.以下不再一一注明。

想与救国抱负,而长期被"掩蔽""混夺",所以作者设计的"林兰香"这一人物组合关系无疑是屈原一生处境的翻版。

屈原首先是浪漫诗人,然后是政治家,虽不是正宗的儒家传人,但他"知其不可为而为之"的救世精神却盖过了儒家思想的鼻祖孔子。孔子虽也有"知其不可为而为之"的执着,可比屈原理性得多的孔子在现实面前一次次碰壁之后也一再宣称:"天下有道则见,无道则隐"(《论语·泰伯》),"邦有道则仕;邦无道则可卷而怀之"(《论语·卫灵公》),"道不行,乘桴浮于海"(《论语·公冶长》),而显示了儒家中庸的智慧,甚至带有道家的意味。可深知"举世皆浊我独清,众人皆醉我独醒"的屈原却一条道走到黑,最终举身赴清流,而让自己"路漫漫其修远兮,吾将上下而求索"的生命戛然而止。伟大人物的心灵其实是相通的,鲁迅曾经深有体会道:"人生最苦痛的是梦醒了无路可以走。"①老子、陶渊明、王维、白居易等人从"儒家梦"醒过来之后找到了或道家或释家的出路,当然没什么大的痛苦与焦虑,可当屈原、阮籍、李白、王国维等人的"儒家梦"幻灭之后,一时找不到或不愿走别的道路,或借酒消愁忘忧,或吟诗咏怀,痛苦、绝望不堪之时甚至自杀,鲁迅也曾经经历了一段彷徨、寂寞的人生低潮。芸芸众生,一辈子浑浑噩噩,大梦不醒,倒也无事,而那些极少数的梦醒之人,如果找不到人生的新的坐标与出口,那就成为人世间最痛苦的另类了,屈原就是这样的典型:渔父吟唱的孔孟所提到的《孺子歌》"沧浪之水清兮,可以濯吾缨;沧浪之水浊兮,可以濯吾足"(《孟子·离娄上》)也不能动摇其"安能以皓皓之白,而蒙世俗之尘埃乎"的执着,而"宁赴湘流,葬于江鱼之腹中"(《楚辞·渔父》)。儒家坚持"邦有道则仕,邦无道则隐"及"达则兼济天下,穷则独善其身"的人生信条,所以后人对屈原也褒贬不一。比如司马迁就对屈原崇拜有加:"其文约,其辞微,其志洁,其行廉。……推此志也,虽与日月争光可也。"(《史记·屈原列传》)而其后的班固则不尽以为然,对屈原贬多褒少:"露才扬己……责数怀王,怨恶椒兰,愁神苦思,强非其人,忿怼不容,沉江而死……虽非是明智之器,可谓妙才者也。"(班固《离骚序》)李白曾感叹:"我本不弃世,世人自弃我。"(李白《送蔡山人》)事实上一般世人并不能感知那些"独清""独醒"之辈心灵的孤独与痛苦,也无所谓抛弃他们,还是屈原们不甘随波逐流而抛弃了自己的生命,同时也抛弃了"皆浊""皆醉"的芸芸众生。如是壮举虽也有警醒后人之意,可知者寥寥,他们永远是寂

---

① 鲁迅.鲁迅全集(第一卷)[M].北京:人民文学出版社,1981:159.

寞的。

那么,《林兰香》的女版屈原叙事究竟是何用意呢?作者对屈原的化身燕梦卿持什么态度呢?我们看到燕梦卿各方面堪称完美,像她那样的孝女节妇已是不可多得,婚后因为丈夫的多疑加之任香儿的挑拨,而渐渐被丈夫所冷淡,可就是在忠信见疑的处境下,她仍有为耿朗断指做药、剪发制袍等壮举,实在是难能可贵,深受众人称赞,但她生前就是没有赢得丈夫的心,而演绎了与屈原极为相似的人生悲剧。表面看来,《林兰香》似乎是通过燕梦卿的形象来歌颂屈原的"知其不可为而为之"的积极入世的儒家精神,可对比二人的结局,又发现"林兰香"另有深意。屈原自称为"独醒"之人,是他与世人相比而言的,可在道家眼里,他依然是一个"醉人",至死都没有从其"美政"的"儒梦"中醒悟过来。当郢都被破,屈原心中最后的一丝希望也随之彻底破灭,他那颗渐至枯竭的执着的救国之心至此也完全死了,以身殉国是其必然的结局。如果说唯利是图的世人做的是"小梦",那么"儒梦"便是"大梦","独醒"的屈原确实超越了世人的"小梦",而有更高的人生追求,可他不知道他其实只是进入了另一个"大梦"而已,同样没有执着的必要。而燕梦卿的结局显然与屈原不同,虽然都是因绝望而亡,但燕梦卿是绝望后完全醒悟了,弃世仙化而去。当燕梦卿第二次做那个"林兰香之梦"后,她"想了多时,恍然悟道:'是了,那树木分明是大娘真形,那萱草分明是三娘小照,那柔茅浮萍,分明是四娘五娘现身,那兰花分明是我的结果。一声响后,万样皆空,可见人生世上,寿夭穷通,终归乌有,又何必苦相争执哉!'想至此间,顿觉身如槁木,心似死灰"(第三十五回),此时的燕梦卿已基本从儒家的"大梦"中苏醒过来了,正如此回回前诗所概括的那样:"全凭慧剑断三尸,悟彻尘缘不作痴。事到头来浑是梦,炎凉空自费争持。"而耿朗那封"人是五个,诗只四首"的家信则给了燕梦卿最后的一击,而使得燕梦卿幡然醒悟,溘然仙逝前她草书一绝:"梦里尘缘几度秋,卿家恩意未能酬。仙源悟处归宜早,去去人寰莫再留!"(第三十六回)此回末寄旅散人点评道:"三尸斩而梦卿亡,分明见得妄念息而尘梦醒。庄子寓言,观者自知。""三尸斩"是道教术语,指斩掉自己的善念、恶念及自身,显然燕梦卿是悟道而梦醒,道家是其最终的归宿,其死后居住的"蓝田旧府"宛若仙界,也是一个明证。

综上所述,"林兰香"有着三重意蕴,最表层是燕梦卿的个人悲剧,中间层是屈原的儒家精神,最里层则是尘梦苏醒之后的道家追求。

（二）《林兰香》的主旨

对人生短暂与现实无味的焦虑，是道家思想得以形成与传播的两大重要原因，《林兰香》对此做了生动的演绎。自古以来，智者、诗人对生命短暂的感触尤其强烈，而留下了一系列千古名句，如"子在川上曰：逝者如斯夫，不舍昼夜"（论语·子罕），"人生天地间，若白驹之过隙，忽然而已"（《庄子·知北游》），"对酒当歌，人生几何？譬如朝露，去日苦多"（曹操《短歌行》），"人生忽如寄，寿无金石固。万岁更相送，贤圣莫能度"（《古诗十九首·驱车上在车门》），"念天地之悠悠，独怆然而涕下"（陈子昂《登幽州台歌》），等等，无不透露出沉重的感伤与忧虑。《林兰香》亦充满了这样的议论："天地逆旅，光阴过客，后之视今，今之视昔，不过一梨园，一弹词，一梦幻而已"（第一回），"可见人生世上，真如梦幻泡影，反不及这一片纸，千里万里，千年万年的流传不朽"（第四十九回），"然则人本无也，忽然而有；既有矣，忽然而无；论其世，不过忽然一大账簿"（第六十四回）。同时作者又通过人物之口来进一步强化这样的思想，如"郑文劝道：'人生如白驹过隙，何须自求困苦'"（第六回），"（彩云）自叹道：'世事如漆，人生若梦。我现在虽有所托，而从前之悠悠忽忽，奇奇怪怪，至今兀自不解。何造化之颠倒人以至此哉'"（第二十二回），"爱娘道：'人本如寄，生死何伤？但疑释而后身死，身死则心安'"（第三十回），等等，使得作品笼罩了一层感伤的色调与冀求解脱的渴望。

古人给出的消解因生命短暂而引起的心灵焦虑的方案，无非是忘忧与去忧两种。前者如"何以解忧，唯有杜康"（曹操《短歌行》），可"举杯销愁愁更愁"（李白《宣州谢朓楼饯别校书叔云》），酒只能使人暂时忘忧，却不能从根本上去忧。后者如"生年不满百，常怀千岁忧。昼短苦夜长，何不秉烛游？为乐当及时，何能待来兹？愚者爱惜费，但为后世嗤。仙人王子乔，难可与等期"（《古诗十九首·生年不满百》），这里似有及时行乐的意味。《林兰香》开篇诗中也有相近的表述——"暮鼓晨钟作荏苒，何为秉烛不徜徉"，但这里的及时行乐并非指像书中耿朗、任香儿那样沉溺色欲，而是提醒世人不要太被物所累，不要太世俗，活得太沉重、压抑，相反，应尽量看破红尘，重视精神追求，活得洒脱一些，正如作品中宣爱娘所自我剖析的那样："至于我的为人，若说无一可愁，那有许多可喜？只是人生百年，所乐者有限，所忧者无穷。若不寻些快事，岂不白白过了此生？一饮一啄，莫非前定。与其忧无益之忧,何如乐现成之乐!"(第四十三回)就是说,如果运用道家的智慧来观照短暂人生如梦如幻的实相,就可以达到去忧、无忧的逍遥境界。《林兰香》中的宣爱娘、平彩云这两个人物就有着这样的寓意:"逢场作戏之宣爱娘,随遇而安之平彩云,虽与兰有和不和之异,究其终,则皆兰之可以忘忧,可以为鉴者也。"(第一回)"宣"即"萱",中国自古就有萱草忘忧的说法,所以宣爱娘就是道家"无忧"的化身,她屡屡为燕梦卿排忧解难,并多次劝导燕梦卿:"忍之一字,固息事之源,实乃生病之胎也,莫若忘字为上。古人云:'大道玄之又玄,人世客而又客。直至忘无可忘,乃是得无所得。'"(第二十一回)"生死命也,遇合时也。如以不遇而即言死,则先妹而死者,不知其几多矣,何吾未之多见也。素患难行乎患难,妹总不能取法乎上,亦何至如匹夫匹妇之自经于沟渎者哉!"(第三十回)她灌输给燕梦卿随遇而安、乐天知命的道家哲理。《林兰香》书名中虽然没有嵌入宣爱娘的名字,但宣爱娘显然在"林兰香"这一人物组合中扮演了一个重要的角色,预示着以儒家道学自居的燕梦卿在宣爱娘的影响、帮助之下,最终也会向着宣爱娘所代表的道家靠拢。平彩云,正如其名字所喻示的那样,她没有主张,没有性格,就像天上飘荡的彩云一样,随遇而安,与宣爱娘一起成为作品道家精神的寓言载体。

《林兰香》中的另一个重要人物田春畹,虽也没有嵌入书名中,但同样颇有深意。田春畹为燕梦卿的侍妾,与燕梦卿在外表、心性诸方面都很相像,燕梦卿死后,成为燕梦卿的"后身",继续燕梦卿未完成的诸多心愿,而由妾升至大夫人,年登七十,含笑而逝,正如小说开篇所预言的那样:"故睹九畹之良田,宿根尚在,国香不泯。"青出于蓝而胜于蓝,处处以燕梦卿为榜样的田春畹,很多方面都超越了燕梦卿,正如寄旅散人所一再称赞的那样:"春畹不读书胜于读书,于梦卿为忠婢,于顺哥为仁母,于耿璘照为贤妾,于棠夫人为义妇。忠也,义也,仁也,贤也,春畹固深有得于读书之旨者也。"(第四十六回)"春畹为侍女是贤侍女,为妾是贤妾,为妻是贤妻,为母是贤母。攸往咸宜,真令人爱之敬之,寿而且康,不亦宜乎。"(第五十七回)德才兼备的燕梦卿因为缺乏道家的心胸而导致自己人生的悲剧,没有文化的田春畹却抒写了非常成功、圆满的人生,其根本原因就在于田春畹儒道兼备,正如宣爱娘所开导的那样:"六娘嗣后须当放开怀抱,凡事随缘,切莫效二娘自讨苦吃也!"(第四十三回)醒悟后的燕梦卿虽死犹生,作者设计的燕梦卿的"替身""后身"田春畹的圆满人生,显然就是象征了儒道结合的成功与完美。

对现实的失望与否定是滋生道家思想的另一重要原因。儒道释是中国传统社会的文化脊梁,明清时期,社会日趋糜烂,跟儒道释自身的堕落也有着很大的关系,作者在第五十二回对此作了集中的表现。作者借侠客之口对道释的现状大加鞭挞："古之释子明心见性,锐志慈仁。今之释子指佛吃穿,滋意淫盗。以我想不作这和尚也罢。古之羽流,守一抱元,逍遥世外。今之羽流,烧铅炼汞,混浊人间。以我想,不作这道士也罢。"然后又借凶医蛊婢、贼道淫僧之口揭露儒家的丑恶嘴脸："古之儒者,穷理尽性,止于至善。今有一等人,冠儒冠,服儒服,人面兽心,背常乱理,或闺门不整,或淫义不分,自家早得罪了周公孔子,反来责备别人。却不识羞!"接着又借侠客之口总结道："周程不作,世乏真儒。皆这些凶医蛊婢,贼道淫僧,惑世侮民之所致也。"作者通过儒道释的古今对比,揭示了世风日下、人心不古的文化原因,显然作者并非是要否定儒道释,而是对儒道释日益衰败的现状大为不满,正如寄旅散人在回末所点评的那样："医巫僧道,借此一骂,非借此概骂之也,骂其为奸为利者耳。末于儒又痛骂之者,盖农工商贾皆本于儒,而僧道亦皆儒者之人为之也。安得不骂之,安得不痛骂之!"四个恶人虽被诛杀,而社会的污浊亦可见一斑。

《林兰香》男主人公耿朗的一生,同样形象地演绎了尘心见冷、由儒及道的心灵嬗变过程。耿朗一生前后共有一妻五妾,正如《林兰香丛语》所提示的那样："唐云叟寄秦尊师云:'翠娥红粉婵娟剑,杀尽世人人不知。'耿朗溺于色,以致促其年是也。"耿朗之前也汲汲于功名,沉溺酒色,可自从燕梦卿死后,他也渐渐有所醒悟。为纪念燕梦卿,耿朗将九畹轩改名冷梅轩,九回廊改名冷竹廊,九皋亭改名冷心亭,对耿朗的这一举动,宣爱娘有一段详细的阐释："我想,二娘当日让居东一所,不肯专理家私,使人名利之心可冷。后来分辨朋友的好歹,不教官人受冯、张之累,使人交游之心可冷。不与同类分是非,不与一家分彼此,使人争竞之心可冷。及至夫妻反目,犹然割指医病,使人爱憎之心可冷。孝义感动得宦官内侍,恩德感动得女子小人,使人抑郁之心可冷。且至于嗣有人,遇毒不能伤,遇邪不能害,使人毒恶之心可冷。总而言之,看得二娘的一生,则人人的心都当冷了。"(第四十九回)就是劝人冷却私心、恶念,而生起善心、真心、道心。耿朗临终前病中曾有感言："想到四老爷哭燕岳父的祭文,把功名心灰了。想到任家送四娘为妾的事,把财帛心灰了。想到大老爷病中遗言,及今年杨岳母病故事体,把儿女心灰了。想到公明、子通、季子章与六娘之言,把恩爱心灰了。"(第五十四回)其尘心渐死,道心始发,只可惜他的生命已近枯竭,但毕竟有所醒悟。耿朗儿子耿顺在梦见生母燕梦卿对他说,"你要反本穷源,须寻自家本来面目。功不可居,名不可久。汝从我言,虽沧海重新,桑田再变,亦可无恙也"(第六十四回)之后,急流勇退,隐居西山近三十年,九十九岁而卒,同样是典型的道家叙事。另外,小说中有意安排了大量的死亡与坟墓叙事,也无疑增添了作品的道家氛围。

总之,《林兰香》虽有大量的儒家叙事,但其根本的意旨却是道家及道教思想,作者精心设计的诸多人物、人名、细节、情节,无不是为作品的这一中心意旨服务的。作者宣扬道家思想,但并没有否定儒家思想,而是让儒道并行不悖,和谐统一,同时展现了儒道各自的伟大力量与至高境界。

(三) 结语:《林兰香》的雅俗结合

老子曰:"道可道,非常道。"道是难以用言语表达的,《道德经》已勉为其难,而要用小说来演绎道家精神,其难度可想而知,所以《林兰香》的写作难度远远超过了宣扬因果报应的《金瓶梅》与弘扬儒家精神的《歧路灯》。应该说《林兰香》在雅俗结合这方面还是作了很大努力的:一方面作者塑造了燕梦卿、田春畹、宣爱娘、任香儿、耿朗等一系列比较丰满的艺术形象,另一方面作者充分运用庄子的寓言写法和自己渊博的学识,巧妙地化用前人的各种典故,随机说法,比如用"林兰香"来喻写屈原、用宣爱娘来代表道家等等,既有形象的演绎,也有直接的议论,多层次、立体地展现了道家的真谛。

《林兰香》的思想内涵是深刻的,但在艺术表现上,与《金瓶梅》《红楼梦》等世情杰作相比,还有差距。首先,作者的写实能力不够,像《金瓶梅》《红楼梦》中扑面而来的那种行云流水般的细节描写并不多见,不少描写显得生硬、做作。其次,直接或间接说理、说教过多,没能充分发挥小说的艺术特性,没能尽量让形象说话,而是让人物成了单纯的作者观念的传声筒,削弱了作品的艺术魅力。另外,《林兰香》也显得不够通俗。一是过多地运用寓言的写法,增加了读者阅读的难度;二是白话与韵文的掺杂使用,虽然增强了语言的文学性,却是以牺牲小说的通俗性为代价的,而有违通俗小说的基本属性,过于文人化。所以《林兰香》在雅俗结合上有所欠缺。尽管如此,《林兰香》所摹写的纷繁的明清北京的世态人情及其所蕴含的道家思想,在明清世情小说中还是独树一帜而大放异彩的,其艺术表现上的种种创新虽有遗憾,但其积极的探索精神还是值得肯定的,且给了后人不少有益的启示。

原载《温州大学学报(社会科学版)》2012 年第 2 期

《金瓶梅》雅俗论

在《红楼梦》问世之前,《金瓶梅词话》(简称《金瓶梅》)就被誉为"第一奇书",而雄居明代"四大奇书"之首,可青出于蓝而胜于蓝的《红楼梦》后来终于取代了《金瓶梅》的位置,而领衔中国古典"四大名著"。这一"政变"虽发生在二十世纪初白话文运动兴起之时,似乎有点冤,但其实也是公平的。《金瓶梅》虽然在思想和艺术成就上都远远超出了《三国演义》《水浒传》《西游记》,但有两点原因使它不能入选"四大名著"。一是"四大名著"应该尽量避免题材雷同,后来居上的世情小说《红楼梦》淘汰《金瓶梅》就是理所当然了;二是《金瓶梅》本身的先天不足——"淫书"也决定了其毁誉参半而难以广泛流传的命运。所以在中国小说史上就出现了这样的怪事,唯一能与《红楼梦》相提并论的《金瓶梅》,却不在"四大名著"之列。当然世人并没有遗忘《金瓶梅》,金学的兴起就是明证,虽然不像红学那么显赫,但随着金学研究的深入,《金瓶梅》必将逐渐走出"冷宫",进入大众的视野,而放射其应有的光彩。本文从雅俗入手,来阐释《金瓶梅》独特而伟大的文学价值。

(一) 第一奇书——恶之花

清初张竹坡把明代"四大奇书"之一的《金瓶梅》正式定名为《第一奇书》刊行,极力提高《金瓶梅》的地位,在其洋洋洒洒十几万字的精彩评点中,虽没有明确说明"奇"在何处,但其"第一奇书非淫书论""泄愤说""寓意说""苦孝说"等观点已大致诠释了"奇"的内涵。"二拍"作者凌濛初对"奇"的见解当最为到位:"今之人,但知耳目之外,牛鬼蛇神之为奇,而不知耳目之内,日用起居,其为谲诡幻怪非可以常理测者固多也。"①(《初刻拍案惊奇序》)就是说,世人一般只知道身外的"牛鬼蛇神"为奇,而不以为日常生活中或人性中诸多违背常理的"谲诡幻怪"为奇,这里凌濛初把真正的"奇"界定为日常生活中违背常理的种种扭曲的人性,确实是真知灼见,只可惜世人已习惯于堕落、丑恶而不以为奇了,所以凌濛初才要编著"二拍"来使世人"惊奇"而警醒。笑花主人在《今古奇观序》中对此更有一番细致的论述:"夫蜃(蜃)楼海市,焰山火井,观非不奇,然非耳目经见之事,未免为疑冰之虫。故夫天下之真奇,在未有不出于庸常者也。仁义礼智,谓之常心;忠孝节烈,谓之常行;善恶果报,谓之常理;圣贤豪杰,谓之常人。然常心不多葆,常行不多修,常理不多显,常人不多见,则相与惊而道之。闻者或悲或叹,或喜或愕。其善者知劝,而不善者亦有所惭恶悚惕,以共成风化之美。则夫动人以至奇者,乃训人以至常者也。"②笑花主人进一步发展、完善了凌濛初的思想,把"奇"与"常"相对,其实也就是"俗"与"雅"的对立,因为他认为圣贤豪杰才是常人,当然"常人不多见"了,特别像晚明那样俗不可耐的腐朽社会,高雅的"常人"更是罕见,无奈之下,只能"动人以至奇者",而编了《今古奇观》。这里所谓"至奇者",已不是一般意义上的"世俗"(popular),而是"鄙俗"(vulgar),近乎"邪恶"(evil)了。所以无论是"第一奇书"《金瓶梅》,还是"三言二拍",乃至《今古奇观》,所谓的"奇",不是指"常""正""雅",而是指洋洋大观的"俗""邪""恶",且以《金瓶梅》为最。

如此说来,"第一奇书"《金瓶梅》就是最"俗"最"邪"最"恶"的作品了。如果说其他三部"奇书"的故事内容、人物形象中还有一些"常",比如《三国演义》中刘备的仁、诸葛亮的忠、关羽的义,《水浒》中众多英雄豪杰的正气,《西游记》中正义与邪恶的较量等,那么在《金瓶梅》故事的表面叙述中几乎是没有上述作品中的亮色即"常"的,武松等形象虽有些"正面人物"的影子,但在作品中的分量微不足道。对于《金瓶梅》内容的"鄙俗"金学家黄霖这样总结道:"其主旋律是什么呢?曰:暴露。它在我国文学史上的最大特色,就是第一次全心全意将人间的丑恶相当集中、全面、深刻地暴露于光天化日之下。在这里,能看到昏庸的皇帝、贪婪的权奸、堕落的儒林、无耻的帮闲、龌龊的僧尼、淫邪的妻妾、欺诈的奴仆,就是几个称得上'极是清

---

① 黄霖,韩同文.中国历代小说论著选(修订本)[M].3版.南昌:江西人民出版社,2000:263.
② 朱一玄.《金瓶梅》资料汇编[M].天津:南开大学出版社,2002:184.

廉的官'，也是看着'当道时臣'的眼色，偏于'人情'，执法不公。到处是政治的黑暗，官场的腐败，经济的混乱，人心的险恶，道德的沦丧。有人说，《红楼梦》中除了一对石狮子外，再也没有干净的了。这话说得未免过分。大观园中的主人公们还在为取得自以为干净的东西挣扎着。而一部《金瓶梅》，除了如武松、曾孝序、王杏庵等毫不重要的配角身上闪烁着一星正义的火花之外，整个世界是漆黑漆黑的。《金瓶梅》就是这样一面当时社会的镜子。面对着这面镜子，不能不令人惊，令人叹，令人哀，令人怒，令人迫切希望彻底改变这样的现实。"①所以说"漆黑漆黑"的《金瓶梅》是最能让读者"拍案惊奇"的了，因为它确实是最"奇"的，即最"俗""邪""恶"的。

"第一奇书"又被视为"淫书""秽书"，那么，是不是《金瓶梅》中就没有"常""雅""正"呢？答案众多名家其实早就给了，如只看了作品前半部的袁宏道就下了"云霞满纸，胜于枚生《七发》多矣"②（《与董思白书》）的断语，鲁迅也认为："诸'世情书'中，《金瓶梅》最有名……同时说部，无以上之……至谓此书之作，专以写市井间淫夫荡妇，则与本文殊不符，缘西门庆故称世家，为搢绅，不惟交通权贵，即士类亦与周旋，著此一家，即骂尽诸色，盖非独描摹下流言行，加以笔伐而已。"③就是说，在《金瓶梅》大俗的故事内容的背后，隐藏着大雅的主题思想，这与法国波德莱尔的《恶之花》极为相似，即《金瓶梅》故事表面内容的"大俗"为"恶"，这"恶"后面隐藏着"大雅"即为"花"，所以《金瓶梅》即为"恶"之"花"，或中国小说版的《恶之花》，问题是世人只见"恶"，而看不到"恶"上面盛开的"花"，甚至连"恶"都看不到，而生欢喜心甚至效法心，对此前人早有告诫："读《金瓶梅》而生怜悯心者，菩萨也；生畏惧心者，君子也；生欢喜心者，小人也；生效法心者，乃禽兽耳。"④（弄珠客《金瓶梅序》）

《金瓶梅》这朵"恶之花"看来真的不是那么好欣赏的，因为"第一奇书"不仅有"大俗"，更有不易觉察的"大雅"，但一不小心就有可能成为小人甚至禽兽了，所以历代名家巨公总是强调《金瓶梅》的那朵凡眼难识的"大雅"的"花"，时时提醒读者，不能买椟还珠。明代欣欣子有云："窃谓兰陵笑笑生作《金瓶梅传》，寄意于时俗，盖

---

① 黄霖.黄霖说金瓶梅[M].北京：中华书局，2005：7.
② 朱一玄.《金瓶梅》资料汇编[M].天津：南开大学出版社，2002：157.
③ 鲁迅，等.名家眼中的金瓶梅[M].北京：文化艺术出版社，2006：3.
④ 朱一玄.《金瓶梅》资料汇编[M].天津：南开大学出版社，2002：178.

有谓也。"①廿公更是大声疾呼:"《金瓶梅传》为世庙时一巨公寓言,盖有所刺也。然曲尽人间丑态,其亦先师不删《郑》《卫》之旨乎。中间处处埋伏因果,作者亦大慈悲矣。今后流行此书,功德无量矣。不知者竟目为淫书,不惟不知作者之旨,并亦冤却流行者之心矣。特为白之。"②清初张竹坡受《诗经》的启发来把握《金瓶梅》雅与俗的关系:"《诗》云:'以尔事(车)来,以我贿迁。'此非瓶儿等辈乎？又云:'子不我思,岂无他人？'此非金、梅等辈乎？狂且、狡童,此非西门、敬济等辈乎？乃先师手订,文公细注,岂不曰此淫风也哉？所以云:'《诗》三百,一言以蔽之,曰思无邪。'注云:'《诗》有善有恶。善者起发人之善心,恶者惩创人之逆志。'圣贤著书立言之意,固昭然于千古也。今夫《金瓶》一书,亦是将《蹇裳》《风雨》《蘀兮》《子衿》诸诗细为摹仿耳。夫微言之而文人知儆,显言之而流俗皆知。不意世之看者,不以为惩劝之韦弦,反以为行乐之符节,所以目为淫书,不知淫者自见其为淫耳。"③中国文学一直有劝善惩恶的教化传统,《诗经》就是以劝善为主,辅以惩恶的,因而都是"无邪"的,因为"善者起发人之善心,恶者惩创人之逆志"。张竹坡认为《诗经》中属于"惩恶"的《蹇裳》《风雨》等篇是"微言之",而文人君子从中就能"知儆",《金瓶梅》属"显言之",为的是让更多的世人"知儆",可意想不到的是"世之看者,不以为惩劝之韦弦,反以为行乐之符节",而坚持"第一奇书非淫书"的结论:"所以目为淫书,不知淫者自见其为淫耳。"

对"第一奇书"之"奇"的内涵概括得最全面、精当的,当推清康熙年间与张竹坡同时代的刘廷玑,刘氏在其《在园杂志》卷二有云:"若深切人情世务,无如《金瓶梅》,真称奇书。欲要止淫,以淫说法;欲要破迷,引迷入悟。其中家常日用,应酬世务,奸诈贪狡,诸恶皆作,果报昭然。而文心细如牛毛茧丝,凡写一人,始终口吻酷肖到底。掩卷读之,但道数语,便能默会为何人。结构铺张,针线缜密,一字不漏,又岂寻常笔墨可到者哉！"④至此,我们对"第一奇书"之"奇"的内涵应该有一个大致全面的了解了。《金瓶梅》首先"奇"在作品内容彻头彻尾的"俗""邪""恶";其次"更奇"在作品叙事背后的"雅""正""善""常",就如刘廷玑所说的"欲要止淫,以淫说法;欲要破迷,引迷入悟",也正如冯梦龙所概括的"另辟幽蹊,曲中奏雅";再次

---

① 朱一玄.《金瓶梅》资料汇编[M].天津:南开大学出版社,2002:175.
② 朱一玄.《金瓶梅》资料汇编[M].天津:南开大学出版社,2002:177.
③ 朱一玄.《金瓶梅》资料汇编[M].天津:南开大学出版社,2002:423.
④ 朱一玄.《金瓶梅》资料汇编[M].天津:南开大学出版社,2002:561.

"奇"在绝妙的人物刻画与描写,"文心细如牛毛茧丝";最后还"奇"在作品结构的缜密、语言的生动传神。总之,《金瓶梅》从内容到主题、从人物到情节、从语言到描写、从思想到艺术,无不令人"拍案惊奇",它盛开在晚明昏暗的天空,就像黎明前的黑暗,又像夜空中闪烁的孤星,抑或禅宗的"烦恼即菩提",而成为世界文学史上的一朵千古奇葩——让人既惊又恨,既惧且叹,由迷而悟的"恶之花"。

(二)内容之俗——"酒色财气"而"云霞满纸"

如果要用一个字来概括《金瓶梅》的故事内容、人物特点,那就是"欲",更准确地说,就是"贪",因为世人大多难以控制自身的贪欲,所以就俗了,甚至俗不可耐、粗俗不堪而浑然不觉。俗话说:"天下熙熙,皆为利来;天下攘攘,皆为利往。"讲人之贪财,其实财色名食睡,抑或酒色财气,世人哪样不贪,都在无边的欲海里挣扎、沉浮。《金瓶梅词话》卷首有《四贪词》来总领全书,在第1回开头又引南宋词人卓田的《眼儿媚》来强调情色的祸害,"丈夫只手把吴钩,能断万人头。如何铁石,打作心肺,却为花柔?尝观项籍并刘季,一怒世人愁。只因撞着,虞姬戚氏,豪杰都休。"崇祯本《金瓶梅》又将第一回的回前诗改为:"豪华去后行人绝,箫筝不响歌喉咽。雄剑无威光彩沉,宝剑零落金星灭""玉阶寂寞坠秋露,月照当时歌舞处。当时歌舞人不回,化为今日西陵灰",用这两首诗来启发、告诫世人切莫贪财色,所以张竹坡反复指出《金瓶梅》"独罪财色"的主旨,应是中肯之语。当然这不是说《金瓶梅》中没有写"酒气",而是说世人对"财色"的贪婪远大于"酒气",或者说贪恋"财色"的祸患远重于贪恋"酒气"。

常言道:"酒是穿肠毒药,色是刮骨钢刀,财是致命恶虎,气是惹祸根苗。"相传佛印和尚也曾写了一首《酒色财气》诗:"酒色财气四堵墙,人人都在里边藏。谁能跳出圈外头,不活百岁寿也长。"苏东坡可能觉得人生在世,谁能免俗,只要把握个度就行,于是和诗一首:"饮酒不醉最为高,见色不迷是英豪。世财不义切莫取,和气忍让气自消。"似乎各有道理,事实上,还是佛印和尚入木三分,因为现实生活中真正能把握度的微乎其微,世人大多始终跳不出"酒色财气"这四堵墙而欲壑难填、贪得无厌,又作茧自缚、自作自受。郑振铎就认为《三国演义》离现在太遥远,描写的是充满神秘性的超人,《水浒传》中的英雄人物也是半超人的,而《金瓶梅》就远远超越了前两者,他说:"表现真实的中国社会的形形色色者,舍《金瓶梅》恐怕找不到更重要的一部小说了……它是一部很伟大的写实小说,赤裸裸的毫无忌惮的表现着中国社会的病态,表现着'世纪末'的最荒唐的一个堕落的社会的景象。"[1]满文译本《金瓶梅序》中也有相似的概括:"篇篇皆是朋党争斗、钻营告密、亵渎贪饮、荒淫奸情、贪赃豪取、恃强欺凌、构陷诈骗、设计妄杀、穷极逸乐、诬谤倾轧、逸言离间之事耳……自寻常之夫妻、和尚、道士、姑子、拉麻、命相士、卜卦、方士、乐工、优人、妓女、杂戏、商贾以及水陆杂物、衣用器具、嘻戏之言、俚曲,无不包罗万象,叙述详尽,栩栩如生,如跃眼前。此书实可谓四奇书中之佼佼者。"[2]

袁宏道曾惊讶、赞叹于《金瓶梅》的"云霞满纸",他是联想到枚乘的汉赋《七发》有感而发的。《七发》以七件事循循启发太子们不能一味贪求奢侈豪华的物质享受,那种贪图安逸、追求享乐、奢华腐败的生活方式是他们一切病痛的根源,只有弃俗就雅,学习"要言妙道",提高精神境界,才能使他们"涊然汗出,霍然病已"。因为前六件事分别是从音乐、饮食、车马、宫苑、田猎、游览、观涛来描写声色犬马的奢靡生活,作者极尽夸张铺陈之能事,不仅语言生动,描写细致,而且想象丰富,场面宏大,真可谓"云霞满纸",所以当袁宏道一看到《金瓶梅》中满纸对酒色财气日常生活的传神临摹时,就油然而生此感。所以有人把袁宏道的"云霞满纸"狭隘地理解成《金瓶梅》中大段大段的性描写,就显然是误解而贬低、丑化袁宏道了。其实袁宏道那样的高士大家怎么可能如此猥琐而独独欣赏《金瓶梅》中的性文字呢?本文下面就按照酒、色、财、气的顺序来勾勒"云霞满纸"的《金瓶梅》的内容。

【酒】《四贪词》之一:"酒损精神破丧家,语言无状闹喧哗。疏亲慢友多由你,背义忘恩尽是他。切须戒,饮流霞。若能依此实无差,失却万事皆因此,今后逢宾只待茶。"《金瓶梅》中最不厌其烦、连篇累牍地描写的生活细节恐怕就是酒了。现代人也好饮酒,但与《金瓶梅》中的人物比起来,还是小巫见大巫。一部《金瓶梅》,不问男女老少,可以说是无一人、无一事、无一日甚至无一刻不饮酒,晚明人似乎整天都在饮酒,大到生意、官场,小到一日三餐,至于逢年过节、庆寿迎宾,更是觥筹交错,饮酒成了他们最富特色的生活方式。所以《金瓶梅》首先应该是"酒书",然后才是"淫书"。酒文化在中国可谓源远流长,曹操"对酒当歌,人生几何?……何以解忧?唯有杜康"的感慨就是生动的写照,所以人们觉得饮酒无可非议。酒是兴奋

---

[1] 鲁迅,等.名家眼中的金瓶梅[M].北京:文化艺术出版社,2006:34.
[2] 朱一玄.《金瓶梅》资料汇编[M].天津:南开大学出版社,2002:558-559.

剂,催生了不少伟大的作品,但更滋生了无穷的罪恶,其过远大于功,所以佛教也提倡戒酒,因为人酒后易乱性,人本性就是贪婪的,酒只能使人更疯狂地贪求享乐。"酒是色媒人",在《金瓶梅》中因酒而淫的场景比比皆是,更有多少丑恶都与酒脱不了干系。贪杯不仅伤害人的身体,更容易扭曲人的灵魂,从而提供了罪恶的温床,所以《金瓶梅》不惜笔墨,大写特写饮酒,展示了那一幅幅令人眼花缭乱的"酒世界"图画,主要还是为了渲染晚明糜烂享乐的世风,而成为作品"俗"的生活叙事中最常见、最显眼、最有意味的背景与镜头。

【色】《四贪词》之二:"休爱绿鬓美朱颜,少贪红粉翠花钿,损身害命多娇态,倾国倾城色更鲜。莫恋此,养丹田。人能寡欲寿长年,从今罢却闲风月,低帐梅花独自眠。"古语曰"万恶淫为首",又云"饱暖思淫欲",佛家有"淫心不除,尘不可出",当代高僧宣化上人同样直言不讳地开示"人为色死,鸟为食亡",可见色的危害之大和世人淫心的难移。饮食男女,人之大欲,告子曰:"食色性也。"就是说,性是合礼的、适当的,而淫则是不合礼数的、过度的,所以我们在《金瓶梅》中就只看到邪恶的淫,正当的性几乎难觅踪影。《金瓶梅》中几乎是无人不淫,且不说凡夫俗子,就是佛徒道士也同样未泯男女之欲,报恩寺的和尚、泰安州的道士石伯才、晏公庙的道士金宗明、地藏庵的薛姑子以及自称西域天竺国寒庭寺给西门庆配制行房妙药的云游胡僧,一个个六根未净,丑态百出,可见晚明社会已堕落到何种程度。《金瓶梅》中的淫魔们全部陷入了疯狂而不能自拔,西门庆、潘金莲及作品后小半的庞春梅更是滥淫到了极点,尤其是西门庆,除了一妻五妾,还包占行院,遍奸仆妇奴婢、贵妇妾童,死前半个多月的时间可谓其最后的狂欢,除了正常的夫妻性生活,还先后和贲四嫂狂淫两次,与郑爱月、林太太、如意儿、惠元、王六儿各狂淫一次,直到一命呜呼也不改悔。为了满足无止境的淫欲,淫魔们抛弃了一切纲常伦理,把人格降到动物的程度,甚至禽兽不如,一个个纵欲作恶,害人害己,同归于尽,西门庆和庞春梅都是直接因淫逸过度而毙,陈经济和潘金莲都因滥淫致怨而亡命,李瓶儿和宋惠莲之死也源于淫荡,作恶者必自毙,可像武大郎、花子虚这些无辜的受害者,又怎一个冤字了得?与《肉蒲团》和《如意君传》等艳情小说不同,《金瓶梅》不是专门写淫,而是迫不得已的"以淫止淫",但也背上了"淫书"的"恶谥",虽有点冤,但也并非全无道理,其"逢人情欲,诱为不轨"之罪名当是基本成立的,因为无论是对青少年还是对淫心炽烈的世人,其近两万字的淫行描写的诱惑都是致命的,所以《金瓶梅》不仅对青少年是不宜的,对淫欲难控的芸芸众生同样是不宜的。这就是张竹坡所说的"《金瓶梅》误人",因为修养不够之人看《金瓶梅》就只见其"色",而不见其"戒色"之良苦用心,张竹坡进一步认为,还是"人误《金瓶梅》矣",因为归根结底,还是世人淫心太重,看不到《金瓶梅》作者大慈大悲的菩萨心肠,而使得《金瓶梅》难以广泛、公开流传。当然在色情传播如此泛滥、猖獗的今天,《金瓶梅》的那点"黄"文字虽已变得无足轻重,但同时也更证明了《金瓶梅》的深刻、崇高、可贵。

【财】《四贪词》之三:"钱帛金珠笼内收,若非公道少贪求,亲朋道义因财失,父子怀情为利休。急缩手,且抽头。免使身心昼夜愁,儿孙自有儿孙福,莫与儿孙作远忧。"世人"四贪"当中的"财"担当了一个特殊的角色,它是其余"三贪"的中介与保障,"饱暖思淫欲""财大气粗"就是明证,就是说贪财只是手段而已,当然守财奴除外,运用财富去尽情地贪"酒色气"才是人生最终的目的,所以世人你争我斗、尔虞我诈,表面上看是"人为财死",究其实还是"人为酒色气而亡"。君子爱财,取之以道,正当的欲望是合理的,钱财本身更没有错,可是如果用不正当的手段谋取钱财,又用来满足自己过分的贪欲,那么钱财越多,就越刺激人的欲望,就必然作恶越多,古往今来,不知道有多少人为挣钱财而枉送了性命,更不知道又有多少人因为有了钱财而物欲横流、作恶多端、加速灭亡。《金瓶梅》的主人公西门庆就是这样的一个典型,兰陵笑笑生以他那生花妙笔将西门庆怎样敛财暴富、享乐作恶直至毁灭的全过程娓娓道来。西门庆原本只是清河县中一个殷实人家,在短短的六七年时间里,除了开店经商,主要是通过娶妾取财、贪赃枉法等手段聚敛了十几万两银子的财富,同时也加剧了其穷奢极欲、纵情声色的罪恶人生。吴月娘曾经劝西门庆少干几桩贪财好色的事情,西门庆答道:"咱闻那佛祖西天,也止不过要黄金铺地;阴司十殿,也要些楮镪营求。咱只消尽这家私广为善事,就使强奸了嫦娥,和奸了织女,拐了许飞琼,盗了西王母的女儿,也不减我泼天富贵!"(第五十七回)这就是西门庆的"财色"人生哲学,使他如飞蛾扑火般结束了自己短暂却罪恶、肮脏、可耻的人生。不仅清初的张竹坡强调《金瓶梅》"独罪财色",清末的文龙也深有同感:"看完此本而不生气者,非夫也。一群狠毒人物,一片奸险心肠,一个淫乱人家,致使朗朗乾坤变作昏昏世界,所恃者多有几个铜钱耳。钱之来处本不正,钱之用处更不端,是钱之为害甚于色之为灾。"①其实,财色之过,孰轻孰重,世间有几人能看透?

【气】《四贪词》之四:"莫使强梁逞技能,挥拳裸袖弄精神,一时怒发无明穴,

---

① 朱一玄.《金瓶梅》资料汇编[M].天津:南开大学出版社,2002:599.

到后忧煎祸及身。莫太过,免灾迍。劝君凡事放宽情,合撒手时须撒手,得饶人处且饶人。"在人的四大劣根性"酒色财气"中,"气"排在最末,又难以捉摸,似乎不大重要,事实上并非如此。气有正邪之分。正气是指不为一己贪欲、不计个人得失而心系社稷苍生的那种崇高的精神与境界的显现或体现,孟子的"富贵不能淫,贫贱不能移,威武不能屈,此之谓大丈夫"(《孟子·滕文公下》)和"我善养吾浩然之气……其为气也,至大至刚,以直养而无害,则塞于天地之间。其为气也,配义与道;无是,馁也"就是最经典的诠释,正气利己利家、利国利民,有多少孟轲、文天祥那样的圣贤先哲、仁人志士正气凛然、气壮山河、气贯长虹而永垂不朽。与正气相反,邪气是一心为己、贪得无厌的必然产物,当一己私欲得不到满足或事与愿违时,小则生气、负气,大则怒气、怨气,甚至霸气、恶气,"冲冠一怒为红颜"就是典型的例证。《四贪词》中的"气"就是指这种"邪气",世人大多因为不知道"养正气",正不压邪,邪气就必然肆虐而贪"酒色财"了,且越贪"酒色财",邪气就越重,人缺乏了正气,就只能在"酒色财气"中恶性循环,如此人生看似风光无限,实则惨不忍睹。《金瓶梅》中正气稀罕,而邪气冲天,武松可作为正气的化身,但在作品中只是一个模糊的背景,真正的主角是邪气十足的西门庆、潘金莲之流。《金瓶梅》中"气"的典型当首推潘金莲,她财不及瓶儿、玉楼,地位不及吴月娘,但凭着自己的才貌和西门庆的宠爱,她就是不服"气",为了维护自己的地位,为了出人头地,更为了泄"气",她变着法子耍乖弄巧、搬弄是非、兴风作浪,挑拨西门庆与吴月娘生隙,唆使西门庆激打孙雪娥,假手害死了宋蕙莲,设计害死了官哥,故意气死了李瓶儿,一个"气"字把人心变得如此龌龊、恶毒,怎不令人"惊奇"?所以潘金莲身上"淫妇"的标签远没有"妒妇"的标签来得醒目,来得深刻,来得骇人。西门庆的"邪气"首先表现在"酒色财"的贪求上,比如他对女人的无休止的霸占就不仅仅是贪色,还夹杂了浓烈的逞强使气的成分,来满足自己极度膨胀的虚荣心、狂妄心。而且随着他日渐发迹变泰,"气"也越来越粗了,他对李瓶儿态度的几番冷热就是最好的个案。当风头过后,得知李瓶儿招赘了郎中蒋竹山为婿时,依然飞扬跋扈的西门庆立马开始有步骤地出"气"了:先是教训了蒋竹山,然后接连出狠招惩罚李瓶儿,直逼得李瓶儿悬梁自尽,被救后西门庆尤不解气,又是鞭打,又是脱衣罚跪,百般羞辱,在李瓶儿苦苦解释、哀求后,气势汹汹的西门庆方才罢休,而痛快淋漓地演绎了一曲"气"的"凯歌"。

所以《金瓶梅》的"云霞满纸",其实就是"邪气满纸",或者"酒色财气满纸",晚明糜烂的世俗生活就这么鲜活地被定格、放映,而使这朵人性的"恶之花"永远绽放在历史的天空。

（三）主题之雅——"胜于枚生《七发》多矣"

袁宏道感慨《金瓶梅》"胜于枚生《七发》多矣",究竟是什么意思呢？这里我们有必要先对《七发》再作一些分析。枚乘的《七发》标志着汉赋的正式形成,汉赋虽有劝百讽一的遗憾,但作者的立意还是高雅的,至于效果不佳甚至相反那是接受者自身素质的问题。刘勰《文心雕龙·诠赋第八》就认为："原夫登高之旨,盖睹物兴情。情以物兴,故义必明雅。"①就是说,登高而赋,其情思必雅正,所以刘勰对枚乘的《七发》也极为赏识："枚乘摛艳,首制《七发》,腴辞云构,夸丽风骇。盖七窍所发,发乎嗜欲,始邪末正,所以戒膏粱之子也。"②《七发》的内容似乎很俗,但主题却很雅,告诫世人要时时修心,谨防堕落,可谓别出心裁,意味隽永。毛泽东在1959年8月16日写过一篇短文,专门推荐大家读枚乘的这篇《七发》,短文中还特意引述了《七发》第一段中的几句话："且夫出舆入辇,命曰蹷痿之机；洞房清宫,命曰寒热之媒；皓齿蛾眉,命曰伐性之斧；甘脆肥脓,命曰腐肠之药。"并断言"这些话一万年还将是真理"③。由此可见枚乘《七发》非同寻常的意义与价值。

《七发》虽"腴辞云构,夸丽风骇",并且"犹骋郑卫之声,曲终而奏雅"而"信独拔而伟丽",但毕竟仅两千多字,内容、思想、风格与之相近的近百万巨著《金瓶梅》当然"胜于枚生《七发》多矣",就是说《金瓶梅》不仅能更加逼真、细致、生动地描绘晚明堕落、黑暗的世俗生活,而且作品应该具有更强大的启迪和警示作用。《金瓶梅》充分利用小说的便利,除了《七发》的"曲终奏雅",还有"曲前奏雅",更有大量的"回前奏雅""回中奏雅""回终奏雅",即"曲中奏雅",这些都属于直接或正面的"奏雅",还有更为重要的间接或反面的"奏雅",就是糜烂、丑恶的世俗日常生活描摹得越全面、越传神,对读者的震撼力就越强烈,而使读者由恐惧而反省,乃至有所醒悟。所以《金瓶梅》这面人性的魔镜应该是双面的,正面是雅、常、正,是真善美,反面是俗、邪、奇,是假丑恶,劝善惩恶,双管齐下,以期读者能茅塞顿开,破迷开悟。

间接或反面的"奏雅",本文第二部分"内容之俗——'酒色财气'而'云霞满

---

① 刘勰.文心雕龙[M].郭晋稀,注译.长沙:岳麓书社,2004:71.
② 刘勰.文心雕龙[M].郭晋稀,注译.长沙:岳麓书社,2004:118.
③ 毛泽东.建国以来毛泽东文稿:第八册[M].北京:中央文献出版社,1998:456.

纸'"已经论及,当然不再重复,这里仅梳理一下直接或正面"奏雅"的情况。先说"曲终奏雅"。前79回是西门庆的发迹史,也是他的贪财好色嗜酒逞气史,更是他由兴而盛乃亡的个体生命史,在西门庆暴亡后,作者当然要不失时机地"奏雅"一番而插入了几句古人的格言:"为人多积善,不可多积财。积善成好人,积财惹祸胎。石崇当日富,难免杀身灾。邓通饥饿死,钱山何用哉!今人非古比,心地不明白。只说积财好,反笑积善呆。"意在劝人以西门庆为鉴,应多行善,而不是多积财。全书终结当然更要"奏雅"了,后二十几回续写西门庆死后,众叛亲离,家道败落,呼喇喇似大厦倾,看似不甚重要,其实这同样是作者的匠心所在:一方面以更广阔的视角来演绎一个家庭的盛衰史,进一步揭示世态炎凉、世事无常的人间真相;另一更重要方面,就是交代各个人物的结局,来充分显示"恶有恶报,善有善报"的因果报应主题,并以"空"字来作结全书。《金瓶梅》之"雅"的核心内容是劝人向善,但作品中具体运作的则是佛教精神,对此前人多有论述,如欣欣子有云:"其中语句新奇,脍炙人口,无非明人伦,戒淫奔,分淑慝,化善恶,知盛衰消长之机,取报应轮回之事,如在目前,始终如脉络贯通,如万系迎风而不乱也,使观者庶几可以一哂而忘忧也。"①张竹坡在《金瓶梅读法》中也多次论及:"先是吴神仙总览其盛,便是黄真人少扶其衰,末是普净师一洗其业:是此书大照应处""写月娘必写其好佛者,人抑知作者之意乎?作者开讲,早已劝人六根清净,吾知其必以空结此财色二字也……作者几许踟蹰,乃以孝哥儿生于西门死之一刻,卒欲令其回头受我度脱,总以圣贤心发菩萨愿,欲天下无终讳过之人,人无不改之过也。夫人之既死,犹望其改过于来生,然则作者之待西门何其忠厚恺恻,而劝勉于天下后世之人,何其殷殷不已也。"②《金瓶梅》的佛教主旨和作者的菩萨心肠已昭然若揭,更有"曲终奏雅"的篇终诗为证:"阀阅遗书思惘然,谁知天道有循环。西门豪横难存嗣,敬济颠狂定被歼。楼月善良终有寿,瓶梅淫佚早归泉。可怪金莲遭恶报,遗臭千年作话传。"

再看一下"曲前奏雅"。《金瓶梅词话》正文前有《行香子》和《四贪词》两组词,《四贪词》上文已引述,主要讲酒色财气的危害,属于"反面奏雅",不再赘述。《行香子》是元朝中峰禅师所作,显然是"正面奏雅",而直接表明了作品的创作主旨。现摘录其中一首:"阆苑瀛洲,金谷陵(琼)楼。算不如茅舍清幽。野花绣地,莫也风

---

① 朱一玄.《金瓶梅》资料汇编[M].天津:南开大学出版社,2002:176.
② 朱一玄.《金瓶梅》资料汇编[M].天津:南开大学出版社,2002:425-431.

流。也宜春,也宜夏,也宜秋。酒熟堪酗,客至须留。更无荣无辱无忧。退闲一步(是好),着甚来由。但倦时眠,渴时饮,醉时讴。"这组词用语朴素无华,以恬静素雅之景寄超旷飘逸之情,无俗务缠身,无名利萦心,无是非烦恼,禅师安贫乐道、轻松自在的超脱胸襟跃然纸上,与作品将要描绘的深陷贪欲烂泥潭而痛苦不堪又难以自拔的芸芸众生形成了强烈的反差、对比,意在提示读者,欲海无边,回头是岸,应返璞归真,清心寡欲,自在做人,不亦乐乎:"水竹之居,吾爱吾庐。石磷磷乱砌阶除。轩窗随意,小巧规模。却也清幽,也潇洒,也安舒。懒散无拘,此等何如?倚阑干临水观鱼。风花雪月,赢得工夫。好炷心香,说些话,读些书。"

最后再说一下"曲中奏雅",即大量的"回前奏雅""回中奏雅""回终奏雅",这些"奏雅"主要以诗词的形式出现,也穿插些精辟的议论。《金瓶梅》总共有300多首诗词,这些作品内容、风格、质量、来源不一,良莠不齐,但还是有不少好的"奏雅"文字的。比如第五回的回前诗"参透风流二字禅,好姻缘是恶姻缘。痴心做处人人爱,冷眼观时个个嫌。野草闲花休采折,真姿劲质自安然。山妻稚子家常饭,不害相思不损钱",第十一回的回末诗"舞裙歌板逐时新,散尽黄金只此身。寄语富儿休暴殄,俭如良药可医贫",第四十七回的回末诗"善恶从来报有因,吉凶祸福并肩行。平生不作亏心事,夜半敲门不吃惊",第七十四回的回前诗"富贵如朝露,交游似聚沙。不如竹窗里,对卷自跌跏。静虑同聆偈,清神旋煮茶。惟忧晓鸡唱,尘里事如麻",第七十九回的回前词"人生南北如歧路,世事悠悠等风絮,造化弄人无定据。翻来覆去,倒横直竖,眼见都如许。到如今空嗟前事,功名富贵何须慕,坎止流行随所寓。玉堂金马,竹篱茅舍,总是伤心处",以及第一百回的回前诗"旧日豪华事已空,银屏金屋梦魂中。黄芦晚日空残垒,碧草寒烟锁故宫。隧道鱼灯油欲尽,妆台鸾镜匣长封。凭谁话尽兴亡事,一衲闲云两袖风",等等。精当的议论亦比比皆是,比如第七十八回西门庆家中宴请,男女分席,西门庆窥艳,作者禁不住发出警告:"看官听说,明月不常圆,彩云容易散,乐极悲生,否极泰来,自然之理。西门庆但知争名夺利,纵意奢淫,殊不知天道恶盈,鬼录来追,死限临头。"又如第七十九回西门庆狂淫伤身,作者及时点评道:"看官听说,一己精神有限,天下色欲无穷。又曰'嗜欲深者生机浅',西门庆只知贪淫乐色,更不知油枯灯灭,髓竭人亡。"如是频繁地"奏雅",为读者指点迷津,以免"势不自反"。

对于《金瓶梅》作者处心积虑、手法多样、密集饱和的"奏雅",欣欣子可谓难得的知音:"人有七情,忧郁为甚。上智之士,与化俱生,雾散而冰裂,是故不必言矣。

次焉者,亦知以理自排,不使为累。惟下焉者既不出了于心胸,又无诗书道腴可以拨遣。然则不致于坐病者几希。吾友笑笑生为此,爱馨平日所蕴者,著斯传,凡一百回……此一传者,虽市井之常谈,闺房之碎语,使三尺童子,闻之如饫天浆而拔鲸牙,洞洞然易晓。虽不比古之集,理趣文墨,绰有可观。其他关系世道风化,惩戒善恶,涤虑洗心,无不小补。"①就是说,《金瓶梅》主要是针对忧郁"既不出了于心胸,又无诗书道腴可以拨遣"的"下焉者"而写,因写的是"市井之常谈,闺房之碎语",即使是小孩也能读懂受益,但后世很多人却毫不领情,或者根本就不承认《金瓶梅》的雅而视之为"淫书",或者觉得《金瓶梅》"劝百讽一","奏雅"苍白无力而使读者"势不自反"。作者的初衷与读者接受的效果如此大相径庭,原因究竟何在呢?平心而论,主要还是出在作者身上,既然是出于挽救人心而专门为"免疫力"极低的"下焉者"即普通世俗人所写,那么就万万不应该出现那么多的性描写文字,因而落得"劝百讽一"的结局,是"止淫"还是"诲淫","世戒"还是"世劝",就真的有口难辩了。对于这个遗憾,文龙独具慧眼,他评点《金瓶梅》时一开始就一针见血地指出:"《金瓶梅》淫书也,亦戒淫书也……人皆当以武松为法,而以西门庆为戒。人鬼关头,人禽交界,读者若不省悟,岂不负作者苦心乎?是是在会看不会看而已。然吾谓究竟不宜看。孟子云:人皆可以为尧舜。其不能为者,大抵禀气所拘,人欲所蔽。而吾谓人皆可以为西门庆,其不果为者,大抵为父母之所管,亲友之所阻,诗书之所劝,刑法之所临,而其心固未必不作非非想也。假令无父母、无兄弟,有银钱、有气力,有工夫,无学问,内无劝诫之妻,外有引诱之友,潘金莲有挑帘之事,李瓶儿为隔墙之娇,其不为西门庆也盖亦罕。无其事尚难防其心,有其书即思效其人,故曰不宜看者,此也。"②就是说,《金瓶梅》虽好,但青少年或一般人确实不宜看。究竟作者之错还是读者之错?是"酒书""淫书"还是"佛书"?看来也许真的已成为一个悖论了。本文觉得折中的方案是青少年或一般人可先看"洁本"或"节本",自身"免疫力"真正提高了方能看"足本"。

(四) 结语:永远的《金瓶梅》

郑振铎说:"不要怕它是一部'秽书'。《金瓶梅》的重要,并不建筑在那些秽亵

---

① 朱一玄.《金瓶梅》资料汇编[M].天津:南开大学出版社,2002:176.
② 朱一玄.《金瓶梅》资料汇编[M].天津:南开大学出版社,2002:580.

的描写上。"①这是肯定《金瓶梅》的瑕不掩瑜,但他另一番沉重的感慨也依然回荡在我们耳边:"《金瓶梅》的社会是并不曾僵死的;《金瓶梅》的人物们是至今还活跃于人间的;《金瓶梅》的时代,是至今还顽强地在生存着……到底是中国社会演化得太迟钝呢,还是《金瓶梅》的作者的描写,太把这个民族性刻画得入骨三分,洗涤不去? 谁能明白的下个判断?"②其实,即使是在 21 世纪物质生活水平已极大提高的今天的中国,不是也一样存在《金瓶梅》中那样的"酒色财气"吗? 因为社会腐朽、堕落的根源就在于人性的贪婪,无论社会怎么变迁,科技怎么进步,物质怎么丰富,只要人性贪婪的本质没变,罪恶、丑陋就在所难免,所以《金瓶梅》这朵神奇的"恶之花"不仅是当今中国的一面镜子,更是贪婪人性的一面永恒的魔镜。相信随着时代的进步,《金瓶梅》的读者中"君子""菩萨"会越来越多,而"小人""禽兽"会越来越少,而这正是《金瓶梅》的伟大所在。

原载《山西师大学报(社会科学版)》2010 年第 6 期
原文章名《论〈金瓶梅〉的雅与俗》,有删改

---

① 鲁迅,等. 名家眼中的金瓶梅[M]. 北京:文化艺术出版社,2006:34.
② 鲁迅,等. 名家眼中的金瓶梅[M]. 北京:文化艺术出版社,2006:34 - 36.

宋濂道统文学观之成因与内涵探析

自从韩愈作《原道》,正式提出了所谓"尧、舜、禹、汤、文、武、周公、孔、孟"关于道的传授系统说,而开启宋代道学的先声之后,道统思想的强弱就成了衡量一个士人是否真儒的核心标志。被朱元璋屡推为"开国文臣之首"的宋濂是明初杰出的"醇儒"之一,他一生虽浸淫儒道释,但总以继承、弘扬儒家道统为己任,为文主张"原道""宗经""师古",其日益极端的道统文学观为后人所诟病,而其"以文辞为佛事"的佞佛举动又为理学卫道士所难以容忍,这使得宋濂成了中国文化文学史上一个极其吊诡的精神个案。对宋濂身上的儒道释的纠缠,他的好友同僚应最有发言权,一生偏重于儒家的刘基认为:"其为文则主圣经而奴百氏,故理明辞腴,道得于中,故气充而出不竭。至其驰骋之余,时取释老佛语以资嬉戏,则犹饫粱肉而茹苦荼、饮茗汁也。"①而同为宋濂知己的王祎的看法可能更为公允:"景濂于天下之书无不读,而析理精微。百氏之说,悉得其指要。至于佛老氏之学,尤所研究,用其义趣,制为经论,绝类其语言,置诸其书中,无辨也。"②(王祎《宋太史传》)当然更多的是抵制的声音,如明代理学家郑谖就因宋濂的佞佛而加以指责,现代的文学史家对宋濂极端的道统文学观也很不以为然等等。本文拟对宋濂的极端的道统思想及文学观与其佞佛的关系做一番探讨,以推动对宋濂的深层解读。

---

① 罗月霞.宋濂全集(第四册)[M].杭州:浙江古籍出版社,1999:2491.
② 罗月霞.宋濂全集(第四册)[M].杭州:浙江古籍出版社,1999:2327.

(一) 灼见佛言不虚,誓以文辞为佛事

宋濂(1310—1381),浙江金华潜溪人,字景濂,号潜溪、无相居士、龙门子、仙华生、白牛生、南宫散吏、南山樵者等,其思想的繁杂多变从其号中也可见一斑。他自幼英敏强记,好读能诗,颇有奇气,人称神童。先后从闻人梦吉、吴莱、柳贯、黄溍等诸儒问学,博通经史,早有文名,而其一生学佛的经历及造诣更是堪称奇迹。

"予本章逢之流,四库书颇尝习读,逮至壮龄,又极潜心于内典,往往见其说广博殊胜,方信柳宗元所谓'与《易》《论语》合者'为不妄,故多著见于文辞间。不知我者,或戟手来诋訾,予嗫不答,但一笑而已。"①宋濂入明后写的《〈夹注辅教编〉序》一文中的这段话,可看作其一生学佛经历的真实写照。宋濂曾与千岩、用明、白庵、端文等大师有方外交,其与千岩禅师近30年的交往更是传为佳话,而能让后人领略到宋濂学佛的不凡境界。

千岩禅师(1284—1357),俗姓董,名元长,字无明,号千岩,萧山(今浙江杭州萧山区)人,泰定丁卯(1327)冬十月入主伏龙山,很快名震四方。其时大约十九岁的宋濂,因幼时即诵读了大量佛学著作,很是自负,闻义乌伏龙山来了位千岩禅师,"濂初往伏龙山见师,师吐言如奔雷。时濂方尚气,颇欲屈之,相与诘难数千言,不契而退"②(《佛慧圆明广照无边普利大禅师塔铭》)。旋又去信问难,千岩和尚阅后答曰:"前日承一宿山中,谈话半更。今日有书来报云云,无明读一过,不觉失笑。笑个甚么?笑景濂坐井观天,又如贫儿拾得锡,说与人要做银子卖。只是自不识货,教别人不识货则不可。何以故?景濂每尝在尘劳声色境界中,混得烂骨地熟了,思量计较文字语言,弄聪明业识多了。乍闻吾辈说一个放下,可以做寂静工夫,透脱生死。得此事入手,暂时起一念厌离之心,退步静坐。回头乃见无思量、无语言处,便错认作法身。喻如玲珑八面窗,喻如须弥山。言说不得!这个只是暂时歧路,如何便骂得佛,赞得祖,赞得无明耶?赞、骂、憎、爱心不除,但增长我见。我见未忘,目前只见别人过失,不知自家过失,要成办透脱生死大事,难矣!"③(《千岩和尚语录·答景濂宋公书》)可见年轻宋濂虽读了不少佛经,但离真正参悟佛理而悟

---

① 罗月霞.宋濂全集(第二册)[M].杭州:浙江古籍出版社,1999:940.
② 罗月霞.宋濂全集(第一册)[M].杭州:浙江古籍出版社,1999:277.
③ 蓝吉富.禅宗全书(第四十九册)[M].台北:文殊文化有限公司,1989:247-248.

道尚远。

此次虽"不契",但宋濂由此与比他长二十六岁的千岩禅师结下了深厚的友谊,自此"挥麈谈玄,无月不会"①(《天龙禅师无用贵公塔铭》)。在千岩禅师的教诲下,宋濂息心正念,深入大藏。宋濂后来在千岩禅师圆寂后为其写的塔铭中回忆道:"越二年,又往见焉,师问曰:'闻君阅尽一大藏教,有诸?'濂曰:'然。'曰:'君耳阅乎,抑目观也?'曰:'亦目观耳。'曰:'使目之能观者,君谓谁耶?'濂扬眉向之,于是相视一笑。自时厥后,知师之道超出有无,实非凡情之所窥测,因缔为方外之交垂三十年。"(《佛慧圆明广照无边普利大禅师塔铭》)②可见当时二十出头的宋濂学佛进步很快,对千岩禅师的道行深为折服,之后更是倾心礼敬,书问不绝。

千岩禅师对勤奋且悟性甚高的年轻宋濂亦更加看重,时时慈悲垂示,孜孜诱掖,其于元顺帝至正七年(1347)的一封复信尤具代表性:"士林中来者,无不盛谈左右,乃间气所生,文章学问绝出,为浙东群儒之冠;且尤深于内典,欣羡无已。承叙,自幼读佛书,领其要旨,出入有无空假中。中至于中且不有,有无何在?三复斯言。此今之士夫,执有执无,离边离中,分彼此儒释之异,如左右儒释一贯者,能有几人?人言为不虚矣!张无尽云:'余因学佛,然后知儒。'古德云:'居无为界中,而不断灭有为之法;居有为界中,而不分别无为之相。'暗合道妙,不易!不易!审如是,则有为底便是无为底。左右以百了千当,何处更有身心之虑未祛?事物之来未息?又何处更有真实工夫可做?而后出离有为,了生死大事耶?左右与山野交二十年,会或剧谈,别或寄语,未有如此书之至诚也。人天之际唯诚,朋友之道亦诚而已……左右以至诚而来,山野不可不至诚而答。"③(《千岩和尚语录·答景濂宋公书》)由这封信中千岩禅师如此高度而真诚的评价,我们就可以知道自幼就读佛书的宋濂在其即将不惑之年时就已经达到了很高的人生境界了,这跟他在佛学上的长期孜孜以求与甚深悟解是分不开的。

"予也不敏,尽阅三藏,灼见佛言不虚,誓以文辞为佛事。"④这是宋濂大约在其60岁时写的《四明佛陇禅寺兴修记》一文中末尾的一段话。大约两年后在《〈楚石禅师六会语〉序》中他又感慨道:"余耄矣,厄于索文者繁多,力固拒之,此独乐序之

---

① 罗月霞.宋濂全集(第二册)[M].杭州:浙江古籍出版社,1999:1488.
② 罗月霞.宋濂全集(第一册)[M].杭州:浙江古籍出版社,1999:277.
③ 蓝吉富.禅宗全书(第四十九册)[M].台北:文殊文化有限公司,1989:248.
④ 罗月霞.宋濂全集(第一册)[M].杭州:浙江古籍出版社,1999:537.

而弗置者,悯魔说之害教,表正传以励世也。"①在其64岁写的《佛性圆辩禅师净慈顺公逆川瘗塔碑铭》序中宋濂这样总结道:"濂自幼至壮,饱览三藏诸文,粗识世雄氏所以见性明心之旨。及游仕中外,颇以文辞为佛事,由是南北大浮屠,其顺世而去者,多以塔上之铭为属。衰迟之余,诸习皆空,凡他有所请,辄峻拒而不为,独于铺叙悟缘,评骘梵行,每若不敢后者。盖欲表般若之胜因,启众生之正信也。"②事实也正是如此,宋濂曾经先后为元明之际出世弘法的近四十位高僧撰写过铭文,可见他在出家人眼中的分量,这些文字后来被"明末四大高僧"之一的云栖袾宏大师辑为《护法录》刊行。在宋濂现今所存的1 300多篇作品中,跟佛教直接教相关的铭、记、序、引、赞、颂、偈、说、题、跋等作品就占了近13%,数量如此之多,在宋明理学家中也是极其罕见的,尤令卫道士恼火的是他的这些作品大肆赞美佛教,其佞佛的标签太显眼了。

有人认为学佛不应囿于文字,反对宋濂的"以文辞为佛事",而宋濂则认为:"佛法随世以为教,当达摩时,众生滞相离心,故入义学者悉斥去之。达观之言,犹达摩之意也。苟不察其救弊微权,而据以为实,则禅那乃六度之一,先佛所指持戒为禅定智慧之本者,还可废乎?"③(《〈楞伽阿跋多罗宝经集注〉题辞》)由这一细节就可见宋濂学佛的功力。对佛教的推崇,入明以后的宋濂更是溢于言表:"大雄氏之道,洪纤悉备,上覆下载,如彼霄壤,无含生之弗摄也;东升西降,如彼日月,无昏衢之不照也。"④(《赠定岩上人入东序》)宋濂不仅研习内典,领悟佛理,"以文辞为佛事",而且也有相当的修为,他曾宴坐般若场中,深入禅定,"有巨钟,朝夕出大音声,我未尝闻之也"⑤(《声外锽师字说》)。

(二) 六经皆心学:儒释一贯

理学虽吸收了道释成分而提升、拓展了儒学,但像宋濂这样真正能做到儒释一贯的,还是罕见的。从上文提到的千岩禅师给宋濂的复信中,可以得知宋濂最迟在

---

① 罗月霞.宋濂全集(第一册)[M].杭州:浙江古籍出版社,1999:513.
② 罗月霞.宋濂全集(第二册)[M].杭州:浙江古籍出版社,1999:743.
③ 罗月霞.宋濂全集(第二册)[M].杭州:浙江古籍出版社,1999:652.
④ 罗月霞.宋濂全集(第一册)[M].杭州:浙江古籍出版社,1999:512.
⑤ 罗月霞.宋濂全集(第二册)[M].杭州:浙江古籍出版社,1999:1317.

38岁时就已经做到了儒释一贯了,这从他后来的一些论述中可以得到大量的佐证。

儒释两家,一为世间法,一为出世间法,两者表面上有很多分歧与冲突,但本质上还是有一致的地方的。因为释家比儒家究竟,所以儒家往往倾向于排斥释家,但释家是不会否定儒家的,而且反而比儒家更知道儒学的可贵,因为儒家所推崇的"仁""君子之道"等也正是释家走向解脱的基础和前提,这就是宋朝张商英(号无尽居士)感慨"学佛然后能知儒"的原因。前期的宋濂以"心学"来贯通儒释:"六经皆心学也,心中之理无不具,故六经之言无不该。六经所以笔吾心之理者也……人无二心,六经无二理,因心有是理,故经有是言……今之人不可谓不学经也,而卒不及古人者无他,以心与经如冰炭之不相入也。察其所图,不过割裂文义,以资进取之计,然固不知经之为何物也。"①(《六经论》)宋濂隐居小龙门山著书时就借用佛理对"心"作了深入的探讨:"天下之物孰为大?曰:心为大……曰:何也?曰:仰观乎天,清明弯窿,日月之运行,阴阳之变化,其广矣!大矣!俯察乎地,广博持载,山川之融结,草木之繁芜,亦广矣!大矣!而此心直与之参,混合无间,万象森然而莫不备焉。非直与之参也,天地之所以位,由此心也;万物之所以育,由此心也。能体此心之量而践之者,圣人之事也,如羲、尧、舜、文、孔子是也。能知此心,欲践之而未至一间者,大贤之事也,如颜渊、孟轲是也。或存或亡,而其功未醇者,学者之事也,董仲舒、王通是也。全失是心,而唯游气所徇者,小人之事也,如盗跖、恶来是也……心一立,四海国家可以治;心不立,则不足以存一身。使人人知此心若是,则家可颜、孟也,人可尧、舜也,六经不必作矣,况诸氏百子乎?"②(《龙门子凝道记·天下枢》)

学佛后的宋濂真正明白了儒学的价值与根本,他说:"天地未判,道在天地;天地既分,道在圣贤;圣贤之殁,道在六经。"③(《〈徐教授文集〉序》)他这样赞叹孔子与儒学:"道德之儒,孔子是也,千万世之所宗也。我所愿则学孔子也。其道则仁、义、礼、智、信也,其伦则父子、君臣、夫妇、长幼、朋友也。其事易知且易行也,能行之则身可修也,家可齐也,国可治也,天下可平也。我所愿则学孔子也。"④(《七儒解》)

---

① 罗月霞.宋濂全集(第一册)[M].杭州:浙江古籍出版社,1999:72-73.
② 罗月霞.宋濂全集(第三册)[M].杭州:浙江古籍出版社,1999:1773-1774.
③ 罗月霞.宋濂全集(第三册)[M].杭州:浙江古籍出版社,1999:1531.
④ 罗月霞.宋濂全集(第一册)[M].杭州:浙江古籍出版社,1999:71.

儒释一贯的思想在宋濂后期的作品中得到了明确的阐述与大力的弘扬。"天生东鲁、西竺二圣人,化导丞民,虽设教不同,其使人趣于善道,则一而已。为东鲁之学者,则曰:'我存心养性也。'为西竺之学者,则曰:'我明心见性也。'究其实,虽若稍殊,世间之理,其有出一心之外者哉?……是则心者,万理之原,大无不包,小无不摄。能充之则为贤知,反之则愚不肖矣;觉之则为四圣,反之则六凡矣。世之人,但见修明礼乐刑政为制治之具,持守戒定慧为入道之要。一处世间,一出世间,有若冰炭、昼夜之相反。殊不知春夏之伸,而万汇为之欣荣;秋冬之屈,而庶物为之藏息。"(《夹注辅教编序》)①在《送璞原师还越中序》一文中又说:"柳仪曹有云:'真乘法印,与儒典并用,人知向方。'诚哉是言也!盖宗儒典则探义理之精奥,慕真乘则荡名相之粗迹。二者得兼,则空有相资,真俗并用,庶几周流而无滞者也……予,儒家之流也。四库书册,粗尝校阅;三藏玄文,颇亦玩索。负夸多斗靡之病,无抽关启钥之要。"②宋濂在其晚年又进一步总结道:"西方圣人,以一大事因缘,出现于世,无非觉悟群迷,出离苦轮。中国圣人,受天眷命,为亿兆生民主,无非化民成俗,而跻于仁寿之域。前圣后圣,其揆一也。"③(《金刚般若经新解序》)

儒释一贯的宋濂,在出仕后以儒为主,为明王朝的开国兢兢业业,呕心沥血,深得朱元璋的赏识与敬重,曾当着朝臣的面这样称誉宋濂:"古人太上为圣,其次为贤,为君子,景濂事朕十九年,未曾有一言之伪,诮一人之短,宠辱不惊,始终无异,不谓君子人乎?抑可谓贤乎?"④而更难能可贵的是,宋濂不失时机地做到了儒释并举,除了乐此不疲于"以文辞为佛事"外,宋濂总是抓住机会与曾经做过和尚的朱元璋研习佛法,且成功地影响了朱元璋儒释并重的治国思想:"钦惟皇上以生知之圣,一观辄悟,诏天下诸浮屠是习是讲,将使真乘之教,与王化并行,治心缮性,远恶而趋善,斯心也,即如来拯度群生之心也,何其盛哉!"⑤(《新刻楞伽经序》)"皇上自临御以来,宵衣旰食,励精图治;礼乐刑政,粲然备举。所以裁成天地之道,辅相天地之宜,以左右民者,既无所用其极。今又彰明内典,以资化导,唯恐一夫不获其所,其设心措虑,实与诸佛同一慈悯有情,所谓仁之至义之尽者也,于戏盛哉!"⑥

---

① 罗月霞.宋濂全集(第二册)[M].杭州:浙江古籍出版社,1999:939.
② 罗月霞.宋濂全集(第二册)[M].杭州:浙江古籍出版社,1999:721-722.
③ 罗月霞.宋濂全集(第二册)[M].杭州:浙江古籍出版社,1999:1292-1293.
④ 罗月霞.宋濂全集(第四册)[M].杭州:浙江古籍出版社,1999:2345.
⑤ 罗月霞.宋濂全集(第二册)[M].杭州:浙江古籍出版社,1999:1240.
⑥ 罗月霞.宋濂全集(第二册)[M].杭州:浙江古籍出版社,1999:1293.

(《〈金刚般若经新解〉序》)朱元璋三教并重的思想当然有多方面的原因,但宋濂的努力应是其中重要的一环,朱元璋在《三教论》中宣扬的就是儒道释一贯的思想。

(三)真儒在用世:宋濂的道统思想

宋濂生长在具有浓厚理学传统及浓郁文化学术氛围的金华地区,这为他道统思想的形成与发展提供了便利的条件,当然宋濂的成才、成功主要源于他的勤奋好学与转益多师。他先就学于闻人梦吉,后游学于吴莱、黄溍、柳贯、陈君采等名师大儒,博采众长,特别是通过他们学习"婺学",上追周敦颐、二程、朱熹、吕祖谦等宋代理学家,直至孔孟。如此长期深受浙东儒家"事功"和金华学派"践履"精神的熏染,既崇尚伦理道德,又推重用世事功,两者兼取不偏,使宋濂迅速成长、成熟起来,而成为一代"醇儒",其道德文章影响至今。

道统思想在宋濂身上主要表现为儒家伦理的弘扬与积极用世。宋濂大力倡导君子之道:"古语有之:光明正大,疏畅洞达,如青天白日,如高山大川,如雷霆之为威,如雨露之为泽,如龙虎之为猛,如麟凤之为祥,磊磊落落,无纤芥可疑者,必君子也。"①(《龙门子凝道记·君子微》)"君子之道,与天地并运,与日月并明,与四时并行。冲然若虚,渊然若潜,浑然若无隅,凝然若弗移,充然若不可以形拘。测之而弗知,用之而弗穷。唯其弗知,是以极微;唯其弗穷,是以有终。"②(《萝山杂言》)这些描绘也确实是宋濂一生为人为官为文的形象写照。宋濂心目中君子抑或真儒的楷模是三国蜀汉的诸葛孔明,他认为:"三代以下,人物之杰然者,诸葛孔明数人而已。孔明事功著后世,或侪之于伊、吕,固为少褒。"③在这篇勉励友人钱塘罗宗礼以孔明为榜样的《静学斋记》一文中,宋濂继续这样议论道:"古人所以为圣贤者,其道德著乎其言,其才智形乎功业,而存乎册书,非徒以其名称之美而已也……近代之所学者,浮于言而劣于行。孔孟之言非特言而已也,虽措之行事亦然也。学者不之察,率视之为空言,于是孔孟之道,不如霸术之盛者久矣。"④

宋濂不仅以君子的标准身体力行,而且还经常教育、开导自己的子女、学生、朋

---

① 罗月霞.宋濂全集(第三册)[M].杭州:浙江古籍出版社,1999:1789.
② 罗月霞.宋濂全集(第一册)[M].杭州:浙江古籍出版社,1999:50.
③ 罗月霞.宋濂全集(第三册)[M].杭州:浙江古籍出版社,1999:1735.
④ 罗月霞.宋濂全集(第三册)[M].杭州:浙江古籍出版社,1999:1735.

友等要立志高远、兼济天下。他在《龙门子凝道记·令狐微》中这样告诫瓒、璲二子:"当求为用世之学,理乎内而勿骛于外,志于仁义而绝乎功利……富贵外物也,不可求也。天爵之贵,道德之富,当以之终身可也。"①又在《送从弟景清还潜溪序》中勉励景清说:"必也学为圣贤有用之学,达则为公为卿,使斯道行;不达则为师为友,使斯道明。如此而后庶几也。"②方孝孺之于宋濂,有如当年宋濂之于吴莱,师生二人情如父子,宋濂对他这个最得意的弟子期望极高,致仕以后在送别方孝孺时亦写诗告勉:"真儒在用世,宁能滞弥文?文繁必丧质,适中乃彬彬……道贵器乃贵,何须事空言?孳孳务践行,勿负七尺身……此意竟谁知,为尔言谆谆。"③[《送方生还宁海(并序)》]在此诗的序中,宋濂认为,就诗文而言,唐宋以来,除欧阳修、苏轼以外,没有人能超过方孝孺的,他预言道:"予今为此说,人必疑予之过情;过二十余年,当信其为知言,而称许生者非过也。虽然,予之所许于生者,宁独文哉?"④方孝孺没有辜负恩师的期望,二十余年后果然以其舍生取义的惊天壮举,而"留取丹心照汗青"。

宋濂的道统思想还集中表现在其"出处"问题的处理上。孟子曰:"穷则独善其身,达则兼济天下。"而宋濂则曰:"达则为公为卿,使斯道行;不达则为师为友,使斯道明。"⑤显然宋濂的用世思想更为积极,主张不管个人穷达如何,都要有益于社会。事实上,宋濂也正是这样做的,他的"不达"的前大半生就是"为师为友,使斯道明",而应召朱元璋之后的"达"的后小半生"则为公为卿,使斯道行"。宋濂无论穷达,都是围绕一个"道"字,或"行道"或"明道",可见其道统思想的正宗。宋濂在元朝时曾屡入科场,均名落孙山,但至正九年(1349)当被荐为翰林编修官时,年已四十的宋濂却"以亲老,不敢远违,固辞"⑥(郑楷《行状》)。这个举动颇令人费解,其实还是跟宋濂的独特的道统思想有关。宋濂认为,仕进不是为了荣华富贵,而是为了"行道"。他后来在《白牛生传》中这样写道:"生不肯干禄,或欲挽之使出,生曰:'禄可干耶?仕当为道谋,不为身谋,干之私也。'"⑦也许正因为宋濂越来越看出了

---

① 罗月霞.宋濂全集(第三册)[M].杭州:浙江古籍出版社,1999:1814.
② 罗月霞.宋濂全集(第一册)[M].杭州:浙江古籍出版社,1999:107.
③ 罗月霞.宋濂全集(第三册)[M].杭州:浙江古籍出版社,1999:1627.
④ 罗月霞.宋濂全集(第三册)[M].杭州:浙江古籍出版社,1999:1626.
⑤ 罗月霞.宋濂全集(第一册)[M].杭州:浙江古籍出版社,1999:107.
⑥ 罗月霞.宋濂全集(第四册)[M].杭州:浙江古籍出版社,1999:2352.
⑦ 罗月霞.宋濂全集(第一册)[M].杭州:浙江古籍出版社,1999:80.

无道的元朝即将瓦解的迹象,即使出仕也无从"行道",所以他毅然决然地选择了退隐,去"明道",而当11年后朱元璋聘请他时,他稍一婉拒后就欣然出山了,因为他已看出了朱元璋将是未来天下的"明君"。

  无论是授经麟溪,还是隐居仙华山,入小龙门山著书,宋濂或读书,或授经,或著书,或交游,或徜徉山水,无不是他"明道"的努力,而显示了他放达、通脱的本色。他的好友王祎曾这样描写宋濂:"性疏旷,不喜事检饬,宾客不至,则累日不整冠。或携友生徜徉梅花间,轰笑竟日;或独卧长林下,看晴雪堕松顶,云出没岩扉间,悠然以自适。世俗生产作业之事,皆不暇顾,而笃于伦品。处父子兄弟夫妇间,尽其道;与人交,任真无钩距;视人世,百为变眩捭阖,漫若不知,知之亦弗与较。"①(王祎《宋太史传》)一个放浪形骸的赤子形象跃然纸上,与入明后纯正雅儒的宋濂形成了强烈的对比,由此可知,"达"后的宋濂为了"行道",不得不包装自己,表面上看宋濂前后期判若两人,实则一也。对于一心用世的宋濂来说,面对混乱腐朽的元末现实,长期的退隐实在是百般无奈的选择,他总是拿古之隐者孔明等为自己开脱:"古之人非乐隐也,隐盖不得已也。"②(《龙门子凝道记·越生微》)他这样表白自己的拳拳济世之心:"君子未尝不欲救斯民也,又恶进不由礼也,礼丧则道丧矣。吾闻君子守道,终身弗屈者有之矣,未闻枉道以徇人者也。"③(《龙门子凝道记·采芩符》)所以当朱元璋遣使者礼聘他时,他说:"昔闻大乱极而真人生,今诚其时矣。""遂幡然应诏。"(郑楷《行状》)④

(四) 宁能滞弥文:宋濂的道统文学观

  自范晔《后汉书》分立《儒林》《文苑》两传,以区分经学之士与文学之士,后代官修正史多沿袭之,而由宋濂总裁修撰的《元史》却取消了这种区分,单立《儒林传》,这一被后人看来严重危害文学的举措其实就源于宋濂极端的道统文学观。从三国时期的曹丕在《典论·论文》中明确提出"文以载道",到刘勰《文心雕龙》的"道沿圣以垂文,圣因文而明道",强调"明道""宗经""征圣",道统文学一直波澜不惊,而直

---

① 罗月霞.宋濂全集(第四册)[M].杭州:浙江古籍出版社,1999:2327.
② 罗月霞.宋濂全集(第三册)[M].杭州:浙江古籍出版社,1999:1807.
③ 罗月霞.宋濂全集(第三册)[M].杭州:浙江古籍出版社,1999:1754.
④ 罗月霞.宋濂全集(第四册)[M].杭州:浙江古籍出版社,1999:2352.

到唐代以恢复道统为己任的韩愈所大力倡导的古文运动,才一时盛况空前,至宋代真正迎来了道统文学的全面盛张。宋初经过柳开、穆修、石介等人的努力,到北宋中期理学兴起,周敦颐、二程、欧阳修、苏舜钦等前后接力,道统文学终蔚为大观,但至宋濂时,道统文学又早已凋零。以"道""心""气"等融合了儒道释的宋濂高屋建瓴,比前辈儒者更能体会到道统文学的珍贵,而毕生竭力倡导在常人看来难以理喻的、极端的道统文学观,其用心良苦,亘古未有。

宋濂早有文名,经柳贯、黄溍等文章大家的栽培与褒奖后,更是声名鹊起。柳贯谓宋文"浑雄可喜",曰:"吾邦文献,浙水东号为极盛。吾老矣,不足负荷此事。后来继者,所望惟景濂。以绝伦之识,而济以精博之学,进之以不止,如驾风帆于大江中,其孰能御?"黄溍谓宋文"雄丽而温雅",曰:"吾乡得景濂,斯文不乏人矣!"柳、黄过世后,"景濂踵武而起,遂以文章家名海内"[1](王袆《宋太史传》)。可让人意外的是,宋濂并不满意自己的文名,他写于中年的自传式的《白牛生传》中有云:"或以文人称之,则又拂然怒曰:'吾文人乎哉?天地之理,欲穷之而未尽也;圣贤之道,欲凝之而未成也;吾文人乎哉?'"[2]年近花甲之年他又这样总结道:"余自十七八时,辄以古文辞为事,自以为有得也。至三十时,顿觉用心之殊,微悔之。及逾四十,辄大悔之。然如猩猩之嗜屐,虽深自惩戒,时复一践之。五十以后,非惟悔之,辄大愧之;非惟愧之,辄大恨之。自以为七尺之躯,参于三才,而与周公、仲尼同一恒性,乃溺于文辞,流荡忘返,不知老之将至,其可乎哉?自此焚毁笔砚,而游心于沂泗之滨矣。"[3](《赠梁建中序》)宋濂为什么不承认自己为"文人"呢?为什么越来越悔恨自己几十年来的"以古文辞为事"呢?这其实还是根源于宋濂越来越极端的道统文学观。

那么,宋濂心目中的"文"或"文人"的标准究竟怎样呢?其观念又是怎样演变的呢?我们先看宋濂前期的思考:"呜呼!文岂易言哉!日月照耀,风霆流行,云霞卷舒,变化不常者,天之文也。山岳列峙,江河流布,草木发越,神妙莫测者,地之文也。群圣人与天地参,以天地之文发为人文……虽其为教有不同,凡所以正民极、经国制、树彝伦、建大义、财成天地之化者,何莫非一文之所为也。"[4](《华川书舍

---

[1] 罗月霞.宋濂全集(第四册)[M].杭州:浙江古籍出版社,1999:2326-2327.
[2] 罗月霞.宋濂全集(第一册)[M].杭州:浙江古籍出版社,1999:80.
[3] 罗月霞.宋濂全集(第一册)[M].杭州:浙江古籍出版社,1999:558.
[4] 罗月霞.宋濂全集(第一册)[M].杭州:浙江古籍出版社,1999:56.

记》)"文学之事,自古及今,以之自任者众矣,然当以圣人之文为宗……天地之间,至大至刚,而人藉之生者,非气也耶?必能养之而后道明,道明而后气充,气充而后文雄,文雄而后追配乎圣经。不若是不足以谓之文也。何也?文之所存,道之所存也。文不系道,不作焉可也。"①(《浦阳人物记·文学篇序》)花甲之年的宋濂这样强调:"其文之明,由其德之立;其德之立,宏深而正大,则其见于言,自然光明而俊伟,此上焉者之事也。"②(《赠梁建中序》)晚年的宋濂又进一步总结道:"日月之昭然,星辰之炜然,非故为是明也,不能不明也;江河之流,草木之茂,非欲其流且茂也,不能不流且茂也。此天地之至文,所以不可及也。惟圣贤亦然,三代之《书》《诗》,四圣人之《易》,孔子之《春秋》,曷尝求其文哉?道充于中,事触于外而形乎言,不能不成文尔!故四经之文,垂百世而无谬,天下则而准之。"③(《〈朱葵山文集〉序》)这里宋濂反复论述的就是"道""气""德"与"文"的同一关系,那么这个"文"就不是广义的"文",而是狭义的高标准的"载道"或"明道"之"文"了,这样的"文"当然是罕见的。

越到后来,宋濂道统文学观越是极端而明确,当然也更让人难以接受了。在《〈徐教授文集〉序》一文中宋濂再次大谈特谈"道"与"文"的关系:"曹丕有言,文章者,不朽之盛事。其故何哉?夫山之巍然,有时而崩也;川之泓然,有时而竭也;金与石至固且坚,亦有时而销泐也。文辞所寄,不越乎竹素之间,而谓其能不朽者,盖天地之间,有形则弊。文者,道之所寓也。道,无形也,其能致不朽也宜哉!是故天地未判,道在天地;天地既分,道在圣贤;圣贤之殁,道在六经。凡存心养性之理,穷神知化之方,天人感应之机,治忽存亡之候,莫不毕书之。皇极赖之以建,彝伦赖之以叙,人心赖之以正,此岂细故也哉?后之立言者,必期无背于经,始可以言文。不然,不足以与此也。"④(《〈徐教授文集〉序》)接着又从反面来论述:"是故扬沙走石,飘忽奔放者,非文也;牛鬼蛇神,佹诞不经而弗能宣通者,非文也;桑间濮上,危弦促管,徒使五音繁会而淫靡过度者,非文也;情缘愤怒,辞专讥讪,怨尤勃兴,和顺不足者,非文也;纵横捭阖,饰非助邪而务以欺人者,非文也;枯瘠苦涩,棘喉滞吻,读之不复可句者,非文也;廋辞隐语,杂以诙谐者,非文也;事类失伦,序例弗谨,黄钟与

---

① 罗月霞.宋濂全集(第三册)[M].杭州:浙江古籍出版社,1999:1838.
② 罗月霞.宋濂全集(第一册)[M].杭州:浙江古籍出版社,1999:557.
③ 罗月霞.宋濂全集(第三册)[M].杭州:浙江古籍出版社,1999:1674.
④ 罗月霞.宋濂全集(第三册)[M].杭州:浙江古籍出版社,1999:1351.

瓦釜并陈,春秾与秋枯并出,杂乱无章,刺眯人目者,非文也;臭腐塌茸,厌厌不振,如下俚衣装不中程度者,非文也。如斯之类,不能遍举也。"(《〈徐教授文集〉序》)宋濂评判是否为"文"的标准只有一个,那就是"道",这样自然就排除了大量无"道"或少"道"的作品,等于取消了文学的多样性,而有矫枉过正的嫌疑。因而他对历代名家之文的评判就更让人瞠目结舌了:"夫自孟氏既没,世不复有文,贾长沙、董江都、太史迁得其皮肤,韩吏部、欧阳少师得其骨骼,舂陵、河南、横渠、考亭五夫子得其心髓。观五夫子之所著,妙斡造化而弗违,百世以俟圣人而不惑。斯文也,非宋之文也,唐虞三代之文也;非唐虞三代之文也,六经之文也。文至于六经,至矣尽矣,其始无愧于文矣乎! 世之立言者,奈何背而去之?"①(《〈徐教授文集〉序》)显然,在宋濂看来,前人留下的汗牛充栋的书册中能被称为"文"的就微乎其微了,当然能被称为"文人"的人也就屈指可数了。

　　致仕家居后撰写的《文原》与《文说》则更为集中地表述了宋濂后期的道统文学观。前者明确指出:"余之所谓文者,乃尧舜文王孔子之文,非流俗之文也。"②(《文原》)后者又给"文"下了个更标准的定义:"明道之谓文,立教之谓文,可以辅俗化民之谓文。"③(《文说》)而最能反映宋濂道统文学观日趋极端的,则是他对司马迁、班固的态度的变化:"世之论文者有二,曰载道,曰纪事。纪事之文,当本之司马迁、班固,而载道之文,舍六籍吾将焉从? 虽然,六籍者,本与根也;迁、固者,枝与叶也。此固近代唐子西之论,而予之所见,则有异于是也。六籍之外,当以孟子为宗,韩子次之,欧阳子又次之。此则国之通衢,无榛荆之塞,无蛇虎之祸,可以直趋圣贤之大道。去此则曲狭僻径耳,荦确邪蹊耳,胡可行哉?"④(《文原》)这里,宋濂将同为"枝与叶"的"迁、固"也砍去了,最终将史书也逐出了"文"的领域。到此我们就可以理解,宋濂为什么不敢被称为"文人"和悔恨自己的"溺于文辞"了,他把"文"的标准大大提高,而排除了"流俗之文",后人就只能望"文"兴叹了。

　　由于坚持自己正宗的道统文学观,宋濂对千百年来的"文之衰"现象深感忧虑。他在《师古斋箴并序》一文中借题发挥道:"然则所谓古者何? 古之书也,古之道也,古之心也。道存诸心,心之言形诸书。日诵之,日履之,与之俱化,无间古今也。若

---

① 罗月霞.宋濂全集(第三册)[M].杭州:浙江古籍出版社,1999:1352.
② 罗月霞.宋濂全集(第三册)[M].杭州:浙江古籍出版社,1999:1403.
③ 罗月霞.宋濂全集(第三册)[M].杭州:浙江古籍出版社,1999:1568.
④ 罗月霞.宋濂全集(第三册)[M].杭州:浙江古籍出版社,1999:1406.

曰专溺辞章之间,上法周汉,下蹴唐宋,美则美矣,岂师古者乎?"①在《〈讷斋集〉序》中他又感慨道:"孔子忧世之志深矣,奈何世教陵夷,学者昧其本原,乃专以辞章为文,抽媲青白,组织华巧,徒以供一时之美观。譬如春卉之芳秾非不嫣然可悦也,比之水火之致夫用者,盖寡矣。呜呼!文之衰也一至此极乎!"②当人们津津乐道于汉赋、唐诗、宋词、元曲时,宋濂却为道统文学的长期缺失而忧心忡忡,而大声疾呼,可是回音寥寥。

一生浸淫佛老的宋濂却坚持如此极端、激烈的道统文学观,而把道统文学观发展到极致,乍一看简直令人难以置信,可如果像宋濂那样能贯通儒道释,对这样的观念也就释然了。曲高和寡的道统文学观发展到宋濂这样一个最高峰,可谓戛然而止了,后来虽有唐宋派的余波,也很快淹没在"情"与"个性"的文学声浪中,道学、道统文学观已走进了历史的末路。明清以来,文学可谓百花齐放,可就是缺少了真正的、也是最重要的道统文学,后人遥望的只能是站在明初的宋濂那孤独、依稀的背影。

(五)结语:平生无别念,念念只麟溪

宋濂晚年因坐其孙宋慎罪被逮,后经马皇后、太子的求情,被朱元璋免去一死,流放至茂州安置。临别前,他把自己的文稿、画像等托付给在京的义门弟子郑楷,并赋诗一首道:"平生无别念,念念只麟溪。生则长相思,死当复来归。"③(郑柏《宋潜溪先生遗像记》)从1335年26岁到麟溪郑义门执教,到1380年71岁远遣四川茂州的45年当中,宋濂虽曾几度出入浦江麟溪,但前后总计有近24年是在麟溪度过的。郑义门是宋濂传道、明道的最好基地,麟溪绝佳的人文、山水又是宋濂学道、悟道、著书的天然道场,儒道释与麟溪的一草一木早已融进了宋濂的生命里,而铸成了宋濂矢志不渝的道统思想及道统文学观。后来虽离开麟溪出山"行道",但他的根一直在麟溪,是麟溪滋润了他的灵魂、他的思想,所以远徙他乡之前才有这样的感叹。

宋濂卧病途中,卒于夔州。临终前书写毕《观化帖》,端坐而逝。帖云:"君子观

---

① 罗月霞.宋濂全集(第二册)[M].杭州:浙江古籍出版社,1999:922.
② 罗月霞.宋濂全集(第四册)[M].杭州:浙江古籍出版社,1999:2032.
③ 罗月霞.宋濂全集(第四册)[M].杭州:浙江古籍出版社,1999:2304.

化,小人怛化。中心既怛,何以能观?我心情识尽空,等于太虚。不见空空,不见不空,大小乘法门,不过如此。人自不信,可怜可笑。示怿示恪。"[1](王崇炳《金华征献略》)宋濂在生命的最后一刻,也没有忘记"以文辞为佛事",安然离去,为他"明道""行道"的圆满人生画上了完美的句号。

原载《江南大学学报(人文社会科学版)》2011年第1期

---

[1] 罗月霞.宋濂全集(第四册)[M].杭州:浙江古籍出版社,1999:2347.

论王阳明诗歌的心学意蕴

据年谱记载,王阳明少有诗名,11岁那年随其祖父竹轩公北上,途中作诗二首:"金山一点大如拳,打破维扬水底天。醉倚妙高台上月,玉箫吹彻洞龙眠。"(《游金山寺》)"山近月远觉月小,便道此山大于月。若人有眼大如天,还见山小月更阔。"(《蔽月山房》)[①]其非凡的诗才与洞察力已初见端倪。

王阳明是我国明代著名的文学家、思想家、政治家、教育家、书法家和军事家,他是中国历史上屈指可数的集立德、立言、立功"三不朽"于一身的硕儒之一。作为心学的集大成者,他成就了中国古典哲学发展史上罕见的高峰,所以他文学家的身份就很容易淹没在其心学宗师的思想光芒之中。近现代特别是改革开放以来,王阳明在中国思想史上的地位得到了显著的提高与恢复,而文学史家却几乎长期集体遗忘、冷落了王阳明。王阳明文学研究的滞后,主要原因是文学史家对王阳明心学产生隔膜甚至误解从而难以与王阳明的文学作品形成真正有效的对话。

近年来,这一情况有所改变,一些学者开始涉足王阳明文学研究,出现了一些论文甚至专著,取得了不少成果。儒、道、释渐趋三教合一,由来已久,明代而至鼎盛与开国皇帝朱元璋大力倡导三教调和有关。如果说程朱理学是援佛入儒而以儒为本,那么王阳明的心学则是阳儒阴释而至三教合一的最高境界了。诗言志,王阳明心学的形成、发展过程在其诗歌中均有体现。本文就从王阳明心学的角度来解读其诗歌,试图凸显其诗歌创作的特色与成就。

---

① 王守仁.王阳明全集(全二册)[M].上海:上海古籍出版社,1992:1221.

（一）王阳明心学与儒道释

朱熹吸取、整合了"北宋五子"的思想成果，进一步援道释入儒而回应道释两家对儒家正统地位的挑战，建立了庞大的理学体系，最终完成了客观天理本体论体系以及与之配套的主体本体论和认识论的创建。朱熹认为，主体的首要任务就是"格物致知"，就是要认识客观本体的本来面目，主观心性只有将自己统一于客观本体之中，才能达到所谓"尽心知性而知天"的最高境界。王阳明早年格竹子失败，不得已求诸道释，后龙场悟道而始创心学。他继承了朱熹的理学，在朱熹援道释入儒的道路上又向前跨出了一大步，其革命性创见"心即理""致良知""四句教"等以主体性唯一本体来对抗、消解朱熹理学体系中的客观与主体两重本体，而彻底颠覆了程朱理学。王阳明成功嫁接道释于儒而成的心学大力提升、发展了儒学，同时也可以说是道释降格以求的结果，而成为几乎可以与儒道释并列而四的伟大思想。道释二家曲高和寡，儒家又底气不足，王阳明的心学高低适中，真俗相资，简单易学，由此我们可以理解他龙场悟道时的兴奋、狂喜了。王阳明的心学确实是中国乃至世界思想史上的奇葩，王阳明在世时就风行天下，后来在中国虽经历了长期的墙内开花墙外香的尴尬，但随着时间的流逝，其思想在今天又渐渐大放异彩而影响深远。

王阳明出入儒道释，几经周折，终有心学，可他后来回忆自己的心路历程时却这样后悔道："吾亦自幼笃志二氏，自谓既有所得，谓儒者为不足学。其后居夷三载，见得圣人之学若是其简易广大，始自叹悔错用了三十年气力。"[1]这里王阳明表面上竭力肯定儒学而否定道释，大有过河拆桥之嫌，其实他这样大张旗鼓地把他的心学与道释划清界限，只是因为心学毕竟是圣门，与道释有门户之见，所以他势必要标榜儒家正统，而自然极力辟道释了。事实上，不管悟道前后，王阳明始终都对道释抱有好感，只是投入程度有差异而已。王阳明对道释的批判集中在道释的出世问题上，而入世则是儒家与道释的根本分野，这从他与弟子的一些谈话中表露无遗："只说'明明德'，而不说'亲民'，便似老佛。"[2]"或问：'释氏亦务养心，然要之不可以治天下，何也？'先生曰：'吾儒养心，未尝离却事物，只顺其天则，自然就是功

---

[1] 王守仁. 王阳明全集（全二册）[M]. 上海：上海古籍出版社，1992：36.
[2] 王守仁. 王阳明全集（全二册）[M]. 上海：上海古籍出版社，1992：25.

夫。释氏却要尽绝事物,把心看作幻相,渐入虚寂去了。与世间若无些子交涉,所以不可以治天下。'"①但心学体系的整体构架却主要来自道释,特别是其在晚年总结其一生学说的"四句教"简直就是禅宗的翻版:"无善无恶是心之体,有善有恶是意之动,知善知恶是良知,为善去恶是格物。"②慧能认为,众生皆有佛性,佛性就是人的本性,佛心就是人的本心,佛心、佛性、人之本心、本性是世界的本原和最高的精神实体,世界的一切包括人的思想情欲、善恶贤愚都是佛性、人之本性的派生物,"应无所住而生其心",显然王阳明的"无善无恶"就是惠能的"无住"。"四句教"的第三句"知善知恶是良知"强调的是良知(心体)的知觉功能,这又是王阳明摄取了佛教心性本觉思想的结果。王阳明认为:"吾心之本体,自然灵昭明觉者也。凡意念之发,吾心之良知无有不自知者。其善欤,惟吾心之良知自知之;其不善欤,亦惟吾心之良知自知之。"③而"四句教"的第二和第四句所说的为善去恶的格物工夫即致良知的工夫,也明显借鉴了禅宗悟修并重的思想,而强调知行合一。

王阳明晚年大量的理趣诗更能证明其心学的禅宗渊源:"始信心非明镜台,须知明镜亦尘埃;人人有个圆圈在,莫向蒲团坐死灰。"④(《书汪进之太极岩二首其二》)诗中"心非明镜台"一句,典出《坛经》惠能偈,说的是"心性本体";而"明镜亦尘埃"一句,出于《坛经》神秀偈,说的是渐修功夫,"圆圈"以喻良知,"蒲团"以喻坐禅,而强调良知人人见在,不假修持。"仙家说到虚,圣人岂能虚上加得一毫实?佛氏说到无,圣人岂能无上加得一毫有?但仙家说虚,从养生上来;佛氏说无,从出离生死苦海上来,却于本体上加却这些子意思在,便不是他虚无的本色了,便于本体有障碍。圣人只是还他良知的本色,更不着些子意在。良知之虚,便是天之太虚;良知之无,便是太虚之无形。日月、风雷、山川、民物,凡有貌象形色,皆在太虚无形中发用流行,未尝作得天的障碍。圣人只是顺其良知之发用,天地万物,俱在我良知的发用流行中,何尝又有一物超于良知之外,能作得障碍?"⑤这里王阳明有意通过与道释的对比来抬高自己的心学,以证明青出于蓝而胜于蓝,认为心学的"良知",比道释两家的本体"虚无",更纯粹,更绝对,可谓"前念不生,后念不灭",但同时也

---

① 王守仁. 王阳明全集(全二册)[M]. 上海:上海古籍出版社,1992:106.
② 王守仁. 王阳明全集(全二册)[M]. 上海:上海古籍出版社,1992:117.
③ 王守仁. 王阳明全集(全二册)[M]. 上海:上海古籍出版社,1992:971.
④ 王守仁. 王阳明全集(全二册)[M]. 上海:上海古籍出版社,1992:772.
⑤ 王守仁. 王阳明全集(全二册)[M]. 上海:上海古籍出版社,1992:106.

承认了圣人、仙家、佛氏的统一,与其说是为心学辩护,倒不如说是在倡导儒道释的三教合一。

(二) 不如骑白鹿,东游入蓬岛:王阳明诗歌与道教道家

王阳明因为先祖遗风及年轻时就染上肺病等,而一生与道教道家结下了不解之缘。据年谱记载:王阳明17岁那年结婚之日,"偶闲行入铁柱宫,遇道士趺坐一榻,即而叩之,因闻养生之说,遂相与对坐忘归。诸公遣人追之,次早始还"[①];27岁那年,"偶闻道士谈养生,遂有遗世入山之意"[②];30岁那年初上九华山,"是时道者蔡蓬头善谈仙,待以客礼请问。蔡曰:'尚未。'有顷,屏左右,引至后亭,再拜请问。蔡曰:'尚未。'问至再三,蔡曰:'汝后堂后亭礼虽隆,终不忘官相。'一笑而别"[③];31岁那年,"是年先生渐悟仙、释二氏之非……筑室阳明洞中,行导引术。久之,遂先知。一日坐洞中,友人王思舆等四人来访,方出五云山,先生即命仆迎之,且历语其来迹。仆遇诸途,与语良合。众惊异,以为得道。久之悟曰:'此簸弄精神,非道也。'"[④]而静坐等道教修行则帮助王阳明渡过了一次次的人生磨难,对其"龙场悟道"也发挥了作用:"时瑾憾未已,自计得失荣辱皆能超脱,惟生死一念尚觉未化,乃为石墩自誓曰:'吾惟俟命而已!'日夜端居澄默,以求静一;久之,胸中洒洒。而从者皆病,自析薪取水作糜饲之;又恐其怀抑郁,则与歌诗;又不悦,复调越曲,杂以诙笑,始能忘其为疾病夷狄患难也。因念:'圣人处此,更有何道?'忽中夜大悟格物致知之旨,寤寐中若有人语之者,不觉呼跃,从者皆惊。始知圣人之道,吾性自足,向之求理于事物者误也。"[⑤]可见王阳明不仅热衷于道教理论的探讨,而且还付诸实践,道教道家对王阳明身心的影响不可估量。

在王阳明诗歌中固有对道教仙境的迷恋,但更多流溢的是诗人对洒脱自在的道家情怀的向往。九华山是佛道圣地,王阳明曾两次流连忘返,诗兴盎然。王阳明31岁初游九华山,《九华山赋》可作为其好仙觅道的代表作:"扣云门而望天柱,列

---

① 王守仁. 王阳明全集(全二册)[M]. 上海:上海古籍出版社,1992:1222.
② 王守仁. 王阳明全集(全二册)[M]. 上海:上海古籍出版社,1992:1224.
③ 王守仁. 王阳明全集(全二册)[M]. 上海:上海古籍出版社,1992:1225.
④ 王守仁. 王阳明全集(全二册)[M]. 上海:上海古籍出版社,1992:1225.
⑤ 王守仁. 王阳明全集(全二册)[M]. 上海:上海古籍出版社,1992:1228.

仙舞于晴昊。俨双椒之辟门,真人驾阳云而独跷。翠盖平临乎石照,绮霞掩映乎天姥。二神升于翠微,九子邻于积稻……抟鹏翼于北溟,钓三石之巨鳌。道昆仑而息驾,听王母之云璈。呼浮丘于子晋,招句曲之三茅。长遨游于碧落,共太虚而逍遥。乱曰:蓬壶之貌貌兮,列仙之所逃兮;九华之矫矫兮,吾将于此巢兮。"①对仙道的追慕之情溢于言表,非道教中人难以写出如此上乘的道教大赋。写于此游的仙道诗佳作还有:"灵峭九万丈,参差生晓寒。仙人招我去,挥手青云端。"②(《归越诗三十五首·列仙峰》)"仙骨自怜何日化,尘缘翻觉此生浮。夜深忽起蓬莱兴,飞上青天十二楼。"③(《化城寺六首·其二》)大概两年后,王阳明担任山东乡试主考而有机会登泰山时,泰山的雄奇磅礴再次激发了诗人对仙道的思慕之情:"貌矣鹤山仙,秦皇岂堪求?金砂费日月,颓颜竟难留。吾意在庞古,冷然驭凉飕。相期广成子,太虚显邀游。枯槁向岩谷,黄绮不足俦。"④(《登泰山五首·其二》)"尘网苦羁縻,富贵真露草。不如骑白鹿,东游入蓬岛……掷我《玉虚篇》,读之殊未了。傍有长眉翁,一一能指道。从此炼金砂,人间迹如扫。"⑤(《登泰山五首·其四》)

  王阳明是中国历史上少有的"三不朽"大儒,但实际上,在王阳明一生的思想性格和行为深处,又一直充满着"进"与"退""仕"与"隐""入世"与"出世"抑或"内圣"与"外王"的矛盾与困惑。如果说"三不朽"是王阳明形象的正面,那么其一生未曾淡薄的道家隐逸情结则是王阳明的一个鲜明的侧影,也是其人生一道亮丽的风景线,所以"仕"与"隐""入世"与"出世"的交织,构成了王阳明立体的、丰富的、真实的、辩证的人生,因而甚至可以说是他的道家情怀成就了其"三不朽"的伟业。王阳明一直到50岁之后才有一段将近6年时间的归隐,所以在真正归隐之前的二三十年岁月中只能一次次用诗歌来表达自己的归隐之志,在诗歌中想象自己的归隐之境,而痴心不改,频频抒怀:"缅怀岩中隐,磴道穷扳缘……鹅湖有前约,鹿洞多遗篇。寄子春鸿书,待我秋江船。"⑥(《赴谪诗·答汪抑之三首》)"每逢山水地,便有

---

① 王守仁.王阳明全集(全二册)[M].上海:上海古籍出版社,1992:657-659.
② 王守仁.王阳明全集(全二册)[M].上海:上海古籍出版社,1992:668.
③ 王守仁.王阳明全集(全二册)[M].上海:上海古籍出版社,1992:667.
④ 王守仁.王阳明全集(全二册)[M].上海:上海古籍出版社,1992:669.
⑤ 王守仁.王阳明全集(全二册)[M].上海:上海古籍出版社,1992:670.
⑥ 王守仁.王阳明全集(全二册)[M].上海:上海古籍出版社,1992:677.

卜居心。"①(《京师诗二十四首·寄隐岩》)"顿息尘寰念,清溪踏月还。"②(《京师诗二十四首·香山次韵》)"野性从来山水癖,直躬更觉世途难。卜居断拟如周叔,高卧无劳比谢安。"③(《归越诗五首·四明观白水二首》)"人生贵自得,外慕非所臧。颜子岂忘世?仲尼固遑遑。已矣复何事,吾道归沧浪。"④(《滁州诗·梧桐江用韵》)"林间尽日扫花眠,只是官闲愧俸钱。门径不妨春草合,齐居长对晚山妍。每疑方朔非真隐,始信扬雄误《太玄》。混世亦能随地得,野情终是爱邱园。"⑤(《滁州诗·林间睡起》)"千载商山隐,悠然获我思。"⑥(《江西诗·除夕伍汝真用待隐园韵即席次答五首其三》)"从来野兴只山林,翠壁丹梯处处寻。一自浮名萦世网,遂令真诀负初心。""最羡渔翁闲事业,一竿明月一蓑烟。"⑦(《江西诗·即事漫述四首》)"若待完名始归隐,桃花笑杀武陵人。"⑧(《江西诗·舟中至日》)"嘉园名待隐,专待主人归。此日真归隐,名园竟不违。岩花如共语,山石故相依。朝市都忘却,无劳更掩扉。"⑨(《江西诗·杨邃庵待隐园次韵五首其一》)阳明洞是王阳明修身、养性乃至讲学的重要场所,已然成了其精神的归宿和寄托,王阳明在诗中多次提及,念念不忘:"箪瓢有余乐,此意良匪矫,幽哉阳明麓,可以忘吾老。"⑩(《狱中诗·读易》)"何年稳闭阳明洞,榾柮山炉煮石羹。"⑪(《滁州诗·送守中至龙盘山中》)"匡时已无术,希圣徒有慕。倘入阳明峰,为寻旧栖处。"⑫(《京师诗二十四首·送蔡希颜三首》)"何年归去阳明洞,独棹扁舟鉴里行?"⑬(《南都诗·书扇面寄馆宾》)在王阳明诗集中,这样表达归隐的诗句比比皆是。尽管王阳明事功越来越显赫,但其归隐之心一直未改,反而越来越强烈,而成为王阳明生命的暗流与本色。

《居越诗三十四首》中洋溢着王阳明终于归隐后的兴奋与自在:"百战归来白发

---

① 王守仁. 王阳明全集(全二册)[M]. 上海:上海古籍出版社,1992:723.
② 王守仁. 王阳明全集(全二册)[M]. 上海:上海古籍出版社,1992:723.
③ 王守仁. 王阳明全集(全二册)[M]. 上海:上海古籍出版社,1992:725.
④ 王守仁. 王阳明全集(全二册)[M]. 上海:上海古籍出版社,1992:726.
⑤ 王守仁. 王阳明全集(全二册)[M]. 上海:上海古籍出版社,1992:726.
⑥ 王守仁. 王阳明全集(全二册)[M]. 上海:上海古籍出版社,1992:763.
⑦ 王守仁. 王阳明全集(全二册)[M]. 上海:上海古籍出版社,1992:756.
⑧ 王守仁. 王阳明全集(全二册)[M]. 上海:上海古籍出版社,1992:757.
⑨ 王守仁. 王阳明全集(全二册)[M]. 上海:上海古籍出版社,1992:758.
⑩ 王守仁. 王阳明全集(全二册)[M]. 上海:上海古籍出版社,1992:675.
⑪ 王守仁. 王阳明全集(全二册)[M]. 上海:上海古籍出版社,1992:727.
⑫ 王守仁. 王阳明全集(全二册)[M]. 上海:上海古籍出版社,1992:731.
⑬ 王守仁. 王阳明全集(全二册)[M]. 上海:上海古籍出版社,1992:737.

新,青山从此作闲人。峰攒尚忆冲蛮阵,云起犹疑见虏尘。岛屿微茫沧海暮,桃花烂漫武陵春。而今始信还丹诀,却笑当年识未真。"①(《归兴二首·其一》)"归去休来归去休,千貂不换一羊裘。青山待我长为主,白发从他自满头。种果移花新事业,茂林修竹旧风流。多情最爱沧州伴,日日相呼理钓舟。"②(《归兴二首·其二》)"清溪月出时寻寺,归棹城隅夜款门。可笑中郎无好兴,独留松院坐黄昏。"③(《观从吾登炉峰绝顶戏赠》)"物情到底能容懒,世事从前顿觉非。自拟春光还自领,好谁歌咏月中归。"④(《山中漫兴》)从这些诗句当中我们可以体验到王阳明隐逸生活的无限趣味与美妙境界,故乡的田园、山水、林泉、朋友,一草一木,此中的真意,无不是道,而与诗人的心相契。

  王阳明一生中还有一段两年多的准隐逸生活,就是王阳明自嘲为"吏隐"的贬谪龙场时期,虽是逼迫在偏僻荒凉之地艰难"归隐",但王阳明还是很快找到了隐逸的感觉:"投荒万里入炎州,却喜官卑得自由。心在夷居何有陋?身虽吏隐未忘忧。春山卉服时相问,雪寨蓝舆每独游。拟把犁锄从许子,谩将弦诵止言游。"⑤(《居夷诗·龙冈漫兴五首其一》)"卧龙一去忘消息,千古龙冈漫有名。草屋何人方管乐,桑间无耳听咸英。江沙漠漠遗云鸟,草木萧萧动甲兵。好共鹿门庞处士,相期采药入青冥。"⑥(《居夷诗·龙冈漫兴五首其四》)正因为有了这样超脱的心态,才有了王阳明"龙场悟道"的可能,隐逸之心使诗人的生命得到了升华与解脱。

(三)中丞不解了公事,到处看山复寻寺:王阳明诗歌与佛教

  王阳明的心学源于儒道释,而被一些人讥为"阳明禅",虽失之偏颇,但同时也说明了心学与佛教的关系更接近些,这是毋庸置疑的。王阳明一生虽有一些辟佛之语,但绝不是否定佛教,实际上是为"援佛入儒"作辩护而已。虽然关于王阳明学佛的记载并不多,我们只知道他与日本高僧了庵桂悟过从甚密,但王阳明对佛教始终抱有好感,他的心学和他的诗歌就是明证。现存王阳明全部诗作中,直接跟佛教

---

① 王守仁. 王阳明全集(全二册)[M]. 上海:上海古籍出版社,1992:784.
② 王守仁. 王阳明全集(全二册)[M]. 上海:上海古籍出版社,1992:784.
③ 王守仁. 王阳明全集(全二册)[M]. 上海:上海古籍出版社,1992:788.
④ 王守仁. 王阳明全集(全二册)[M]. 上海:上海古籍出版社,1992:789.
⑤ 王守仁. 王阳明全集(全二册)[M]. 上海:上海古籍出版社,1992:702.
⑥ 王守仁. 王阳明全集(全二册)[M]. 上海:上海古籍出版社,1992:703.

相关的就有80多首,其中涉及20多座寺庙,可见王阳明深厚的佛缘。

  王阳明自幼亲近佛教,他家不远的龙泉寺经常有他的身影,寺僧早就融入他的生命,他34岁写诗回忆道:"我爱龙泉寺,寺僧颇疏野。尽日坐井栏,有时卧松下。一夕别山云,三年走车马。愧杀岩下泉,朝夕自清泻。"①(《京师诗八首·忆龙泉山》)王阳明现存早期的诗集《归越诗三十五首》是他31岁以刑部主事告病归越途中所作,主要是他初次朝圣九华山有感,所以其中与寺僧有关的诗篇就占了一半以上。诗人感受着九华山道场的气息,九华山也倾听着诗人的肺腑之音:"岩犬吠人时出树,山僧迎客自鸣钟。""一卧禅房隔岁心,五峰烟月听猿吟。"②(《游牛峰寺四首》)"最爱山僧能好事,夜堂灯火伴孤吟。""月明猿听偈,风静鹤参禅。今日揩双眼,幽怀二十年。""金骨藏灵塔,神光照远峰。微茫竟何是?老衲话遗踪。"③(《化城寺六首》)"岩下云万重,洞口桃千树。终岁无人来,惟许山僧住。"④(《芙蓉阁二首》)九华山神奇的风光特别是浓郁的佛教氛围深深地吸引了诗人,给了诗人挣扎、疲惫的身心以莫大的清凉与寄托。

  《赴谪诗五十五首》是正德丁卯年(1507)王阳明赴谪贵阳龙场驿所作,途中好几次在寺庙养病或夜宿休憩,这多少给了诗人一些慰藉:"溪风漠漠南屏路,春服初成病眼开。花竹日新僧已老,湖山如旧我重来。"⑤(《南屏》)"卧病空山春复夏,山中幽事最能知。雨晴阶下泉声急,夜静松间月色迟。把卷有时眠白石,解缨随意濯清漪。吴山越峤俱堪老,正奈燕云系远思。"⑥(《卧病静慈写怀》)"江上但知山色好,峰回始见寺门开。半空虚阁有云住,六月深松无暑来。病肺正思移枕簟,洗心兼得远尘埃。"⑦(《移居胜果寺二首》)"水南昏黑投僧寺,还理义编坐夜长。"⑧(《醴陵道中风雨夜宿泗州寺次韵》)两年多后离开贬谪地途中又留下了不少有关寺僧的诗作:"杖藜一过虎溪头,何处僧房是惠休?云起峰头沉阁影,林疏地底见江流。"⑨(《辰州虎溪龙兴寺闻杨名父将到留韵壁间》)"尽日僧斋不厌闲,独余春睡得相

---

① 王守仁. 王阳明全集(全二册)[M]. 上海:上海古籍出版社,1992:673.
② 王守仁. 王阳明全集(全二册)[M]. 上海:上海古籍出版社,1992:663-664.
③ 王守仁. 王阳明全集(全二册)[M]. 上海:上海古籍出版社,1992:667.
④ 王守仁. 王阳明全集(全二册)[M]. 上海:上海古籍出版社,1992:669.
⑤ 王守仁. 王阳明全集(全二册)[M]. 上海:上海古籍出版社,1992:683.
⑥ 王守仁. 王阳明全集(全二册)[M]. 上海:上海古籍出版社,1992:683.
⑦ 王守仁. 王阳明全集(全二册)[M]. 上海:上海古籍出版社,1992:683.
⑧ 王守仁. 王阳明全集(全二册)[M]. 上海:上海古籍出版社,1992:688.
⑨ 王守仁. 王阳明全集(全二册)[M]. 上海:上海古籍出版社,1992:715.

关……也知世事终无补,亦复心存出处间。"①(《僧斋》)"乘兴看山薄暮来,山僧迎客寺门开。雨昏碧草春申墓,云卷青峰善卷台。性爱烟霞终是僻,诗留名姓不须猜。岩根老衲成灰色,枯坐何年解结胎。"②(《德山寺次壁间韵》)"渌水西头泗洲寺,经过转眼又三年。老僧熟认直呼姓,笑我清癯只似前。每有客来看宿处,诗留佛壁作灯传。开轩扫榻还相慰,惭愧维摩世外缘。"③(《泗州寺》)寺僧对于王阳明来说,永远是那么的亲切,永远是心灵的寄托与归宿,在他辗转漂泊的一生中,总把各处的寺庙当作自己的家一样,去调息身心,去访道参禅,去体悟宇宙、生命的真谛。

正德己卯年(1519),48岁的王阳明平息宸濠之乱不但无功,反而差点招来杀身之祸,所幸的是这给王阳明带来了难得的庐山之游特别是二访九华山的机会,而形成了他一生中亲近寺僧的高峰期。《江西诗一百二十首》当中与寺僧相关就有三十多首。在庐山,王阳明先后几次访游了开先寺:"僻性寻常惯受猜,看山又是百忙来。北风留客非无意,南寺逢僧即未回。"④(《游庐山开先寺·一》)"中丞不解了公事,到处看山复寻寺。尚为妻孥守俸钱,至今未得休官去。三月开花两度来,寺僧倦客门未开。山灵似嫌俗士驾,溪风拦路吹人回。君不见富贵中人如中酒,折腰解醒须五斗?未妨适意山水间,浮名于我亦何有?"⑤(《重游开先寺戏题壁》)"驱驰此日原非暇,梦想当年亦自勤。断拟罢官来驻此,不教林鹤更移文。"⑥(《游庐山开先寺·二》)面对山水和寺僧,诗人自然敞开心扉,吐露自己的心声。既到庐山,诗人当然是不会错过东林寺的:"远公学佛却援儒,渊明嗜酒不入社。我亦爱山仍恋官,同是乾坤避人者。"⑦(《庐山东林寺次韵》)"莫向人间空白首,富贵何如一杯酒!种莲栽菊两荒凉,慧远陶潜骨同朽。"⑧(《又次邵二泉韵》)这里诗人以慧远、陶渊明为榜样来抒发自己儒释合一的理念。

"平生山水最多缘,独此相逢容有数。"⑨(《江上望九华不见》)王阳明与九华山

---

① 王守仁.王阳明全集(全二册)[M].上海:上海古籍出版社,1992:716.
② 王守仁.王阳明全集(全二册)[M].上海:上海古籍出版社,1992:716.
③ 王守仁.王阳明全集(全二册)[M].上海:上海古籍出版社,1992:718.
④ 王守仁.王阳明全集(全二册)[M].上海:上海古籍出版社,1992:763.
⑤ 王守仁.王阳明全集(全二册)[M].上海:上海古籍出版社,1992:776.
⑥ 王守仁.王阳明全集(全二册)[M].上海:上海古籍出版社,1992:781.
⑦ 王守仁.王阳明全集(全二册)[M].上海:上海古籍出版社,1992:764.
⑧ 王守仁.王阳明全集(全二册)[M].上海:上海古籍出版社,1992:765.
⑨ 王守仁.王阳明全集(全二册)[M].上海:上海古籍出版社,1992:768.

确实有缘,十八年前的邂逅还历历在目,现在为化解危机,久违的游子又再次投进了九华山圣洁的怀抱:"游兴殊未尽,尘寰不可留。山青只依旧,白尽世间头。"①(《重游无相寺次韵四首》)"会心人远空遗洞,识面僧来不记名。莫谓中丞喜忘世,前途风浪苦难行。"②(《重游化城寺二首》)"尽日岩头坐落花,不知何处是吾家。静听谷鸟迁乔木,闲看林蜂散午衙。翠壁泉声穿乱石,碧潭云影透晴沙。痴儿公事真难了,须信吾生自有涯。"③(《岩头闲坐漫成》)重游无相寺、化成寺,诗人捕捉着道的足迹,九华山也再次感受着诗人心灵的脉搏,此次九华山身心调息之旅使王阳明进一步参透了人生的真谛,不久就开始了其心仪已久的居越归隐生活。

(四)吾心自有光明月,千古团圆永无缺:王阳明诗歌与心学

王阳明为悟道、成圣而上下求索,长期浸淫儒道释,百折不挠,矢志不渝,终成心学之正果,而在他的诗歌中留下了其求道、得道、传道的光辉历程。刚过而立之年的王阳明已初步突破了程朱理学的窠臼:"大道即人心,万古未尝改。长生在求仁,金丹非外待。缪矣三十年,于今吾始悔!"④(《京师诗八首·赠阳伯》)五年后贬谪之际虽处逆境,但王阳明求道之心弥坚:"洙泗流浸微,伊洛仅如线;后来三四公,瑕瑜未相掩。嗟予不量力,跛鳖期致远。"⑤(《赴谪诗·阳明子之南也其友湛元明歌九章以赠崔子钟和之以五诗于是阳明子作八咏以答之·其三》)其心学思想也已初见雏形:"器道不可离,二之即非性。孔圣欲无言,下学从泛应。君子勤小物,蕴蓄乃成行。"⑥(《赴谪诗·阳明子之南也其友湛元明歌九章以赠崔子钟和之以五诗于是阳明子作八咏以答之·其五》)"愿君崇德性,问学刊支离。无为气所役,毋为物所疑。恬淡自无欲,精专绝交驰。"⑦(《赴谪诗·忆昔答乔白岩因寄储柴墟三首·其二》)"吾道有至乐,富贵真浮埃!若时乘大化,勿愧点与回。"⑧(《赴谪诗·陟湘于

---

① 王守仁.王阳明全集(全二册)[M].上海:上海古籍出版社,1992:769.
② 王守仁.王阳明全集(全二册)[M].上海:上海古籍出版社,1992:773.
③ 王守仁.王阳明全集(全二册)[M].上海:上海古籍出版社,1992:774.
④ 王守仁.王阳明全集(全二册)[M].上海:上海古籍出版社,1992:673.
⑤ 王守仁.王阳明全集(全二册)[M].上海:上海古籍出版社,1992:678.
⑥ 王守仁.王阳明全集(全二册)[M].上海:上海古籍出版社,1992:678.
⑦ 王守仁.王阳明全集(全二册)[M].上海:上海古籍出版社,1992:680.
⑧ 王守仁.王阳明全集(全二册)[M].上海:上海古籍出版社,1992:689.

迈岳麓是尊仰止先哲因怀友生丽泽兴感伐木寄言二首·其二》)王阳明贬谪龙场驿曾两次经过濂溪祠而有所感,在对理学大师的敬慕之余,更多表达的是自己求道的坎坷与信心:"曾向图书识面真,半生长自愧儒巾。斯文久已无先觉,圣世今应有逸民。一自支离乖学术,竟将雕刻费精神。"①(《居夷诗·再过濂溪祠用前韵》)

王阳明自己悟道后,总是不失时机地去开导别人,宣扬自己的心学理念,特别是与友人临别之时,总是赋诗劝勉:"休论寂寂与惺惺,不妄由来即性情。笑却殷勤诸老子,翻从知见觅虚灵。道本无为只在人,自行自住岂须邻?坐中便是天台路,不用渔郎更问津。"②(《京师诗二十四首·别方叔贤四首·其四》)"千年绝学蒙尘土,何处澄江无月明。"③(《滁州诗三十六首·赠熊彰归》)"至道不外得,一悟失群暗。"④(《滁州诗三十六首·别易仲》)"悟后《六经》无一字,静余孤月湛虚明。"⑤(《滁州诗三十六首·送蔡希颜三首·其三》)"世人失其心,顾瞻多外慕。安宅舍弗居,狂驰惊奔鹜。高言诋独善,文非遂巧智。琐琐功利儒,宁复知此意!"⑥(《滁州诗三十六首·郑伯兴谢病还鹿门雪夜过别赋赠三首·其三》)

王阳明越到晚年,随着其心学思想的逐步成熟与展开,阐释心学的理趣诗就越多,《居越诗三十四首》中理趣诗就占了半数以上。"须从根本求生死,莫向支流辩浊清。久奈世儒横臆说,竟搜物理外人情。良知底用安排得?此物由来自浑成。"⑦(《次谦之韵》)"潜鱼水底传心诀,栖鸟枝头说道真。莫谓天机非嗜欲,须知万物是吾身。"⑧(《碧霞池夜坐》)"万理由来吾具足,《六经》原只是阶梯。"⑨(《林汝桓以二诗寄次韵为别》)"千圣本无心外诀,《六经》须拂镜中尘。"⑩(《夜坐》)在讲学时,王阳明更是借用禅学,生动形象而又直截了当地将自己的思想和盘托出:"无声无臭独知时,此是乾坤万有基。抛却自家无尽藏,沿门持钵效贫儿。"⑪(《咏良知四

---

① 王守仁.王阳明全集(全二册)[M].上海:上海古籍出版社,1992:718.
② 王守仁.王阳明全集(全二册)[M].上海:上海古籍出版社,1992:722.
③ 王守仁.王阳明全集(全二册)[M].上海:上海古籍出版社,1992:727.
④ 王守仁.王阳明全集(全二册)[M].上海:上海古籍出版社,1992:727.
⑤ 王守仁.王阳明全集(全二册)[M].上海:上海古籍出版社,1992:732.
⑥ 王守仁.王阳明全集(全二册)[M].上海:上海古籍出版社,1992:732.
⑦ 王守仁.王阳明全集(全二册)[M].上海:上海古籍出版社,1992:785.
⑧ 王守仁.王阳明全集(全二册)[M].上海:上海古籍出版社,1992:786.
⑨ 王守仁.王阳明全集(全二册)[M].上海:上海古籍出版社,1992:786.
⑩ 王守仁.王阳明全集(全二册)[M].上海:上海古籍出版社,1992:787.
⑪ 王守仁.王阳明全集(全二册)[M].上海:上海古籍出版社,1992:790.

首示诸生·其四》)"尔身各各自天真,不用求人更问人。但致良知成德业,谩从故纸费精神。乾坤是易原非画,心性何形得有尘?莫道先生学禅语,此言端的为君陈。"①(《示诸生三首·其一》)

"吾心自有光明月,千古团圆永无缺。"②(《中秋》)王阳明的心学横空出世,震古烁今,其理趣诗意蕴隽永,浑然天成,可谓王阳明诗歌中的精品。

(五) 结语:试向沧浪歌一曲,未云不是《九韶》声

"行年忽五十,顿觉毛发改。四十九年非,童心独犹在。"③(《江西诗·归怀》)"白头未是形容老,赤子依然浑沌心。"④(《居越诗·天泉楼夜坐和萝石韵》)这是心学大师王阳明自我人格的真实写照,没有童心,不是赤子,怎么会有真正的诗歌?诗如其人,王阳明的诗歌清新自然,尚实崇真,纯为思想与文学完美结合的天籁之音,其诗歌因其心学思想而深刻、高远,其心学思想通过其诗歌得以阐发、弘扬,得以保存、流传。"试向沧浪歌一曲,未云不是《九韶》声?"⑤(《林汝桓以二诗寄次韵为别》)王阳明的诗歌尤其是理趣诗是其心学思想的重要载体,也正因为如此,他的诗歌特别是理趣诗和他的心学的命运一样,遭到后人的诟病甚至不屑,这实在是一个极大的误会,也许真正王阳明的时代还远未到来。

原载《南京师范大学文学院学报》2010 年第 2 期,第一作者为梅新林

---

① 王守仁. 王阳明全集(全二册)[M]. 上海:上海古籍出版社,1992:790.
② 王守仁. 王阳明全集(全二册)[M]. 上海:上海古籍出版社,1992:792.
③ 王守仁. 王阳明全集(全二册)[M]. 上海:上海古籍出版社,1992:783.
④ 王守仁. 王阳明全集(全二册)[M]. 上海:上海古籍出版社,1992:790.
⑤ 王守仁. 王阳明全集(全二册)[M]. 上海:上海古籍出版社,1992:786.

论《醒世姻缘传》的道德诉求与因果叙事

中国古代由于小说地位的低下，很多作品的作者及成书时间等相关信息都相当模糊、混乱乃至阙如，而给后人的研究留下了种种谜团。西周生的《醒世姻缘传》尤其如此，作品中剪辑杂糅了不少史料，使得作者的真实身份更加扑朔迷离。迄今为止，作者就有蒲松龄、丁耀亢、贾凫西等说，成书年代又主要有明末崇祯说、顺治十八年说以及康熙说乃至雍正说：这些分歧显然影响了对作品的准确定位与深层解读。本文从作品的创作宗旨与艺术风格入手，试图还原其创作的基本风貌与成就。

（一）明人口吻与实录风格

《醒世姻缘传》多处用了一些明人口吻的称谓，如"本朝正统年间"（引起），"永乐爷""正统爷"（第五回）、"我太祖爷""天顺爷"（第二十七回）、"我朝"（第十六、六十二回）等等，坚持成书清代说的研究者对此可能不以为然，如《金瓶梅》之类假托前朝来进行本朝叙事的确实很多，可与《金瓶梅》叙事时空的虚拟性大不相同的是，《醒世姻缘传》作者十分注重真实性，人物、情节、时间、地点等无一例外，其凡例充分表明了作者的这一创作特色："本传晁源、狄宗羽、童姬、薛媪，皆非本姓，不欲以其实迹暴于人也""本传凡懿行淑举皆用本名。至于荡简败德之夫，名姓皆从捏造，昭戒而隐恶，存事而晦人""本传凡有懿美扬阐，不敢稍遗，惟有劣迹描绘，多为挂漏，以为赏重而罚轻""本传凡语涉闺门，事关床第，略为点缀而止，不以淫亵语博人传笑,揭他人帷箔之渐""本传其事有据,其人可征;惟欲针线相联,天衣无缝,不能尽芟傅会,然与凿空硬入者不无径庭""本传间有事不同时,人相异地,第欲与于挖扬,不必病其牵合"①。我们知道,凡例非作者亲自操刀不可,他人无法代为,相比序言来说可信度更高,这里作者既强调"其事有据,其人可征",又承认"间有事不同时,人相异地",就是说为了创作的需要,既追求真实,又不完全拘泥于生活事实,有时会灵活地剪裁、组合,但这样的情况仅仅是"间有",就是说作品带有很强的实录风格,虽然也不排除艺术真实的努力与成分,所以我们不应忽视作者在《醒世姻缘传》凡例中的这些强烈"声明"。

  《醒世姻缘传》两世姻缘的故事发生在明正统至成化年间,第三十一回又出现了明末的李粹然,前后相距100多年,显然作者应该是明末人,之所以要把故事的背景安排在正统至成化年间,因为那个时段正是明代世风堕落的转折点,这一明史上的世情巨变很适合表现作品的主题。第二十四回写英宗复辟即天顺时期古风盎然的明水村,显然是作者对明水以往的西周式的世外桃源生活的遥想,属于虚笔,因为作者实际面对的是明代中后期的日渐糜烂的社会现实。作品中多次写到的天灾人祸,其实大多发生在明中后期,特别是万历与崇祯年间,可为了表现主题的需要,作者把它们都前移到了成化前后,而明末的李粹然又因为是拯救灾民的循吏代表,所以作者也把他和天灾一起前移了100多年。如此看来,《醒世姻缘传》是基于明代的社会现实而进行的再加工创作,作品的立足点主要是道德而不是政治,虽然其中也有对明代中后期黑暗现实的暴露以及对统治者的不满,但作者面对人心不古的社会现实时,主要是从道德层面来进行思考的,而作者借以拯救这堕落社会的主要法宝就是佛教的因果报应思想。

  与清中叶相继出现的《姑妄言》《林兰香》《绿野仙踪》等拿明朝说事的小说不同的是,《醒世姻缘传》是名副其实的明朝叙事,作品中不仅出现了"本朝""我朝"等完全明人口吻的字眼,而且还有"太祖爷""天顺爷""成化爷"等敬称,很难想象这样的用语出现在清初人创作的小说中,因为不仅严峻的改朝换代的社会局势不容许,而且这本身也不合人情常理,再加之稍后出现的《姑妄言》《林兰香》《绿野仙踪》等小说都是直接用"大明""明朝""前朝"等字眼来交代作品的时代背景,由此我们可以推断,《醒世姻缘传》的创作不应延迟进清代,当然其传抄乃至刊刻则很可能始于清

---

① 西周生.醒世姻缘传[M].翟冰,校点.济南:齐鲁书社,1993:1-2.

初。弄清作者的真实信息固然重要,可探准作品的真实底蕴其实更加重要,研究的重点应是后者。

(二)"西周生":道德情结与儒家本位

中国人总是怀念西周及上古时期的淳淳世风,而常有"人心不古"之慨叹,孔子曾一再赞美西周的道德:"周监于二代,郁郁乎文哉!吾从周"(《论语·八佾》)"周之德,其可谓至德也已矣"(《论语·泰伯》),而看过《醒世姻缘传》之后,我们就会明白作品为什么署名"西周生"了,原来作者也有着浓郁的恋古心理与道德情结:"这明水镇的地方,若依了数十年先,或者不敢比得唐虞,断亦不亚西周的风景。"(第二十六回)①署名"西周生"明白无误地表达了作者的道德理想,《醒世姻缘传》就是其道德焦虑的产物。遥远的西周当然已无从觅迹,但几十年前明水的淳朴古风西周生可能还有所耳闻,于是作者在两世姻缘之间用了整整两回的篇幅来渲染往昔明水的道德美图,作者先这样概述道:"大家小户都不晓得甚么是念佛吃素,叫佛烧香;四时八节止知道祭了祖宗便是孝顺父母,虽也没有像大舜、曾闵的这样奇行,若说那'忤逆'二字,这耳内是绝不闻见的。自己的伯叔兄长,这是不必说的。即便是父辈的朋友,乡党中有那不认得的高年老者,那少年们遇着的,大有逊让,不敢轻薄侮慢。人家有一碗饭吃的,必定腾那出半碗来供给先生。差不多的人家,三四个五六个合了伙,就便延一个师长;至不济的,才送到乡学社里去读几年。摸量着读得书的,便教他习举业;读不得的,或是务农,或是习甚么手艺,再没有一个游手好闲的人,也再没有人是一字不识的。就是挑葱卖菜的,他也会演个之乎者也。从来要个偷鸡吊狗的,也是没有。监里从来没有死罪犯人,凭你甚么小人家的妇女,从不曾有出头露面游街串市的。惧内怕老婆,这倒是古今来的常事,惟独这绣江,夫是夫,妇是妇,那样阴阳倒置,刚柔失宜,雌鸡报晓的事绝少。百姓们春耕夏耘,秋收冬藏完毕,必定先纳了粮,剩下的方才食用。里长只是分散由帖的时节到人家门上,其外并不晓得甚么叫是'追呼',甚么叫是'比较'。这里长只是送这由帖到人家,杀鸡做饭,可也吃个不了。秀才们抱了几本书,就如绣女一般,除了学里见见县官,多有整世不进县门去的。这个明水离了县里四十里路,越发成了个避世的桃源

---

① 西周生.醒世姻缘传[M].翟冰,校点.济南:齐鲁书社,1993:343.

一般。这一村的人更是质朴,个个通是前代的古人。"①(第二十三回)然后介绍了杨乡宦、舒忠、祝其嵩等三个代表人物的事迹,接着又另起一回(第二十四回)专门描写明水世外桃源般的四时风光,明水俨然是一片儒家的道德乐土与道家的混沌世界。

第二世姻缘刚开了个头,就又插入了两回多的篇幅,专写如今明水的恶风恶俗,与前面所写往昔的明水形成了强烈的对照:"当初古风的时节,一个宫保尚书的管家,连一领布道袍都不许穿;如今玄段纱罗,镶鞋云履,穿成一片,把这等一个忠厚朴茂之乡,变幻得成了这样一个所在。"(第二十六回)②作者罗列了如今明水人的种种丑态,并重点勾勒了麻从吾、严列星二人的丑恶嘴脸,这些描写其实也就是明代中后期整个社会的缩影。接着又写了因人心变坏而导致的种种天灾。在现代科学看来,这当然是无稽之谈,可在作者眼里,却有大书特书源于人祸的天灾的必要,因为中国社会自古就有天人合一、天人感应的文化土壤。作者一次次地在主要故事情节的进程中插入这些似乎可有可无的枝节,而使得作品有结构松散、情节拖沓之瑕,其实这些插叙正是作品的点睛之笔,表露了作者炽热而深切的道德情怀,及其儒家本位的文化立场,正如东岭学道人在凡例后所议论的那样:"乍视之似有支离烦杂之病,细观之前后钩锁彼此照应,无非劝人为善,禁人为恶。闲言冗语,都是筋脉,所云天衣无缝,诚无忝焉。或云:'闲者节之,冗者汰之,可以通俗。'余笑曰:'嘻!画虎不成,画蛇添足,皆非恰当。无多言!无多言!'"③东岭学道人很可能就是作者自己的另一化名,表面上是他人的评议,实际上是作者的自评自说,以便于为读者指点迷津。

儒家仁义礼智信的道德操守与忠孝节义的伦理规范固然十分美好诱人,道家返璞归真的人生境界更是难得,作者向往西周时期亦儒亦道的古人古风,更希望自己所处的社会犹有古风遗存;可是作者清醒地认识到,这只是他天真的幻想,无论是儒家的道德至上,还是道家的自然逍遥,都无力改变晚明颓废的世风,剩下的唯一多少能拯救世道人心的就是佛教的果报思想。其实西周生也知道,众生都是自作自受,佛教并不是万能的,佛不度无缘之人,可是他别无选择。第二十八回写关老爷显圣惩罚了严列星夫妇后,那些恶人的反应实在让作者痛心疾首:"只看当初

---

① 西周生.醒世姻缘传[M].翟冰,校点.济南:齐鲁书社,1993:307-308.
② 西周生.醒世姻缘传[M].翟冰,校点.济南:齐鲁书社,1993:353.
③ 西周生.醒世姻缘传[M].翟冰,校点.济南:齐鲁书社,1993:2.

那明水的居民,村里边有这样一位活活的关老爷在那里显灵显圣,这也不止于'如在其上',明明看见坐在上边了!不止于'如在其左右',显然立在那左右的一般!那些不忠不孝,无礼无义,没廉没耻的顽民,看了严列星与那老婆赛东窗的恶报,也当急急的改行从善,革去歪心。关老爷是个正直广大的神,岂止于不追旧恶,定然且保佑新祥。谁知那些蠢物闻见了严列星两口子这等的报应,一些也没有怕惧!伤天害理的依旧伤天害理,奸盗诈伪的越发奸盗诈伪;一年狠似一年,一日狠似一日;说起'天地'两字,只当是耳边风;说到关帝、城隍、泰山、圣母,都只当对牛弹琴的一般。"①活生生的恶报现前,真切切的神佛显灵,都不能使这些恶人回头警醒,就更不用说儒家的道德说教、道家的顺其自然了。可是尽管如此,作者也没有绝望,因为他相信那样执迷不悟的恶人毕竟还是少数,佛教的果报论对大多数人来说还是能起着一定的劝诫作用的。《醒世姻缘传》是一曲沉重的道德挽歌,祭起的却是佛教果报论大旗,作者宣扬因果报应思想,旨在劝人向善,当务之急是要把人做好,扭转世风,至于得道成佛那就是更加遥远的奢想了。

(三)"恶姻缘":因果报应的抒写

今人对《醒世姻缘传》的因果报应问题,一般持否定态度。具体而言,有这样三种情况。一种是认为《醒世姻缘传》主要宣扬因果报应而否定作品。一种则认为《醒世姻缘传》的因果报应只是作品的框架与手段,正如鲁迅所说的那样:"无非以因果报应之谈,写社会家庭之事。"②就是说,因果报应并非是作品的真正用意所在。还有学者认为《醒世姻缘传》的因果报应只是作品神道设教的工具,而被作者随意改造③。那么究竟哪一种解读更接近于作品的真实意图呢?我们有必要作一点辨析。

明清社会,中国佛教虽日渐式微,但作为佛教俗谛的因果报应思想还是有着一定的社会基础的,面对着人心不古而又有着一定佛教氛围的现实社会,为了实现"正人心,厚风俗"的创作目的,作家宣扬因果报应思想,不啻为一种上策,因为弘扬

---

① 西周生.醒世姻缘传[M].翟冰,校点.济南:齐鲁书社,1993:373.
② 鲁迅.鲁迅全集(第十一卷)[M].北京:人民文学出版社,1981:432.
③ 付丽.儒家理念统摄下的神道教化:论《醒世姻缘传》的神道设教[J].学习与探索,2002(5):106-111.

佛教的因果报应论比宣讲儒家的伦理道德更能使人去恶从善,这是明清世情小说作家几乎一致的明智选择。而现代中国社会,传统文化消亡殆尽,科学至上的现代人面对明清世情小说中比比皆是的佛教叙事,当然觉得相当隔膜,因为今人缺乏与之进行有效对话的思想储备与精神结构,所以当今对古代作品的很多解读看似新颖独特,其实与作品原意相距甚远,甚至完全相反或毫不相干。佛教的因果报应思想在今天是没有什么市场,可在明清社会还是有比较积极的劝世效果的,所以简单、粗暴地否定明清世情小说中的佛教叙事显然不是明智之举。就《醒世姻缘传》来说,既不能因为其宣扬因果报应而贬低其价值,也不能说因果报应仅仅是其手段而已,更不应因其有大量暴露佛门陋相的描写就断定其是批判佛教的,而与原著精神几乎背道而驰。

  佛教认为,因果报应是众生乃至整个宇宙存在的基本法则,这是不以人的意志为转移的客观规律,在现实生活中可谓无处不在,无时不在,人的生老病死、贫富贵贱、苦乐祸福等等无不受其左右。我们知道:一方面,中国原本的现报是世人能看得到的,可现报无法解释种种善人遭殃、恶人得福的社会现象,而影响了世人对因果报应的信受;另一方面,佛教的三世因果虽能圆满解释善恶报应,可其生报与后报又是世人所无法看得到的,所以世人对佛教三世因果的信心也同样打了折扣,西周生正是看到了这一佛法普及中的尴尬瓶颈,而有意选择了两世恶姻缘的生报来谋篇布局,希望读者从这个演绎生报的故事中生起对佛教果报论的信心。世人特别是现代读者肯定会有疑问,既然人们无法看到生报、后报,那么西周生是从哪里得到这个素材,而不是凭空虚构,而且作者凡例中还有言之凿凿的真实性保证。其实,不要说古代,就是现代也有不少关于"再生人"的报道与记载,在现实生活中阴阳倒置的惧内男子确实不少,问题是从来没有人从前世因果的角度来阐释这一反常的现象,西周生一定是收集了许多惧内的话柄,其中可能有一些通过梦境等方式显示与前世瓜葛的传闻,这就启发了西周生的创作灵感,一个演绎生报的两世恶姻缘的小说故事框架逐渐明晰起来。作品的重心自然放在第二世,即被晁源伤害的狐仙、计氏分别转世的薛素姐、童寄姐如何发威报仇以及晁源转世的狄希陈如何惧内的精彩叙事,这一部分就占了全书近五分之四的篇幅,而有关前世的叙述则相对简略,就是开头的 22 回。当然作品只是以两世姻缘为骨架,在此基础上充分展开了明代中后期色彩斑斓的世情叙事,因为铺写得越细致逼真,就越能使读者对佛教果报论生起信心。现实生活中现报倒是不少,可是现报又不能充分反映因果法则,更无法解释善恶反报的情况,而生报与后报又极为罕见,所以西周生选择两世恶姻缘来演绎生报,真是煞费苦心而又独具匠心,因为实在是找不到比这更恰当的演绎生报的生活素材了。《醒世姻缘传》在明清众多的宣扬因果报应的小说中可谓独树一帜,棋高一着。

夫妇是五伦之一,妻淑夫贤的好姻缘固然寻常,可如仇人相见般的恶姻缘也时有所闻,夫唱妇随是正理,可阴阳倒置、雌鸡报晓的夫妇关系也屡见不鲜,惧内这一历朝历代都有的反常现象,到了西周生的手里,更是令人触目惊心。作者这样形容道:"唯有那夫妻之中,就如脖项上瘿袋一样,去了愈要伤命,留着大是苦人;日间无处可逃,夜间更是难受。官府之法莫加,父母之威不济,兄弟不能相帮,乡里徒操月旦。即被他骂死,也无一个来解纷;即被他打死,也无一个劝开。你说要生,他偏要处置你死;你说要死,他偏要教你生;将一把累世不磨的钝刀在你颈上锯来锯去,教你零敲碎受。这等报复岂不胜如那阎王的刀山、剑树、砲捣、磨挨、十八重阿鼻地狱!"①(《醒世姻缘传·引起》)小说第二部分可谓是古今悍妇与惧内的集大成之作,令读者大开眼界,叹为观止。作者有意将自己所能搜集到的众多的悍妇与惧内话柄都糅合到薛素姐、童寄姐与狄希陈身上,于是一出出戏剧性的虐待与受虐场面就轮番上演了,在令人捧腹之余,也让人掩卷深思。薛素姐本来也是个端庄淑女,可在嫁给狄希陈的前夜做了个"换心"的噩梦之后,就摇身一变为一个绝世的悍妇了。素姐从噩梦中吓醒之后说:"我梦见一个人,像凶神似的,一只手提着个心,一只手拿着把刀,望着我说:'你明日待往他家去呀,用不着这好心了,还换给你这心去。'把我胸膛割开,换了我的心去了。"②(第四十四回)素姐短暂的噩梦是过去了,可狄希陈则开始了漫长的噩梦。作者安排这一匪夷所思的"换心"细节,意在强化轮回转世的真实性。新婚第一夜狄希陈就被素姐拒之门外,结婚头两个月狄希陈就尝尽了苦头:"这六十日里边,不是打骂汉子,就是忤逆公婆。……狄希陈轻则被骂,重则惹打,浑身上不是绯红,脸弹子就是扭紫。狄宾梁夫妇空只替他害疼,他本人甘心忍受。"③(第四十八回)狄希陈跟别人相处都很正常,可是只要见了素姐,就同老鼠见了猫一样,如临天敌,新婚之夜他磨磨蹭蹭不愿进新房:"我不知怎么,只

---

① 西周生.醒世姻缘传[M].翟冰,校点.济南:齐鲁书社,1993:5-6.
② 西周生.醒世姻缘传[M].翟冰,校点.济南:齐鲁书社,1993:595-596.
③ 西周生.醒世姻缘传[M].翟冰,校点.济南:齐鲁书社,1993:643-655.

见了他,身上渗渗的。"①(第四十五回)后来接连被素姐坐"床头监",更是让人瞠目结舌,而又笑破肚皮,第六十回狄希陈第一次坐"床头监"被发现后,相大妗子叹息道:"天底下怎么就生这们个恶妇! 又生这们个五脓! ……他就似阎王! 你就是小鬼! 你可也要弹挣弹挣! 怎么就这们等的?"②而素姐自己也纳闷:"我不知怎么,见了他,我那心里的气不知从那里来,恨不的一口吃了他的火势!"③(第四十五回)他们双方一见面,一个不由自主地就生气,另一个则无端地就害怕,一个疯狂虐待,另一个则逆来顺受。手打脚踢、爪抓口咬之类体罚还算是小菜一碟,更有许多稀奇古怪的大刑不时地伺候,鞭笞、针刺、上拶子、上枷、坐"床头监"、蚊咬、冻饿……至于谩骂、诅咒更是家常便饭,最登峰造极的当是第七十四回给活人做超度荐拔,公刑与私刑交加,老式与新潮齐下,没有她做不到的,只有你想不到的。

  狄希陈对素姐的顺从、惧怕,特别是素姐对狄希陈的永无止境的无名怨恨与层出不穷、花样繁多的种种惩罚与报复,已经远远地超出了常人的想象,正如环碧主人所描述的那样:"可怪有一等人,攒了四处的全力,尽数倾在生菩萨的身中。你和颜悦色的妆那羊声,他擦掌摩拳的作那狮吼;你做那先意承志的孝子,他做那蛆心搅肚的晚娘;你做那勤勤恳恳的逢、干,他做那暴虐狠愎的桀、纣;你做那顺条顺缕的良民,他做那至贪至酷的歪吏。舍了人品,换不出他的恩情;折了家私,买不转他的意向。虽天下也不尽然,举世间到处都有。"④像薛素姐与狄希陈这样的超级悍妇与惧内的原因,作者当然归之于前世因果:"原来人世间如狼如虎的女娘,谁知都是前世里被人拦腰射杀剥皮剔骨的妖狐;如韦如脂如涎如涕的男子,尽都是那世里弯弓搭箭惊鹰继狗的猎徒。辏拢一堆,睡成一处,白日折磨,夜间挒打,备极丑形,不减披麻勘狱。"⑤而今人则有用现代西方的虐恋心理学来进行阐释,其实以弗洛伊德、荣格等为代表的现代心理学跟佛教比起来,还是小巫见大巫。现代心理学还只是在心理的表层打转,远没有达到佛教所揭示的人性、人心的深度。比如虐恋心理学的基本概念虐待狂与受虐狂,看似颇有道理,可如果再进一步追问:为什么会有这样的心理与行为呢? 现代心理学就无法回答了,而佛教心理学则能很圆满地

---

① 西周生.醒世姻缘传[M].翟冰,校点.济南:齐鲁书社,1993:602.
② 西周生.醒世姻缘传[M].翟冰,校点.济南:齐鲁书社,1993:814.
③ 西周生.醒世姻缘传[M].翟冰,校点.济南:齐鲁书社,1993:609.
④ 西周生.醒世姻缘传[M].翟冰,校点.济南:齐鲁书社,1993:1.
⑤ 西周生.醒世姻缘传[M].翟冰,校点.济南:齐鲁书社,1993:1-2.

解释诸如此类的咄咄怪事。

西周生以两世恶姻缘来演绎生报,并由此奠定了全书的叙事框架以及前简后详的叙事格局。前世只是必要的铺垫,今世才是重头戏,拥有大量悍妇与惧内话柄的作者在第二部分大显身手,就像一个导演一样,最大限度地发挥每个话柄的功能,使得这些来自各种渠道的话柄天衣无缝地连接成一个整体,并通过艺术加工,让每一个话柄都浑然天成,每一个细节都栩栩如生。我们知道,将一个个粗糙的话柄改造成一节节充满神韵的作品段落,最能考验作者的艺术功力,需要作者付出极大的创造心血。事实上,西周生强大的写实能力使得读者已经很难觉察到话柄的存在,经过他的生花妙笔,原本干瘪的话柄已升华为一串串血肉饱满的艺术珍品,仅凭这一点,《醒世姻缘传》就征服了不少现代读者。诗人徐志摩这样赞道:"全书没有一回不生动,没有一笔落'乏',是一幅大气磅礴一气到底的《长江万里图》,我们如何能不在欣赏中拜倒!"①(徐志摩《醒世姻缘传》序)艺术眼光一贯挑剔的现代才女张爱玲对《醒世姻缘传》更是推崇有加:"《醒世姻缘》和《海上花》,一个写得浓,一个写得淡,但是同样是最好的写实作品。我常常替它们不平,总觉得它们应当是世界名著。"②(张爱玲《忆胡适之》)而胡适则主要从文化与史学的角度来肯定《醒世姻缘传》广泛写实的巨大功绩:"《醒世姻缘传》真是一部最有价值的社会史料。他的最不近情理处,他的最没有办法处,他的最可笑处,也正是最可注意的社会史实。……有了历史的眼光,我们自然会承认这部百万字的小说不但是徐志摩说的中国'五名内的一部大小说',并且是一部最丰富又最详细的文化史料。我可以预言:将来研究十七世纪中国社会风俗史的学者,必定要研究这部书;将来研究十七世纪中国教育史的学者,必定要研究这部书;将来研究十七世纪中国经济史(如粮食价格,如灾荒,如捐官价格等等)的学者,必定要研究这部书;将来研究十七世纪中国政治腐败、民生痛苦、宗教生活的学者,也必定要研究这部书。"③这里胡适所极力肯定的显然不是作者所特别关切的,其实对古代作品的现代解读往往都会产生与原著精神的错位甚至背离,所以缺乏因果报应思想资源的现代人面对这部世情力作时,难免会产生一些困惑。比如胡适就难以接受《醒世姻缘传》的结构:"其实《醒世姻缘》的最大特点正在这个果报的解释。这一部大规模的小说,在结构上

---

① 西周生.醒世姻缘传[M].上海:上海古籍出版社,1981:1447.
② 张爱玲.张爱玲作品集[M].兰州:敦煌文艺出版社,1997:565.
③ 西周生.醒世姻缘传[M].上海:上海古籍出版社,1981:1494-1495.

全靠这个两世业报的观念做线索,两个很可以独立的故事硬拉成一块,结果是两败俱伤。"①更不用说美国学者浦安迪了:"《醒世姻缘传》研究中最困难的批评问题无疑是如何解释构成这部作品结构的说教的因果报应框架。"②(浦安迪《逐出乐园之后:〈醒世姻缘传〉与17世纪中国小说》)精神资源的不对等,当然难以产生与原著真正意义上的有效共鸣。

在全力演绎两世恶姻缘生报的同时,为了进一步加大作品因果报应的分量与力度,作者又见缝插针般地糅进了不少现报叙事,这显然又是作者对其拥有的众多现报话柄的一种艺术处理。《醒世姻缘传》有着丰富的现报叙事,其中大多是恶报,少数是善报,而与善少恶多的现实世情相一致。在两世姻缘之间,作者特意插入了明水镇世风恶化前后所遭受的截然不同的天报:"单说这明水地方,亡论那以先的风景,只从我太祖爷到天顺爷末年,这百年之内,在上的有那秉礼尚义的君子,在下又有那奉公守法的小人,在天也就有那风调雨顺、国泰民安的日子相报。只因安享富贵的久了,后边生出来的儿孙,一来也是秉赋了那浇漓的薄气,二来又离了忠厚的祖宗,耳染目濡,习就了那轻薄的态度,由刻薄而轻狂,由轻狂而恣肆,由恣肆则犯法违条,伤天害理,愈出愈奇,无所不至。以致虚空过往神祇,年月日时当直功曹,本家的司命灶君,本人的三尸六相,把这些众生的罪孽,奏闻了玉帝,致得玉帝大怒,把土神掣还了天位;谷神复位了天仓;雨师也不按了日期下雨,或先或后,或多或少;风伯也没有甚么轻飔清籁,不是摧山,就是拔木。七八月就先下了霜,十一二月还要打雷震电。往时一亩收五六石的地,收不上一两石;往时一年两收的所在,如今一季也还不得全收。"③(第二十七回)接着就重点铺写了辛亥年明水镇所遭受的致命水灾,以及随后的荒灾,乃至发生的人吃人惨剧,意在说明人作恶就会遭到天的惩罚,这样的天灾更是人祸,其实主要发生在明中期,特别是万历与崇祯年间,作者有意将之剪辑到成化前后的明水镇,以集中表现善恶有报的主旨。主要人物当中,前世的晁源因淫乱最后与唐氏一起成了刀下鬼,当然是恶报现前,其他演绎恶报的都是次要人物,甚至是旁添的人物,这是作者巧妙地把一些恶报的话柄点缀在故事的主干情节中。如第十一回贪赃枉法的武城县令胡某背生天报疮而死,第二十七回忘恩负义的秀才麻从吾夫妇最后双双暴死,第二十八回作恶的秀才

---

① 西周生.醒世姻缘传[M].上海:上海古籍出版社,1981:1487.
② 乐黛云,陈珏.北美中国古典文学研究名家十年文选[M].南京:江苏人民出版社,1996:336.
③ 西周生.醒世姻缘传[M].翟冰,校点.济南:齐鲁书社,1993:355-356.

严列星夫妇被显圣的关公双双腰斩,第三十九回汪为露不仅得怪病而亡,连尸体也被雷劈得稀烂,第五十四回"欺主凌人,暴殄天物"的厨子尤聪被雷劈死,第八十八回欺心的吕厨子配死高邮,等等,一个个作孽怪物自作自受,都难逃现世的恶报。

如果说《金瓶梅》的世界几乎是"漆黑一团",那么《醒世姻缘传》中还出现了一丝亮色,那就是作者精心刻画的正面人物晁夫人,她成为善报的典型。她分田产给赤贫的族人、收养孤儿寡母、一次次救济灾民等种种善行义举,使她现世屡受善报,县长亲自为其挂匾,皇帝封她为三品诰命夫人,百姓称其为"活菩萨",且活到105岁,最后端坐升仙而去。晁夫人可谓儒家伦理道德的典范,寄托了作者的道德诉求,具有从正面感化人心的力量,其光辉的形象与那些卑劣的恶人形象形成了鲜明的对比,昭示着善恶有报且丝毫不爽的天理。

《醒世姻缘传》满纸的因果叙事,可令人困惑的是,作品中同时又有着大量的有关僧道的负面描写以及一些似乎违背因果报应逻辑之情节设计,而有自己拆台之嫌。正如学者付丽所分析的那样:"为纲常教化作者设计了果报逻辑,为维护纲常作者又改造了神道逻辑。虽然六道轮回、因果报应在佛教戒律意义上是铁面无私、不容动摇的,但当其遇到观念正统的文人西周生,也只能如魔方一般任其改装组合。"[1]明清时期,佛门普遍自身不净确是事实,这是社会风气日趋糜烂的一个重要标志,作者不回避这个问题,意在反映世风日下的程度,而不是要否定佛教及其果报思想。如果连作者自己都不信佛教的因果报应说,还想要在小说中借因果报应来教育世人,这岂不真是自欺欺人之举?虽然末法时期佛门普遍不净,但这也没有动摇作者对佛法的信心。如第一百回写胡无翳游到峨眉山:"只见那峨嵋(眉)山周遭有数百里宽阔,庵观寺院,不下千数个所在,总上来也有万把个僧人。其中好歹高低,贤愚不等,也说不尽这些和尚的千态万状,没有一个有道行的高僧,可以入在胡无翳眼内的。"[2]作者对佛门的失望之情溢于言表,同时对高僧、真僧的渴慕也跃然纸上,如此我们就能理解晁梁夫人为什么要劝晁梁在家修行:"你读了孔孟的书,做了孔孟的徒弟,这孔孟就是你的先生。你相从了四五十年的先生,一旦背了他,另去拜那神佛为师,这也不是你的好处。……不必说那为僧为道的勾当。你只把娘生前所行之事,一一奉行到底,别要间断,强似修行百倍。你如必欲入这佛门一

---

[1] 付丽.儒家理念统摄下的神道教化:论《醒世姻缘传》的神道设教[J].学习与探索,2002(5):111.
[2] 西周生.醒世姻缘传[M].翟冰,校点.济南:齐鲁书社,1993:1352.

教,在家也可修行。爹娘坟上,你那庐墓的去处,扩充个所在,建个小庵,你每日在内焚修,守着爹娘,修了自己,岂不两成其便?"①(第九十三回)这里再次点明了作者的儒家本位思想,因为佛门缺乏良好的修行环境,在守孝与出家修行的两难选择中,作者以中庸的态度调和了儒释的矛盾。至于通篇的因果叙事,作者还是谨慎处理而少有破绽,比如念《金刚经》虽能消除业障,但一要有缘,二是其消业也是有限度的。正如第三十回计氏所说:"这托生女身,已是再加不上去了。若诵了经,只管往好处去,那有钱的人请几千几百的僧,诵几千万卷宝经,甚么地位托生不了去?这就没有甚么善恶了。"②所以作者在《牟语》中就奉劝世人还是不要杀生作恶为妙:"世间狭友苏甚多,胡无黟极少,超脱不到万卷《金刚》,枉教费了饶舌,不若精持戒律,严忌了害命杀生,来世里自不撞见素姐此般令正。是求人不若求己之良也。"③全书这样结束道:"只劝世人竖起脊梁,扶着正念,生时相敬如宾,死去佛前并命,西周生遂念佛回向,演作无量功德。"④综上所述,无论是对佛理的了解还是对佛的虔诚,作者都达到了较高的境界,这是《醒世姻缘传》进行大规模因果叙事的重要前提与保障,如果连自己都还没有"醒","醒世"之说根本就无从谈起了。

(四) 结语

东岭学道人对《醒世姻缘传》儒体释用的劝世风格作了精辟的概括:"能于一念之恶禁之于其初,便是圣贤作用,英雄手段,此正要人豁然醒悟。若以此供笑谈,资狂僻,罪过愈深,其恶直至于披毛戴角,不醒故也。余愿世人从此开悟,遂使恶念不生,众善奉行,故其为书有神风化将何穷乎!"⑤借通俗小说的形式与佛教的果报论以唤醒世人,祈望西周古风重现世间。几百年后的今天,我们依然能感受到《醒世姻缘传》作者那一颗赤诚的匡时济世之心,虽然一部小说无法改变历史的车轮,但其醒世的崇高心愿与伟大蓝图将永远激励着后人去建设更加美好的人间净土。《醒世姻缘传》是继《金瓶梅》之后,明清齐鲁世情小说的又一硕果,在《金瓶梅》佛教

---

① 西周生.醒世姻缘传[M].翟冰,校点.济南:齐鲁书社,1993:1256.
② 西周生.醒世姻缘传[M].翟冰,校点.济南:齐鲁书社,1993:407.
③ 西周生.醒世姻缘传[M].翟冰,校点.济南:齐鲁书社,1993:2.
④ 西周生.醒世姻缘传[M].翟冰,校点.济南:齐鲁书社,1993:1362.
⑤ 西周生.醒世姻缘传[M].翟冰,校点.济南:齐鲁书社,1993:2.

叙事的基础上又向前迈开了一大步,而其广博而逼真的世情抒写也是《金瓶梅》所难以企及的,而成为明清世情小说雅俗整合的一次新的成功尝试,跻身明清世情小说优秀作品之林。

原载《辽宁师范大学学报(社会科学版)》2013年第2期

论曾朴小说的现代精神

翻译与创作是晚清小说齐头并进的两大潮流,晚清作家或多或少都会受到西方现代小说的影响。在四大谴责小说作家中,曾朴无疑是最"现代"的作家,因为他不仅精通法文,而且还翻译了大量的法国文学作品。曾朴天生浪漫的气质,与法国现代浪漫主义可谓一拍即合,而强化了其思想的现代性色彩,其创作自然也带有鲜明的西方现代小说因子,而成为中国现代小说最早的开拓者之一。无怪乎郁达夫称其为:"中国新旧文学交替时代的这一道大桥梁,中国二十世纪所产生的诸新文学家中的这一位最大的先驱者。"[①]五四新文学兴盛于 20 年代,可是我们不应该忽视像曾朴那样的更早的中国现代文学的先驱,正如王德威所言:"没有晚清,何来'五四'?"[②]五四新文学不是突然从石头缝里迸出来的,没有晚清文学的长期孕育,五四新文学的产生简直就是不可思议的。

(一) 曾朴的浪漫气质与现代思想

大凡文学家皆有浪漫气质,只是浓淡不同而已。浪漫是灵魂的一种向上的冲动,而与庸俗为敌,浪漫者重想象与情感,活在自己圣洁的精神王国里,而与世俗难以融洽甚至格格不入,更重要的是,浪漫是一种先天性气质,而不是后天习得的。

---

① 时萌.曾朴及虞山作家群[M].上海:上海文化出版社,2001:50.
② 王德威.被压抑的现代性:晚清小说新论[M].宋伟杰,译.北京:北京大学出版社,2005:1.

从古代的屈原、李白、龚自珍到现代的郭沫若、郁达夫、徐志摩,再到西方的雨果、歌德、普希金,浪漫气质造就了一个个天才般的伟大诗人与作家,照亮了古今中外文学的天空,而成为人类文明的脊梁。《诗法源流》云:"诗者,原于德性,发于才情,心声不同,有如其面,故法度可学而神意不可学。"①所以前人感叹杜诗可学,而李诗不可学,其关键的一点就是李白难以复制的浪漫气质。同样富有浪漫气质的郁达夫可谓曾朴难得的知音,虽然他们交往不多,但曾朴的浪漫天性却给郁达夫留下了深刻的印象:"曾先生所特有的一种爱娇,是当人在他面前谈起他自己的译著的时候的那一脸欢笑。脸上的线条,当他微笑的时候,表现得十分的温和,十分的柔热,使在他面前的人,都能够从他的笑里,感受到一种说不出的像春风似的慰抚。有一次记得是张若谷先生,提起了他的《鲁男子》里的某一节记叙,先生就露现了这一种笑容;当时在他左右的人,大约都不曾注意及此,我从侧面看见了他的这一脸笑,觉得立时就掉入了别一个世界,觉得他的笑眼里的光芒,是能于夏日发放清风,暗夜散播光明似的;这一种感想,我不知道别人是不是和我的一样。"②

曾朴虽然也是一个传统文士,可他自小就展示出与众不同的浪漫个性与气质。正如他晚年所自我总结的那样:"我的一生完全给感情支配着,给幻想包围着;在幻想包围中,我决不能满意眼前的环境,在感情支配下,我就充实了冲破藩笼的勇气。"③首先,少时的曾朴就不喜欢读枯燥的四书五经,而嗜好形象化的小说。《曾朴年谱》记云:"十三四岁时,经名儒潘子昭先生的指导,开始课艺的研讨,然先生笃好文艺,每背人窃读名家说部以及笔记杂集,当时目为斫丧性灵的书籍,虽师长叱责不顾焉。实则先生的文学基础,就在这种偷偷摸摸的行动中打定的,可是师长都不知道。"④在曾朴的自传体小说《鲁男子》中,作者这样描写自己早年的读书情景:"鲁男子生性十分聪明,只是十分淘气,记性很好,只是有些贪多嚼不烂,悟性也还可以,只是常常见异思迁。开首读《大学》《中庸》时候,糊糊涂涂不过依着先生教的腔调,并不是读,是唱;读到《论语》《孟子》,便觉厌烦;后来换上《易经》《尚书》,越读越不懂,不是厌烦,简直怨恨,心里不自觉的起了反抗,不愿意依头顺脑做鹦哥般学舌了。……在那时候的鲁男子,惟一痛苦是读书,然惟一快乐却是听书。……鲁男

---

① 吴乔.围炉诗话[M].北京:中华书局,1985:40.
② 时萌.曾朴及虞山作家群[M].上海:上海文化出版社,2001:49.
③ 时萌.曾朴及虞山作家群[M].上海:上海文化出版社,2001:72-73.
④ 魏绍昌.孽海花资料[M].上海:上海古籍出版社,1982:152.

子渐渐地觉得听人讲书不大满足了,要自己看书,不免在他祖母书桌里偷了几种他看得下的像《来生福》等类的唱本,藏在书桌抽屉里,得空就偷着看。后来唱本看腻烦了,进一步换看平话;从《封神榜》《列国志》《西游记》《镜花缘》,一直看到半文言半白话的《三国演义》。"[1]再然后就是偷看他父亲收藏的《红楼梦》与《野叟曝言》而被父亲训斥。爱听书,爱看小说,这一切还只是曾朴浪漫天性的初步体现。

重感情与好想象是浪漫气质的两个最重要的特征。《曾朴年谱》有云:"先生诚挚的热情,已找到了一位恋爱的对象——是他一生最倾心爱慕的恋人,是他到六十多岁暮年时还惓惓于怀的爱宠——不幸宗法的社会,不容许他那种奔放热情的流露,结果,他是被斥为狂妄,为浮薄,而遭受了恋爱上没世难忘的创痛。这个创痛,他永远隐忍着,直到五十多岁创办真美善书店的时候,才借着《鲁男子》第一部《恋》,以小说的形态,尽情宣露了出来。所以这一部小说,可以算他青年时期的自传,也可以算他晚年回忆的忏悔录。"[2]曾朴在自己的《病夫日记》中回忆道:"我幼年时,感情极丰富,性欲也极强烈,我和T的恋爱,只为尊重她,始终保守着纯洁,没有犯她的童贞,这是真的,但我的受苦是大了。……后来我和T婚姻问题,已绝了望,我病了一场,精神颓唐到万分。"而只有读了《鲁男子》之后,我们才能真切地感受到曾朴感情真挚而强烈的程度,跟歌德的自传体小说《少年维特之烦恼》有着异曲同工之妙。曾朴对自己的情感与想象力也深以为然:"鲁男子的同情心是极丰富的,讲到《岳传》,自己便认做岳武穆,讲到《征东传》,自己便算是薛仁贵,唱着《天雨花》,好像就是左维明,唱到《安邦志》,好像就是赵安。……鲁男子的想象力本来非常强盛。他把几年来偷看的书得到的印象,从前是想拿动作来表现的,现在却集中起来,搅和在'自我'的范畴里,只想拿想象来在脑海里逐日一段一段的表现了。"[3]

充满真诚与热情乃至激情,重感性而轻理性,可谓浪漫气质的重要标签,曾朴的为人处世无疑是这种浪漫个性的生动注脚。曾虚白这样描写父亲:"这是先生性格中的一个特点,对事对人总是十万分的专,十万分的诚。凭着他一股热情,凡是他爱好的,他可以舍弃一切,牺牲一切,非得到他自己的满足,不肯罢休。在这一点上,他是勇敢迈进,绝对没有妥洽性的。"[4]比如曾朴对法国文学特别是雨果的迷

---

[1] 曾朴.鲁男子[M].北京:人民文学出版社,1989:13-14.
[2] 魏绍昌.孽海花资料[M].上海:上海古籍出版社,1982:152-153.
[3] 曾朴.鲁男子[M].北京:人民文学出版社,1989:14-16.
[4] 魏绍昌.孽海花资料[M].上海:上海古籍出版社,1982:163.

恋,在阅读、翻译雨果等法国作家的作品时,他异常投入,如痴如醉,乃至大病一场:"我因此发了文学狂,昼夜不眠,弄成了一场大病,一病就病了五年。"①再比如他当年进总理衙门受挫被侮,而愤然出京,《曾朴年谱》这样写道:"连夜套车襆被出都,悻悻之情,不能自已也。出东便门,行若干里,适值永定河发水,田野漫溢,不辨轨迹,乃弃车乘马,宁颠踬以前,不愿迤逶再入都门矣,当时先生的愤懑如此。一日行程,时云暮矣,行抵杨村附近,先生实已困惫不堪,据鞍朦胧,不觉竟打起盹来,不料一个倒栽葱竟翻下马鞍,跌在一二尺深的水淖里。"②像曾朴这样的举动显然就不仅仅是年轻气盛的问题了,而主要是性格使然。

曾朴从仕途退出后还到上海创办真美善书店与杂志,并非是要赚钱,而是其浪漫的文学天性所致:"开书店的目的,一方面想借此发表一些自己的作品,一方面也可借此拉拢一些文艺界的同志,朝夕盘桓,造成一种法国风沙龙的空气。……先生于著述之余总喜欢邀集一班爱好文艺的同志,作一种不拘形迹的谈话会。那时候他的寓所中,常常是高朋满座,一大半都是比他小上二十岁三十岁的青年,可是先生乐此不疲,自觉只对着青年人谈话反可以精神百倍,所以一般友好,都取笑他是一个老少年。"③而晚年经常生病的曾朴又以种花怡情。总之,无论是为人处世,还是创作翻译,曾朴身上始终都洋溢着浓郁的浪漫气质。

浪漫气质还有一个重要的特征,就是对世俗的反抗与决裂,表现在曾朴的身上就是其鲜明的现代思想。从屈原"举世混浊而我独清,众人皆醉而我独醒"的自放,到李白"安能摧眉折腰事权贵,使我不得开心颜"的自傲,再到龚自珍"一箫一剑平生意,负尽狂名十五年"的狂狷,无不是其浪漫气质的自然流露,而一致地表现为与世俗毫不妥协的战斗精神与叛逆人格。诗言志,从曾朴青年时期的诗歌中,我们可以倾听到他与屈原、李白心声的强烈共鸣。曾朴虽然迫于父命曾屡入科场,但他对封建科举制度却有着发自内心的反感与厌恶,所以才会有会试时故意泼墨污卷,写下《试卷被墨污投笔慨然题二律》后昂然离场这样的惊世骇俗之举,诗中"功名不合此中求"之句更是明白地宣告了自己跟传统与世俗的彻底决裂。他在《赴试学院放歌》中就表示了对汲汲于功名的士子的鄙视和自己的无奈:"丈夫生不能腰佩六国玺,死当头颅行万里,胡为碌碌记姓名,日夜埋头事文史!文章于道本未尊,况又揣

---

① 时萌.曾朴及虞山作家群[M].上海:上海文化出版社,2001:15.
② 魏绍昌.孽海花资料[M].上海:上海古籍出版社,1982:160.
③ 魏绍昌.孽海花资料[M].上海:上海古籍出版社,1982:179-180.

摩取金紫,笑我今亦逐队来,未能免俗聊复尔。"①曾朴对传统的反抗,有着多重的原因,浪漫气质只是内因,晚清腐败的时代大环境和宗法社会对他初恋的扼杀则是两个重要的外因,而西风东渐则让几乎窒息的曾朴找到了新的精神出口。

  曾朴特别反对封建迷信,居家守孝期间,曾因办学而与地方守旧势力发生过冲突。《曾朴年谱》记载:"常熟素称文风最盛的一邑,据父老传说,文化的所以盛自有它风水的关系,因为在城东有一座方塔,这是激发文风绵绵不绝的建筑,这座塔不坏,常熟的文人是不会断的,一旦崩坏,文风歇绝,可以预卜,凡是老辈多确信之,所以修塔就有了指定的专款。孟朴先生当然不信这些迷信的谰言,以为办学校才是真正振兴文风的事业,这一笔无稽的浪费,正可移来补充经济十分拮据的小学经费,于是据理力争而引起了老辈们群起的排击,甚至联名电请省当局,驱逐先生出境,说先生是一个只会做小说的浮薄少年,怎可叫他担当办教育的重任。"②而《孽海花》开篇就直斥中国封建社会的落后与野蛮:"因是养成一种崇拜强权、献媚异族的性格,传下来一种什么运命,什么因果的迷信。"③《鲁男子》中借云凤之口继续抨击祖宗及因果报应等迷信的荒谬:"祖宗不是已死去的人吗？是失去了意志,消灭了思想,腐烂了血肉,人们永看不见的一具骨架,怎么会来管我们活人的闲帐(账)？拆穿西洋镜,不过古来几个聪明人的暗弄玄虚,和如来,天主一样,造成一种无形的偶像,来做驯服子孙的一架永不开栅的鸟笼。"④不仅如此,还进一步以现代科学精神来重新定义人的姓氏:"我不懂什么叫做姓,一个姓不过人群里一种分别的符号,和一、二、三,数目字一样的用法,没有重大意义。譬如开一爿店,挂一块招牌,便由主顾的辨认,至于店的本身,有招牌也是店,没有招牌,还是店,换一句话说,有姓是这个人,没有姓还是这个人,丝毫没有变动;后来姓的尊重,就像开店一样,有了资本和声名,一有这些,便成了物质的传授,所以姓也有了遗产和族望的遗传。像我呢,根本就不需要遗产和族望,只知道保有我的意志;做强盗也是我,做圣贤也是我,若讲到女性,我要做做娼妓也可以,我要做做修女或童贞也可以,都不干人家一点儿事;人们偏要把竖、画、点、撇,构成没灵魂的姓字,来拘束我的自由,我实在死

---

① 时萌.曾朴研究[M].上海:上海古籍出版社,1982:107.
② 魏绍昌.孽海花资料[M].上海:上海古籍出版社,1982:165.
③ 曾朴.孽海花[M].天津:天津古籍出版社,2005:1.
④ 曾朴.鲁男子[M].北京:人民文学出版社,1989:192-193.

也不懂。"①虽然曾朴后来研究佛经后也能从佛教的视角来阐释自己的作品："我如今且把佛说来做我书的注脚，我说的外现环境，就是五蕴里的色蕴，内在环境，就是五蕴里的受和想二蕴，善恶的行为，就是五蕴里的行蕴，人生的认识，就是识蕴，人生跳不出五蕴，所以也跳不出环境。无论你大英雄，大奸慝，惊天动地的干，费尽气力，只得到苦谛，无论你大哲学家，大破坏家，翻江倒海的说，绞尽脑筋，还是遍计所执；本来整个的人生，全是承苦器，我不过把《鲁男子》来做苦器的总模型，在这苦器里渗漏出来点点滴滴的血泪罢了。"②但他反对迷信的态度依然没有改变，面对胡适指责小说林本《孽海花》第八回有关烟台孽报含有迷信意味的批评，曾朴的《孽海花》真美善本不仅删去了相关的迷信描写，将原版的"耳鬓厮磨的端相的不了，正在出神，忽然见彩云粉颈中一线红圈，明若胭脂，细若丝缕，不禁诧异道：'你颈上红丝一条，是染的么？'彩云笑道：'这是我胎里带来的，擦也擦不掉，染的哪里有如此鲜明呢？'雯青听了，垂下头去，颜色渐渐惨淡，不知不觉两股热泪，从眼眶中直滚下来"直接删为真美善本的"耳鬓厮磨的端相的不了，不知不觉两股热泪，从眼眶中直滚下来"，③而且还在《修改后要说的几句话》的序文中用西方文学的话语专门对此作了回应："我以为小说中对于这种含有神秘的事是常有的。……近代象征主义的作品，迷离神怪的描写，更数见不鲜，似不能概斥它做迷信。只要作品的精神上，并非真有引起此观念的印感就是了。"④可见，曾朴一直都是站在现代科学与西方文学的立场上反对封建迷信的，这里正体现了其一以贯之的现代文明姿态。

法国浪漫主义文学充满着揭露与批判封建社会的离经叛道的现代精神，曾朴主要就是被这一点所吸引而迷恋法国现代文学的，他选译雨果的戏剧代表作《欧那尼》，正是因为该作对封建统治阶级进行了大胆批判，而对雨果另一戏剧名著《吕伯兰》的翻译，也是如此："那时我正服务于南京，我时时感觉着执政的贪黩，军阀的专横，比起西班牙查理第二时代很有几分相像。我被这种思想驱迫，再拿吕伯兰特拉姆反复的诵读，觉得它上头的话句句是我心里要说的。"⑤

对于曾朴的浪漫人格与现代思想，他的亲人们其实最有发言权。曾朴去世后，

---

① 曾朴.鲁男子[M].北京：人民文学出版社,1989:193-194.
② 时萌.曾朴及虞山作家群[M].上海：上海文化出版社,2001:34.
③ 魏绍昌.孽海花资料[M].上海：上海古籍出版社,1982:80.
④ 时萌.曾朴及虞山作家群[M].上海：上海文化出版社,2001:37.
⑤ 病夫.《吕伯兰》自叙[J].真美善,1930,6(3).

他的儿子曾虚白等一起做了一篇情真意切、感人至深的长篇祭文《哀父》,其中有一段文字可谓曾朴一生的生动写照:"爸爸,人家说您是政治家,是理财家,可是我始终认定您是一个文学家,是现代文坛最纯粹最伟大的浪漫文学的宗匠;您思想的超越现实,您热情的弥纶万象,再加上处事待人的专恳诚挚,对于物质享受的淡漠寡欢,遇到危难时的勇往直前,爸爸,您的一生是浸淫在自己幻想所结构的天地中,您的生活是包裹在自己热情所打起的浪潮里;这一切浪漫文学必具的特殊色彩,您有生时就挟之以俱来,求之世界文坛,只有法国的嚣俄(雨果)可以跟您作并肩的比拟,这就难怪您恋恋于这大文豪的生活和作品,备致您倾倒之忱了。"①曾朴,诚可谓中国的雨果。

(二)《孽海花》:中国现代小说的先声

1905年小说林本《孽海花》问世后,好评如潮,一时轰动,正如曾朴自己所描述的那样:"我说这书实在是个幸运儿,一出版后,意外的得了社会上大多数的欢迎,再版至十五次,行销不下五万部,赞扬的赞扬,考证的考证,模仿的、继续的,不知糟了多少笔墨,祸了多少梨枣。"②以真人真事为原型而且又以名妓赛金花为主人公的历史小说《孽海花》,无疑是清末小说大潮中的一颗耀眼的明星,而赢得时人频频叫好:"近人所著小说,以东亚病夫《孽海花》为最著"③"近年新撰小说风起云涌,无虑千百种,固自不乏佳构。而才情纵逸,寓意深远者,以《孽海花》为巨擘"④。到了五四时期,胡适一反常论,大谈《孽海花》的短处,而后来鲁迅《中国小说史略》对《孽海花》的评判则更为理智与冷静,将它归入谴责小说之流,只是加上了"结构工巧,文采斐然"的赞语。事实上,无论是褒的还是贬的,都没有涉及要点,而有误读之嫌,原因是曾朴的现代文学思想远远超出了当时一般读者的接受水平,而胡适、鲁迅等评论《孽海花》时又不甚清楚曾朴的法国文学背景。除了其法国文学老师陈季同,曾朴可以算是晚清真正了解西方文学的第一人,林纾虽翻译颇早,但因其不懂外文,对西方文学实际上是不甚了了,所以当年以法文研习西方文学的曾朴,自然

---

① 时萌.曾朴及虞山作家群[M].上海:上海文化出版社,2001:74.
② 时萌.曾朴及虞山作家群[M].上海:上海文化出版社,2001:36.
③ 时萌.曾朴及虞山作家群[M].上海:上海文化出版社,2001:84.
④ 时萌.曾朴及虞山作家群[M].上海:上海文化出版社,2001:80.

就经历了长期没有知音的苦恼:"我辛辛苦苦读了许多书,知道了许多向来不知道的事情,却只好学着李太白的赏月喝酒,对影成三,自问自答,竟找不到一个同调的朋友。那时候,大家很兴奋的崇拜西洋人,但只崇拜他们的声光化电,船坚炮利;我有时谈到外国诗,大家无不瞠目抪舌,以为诗是中国的专有品,蟹行蚓书,如何能扶轮大雅,认为说神话罢了;有时讲到小说戏剧的地位,大家另有一种见解,以为西洋人的程度低,没有别种文章好推崇,只好推崇小说戏剧;讲到圣西门和孚利爱的社会学,以为扰乱治安;讲到尼采的超人哲理,以为离经叛道。"①所以其带有强烈的西方文学色彩的《孽海花》虽一时洛阳纸贵,但真正的读者却迟迟没能出现。

金松岑原意是写一本政治小说,经过曾朴之手后,却变为一部历史小说,而且跟吴趼人《痛史》等传统历史演义小说不同的是,《孽海花》基本上是按照西方现代历史小说的模式来进行创作的,正如学者杨联芬分析的那样:"《孽海花》历史叙事的现代性体现在:它是一种'风俗史'的叙述,而且是一段'无道德''非英雄'的叙述。"②而这一点恰恰是当时读者一致的盲区。欧洲现代历史小说由英国司各特开了先河,形成了以虚构的故事来再现历史的创作模式,而风行于19世纪法国浪漫主义文学中。继大仲马的《三个火枪手》风靡欧洲之后,雨果的一批具有强烈当代意识与社会关怀的法国现代历史小说《巴黎圣母院》《九三年》《悲惨世界》等相继问世,创造了法国浪漫主义历史小说的辉煌。与法国文学有着不解之缘的曾朴,自然深受法国浪漫主义历史小说特别是雨果作品的影响,但他毕竟没有完全抛开中国传统历史演义小说的写法,所以与雨果小说重虚构不同的是,《孽海花》更强调史实的严谨:"这种强调写实的创作理念,使得曾朴的小说能很好地把清末民初日常生活叙事与宏大历史叙事同时纳入小说文本中,生动映现了社会的历史政治变迁和文化转移。这是借鉴了西方,尤其是法国19世纪历史小说的模式。"③为了防止人们误读,曾朴不得不撰文说明《孽海花》的创作方式与宗旨:"这书的主干的意义,只为我看着这三十年,是我中国由旧到新的一个大转关,一方面文化的推移,一方面政治的变动,可惊可喜的现象,都在这一时期内飞也似的进行。我就想把这些现象,合拢了他的侧影或远景和相连(联)系的一些细事,收摄在我笔头的摄影机上,

---

① 时萌.曾朴及虞山作家群[M].上海:上海文化出版社,2001:16-17.
② 杨联芬.《孽海花》与中国历史小说模式的现代转变[J].四川师范大学学报(社会科学版),2002(4):64-70.
③ 吴舜华.曾朴与晚清小说的现代性萌芽[J].小说评论,2010(3):83-89.

叫他自然地一幕一幕的展现,印象上不啻目击了大事的全景一般。"①也就是说,《孽海花》不像传统的历史演义小说那样,通过塑造英雄人物等方式从正面进行历史的宏大叙事,而是像法国浪漫主义历史小说那样,通过对普通人物命运的抒写从侧面去展现广阔的历史画面,只不过《孽海花》更注重人物与情节的真实性。《孽海花》大到历史事件,小到人物安排,无不讲究真实,作者在小说第二十一回开头也明确表达了这样的艺术追求:"在下这部《孽海花》,却不同别的小说,空中楼阁,可以随意起灭,逞笑翻腾,一句假不来,一语谎不得,只能将文机御事实,不能把事实起文情。"②时人爱读《孽海花》,其独特的真实性应该是主要原因,正如蔡元培所分析的那样:"《孽海花》出版后,觉得最配合我的胃口了,它不但影射的人物与轶事的多,为从前小说所没有,就是可疑的故事,可笑的迷信,也都根据当时一种传说,并非作者捏造的。加以书中的人物,大半是我所见过的;书中的事实,大半是我所习闻的,所以读起来更有趣。"③1928年曾朴之所以要修改小说林本《孽海花》,原因之一就是原本《孽海花》部分内容不符史实:"雯青中状元,书中说明是同治戊辰年,与乙未相差几至三十年,虽说小说非历史,时期可以作者随意伸缩,然亦不宜违背过甚,所以不得不把它按照事实移到中日战争以后。"④曾朴曾想续完《孽海花》,可是一方面原因是年老精力不济,另一方面是他这样征实风格的写作太费事,只坚持续写了几回就不得不放弃了:"病夫的《孽海花》在这一期里出现了。可是抱歉得很,还只有半回。理由很简单,只因这一回太费事。这里所叙的是甲午后把台湾割让给日本人时吾国民族的反抗事实。看看不过几千字,作者却翻遍了十几部书,再加上自己的经验做成的。他常说做《鲁男子》乐,做《孽海花》苦,做历史小说不容易,令人不能不佩服大仲马的伟大。"⑤

胡适曾因结构等问题对《孽海花》颇有微词:"《孽海花》一书,适以为但可居第二流,不当与钱先生所举他五书同列,此书写近年史事,何尝不佳?然布局太牵强,材料太多,但适于札记文体(如近人《春冰室野乘》之类)而不得为佳小说也。……适以为以小说论,《孽海花》尚远不如《品花宝鉴》。"⑥不仅胡适,包括鲁迅都曾指责晚

---

① 时萌.曾朴及虞山作家群[M].上海:上海文化出版社,2001:37-38.
② 曾朴.孽海花[M].天津:天津古籍出版社,2005:169.
③ 时萌.曾朴及虞山作家群[M].上海:上海文化出版社,2001:40.
④ 时萌.曾朴及虞山作家群[M].上海:上海文化出版社,2001:38.
⑤ 时萌.曾朴研究[M].上海:上海古籍出版社,1982:121.
⑥ 胡适.再寄陈独秀答钱玄同[J].新青年,1917,3(4).

清谴责小说一味模仿《儒林外史》的连环式结构,其实这有点冤枉晚清作家了,因为他们之所以不约而同地选择这样的小说结构模式,主要是为了适合报刊连载的需要,而不是有意要重复《儒林外史》。事实上,《孽海花》则更为冤枉,因为它的结构显然比《儒林外史》的连环式结构精致、复杂,尽管事隔了十多年,曾朴还是针对胡适的批评作了回应与辩护:"他说我的结构和《儒林外史》一样,这句话,我却不敢承认,只为虽然同是联缀多数短篇成长篇的方式,然组织法彼此截然不同。譬如穿珠,《儒林外史》等是直穿的,拿着一根线,穿一颗算一颗,一直穿到底,是一根珠线;我是蟠曲回旋着穿的,时收时放,东西交错,不离中心,是一朵珠花。譬如植物学里说的花序,《儒林外史》等是上升花序或下降花序,从头开去,谢了一朵,再开一朵,开到末一朵为止。我是伞形花序,从中心干部一层一层的推展出各种形象来,互相连结,开成一朵球一般的大花。《儒林外史》等是谈话式,谈乙事不管甲事,就渡到丙事,又把乙事丢了,可以随便进止;我是波浪有起伏,前后有照应,有擒纵,有顺逆,不过不是整个不可分的组织,却不能说他没有复杂的结构。"①与其他谴责小说不同的是,曾朴的《孽海花》不是先连载后出版,而是20回一气呵成,直接出书的,它不仅与李伯元《官场现形记》标准的连环式结构不同,而且与吴趼人《二十年目睹之怪现状》以"九死一生"来串联全书的结构也不相同,因为"九死一生"在作品中主要是起着连缀话柄的作用,而《孽海花》中的金雯青与赛金花的命运故事既结构了全篇,同时两人更是作品的主人公,因而有着法国浪漫主义历史小说常见结构的痕迹。显然胡适与鲁迅对《孽海花》的批评都显得有点草率而欠妥。

  四大谴责小说作家中,曾朴的思想无疑是最激进与现代的。李伯元、吴趼人、刘鹗虽然都对西方文明抱有好感,其中刘鹗又特别热衷于西方的科技与经济文明,积极提倡实业救国,可是他们都反对在中国搞西方激进式的资产阶级革命,而力主较温和的维新与改良,这在他们的作品中都有所体现。《老残游记》《文明小史》中有关革命者的叙事基本上都是负面的,而吴趼人则始终强调道德救国,只有曾朴因其浪漫的个性而倾向于西方的资产阶级革命,不仅在《孽海花》中有所表现,而且在现实生活中他也是一个充满反抗精神的民主斗士。曾朴曾积极参与梁启超、谭嗣同等人变法的筹划活动,只因回家料理父亲丧葬,才逃过一劫;在常熟居家期间,不仅竭力解救富有革命精神的朋友沈鹏,而且还热情款待日本革命亡命者金井雄,在

---

① 时萌.曾朴及虞山作家群[M].上海:上海文化出版社,2001:36-37.

办教育时又与地方传统势力进行斗争。在上海从事文艺与出版事业的同时,曾朴就积极参加民众运动,颇有建树,据《曾朴年谱》记载:"在江浙一带,以张謇、孟昭常、许鼎霖、雷奋、汤寿潜为中心的预备立宪公会,是全国宪政运动的首创,而先生实在就是这个团体的中坚分子。后来沪杭甬铁路的兴建,政府方面正在进行英国借款,先生等这个团体,通电反对,登高一呼,全国响应,于是在味莼园开会,拟招集民股,以拒外资,那时候,先生与马相伯、雷奋等,激昂慷慨的演说,轰动一时,给久伏于专制淫威下的民众一股刺激性异常强烈的兴奋剂。及一九〇六年,安徽巡抚恩铭给革命党人徐锡麟所枪杀,浙抚张曾扬,得皖电,搜索党人,竟派兵往大通学校,围捕秋瑾,瑾被害,并株连许多人士,于是浙省民众大哗,积极进行驱张运动,政府无奈,下谕把张曾扬调抚江苏。时先生和上海一班同志以为浙省之所拒,宁可以苏省为藏垢纳污的所在,也就联名电请清廷,收回成命。风潮逐渐扩大,清廷为之侧目,曾密电捕先生等三人,先生屹然不为动,到底还是清廷屈服了,把张曾扬调到陕西,风潮才得平静下来。这是清末民众运动第一次战胜清室,先生实是主动的人物。"①自民国进入政界后,曾朴廉洁奉公,刚正不阿,屡屡与军阀黑暗势力交锋,表现了他一贯正直与抗争的本色。

《孽海花》虽写的是陈年旧事,却表达了作者先进的政治思想,对此阿英的分析可谓一针见血:"此书所表现的思想,其进步是超越了当时一切被目为第一流的作家而上的,即李伯元、吴趼人亦不得不屈居其下。盖李伯元与吴趼人之思想,虽代表了一种进步的倾向,但始终不能跳出'老新党'范畴,拥护清廷,反对革命。而《孽海花》则表示了一种很强的革命倾向。"②作品一方面暴露封建制度的腐朽与晚清社会的糜烂,另一方面为革命大唱赞歌。《孽海花》使得革命党人第一次以正面的形象出现在晚清小说中,第二十九回勾勒了诸革命党人"个个精神焕发,神采飞扬,气吞全球,目无此虏"的伟岸风姿,其中对孙中山的描写更是光彩夺目:"一位眉宇轩昂、神情活泼的伟大人物""面目英秀,辩才无碍""当时走进来,只见会场中一片欢迎拍掌之声,如雷而起"③,而且还借杨云衢之口正大光明地宣扬了民主革命思想:"诸君晓得现在欧洲各国,是经着革命一次,国权发达一次的了!诸君亦晓得现在中国是少不得革命的了!但是不能用着从前野蛮的革命,无知识的革命。从前

---

① 魏绍昌.孽海花资料[M].上海:上海古籍出版社,1982:168-169.
② 阿英.晚清小说史[M].北京:东方出版社,1996:25.
③ 曾朴.孽海花[M].天津:天津古籍出版社,2005:254.

的革命,扑了专制政府,又添一个专制政府;现在的革命,要组织我黄帝子孙民族共和的政府。"①另外,小说安排了相当的篇幅进行俄国虚无党叙事,看似冗笔,而实际却蕴含着启发中国革命的深意。还有作品中对赛金花和夏雅丽这两位新女性敢作敢为性格的刻画,无疑又为作品增添了几多现代色彩,而与一般晚清小说的传统叙事进一步拉开了距离。

《孽海花》能自觉地运用现代小说手法,在清末小说中也是首屈一指的。首先,曾朴能娴熟运用倒叙、插叙、补叙等西方小说常用的叙述技巧,而一改中国小说千篇一律的顺叙面目,这样的叙述革新在今天看来是极平常的,可在清末还是能让读者耳目一新,饶有趣味的。其次,《孽海花》虽主要还是传统第三人称的全知叙事,但作者也尝试融进了西方小说的限制叙事,因而更加贴近真实。如第三回就进行了一段限制叙事:"雯青坐着马车回寓,走进寓门,见无数行李堆着一地。尚有两个好像家丁模样,打着京话,指挥众人。雯青走进账房,取了钥匙,因问这行李的主人。账房启道:'是京里下来,听得要出洋的,这都是随员呢。'雯青无话,回至房中,一宿无语。……雯青听着,暗忖:'怪道刚才栈房里来许多官员,说是出洋的。'心里暗自羡慕。"②最后,就是描写手法上的现代突破。中国传统的小说描写大多是写意的,注重神似,即如白描也是最经济的写实,而西方小说的描写受科技文明的影响更强调形似,注重细腻逼真的写实,中西小说这一显著的差别引起了不少晚清作家的注意,而开始了中国小说艺术表现上的现代化进程。谙熟法国文学的曾朴当然会在创作中尝试西式的描写手法,《孽海花》中主要表现在心理描写与景物描写上。比如第十二回傅彩云初见德国军官瓦德西,其时有这样一段精彩的心理描写:"彩云独自在房,心里暗忖那个少年不知是谁,倒想不到外国人有如此美貌的!我们中国的潘安、宋玉,想当时就算有这样的丰神,断没有这般的英武.看他神情,见了我也非常留意,可见好色之心,中外是一样的了。"③《孽海花》中也多次出现了西方现代小说中常见的那种大段写实的环境描写,如第十二回中关于沙老顿布士宫的景物描写:"彩云一到,迎面就见一座六角的文石台,台上立着个骑马英雄的大石象,中央一条很长的甬道,两面石栏,栏外植着整整齐齐高的塔形低的钟形的常绿树。从那甬道一层高似一层,一直到大殿,殿前一排十二座穹形窗,中间是凸出的

---

① 曾朴.孽海花[M].天津:天津古籍出版社,2005:254.
② 曾朴.孽海花[M].天津:天津古籍出版社,2005:12-13.
③ 曾朴.孽海花[M].天津:天津古籍出版社,2005:29.

圆形屋。"①其他如肖像描写等也有明显西方化的痕迹,而这样的写实描写在中国古典小说中是绝对看不到的。

总之,从思想内容到艺术形式,《孽海花》都充溢着强烈的现代性,其雅俗整合的前卫性不仅超越了一般晚清读者的视野,即使放在五四文学的背景上,它也毫不逊色,而成为中国现代小说真正的伟大开端。

(三)结语:"何必住上海?"

曾朴虽然一度从政,可他骨子里还是一介书生,一个浪漫到视文学为生命的赤子:"我不但信任文学的高尚,我看着文字,就是我的生命,就是我的宗教,只希望将来文坛上,提得到我的名,就是我最后的荣誉。"②他不愿生活在灯红酒绿的上海,可是为了心仪的文学艺术,他只能牺牲自己:"上海是个商场,我在商业上是个惊弓之鸟,不愿再做冯妇的了。何必住上海?上海是政治的策源地,我于对政治,是厌倦的了,决定在五年内没有谈政治的可能,何必住上海?上海是个游乐场,我既不想嫖,又不好赌,京戏令我头痛,大餐也叫我倒胃,跳舞我不会,游戏场我怕闹,何必住上海?我所以舍不得上海的缘故,只为了一件事。上海是我国艺术的中心,人才总萃,交换广博,知觉灵敏,流布捷便,是个艺术的皇都;既想做艺术国里的臣隶,要贡献他的忠诚,厚集他的羽翼,发挥他的功业,光大他的荣誉,怎能离开那妙史的金阙呢?"③如果说《孽海花》主要是展现了作者一腔积极入世的报国之心,那么《鲁男子》则袒露了曾朴矢志追求真善美的浪漫情怀,这两本小说虽都是未竟之作,但已足以表现曾朴那非凡的思想境界与艺术才能。曾朴在论述文学作品的真善美标准时这样讲道:"文学作品的目的,是希望未来的,不是苟安现在的;是改进的,不是保守的;是试验品,不是成绩品;是冒险的,不是安分的。"④其实,这也是曾朴其人其文现代精神的具体写照,他的一生就是一曲真善美的华丽乐章。

原载《东吴学术》2013 年第 5 期

---

① 曾朴.孽海花[M].天津:天津古籍出版社,2005:93.
② 时萌.曾朴及虞山作家群[M].上海:上海文化出版社,2001:31.
③ 时萌.曾朴及虞山作家群[M].上海:上海文化出版社,2001:10.
④ 时萌.曾朴及虞山作家群[M].上海:上海文化出版社,2001:22-23.

中篇——现代文学的文化转型

论《海上花》的雅俗品格

明清世情小说一般是以家庭为纽带,聚焦普通人的日常生活,描摹世态人情,作品内容当然也会有一些烟花叙事。可专门以烟花娼门为题材的世情小说,也就是鲁迅所概括的狭邪小说还是至晚清才出现,且渐至蔚为大观,韩邦庆的《海上花》①就是其中的翘楚。《海上花》自1894年问世以来,虽然先后得到过鲁迅、胡适、刘半农等专业读者的认可甚至吹捧,却依然少有人气,首要原因可归结于苏白狭窄的受众面,可自20世纪80年代张爱玲注译版、台湾电影版相继问世至今,《海上花》还是不温不火,而应了张爱玲曾经的那句无可奈何的感叹"张爱玲五详《红楼梦》,看官们三弃《海上花》"②,除了时过境迁、物是人非等外因之外,作品的内因恐怕也值得深究。本文拟从雅俗的视角来探讨《海上花》看似平淡无奇却又曲高和寡的深层原因。

(一)"失落"的吴语文学的"第一部杰作"

明清时期主要有韵白、京白、苏白、粤白等四种白话,而以后来成为官话的京白最为通行。明清通俗小说绝大多数是以京白为主,偶尔夹杂一些其他白话,《金瓶梅》等北方小说自不必说,就是苏杭地区的冯梦龙、凌濛初、李渔等也主要是操京白

---

① 本文的讨论立足于张爱玲的注译版,故从其译名《海上花》。
② 韩邦庆.海上花落:国语海上花列传2[M].张爱玲,注译.北京:北京十月文艺出版社,2009:335.

来创作通俗小说的,原因是口语京白与书面京白已能基本对应,而口语苏白中好多词汇还没有书面化,同时考虑到传播的需要,而自觉地选择广大读者易懂的京白。孙家振曾劝韩邦庆不要用吴语写作:"此书用吴语,恐阅者不甚了了,且吴语有音无字者多,不如改易通俗白话为佳。"但韩邦庆却不以为然:"曹雪芹撰《石头记》用京语,我书何不可用吴语?"结果正如孙家振所描述的那样,韩邦庆操吴语的《海上花列传》"客省人几难卒读,遂令绝好笔墨,不获风行于时",而孙家振用通俗白话创作的品质远不及《海上花列传》的《海上繁华梦》"则年必再版,所销不知几十万册"。作为当事人的孙家振颇有感慨:"韩君之以吴语著书,实为大误:盖吴语限于一隅,非若京语之到处流行,人人畅晓,故不可与《石头记》并论也。"①应该说这是中肯之言,同样是白话,京白相当于现在的英语,而苏白等只相当于小语种,当然韩邦庆想振兴苏白的愿望与热情是值得肯定的,但事实上只是一厢情愿而已。可是到了五四时期,胡适、刘半农等又极力肯定《海上花》的方言创作成就。胡适认为:"方言的文学所以可贵,正因为方言最能表现人的神理。通俗的白话固然远胜于古文,但终不如方言的能表现说话的人的神情口气。古文里的人物是死人;通俗官话里的人物是做作不自然的活人;方言土话里的人物是自然流露的活人。"②这里胡适显然有夸大方言表现力与神韵之嫌,其实,只要是人们使用的语言,都有着极强的表现力,对掌握文言的人来说,《聊斋志异》的语言魅力绝不亚于京白的《红楼梦》,而读张爱玲注译版的《海上花》也一样能领会作品人物的神韵与风采,就像现在看外国电影,只凭翻译的字幕,我们一样能看懂,虽然没有听或听不懂剧中台词,因为其实语言根本就不是问题,语言只是媒介,更重要的是媒介所表达的内容。一部文学作品的伟大,当然离不开语言,但最主要的还是来源于作品的内涵,语言只是载体而已,人们没必要买椟还珠。韩邦庆坚持用苏白创作《海上花》,当然是吴语文学的一件盛事,但如果不仅仅是供吴语区域的人"孤芳自赏",而是面对全国乃至全世界的读者,当然就有译为普通话版以及外文版的必要,总不至于为了读《海上花》而让人专门去了解或学习苏白吧。韩邦庆、胡适等对方言文学的执着当然是无可非议的,而由张爱玲来完成《海上花》的注译与英译则更是必要的,而且可谓是无比的伟大与正确,因为实在找不到第二个比张爱玲更合适的译者③,翻译《海上花》冥冥之中

---

① 朱一玄.明清小说资料选编(下)[M].天津:南开大学出版社,2006:704.
② 韩邦庆.海上花开:国语海上花列传1[M].张爱玲,注译.北京:北京十月文艺出版社,2009:10.
③ 翻译《海上花》必须真正懂得并喜爱《海上花》,熟悉吴语,又精通英文。第一条尤其难得。

成了张爱玲一生最神圣的使命。

张爱玲最倾心与痴迷的中国小说，除了《红楼梦》《金瓶梅》，就是《海上花》《醒世姻缘传》了，《红楼梦》固已是名著，因而张爱玲很是纠结的是："《醒世姻缘》和《海上花》，一个写得浓，一个写得淡，但是同样是最好的写实的作品。我常常替它们不平，总觉得它们应当是世界名著。……我一直有一个志愿，希望将来能把《海上花》和《醒世姻缘》译成英文。里面对白的语气非常难译，但是也并不是绝对不能译的。"[1]（《忆胡适之》）张爱玲最终不仅将《海上花》译成英文，而且还译为普通话，只是没有完成《醒世姻缘传》的英译，同样是写实的佳构，也许张爱玲更与"写得淡"的《海上花》相契合。由于语言的障碍，《海上花》长期以来没有赢得应有的读者，而两度自生自灭，几被遗忘。张爱玲深感可惜，而有两译《海上花》的豪举："我等于做打捞工作，把书中吴语翻译出来，像译外文一样，难免有些地方失去语气的神韵，但是希望至少替大众保存了这本书。"[2]张爱玲的翻译消除了造成《海上花》沉寂的语言障碍，之后的读者才得以迈出阅读与接受《海上花》的关键的第一步。一些研究论文与专著也陆续出现，如陈永健的《三擎海上花》、朱映晓的《海上繁华：张爱玲与〈海上花〉》等，但还远没有被一般读者广泛接受，因为对普通读者而言，《海上花》还存在更致命的阅读障碍。

（二）写实的风格："平淡而近自然"

晚清狭邪小说大多或"溢美"或"溢恶"，只有韩邦庆的《海上花》是个例外。鲁迅赞其"平淡而近自然"，而胡适认为这种难得的文学境界与风格固然是《海上花》的一大亮点，同时也是其不获风行的重要原因："然而用苏白却不是《海上花》不风行的唯一原因。《海上花》是一部文学作品，富有文学的风格与文学的艺术，不是一般读者所能赏识的。《海上繁华梦》与《九尾龟》所以能风行一时，正因为他们都只刚刚够得上'嫖界指南'的资格，而都没有文学的价值，都没有深沉的见解与深刻的描写。这些书都只是供一般读者消遣的书，读时无所用心，读过毫无余味。《海上花》便不然了。《海上花》的长处在于语言的传神，描写的细致，同每一故事的自然

---

[1] 张爱玲.张爱玲作品集[M].兰州：敦煌文艺出版社，1997：565.
[2] 韩邦庆.海上花开：国语海上花列传1[M].张爱玲，注译.北京：北京十月文艺出版社，2009：16.

的发展;读时耐人仔细玩味,读过之后令人感觉深刻的印象与悠然不尽的余韵。鲁迅先生称赞《海上花》'平淡而近自然'。这是文学上很不易做到的境界。但这种'平淡而近自然'的风格是普通看小说的人所不能赏识的。《海上花》所以不能风行一世,这也是一个重要原因。……当日的不能畅销,是一切开山的作品应有的牺牲;少数人的欣赏赞叹,是一部第一流的文学作品应得的胜利。"①这里,胡适认为像《海上花》这样的第一流的作品往往曲高和寡,难以风行,可是他没有解释《红楼梦》无与伦比的雅俗共赏,而难以自圆其说。当然,这倒是给了像张爱玲那样敏锐的后来者以更大的思考与阐释空间。

张爱玲认为,《红楼梦》前八十回原本也是"平淡而近自然"的,只是高鹗续写的后四十回以及对前八十回的部分改写才使得《红楼梦》的风格大变:"原著八十回中没有一件大事。除了晴雯之死。抄检大观园后,宝玉就快要搬出园去,但是那也不过是回到第二十三回入园前的生活,就只少了个晴雯。迎春是众姊妹中比较最不聪明可爱的一个,因此她的婚姻与死亡的震撼性不大。大事都在后四十回内。原著可以说没有轮廓,即有也是隐隐的,经过近代的考据才明确起来。一向读者看来,是后四十回予以轮廓,前八十回只提供了细密真切的生活质地。"②且形成了中国小说的阅读趣味与标准:"百廿回《红楼梦》对小说的影响大到无法估计。等到十九世纪末《海上花》出版的时候,阅读趣味早已形成了,唯一的标准是传奇化的情节,写实的细节。"③我们知道,张爱玲是鄙视高鹗的续写及改写的:"《红楼梦》未完成还不要紧,坏在狗尾续貂成了附骨之疽——请原谅我这混杂的比喻。《红楼梦》被庸俗化了,而家喻户晓,与圣经在西方一样普及,因此影响了小说的主流与阅读趣味。一百年后的《海上花列传》有三分神似,就两次都见弃于读者,包括本世纪(20世纪)三十年间的亚东版。"④张爱玲认为,《红楼梦》被高鹗庸俗化了,因而能"家喻户晓",而"使人嘴里淡出鸟来"的《海上花》与《红楼梦》有三分神似就在"写实的细节"这一点上,只是缺乏高鹗版《红楼梦》"传奇化的情节",自然就屡见弃于读者了。这样看来,高鹗版《红楼梦》应该是功过相抵了,其既庸俗化了曹雪芹原著,同时又促进了《红楼梦》的传播与普及,如果不是高鹗,也许《红楼梦》就会落得和

---

① 韩邦庆.海上花开:国语海上花列传1[M].张爱玲,注译.北京:北京十月文艺出版社,2009:13.
② 韩邦庆.海上花落:国语海上花列传2[M].张爱玲,注译.北京:北京十月文艺出版社,2009:332.
③ 韩邦庆.海上花落:国语海上花列传2[M].张爱玲,注译.北京:北京十月文艺出版社,2009:333.
④ 张爱玲.红楼梦魇[M].北京:北京十月文艺出版社,2009:2.

《海上花》相似的"失落的杰作"的命运,所以从某种意义上来说是高鹗"挽救"了《红楼梦》,虽然这是像张爱玲那样的高端读者所难以接受的,但雅俗共赏总比曲高和寡更有价值与人情味。

张爱玲其实很清楚,语言虽是阻碍《海上花》风行的首要原因,却不是最根本的原因,作品"平淡而近自然"的写实风格才是"罪魁祸首",受西方文艺影响的现代读者尤其难以接受这样风格的作品,所以张爱玲在《国语本〈海上花〉译后记》的结尾这样忧心忡忡地写道:"《海上花》两次悄悄的自生自灭之后,有点什么东西死了。虽然不能全怪吴语对白,我还是把它译成国语。这是第三次出版。就怕此书的故事还没完,还缺一回,回目是:'张爱玲五详《红楼梦》,看官们三弃《海上花》'。"①张爱玲这里没有明确点破,其实就是指现代社会真正的文学或文学精神已濒临死亡,显然她两译《海上花》,并不存有让《海上花》名扬天下的奢望,而只是替后人打捞、保存一部"失落的杰作"而已。

(三)参差的雅俗:"通常的人生的回响"

张爱玲极力推崇《金瓶梅》《红楼梦》之类世情小说特有的"通常的人生的回声"的写实风格。她说:"这两部书在我是一切的泉源,尤其《红楼梦》。"②所以相近风格的《醒世姻缘传》与《海上花》当然也成为张爱玲的至爱。正如张爱玲惊人妙语所概括的那样:"生命是一袭华美的袍,爬满了蚤子。"③(《天才梦》)就是说,原汁原味的"通常的人生"本来就是真善美与假丑恶的雅俗一体。所以她认为小说有两种写法:一种是强烈对照的写法,如大红大绿的配色,就是那种"采取善与恶、灵与肉的斩钉截铁的冲突那种古典的写法",为悲剧和新文学所常用,也就是西方文学的主流做法;一种是参差对照的写法,就像葱绿配桃红,就是那种好中有坏、美中有丑、善中有恶的写法。她说:"我喜欢参差的对照的写法,因为它是较近事实的。……因之柳原与流苏的结局,虽然多少是健康的,仍旧是庸俗;就事论事,他们也只能如此。……所以我的小说里,除了《金锁记》里的曹七巧,全是些不彻底的人物。他们

---

① 韩邦庆.海上花落:国语海上花列传2[M].张爱玲,注译.北京:北京十月文艺出版社,2009:334-335.
② 张爱玲.红楼梦魇[M].北京:北京十月文艺出版社,2009:5.
③ 张爱玲.张爱玲作品集[M].兰州:敦煌文艺出版社,1997:397.

不是英雄,他们可是这时代的广大的负荷者。"①(《自己的文章》)张爱玲所喜欢的"参差的对照"的写法,其实就是来源于曹雪芹原著的逼真的写实风格,所以她才对高鹗用"强烈对照"的写法来改写《红楼梦》大为不满:"凤姐袭人尤三姐都变了质,人物失去多面复杂性。凤姐虽然贪酷,并没有不贞。袭人虽然失节再嫁,'初试云雨情'是被宝玉强迫的,并没有半推半就。尤三姐放荡的过去被删掉了,殉情的女人必须是纯洁的。"②按照张爱玲这样的标准,狭邪小说中无论是前期"溢美型"的还是后期"溢恶型"的,就显然都很不真实,只有《海上花》才是"通常的人生"的真正"回声",只是这样"平淡而近自然"的作品是难以吸引普通读者眼球的,只落得少数高端读者陶醉其间而又扼腕长叹。

《红楼梦》既能从形而上的高度着眼,又能从形而下的日常生活的铺写着手,中间又加之以审美、爱情等高雅的精神维度,而使得作品蕴藉了丰富的主题与深广的内涵。正如鲁迅所概括的那样:"单是命意,就因读者的眼光而有种种:经学家看见《易》,道学家看见淫,才子看见缠绵,革命家看见排满,流言家看见宫闱秘事……"③更如刘再复所分析的那样:"《红楼梦》让人琢磨不尽,绝非是世俗眼睛和世俗政治评论所能说明的,原因就在于它本身是一个无始无终、无边无沿、无真无假、无善无恶的多维世界。可惜,二十世纪的中国文学,没有一个作家或一部大作品,具有曹雪芹的想象空间,在整体维度上失落了《红楼梦》的优点。即使是那些着意承继《红楼梦》传统的作家,也只是承继它的现实维度和它的伤感情结,而没有承继它的形而上品格与想象力。"④而《海上花》总体上还是比较接近《红楼梦》的品格的。韩邦庆在《海上花列传·例言》中就明确了其创作宗旨:"为劝戒而作,其形容尽致处,如见其人,如闻其声。阅者深味其言,更返观风月场中,自当厌弃嫉恶之不暇矣。"⑤第一回一开篇又进一步阐述了创作主旨:"只因海上自通商以来,南部烟花日新月盛,凡冶游子弟倾覆流离于狎邪者,不知凡几。虽有父兄,禁之不可;虽有师友,谏之不从。此岂其冥顽不灵哉?独不得一过来人为之现身说法耳!方其目挑心许,百样绸缪,当局者津津乎若有味焉;一经描摹出来,便觉令人欲呕,其有不爽然若

---

① 张爱玲.张爱玲作品集[M].兰州:敦煌文艺出版社,1997:580.
② 韩邦庆.海上花落:国语海上花列传 2[M].张爱玲,注译.北京:北京十月文艺出版社,2009:332.
③ 鲁迅.集外集拾遗补编[M].北京:人民文学出版社,1993:141.
④ 刘再复,林岗.论中国现代文学的整体维度及其局限[J].东吴学术,2011(1):53.
⑤ 朱一玄.明清小说资料选编(下)[M].天津:南开大学出版社,2006.:700.

论《海上花》的雅俗品格

失、废然自返者乎？花也怜侬具菩提心，运广长舌，写照传神，属辞比事，点缀渲染，跃跃如生，却绝无半个淫亵秽污字样，盖总不离警觉提撕之旨云。苟阅者按迹寻踪，心通其意，见当前之媚于西子，即可知背后之没于夜叉；见今日之密于糟糠，即可卜他年之毒于蛇蝎，也算得是欲觉晨钟，发人深省者矣。此《海上花列传》之所以作也。"①作者以过来人与受害者的身份，意在通过暴露烟花场所之"恶"的真相，劝诫世人不要重蹈覆辙，这是《海上花》最直接的主题。另外，《海上花》以梦开篇，并给读者留了一个哑谜："看官，你道这花也怜侬究竟醒了不曾？请各位猜一猜这哑谜儿如何？"②结尾又以赵二宝的美梦终篇，这似乎是模仿《红楼梦》开头神秘写法的套路，故弄玄虚，其实也是对读者的一记当头棒喝："人生一场梦而已，你的梦也该醒了！"启迪世人不要沉溺于物欲，痴迷于外部的花花世界，这大概是《海上花》另一更深的主旨。"因为懂得，所以慈悲"的张爱玲曾经说过："我写到的那些人，他们有什么不好我都能原谅，有时候还有喜爱，就因为他们存在，他们是真的。"③（《我看苏青》）韩邦庆其实也是抱着这样的态度创作《海上花》的，一方面他要展现妓院的黑暗特别是人性的阴暗面，以警世人，但并没有把他们涂成彻底的恶人、坏人，而是连同他们身上的亮点以及他们各自的缺点、烦恼乃至痛苦、不幸一并展示；他们可憎可恶，也有可怜甚至可爱之处，这样体现的才是真实的人生，真切的人性，这样的作品才能引起读者真正的心灵共鸣，有着永恒的价值与高雅的品位。

　　妓女固是特殊的社会群体，而嫖客则来自广阔的社会，他们的交往从一个个独特的视角透露出人性世情的斑驳底色，所以这类题材的世情小说一样能出精品，但人们往往习惯性地看不起这类小说，觉得远远比不上《红楼梦》那样的高雅，这其实是一个误会，《海上花》就是一个最好的回答。正如张爱玲所说的那样，中国历来就是一个爱情荒的国家，所以烟花之地交易的不仅仅是粗俗的性，某种情况之下还能收获世俗罕见的高雅爱情，尤其是在高等妓院里，比如《海上花》中所重点描绘的长三堂子。长三堂子的嫖客更需要的是感情的慰藉，而不是性，所以妓院题材的《海上花》主要写的却是爱情，这其中大多是假的，也有真的，也有由真变假的，作者意在一一戳破这些"爱情"梦幻般迷人的假象，以醒世人。《海上花》刻画、定格了一组组立体饱满的圆形人物形象，有沈小红、黄翠凤、赵二宝、周双玉等"海上花"系

---

① 韩邦庆.海上花开：国语海上花列传1[M].张爱玲,注译.北京：北京十月文艺出版社,2009：21.
② 韩邦庆.海上花开：国语海上花列传1[M].张爱玲,注译.北京：北京十月文艺出版社,2009：23.
③ 张爱玲.张爱玲作品集[M].兰州：敦煌文艺出版社,1997：524.

列,当然也有洪善卿、王莲生、罗子富、赵朴斋等嫖客系列,还有老鸨、大姐、家丁等配角系列,前两组系列人物成双作对而又错综交织在一起,演绎了一曲曲苍凉的青楼情感闹剧与人生悲歌。洪善卿是长三堂子中不可或缺的一个嫖客,嫖客与倌人之间的好多纠纷都是他调停搞定的,当然他从中也捞到好处。他虽势利,但对不争气的外甥、外甥女还是尽了一点规劝的责任,虽然不像他调停别人纠纷时那么积极,这也符合他不与人作对的人生哲学。赵二宝进城找弟弟,却把自己陷了进去,再纯洁的女孩也难以抵挡得住上海花花世界的诱惑,被史公子忽悠后,只得重操旧业,可又不愿巴结赖公子而惨遭毒打并被砸场子,即使是在这样的悲情时刻,她仍去服侍老病糊涂的母亲,她的不幸虽有点咎由自取,但她的坚强与孝心又令人心颤,她是堕落了,可还有回头的愿望。陶玉甫与李漱芳的爱情虽然真实感人,但现实生活中毕竟是罕见的,而没有典型意味,所以张爱玲总结道:"陶玉甫、李漱芳那样强烈的感情,一般人是没有的。……书中写情最不可及的,不是陶玉甫李漱芳的生死恋,而是王莲生沈小红的故事。"[①]首先,王莲生与沈小红这对冤家已相好到花钱买罪受的地步,王莲生愿打愿挨,摸透了他底细的沈小红完全掌控了局面,可实际上王莲生并没有真正得到沈小红的爱情,沈小红暗地里真正相好的是戏子小柳儿,连张蕙贞后来也背叛了王莲生,落得一场空的王莲生最后黯然离开上海赴任去了。其次就要数罗子富与黄翠凤的"爱情"传奇了,黄翠凤并没有"爱情荒",她自有相好的钱子刚,所以罗子富就成为她敛财的"唐僧肉"了,问题是,在她的精心、高明的包装与运作之下,这一切罗子富自始至终都蒙在鼓里,作品里也只是隐隐地透出这位幕后策划高手,因为场面上是老鸨黄二姐在敲诈罗子富,通过罗黄二人的精彩对弈,读者就可以领略到长三堂子"水"有多深了。再次就是赵二宝与史公子、周双玉与朱淑人两出负心悲剧的联袂上演了。赵二宝是职场新人,虽聪明,但本质不坏,没有心计,所以难逃被史公子忽悠的命运;相反同为新人的周双玉却极有心计,当发现自己的爱情与从良梦双双破灭时,她立马就自编自导自演了一出精彩的维权小品——吃假鸦片,当然朱淑人不是有意忽悠周双玉的,是家庭所逼,倒是最后被周双玉忽悠了一把。相似的遭遇,赵二宝输了,周双玉赢了,但这一切都是暂时的,她们的人生还没有落幕,岂是一时的输赢二字了得。细看《海上花》中诸人,似乎没有赢家,他们输去了财,输去了情,输去了时光,输去了生命的意义与价值。

---

① 韩邦庆.海上花落:国语海上花列传2[M].张爱玲,注译.北京:北京十月文艺出版社,2009:332.

论《海上花》的雅俗品格

《海上花》从头至尾似乎就是无休无止地打茶围、抽大烟、喝酒、叫局,再加之打情骂俏、卿卿我我、恩恩怨怨,好像千篇一律,可细看又绝无雷同,好多看似冗余的文字,咀嚼起来又别有滋味。抛开作品的劝诫主旨不说,但就作品刻画人性的细腻与深刻而言,《海上花》可以说丝毫不亚于《红楼梦》,某些地方甚至比《红楼梦》更细致入微,而触动人心,其平平淡淡、波澜不惊的喋喋不休,却一样能扣人心弦,引人入胜。韩邦庆凭着自己对烟花生活的熟悉,更是凭着对人性、人心的洞察明了,才敢于创作这样一部题材不看好的世情小说,用现代话语来讲,韩邦庆属"实力派"作家,以细节描写见长,张爱玲无疑也属于这样的天才型作家,自然惺惺相惜而极力推崇《海上花》。《海上花》真正打动人心的并不是嫖客与倌人间爱情的真伪,而是他们在或追逐爱情或追逐金钱的游戏中所展示的真实的人性,特别是那些不经意间闪动着人性光芒的细节描写。于细微处见功夫,能否善于发现、捕捉、剪裁必要的细节,是衡量一个作家艺术功力的重要标准之一,古今中外伟大的作家概不例外,韩邦庆诚不愧为捕捉细节的高手,《海上花》之所以能在数以千计的晚清小说中独占鳌头,主要就是胜在那满纸的看似啰啰唆唆乃至让人厌烦的细节描写上,真可谓"细节决定成败"。比如第五十六回姚季莼为王莲生饯行有这样一段酒席描写:"王莲生吃得胸中作恶,伏倒在台面上。沈小红问他:'做啥?'莲生但摇手,忽然'啯'的一响,呕出一大堆,淋漓满地。朱蔼人自觉吃得太多,抽身出席,躺于榻床,林素芬替他装烟,吸不到两口,已懵腾睡去。葛仲英起初推托不肯多吃,后来醉了,反抢着要吃酒。吴雪香略劝一句,仲英便不依,几乎相骂。罗子富见仲英高兴,连喊:'有趣,有趣!倪来豁拳。'即与仲英对豁了十大觥。仲英输得三拳,勉强吃了下去。子富自恃酒量,先时吃的不少,此刻加上这七觥酒,也就东倒西歪,支持不住。惟洪善卿、汤啸庵、陈小云三人格外留心,酒到面前,一味搪塞,所以神志湛然,毫无酒意。"[①]王莲生虽就要赴任做官,可因发现张蕙贞跟自己侄子私通,再联想起沈小红的背叛在先,心里郁闷可想而知,这里不仅特意写了全书仅有的一次王莲生酒醉呕吐,而且还继续写了其他几人的种种闹酒醉态,这看似多余的叙述,恰恰为王莲生郁闷醉酒渲染了一个不和谐的背景与氛围,不动声色地衬托了王莲生的悲凉心境与人生的孤独感,作者高超的艺术匠心可见一斑。再比如写王莲生最后一次在作品中出场:"阿珠只装得两口烟,莲生便不吸了,忽然盘膝坐起,意思要吸水烟。

---

① 韩邦庆.海上花落:国语海上花列传 2[M].张爱玲,注译.北京:北京十月文艺出版社,2009:235.

巧囡送上水烟筒,莲生接在手中,自吸一口,无端掉下两点眼泪。阿珠不好根问。双珠、双玉面面相觑,也自默然。房内静悄悄地,但闻四壁厢促织儿唧唧之声,聒耳得紧。"①王莲生无端掉眼泪,是为沈小红、张蕙贞,还是为自己破碎的情感之梦,还是就要告别这伤心之地的离别之泪,恐怕连王莲生自己也说不清楚,这里以沉默与安静来表现人物内心的波澜,连平时不大注意到的促织儿鸣叫,此刻也嫌噪耳,作品就是在这样平淡的叙事中裸露了人物心底的秘密与人性斑杂的本色。晚清大多数小说只是粗线条叙事,即使是《官场现形记》等谴责小说也很少出现像《海上花》这样质地细密的日常叙事,而显得肤浅,人物形象立不起来,而与一流作品有着明显的艺术分野。

(四)结语:雅俗的尴尬

《海上花》描写妓院生活,题材俗得不能再俗,可它又几乎没有写性,而是写情,不像后来的《九尾龟》等狭邪小说那样俗,同时它又跟早期写情的"溢美型"狭邪小说不同,它是既暴露、抨击这"情"的虚伪与庸俗,又要揭示这"情"的梦幻性与欺骗性,更重要的是它展示了人生的残酷、悲凉、无奈,而且用的完全是《红楼梦》的笔法,这正如张爱玲所概括的那样:"认真爱好文艺的人拿它跟西方名著一比,南辕北辙,《海上花》把传统发展到极端,比任何古典小说都更不像西方长篇小说——更散漫,更简略,只有个姓名的人物更多。而通俗小说读者看惯了《九尾龟》与后来无数的连载妓院小说,觉得《海上花》挂羊头卖狗肉,也有受骗的感觉。因此高不成低不就。"②走八十回版《红楼梦》路线的《海上花》似乎注定了不受普通读者欢迎的命运,它的题材及鲁迅的命名已经"吓"跑了不少读者,而其一地鸡毛式的日常写实,也让一般读者打不起精神,更遑论它的"吴语文学的运动的胜利"③了。《海上花》的内容简直是俗不可耐的,比八十回版《红楼梦》的叙事还要琐屑、平淡,缺乏传奇性,可是它的主题又是高雅的,虽然比《红楼梦》还有一定的差距,但它在人性的细致刻画与日常生活的逼真写实上却与《红楼梦》一样的出色,所以这样的作品虽一

---

① 韩邦庆.海上花落:国语海上花列传2[M].张爱玲,注译.北京:北京十月文艺出版社,2009:243-244.

② 韩邦庆.海上花落:国语海上花列传2[M].张爱玲,注译.北京:北京十月文艺出版社,2009:334.

③ 韩邦庆.海上花落:国语海上花列传2[M].张爱玲,注译.北京:北京十月文艺出版社,2009:13.

时难获风行,却最能经受时间的考验。相信随着张爱玲注译版的问世,《海上花》最起码会拥有越来越多的中国读者,而先成为中国名著。

原载《华文文学》2012年第5期

论张爱玲小说的雅俗追求

身穿旗袍、面庞微扬而傲然挺立的张爱玲所演绎的"传奇"至今仍未落幕,姗姗来迟的《小团圆》又掀起了一波"张爱玲热",且不说普通的"张迷"读者,一代代被张爱玲的才情所震撼、征服的同样才华横溢的作家、学者的名单就有一大串:周瘦鹃、柯灵、傅雷、胡兰成、夏志清、三毛、贾平凹、王安忆、舒婷、苏童、陈子善、温儒敏、王晓明等等,不胜枚举,可见绵延难断的"张爱玲热"绝不是一时的起哄、冲动。有人把张爱玲与鲁迅相提并论,又有人称严歌苓为"第二个张爱玲",当然也有人冷眼看"张爱玲热",总的来说是褒多抑少。本文从雅俗的视角来阐释张爱玲小说的思想内涵与艺术特色,以进一步厘清张爱玲小说创作的成就与地位。

(一) 中国现代文学的"异数"——"红楼梦魇"等古典世情小说情结

中国现代文学是在新旧文学的对立中起步、发展的,新文学当然是现代文学的主角,鸳鸯蝴蝶派之流的旧文学几乎长期被中国现代文学史所忽视,只有苟延残喘的份儿,新旧文学的阵营当然是泾渭分明的,可一炮走红的张爱玲却让人一头雾水,乍一看还以为是鸳鸯蝴蝶派小说,可细看又让人耳目一新,但又肯定这些别样的文字是断不能纳入新文学的,而不折不扣地成了中国现代文学的"异数"。对自己作品难以归类的尴尬,张爱玲早已心知肚明:"我的作品,旧派的人看了觉得还轻松,可是嫌它不够舒服。新派的人看了觉得还有些意思,可是嫌它不够严肃。但我只能做到这样,而且自信也并非折衷派。我只求自己能够写得真实些。"(《自己的文章》)①又说:"如果必需把女作者特别分作一栏来评论的话,那么,把我同冰心、白薇她们来比较,我实在不能引以为荣,只有和苏青相提并论我是甘心情愿的。"(《我看苏青》)②显然,如果硬要归类,那么张爱玲还是自觉地远离严肃的新文学,而宁可与鸳鸯蝴蝶派为伍,虽然她很清醒地知道她的小说远不是鸳鸯蝴蝶派所能涵盖的。

《倾城之恋》里有这样的一段话:"香港的陷落成全了她。但是在这不可理喻的世界里,谁知道什么是因,什么是果?谁知道呢?也许就因为要成全她,一个大都市倾覆了。"③事实上,为了成全张爱玲的文学天赋,那"不可理喻的世界里"确实发生了不少不可思议的事情,正如柯灵所分析的那样:"我扳着指头算来算去,偌大的文坛,哪个阶段都安放不下一个张爱玲,……张爱玲的文学生涯,辉煌鼎盛的时期只有两年(1943—1945),是命中注定:千载一时,'过了这村,没有那店'。幸与不幸,难说得很。"④其实,应该说张爱玲太幸运了,可谓占尽了天时地利人和,时势造英雄,末日般的战乱、压抑的"孤岛"上海、几个难得的专家型的知音和一大批被鸳鸯蝴蝶派长期培养的市民读者,这三者催生了张爱玲这朵"孤岛文学"的奇葩。江山不幸诗家幸,战乱对普通的上海市民而言,是生不逢时,但对一直做着与众不同的文学"天才梦"的张爱玲而言,却是千载难逢的机会,敏感的张爱玲确实抓住了那冥冥之中的转瞬即逝的机遇,而一夜成名。虽只名噪一时,随着时势的巨变、外因的消隐,张爱玲手中这朵怒放的"文学之花"无可挽回地迅速枯萎了,但即使将张爱玲后来的种种文学努力都一笔勾销,就凭她走红上海时的巅峰之作《传奇》也已经足以使她跻身中国现代文学名家之列了。

成全文学张爱玲的种种外因固然离奇且代价惨重,但其成功的内因应该更为重要,那就是她的非同寻常的文学天赋。张爱玲出生于封建没落世家,虽童年就遭逢父母离异乃至继母虐待等不幸,但这样的家庭及人生经历就偌大的中国而言,实在还是太平常了,可是因为有了"张看",硬是在极普通的人生底子上抒写了令人难以置信的"传奇"。张爱玲的特别之处不在于她的家庭、她的经历、她的成长环境,

---

① 张爱玲. 张爱玲作品集[M]. 兰州:敦煌文艺出版社,1997:346.
② 张爱玲. 张爱玲作品集[M]. 兰州:敦煌文艺出版社,1997:522.
③ 张爱玲. 张爱玲作品集[M]. 兰州:敦煌文艺出版社,1997:39.
④ 子通,亦清. 张爱玲评说六十年[M]. 北京:中国华侨出版社,2001:383.

而在于她那颗早熟而奇慧的心灵,那双与她的年龄极不相称的敏锐而深邃的眼睛。她3岁时能背诵唐诗,7岁就写了第一部小说,8岁看《红楼梦》,14岁写《摩登红楼梦》,对于色彩、音符、字眼极为敏感……这一切都源于她惊人的直觉与悟性,连她自己都惊异不已:"我是一个古怪的女孩,从小被目为天才,除了发展我的天才外别无生存的目标。……加上一点美国式的宣传,也许我会被誉为神童。"(《天才梦》)①于是年仅20岁的张爱玲就写下了如此惊世骇俗的苍凉之语:"生命是一袭华美的袍,爬满了蚤子。"更为关键的是,这样的连珠妙语皆从张爱玲的笔下自然流出,浑然天成,没有丝毫的做作或作秀之嫌,耐人寻味,更令人叹服而拍案惊奇。

英文功底相当了得的张爱玲自然从西方文学得益匪浅,可其文学创作的主要源泉与动力,还是中国古典文学,特别是中国古典世情小说,其中《醒世姻缘传》《海上花列传》《金瓶梅》《红楼梦》等四部小说对张爱玲的影响尤其显著。《红楼梦》等世情小说以细腻描摹日常生活的家庭琐事见长,于平淡中寄寓深刻的主题,俗中显雅,代表了中国古典小说的高峰。像《醒世姻缘传》等世情作品一般人会觉得索然无味,难以卒读,可张爱玲却看得津津有味,百读不厌,可谓世情小说难得的知音,其创作更是一系列现代版的世情佳构。1954年10月,身在香港的张爱玲给远在美国的胡适的一封短信中提道:"很久以前我读你写的《醒世姻缘》与《海上花》的考证,印象非常深,后来找了这两部小说来看,这些年来,前后不知看了多少遍,自己以为得到不少益处。"第二年张爱玲收到胡适的复信后,又给胡适写了一封长信,其中最后一段写道:"《醒世姻缘》和《海上花》,一个写得浓,一个写得淡,但是同样是最好的写实的作品。我常常替它们不平,总觉得它们应当是世界名著……我一直有一个志愿,希望将来能把《海上花》和《醒世姻缘》译成英文。"②虽然后来张爱玲没能完全实现自己的夙愿,只是将《海上花》译成了英文,但她对《醒世姻缘传》与《海上花列传》的挚爱由此可见一斑。

张爱玲一生与《金瓶梅》特别是《红楼梦》的不解之缘同样可谓是个传奇,从少年就开始表面模仿的习作《摩登红楼梦》,到青年时期惊艳上海的《红楼梦》式小说集《传奇》,再到中年十载考据的《红楼梦魇》,晚岁又有近十年译注颇具《红楼梦》风格的《海上花》的豪举,张爱玲倾注在《红楼梦》上的心血怎一个"痴"字了得?"我唯

---

① 张爱玲.张爱玲作品集[M].兰州:敦煌文艺出版社,1997:396.
② 张爱玲.忆胡适之[M]//来凤仪.张爱玲散文全编.杭州:浙江文艺出版社,1992:307.

一的资格是实在熟读《红楼梦》，不同的本子不用留神看，稍微眼生点的字自会蹦出来。"①(《红楼梦魇·自序》)像张爱玲这样如此熟读《红楼梦》的恐怕难找第二人。《红楼梦》对张爱玲文学创作的影响之大恐怕怎么强调也不为过，她在《红楼梦魇·自序》中谈到自己读《红楼梦》和《金瓶梅》的一些感想时写道："这两部书在我是一切的源泉，尤其《红楼梦》。"②很多读者也早已感受到张爱玲小说浓烈的《红楼梦》韵味，当年《紫罗兰》主编周瘦鹃先生在刊首语《写在〈紫罗兰〉前头》中就细致地描摹了他初读张爱玲小说《沉香屑》的感觉："一壁读，一壁击节，觉得它的风格很像英国名作家 Somerset Maugham(指威廉·萨默塞特·毛姆)的作品，而又受一些《红楼梦》的影响，不管别人读了以为如何，而我却是'深喜之'了。"③夏志清在其《中国现代小说史》中也充分注意到了中国古典小说特别是《红楼梦》对张爱玲的重大影响，称赞张爱玲的《金锁记》是"中国自古以来最伟大的中篇小说"。属于超级《红楼梦》迷的三毛在给贾平凹的信中这样深情地写道："今生阅读三个人的作品，在二十次以上，一位是曹霑，一位是张爱玲，一位是您。深深感谢。"④而当代才子贾平凹的《读张爱玲》则可谓惺惺相惜了："她明显地有曹霑的才情，又有现今人的思考，就和曹氏有了距离，她没有曹氏的气势，浑淳也不及沈从文，但她的作品切入角度，行文的诡谲以及弥漫的一层神气，又是旁人无以类比。"⑤王安忆、苏童等当代作家也有类似的感受。

《红楼梦》是中国古代小说史上的空前绝后的突兀的高峰，对后世文学影响深远，同时也成为衡量一个作家文学天赋高低的一块终极的试金石。中国现代文学作家当中应该没有谁不曾读过《红楼梦》，可是能与《红楼梦》产生强烈共鸣而真正读懂了的当首推张爱玲。但中国现代文学史上本来是不可能存在滋生《红楼梦》式《传奇》的土壤的，偏偏抗战时期全国绝无仅有的上海"孤岛"又提供了一丝可能。所以从文学史宏观层面来审视，张爱玲的成功实在是太偶然了，因而成为中国现代文学史上的异数，然而从张爱玲个人角度来看又似乎是必然了。

总之，才女张爱玲的文学"传奇"首先决定于内因——其自身过人的文学天赋，

---

① 张爱玲.红楼梦魇[M].北京：北京十月文艺出版社,2009：1.
② 张爱玲.红楼梦魇[M].北京：北京十月文艺出版社,2009：5.
③ 子通,亦清.张爱玲评说六十年[M].北京：中国华侨出版社,2001：22.
④ 贾平凹.贾平凹散文[M].北京：人民文学出版社,2005：142.
⑤ 子通,亦清.张爱玲评说六十年[M].北京：中国华侨出版社,2001：386.

然后才归功于外因——《红楼梦》等古典世情小说的滋润、她的特殊的家庭及其特殊的成长经历，当然浓缩了天时地利人和的上海"孤岛"这一外因同样是不可或缺的，甚至是至关重要的。

（二）"爬满了蚤子"——张爱玲小说的俗

在中国古代文学话语中，"传奇"一词可谓声名显赫，其内涵经历了从唐宋文言小说到明清戏曲的传奇式演变，刚刚惊艳"孤岛"文坛的张爱玲竟给自己的第一部小说集起名"传奇"，足见其不凡的信心、勇气和灵气。她特意在《传奇》初版本卷首这样解释道："书名叫《传奇》，目的是在传奇里寻找普通人，在普通人里寻找传奇。"在中国传统文学话语中，"奇"与"正"相对，其实是俗的意思，可见张爱玲的《传奇》是难以与严肃文学挂上钩的。朱自清在《低级趣味》一文中认为："从前论人物，论诗文，常用雅俗两个词来分别。……现在讲平等不大说什么雅俗了，却有了低级趣味这一个语。……'低级趣味'很像是日本名词，现在用在文艺批评上，似乎是指两类作品而言。一类是色情的作品，一类是玩笑的作品。"①这里朱自清所说的低级趣味，就不是指一般的"世俗"了，而是指"恶俗"或"鄙俗"了，这样的阐释其实已经违背了"雅俗"这一传统文学话语中"俗"的本意了。相比而言，还是张爱玲对"俗"即低级趣味的理解比较到位："低级趣味不得与色情趣味混作一谈，可是在广大的人群中，低级趣味的存在是不可否认的事实。……要低级趣味，非得从里面打出来。"（《论写作》）②这里张爱玲所肯定、喜爱的"低级趣味"就是指生老病死、喜怒哀乐、善恶美丑等世态人情，或者就如张爱玲所说的"人生安稳的一面"。她说："我发现弄文学的人向来是注重人生飞扬的一面，而忽视人生安稳的一面。其实，后者正是前者的底子。"（《自己的文章》）③就是说，张爱玲觉得"人生安稳的一面"比"人生飞扬的一面"更重要，因为前者是后者的底子，前者存在于一切时代，可以说是永恒的，而后者往往属于特定的时代，因而是暂时的。对于自己小说中尽是些微不足道的小事情、小人物而没有革命、英雄，她这样解释道："我知道我的作品里缺少力，但既然是个写小说的，就只能尽量表现小说里人物的力，不能代替他们创造出力来。

---

① 朱自清.朱自清[M].于润琦，编.北京：华夏出版社，1997：169.
② 张爱玲.张爱玲作品集[M].兰州：敦煌文艺出版社，1997：451.
③ 张爱玲.张爱玲作品集[M].兰州：敦煌文艺出版社，1997：343.

而且我相信,他们虽然不过是软弱的凡人,不及英雄有力,但正是这些凡人比英雄更能代表这时代的总量。"(《自己的文章》)①张爱玲不是文学理论家,她从自己的人生及创作实践中悟出的文学真谛,世人一时可能会难以接受,但她的作品已经证明了她的文学理念的深刻。

张爱玲的创作一反五四新文学从"文学革命"到"革命文学"的宏大叙事的路子,而倾心于自己的一地鸡毛式的日常性抒写,她的作品中绝少反映轰轰烈烈、惊天动地的阶级斗争、革命战争的时代风云(《秧歌》《赤地之恋》《色·戒》除外),她身处乱世,她描写的是乱世中的普通人,可是在她的作品中连乱世的背景都模糊甚至消失了,只剩下"沉重累赘的一日三餐",无非是些平凡琐屑的庸人俗事,这些陈谷子烂芝麻换了任何人都因熟视无睹而不屑一顾,可张爱玲却津津乐道且乐此不疲。"遗老遗少和小资产阶级,全部为男女问题这噩梦所苦,噩梦中是淫雨连绵的秋天,潮腻腻的,灰暗,肮脏,窒息与腐烂的气味,像是病人临终的房间。烦恼,焦急,挣扎,全无结果。噩梦没有边际,也就无从逃避。零星的磨折,生死的苦难,在此只是无名的浪费。青春,热情,幻想,希望,都没有存身的地方。"②傅雷《论张爱玲的小说》中的这段文字应该是对张爱玲作品"庸俗"内容的最经典的概括了。

针对张爱玲作品题材单一的问题,傅雷曾建议道:"假如作者的视线改换一下角度的话,也许会摆脱那种淡漠的贫血的感伤情调;或者痛快成为一个彻底的悲观主义者,把人生剥出一个血淋淋的面目来。"③特立独行的张爱玲对此并没有苟同,而是始终坚持自己的文学理念。她认为小说有两种写法:一种是强烈对照的写法,如大红大绿的配色,就是那种"采取善与恶、灵与肉的斩钉截铁的冲突那种古典的写法",为悲剧和新文学所常用;一种是参差对照的写法,就像葱绿配桃红,就是那种好中有坏、美中有丑、善中有恶的写法,她说:"我喜欢参差的对照的写法,因为它是较近事实的。……因之柳原与流苏的结局,虽然多少是健康的,仍旧是庸俗;就事论事,他们也只能如此。……所以我的小说里,除了《金锁记》里的曹七巧,全是些不彻底的人物。他们不是英雄,他们可是这时代的广大的负荷者。"(《自己的文章》)④张爱玲的创作理念来源于她的实践与悟性,而对自己的创作风格和"自己的

---

① 张爱玲.张爱玲作品集[M].兰州:敦煌文艺出版社,1997:344.
② 子通,亦清.张爱玲评说六十年[M].北京:中国华侨出版社,2001:65.
③ 子通,亦清.张爱玲评说六十年[M].北京:中国华侨出版社,2001:69.
④ 张爱玲.张爱玲作品集[M].兰州:敦煌文艺出版社,1997:344.

文章"均充满了自信:"只是我不把虚伪与真实写成强烈的对照,却是用参差的对照的手法写出现代人的虚伪之中有真实,浮华之中有素朴,因此容易被人看做我是有所耽溺,流连忘返了。"(《自己的文章》)①时间已经证明,张爱玲的选择是独具慧眼的,她的坚持是正确的,中国现代文学史上那么多运用强烈对照写法的作品虽风光一时,可都渐渐趋于沉寂、消亡,反而张爱玲的那一炉炉平淡的"香"却穿越时空,越发沁人心扉,彰显"传奇"。

张爱玲的成名作《沉香屑·第一炉香》就是在当年周瘦鹃主持的鸳鸯蝴蝶派杂志《紫罗兰》上发表的,随后便在《紫罗兰》《万象》《杂志》等通俗文学刊物上轮番上演她的文学"传奇",凭着与鸳鸯蝴蝶派小说的貌合神离而一举成名,所以也可以说是鸳鸯蝴蝶派杂志成全了张爱玲,当然张爱玲同时也提高了鸳鸯蝴蝶派杂志的声望与经济效益,应该说是双赢。那么张爱玲小说究竟在什么地方超越了鸳鸯蝴蝶派呢?那就是鸳鸯蝴蝶派小说所难以企及的作品主题的雅。

(三)"一个美丽而苍凉的手势"——张爱玲小说的雅

张爱玲的《金锁记》被傅雷评为"我们文坛最美的收获之一",更被夏志清称赞为"中国自古以来最伟大的中篇小说",文坛内外对张爱玲的评价是逐步升级,给出的理由也林林总总。我觉得还是王晓明对张爱玲的一段分析尤为精辟:"与其他的'出土文物'相比,张爱玲似乎是与那一套主流文学想象距离最远的一个。……她非但对人生怀有深深的绝望,而且一开始她就摆出了一个背向历史的姿态。她写人性,却绝少滑入揭发'国民性'的轨道;她也有讽刺,但那每每与社会批判无关;她似乎是写实的,但你不会想到说她是现实主义作家;她有时候甚至会令你记起'控诉'这个词,但她这控诉的指向是那样模糊,你根本就无法将它坐实。"②显然这些细致而准确的描述都指向张爱玲作品的主题,正是因为张爱玲作品内涵的深刻才使她得以进入一流作家的行列。

《红楼梦》的伟大首先在于其主题的丰富性、深刻性,也就是其主题真正的雅俗共赏性,对此本人已有专文论述。《红楼梦》不仅仅是反封建,也不仅仅是歌颂凄美

---

① 张爱玲.张爱玲作品集[M].兰州:敦煌文艺出版社,1997:346.
② 王晓明.张爱玲文学模式的意义及其影响[J].明报月刊,1995(10):17.

的爱情,建立在政治历史的、审美的层面之上的哲学或宗教文化内涵的揭示,才是作品终极的主题、最高的雅。刘再复对《红楼梦》的终极主题尤为肯定:"《红楼梦》让人琢磨不尽,绝非是世俗眼睛和世俗政治评论所能说明的,原因就在于它本身是一个无始无终、无边无沿、无真无假、无善无恶的多维世界。可惜,二十世纪的中国文学,没有一个作家或一部大作品,具有曹雪芹的想象空间,在整体维度上失落了《红楼梦》的优点。即使是那些着意承继《红楼梦》传统的作家,也只是承继它的现实维度和它的伤感情结,而没有承继它的形而上品格与想象力。"[1]那么张爱玲有没有多少继承些《红楼梦》的"形而上品格与想象力"呢?答案应该是肯定的。张爱玲像大多数中国人一样谈不上有宗教信仰,但她二十岁出头写的《中国人的宗教》一文却着实让人大吃一惊,她一开始的关于中国人的宗教与文学主题关系的概括就相当传神:"表面上中国人是没有宗教可言的。中国知识阶级这许多年来一直是无神论者。佛教对于中国哲学的影响又是一个问题,可是佛教在普通人的教育上似乎留下很少的痕迹。就因为对一切都怀疑,中国文学里弥漫着大的悲哀。……细节往往是和美畅快、引人入胜的,而主题永远悲观。一切对于人生的笼统观察都指向虚无。"[2]张爱玲可谓一语道出了大多数中国人灵魂的真实镜像,这里所说的中国人感知的"虚无""虚空"并不是佛教所说关于世界本质的"缘起性空"的"空",而是什么都没有的"恶空",所以大多中国人都停留在世俗的物质生活层面,透过浮华的悲观、绝望在中国人的精神谱系里也属罕见,而难以上升到宗教的境界。年轻的张爱玲向外国人介绍起中国人来似乎比她的偶像林语堂还要老道,虽属"粗浅"的"初级教科书"式的,但字里行间时时不经意间流露出的与作者年龄极不相称的睿智与深刻,让人在震惊之余,而对她的耐人寻味的小说若有所悟,那就是其作品"美丽而苍凉"的主题与基调。张爱玲反复强调:"我喜欢悲壮,更喜欢苍凉。……悲壮是一种完成,而苍凉则是一种启示。"(《自己的文章》)[3]张爱玲重视启示性,而使作品有了哲理的高度,她一生没有信仰,其作品当然不可能达到《红楼梦》式的宗教境界,但她用她的生命和作品共同演绎的"美丽而苍凉"的人生画卷,却又是明显地对世俗的超越,不动声色地与鸳鸯蝴蝶派拉开了距离,而向着《红楼梦》的境界靠拢。

---

[1] 刘再复,林岗.论中国现代文学的整体维度及其局限[J].东吴学术,2011(1):53.
[2] 张爱玲.张爱玲作品集[M].兰州:敦煌文艺出版社,1997:609.
[3] 张爱玲.张爱玲作品集[M].兰州:敦煌文艺出版社,1997:580.

张爱玲与鲁迅虽风格迥异,但也确有相似之处,比如对丑陋人性的入木三分的刻画。与鲁迅这样理性型、思索型的作家不同,张爱玲对世态人情的把握主要是直觉式的、感悟式的。张爱玲不是思想家、哲学家,她硬是凭着过人的文学禀赋,用她的很随性的文字直达生命"美丽而苍凉"的底子,而凸显其与鲁迅作品不一样的深刻。傅雷应该是第一个联系鲁迅的作品来评价张爱玲的:"毫无疑问,《金锁记》是张女士截至目前的最完满之作,颇有《狂人日记》中某些故事的风味。"①傅雷只是点到为止,没有展开,而稍后的胡兰成在《论张爱玲》一文中则刻意地拿鲁迅来说事儿:"鲁迅是尖锐地面对着政治的,所以讽刺、谴责。张爱玲不这样,到了她手上,文学从政治走回人间,因而也成为更亲切的。……鲁迅的个人主义是凄厉的,而她的个人主义则是柔和的,明净的。"②胡兰成当时的评说虽有贬鲁崇张之嫌,但作为张爱玲的知音也确实把到了张爱玲其人其文的脉搏。鲁迅关注的是"国民性",而张爱玲关注的是"人性",二者的焦点似乎是一致的,但细究起来却又大相径庭。鲁迅主要是从政治的、社会的、历史的层面来考察"国民性"的,他认为近代中国落后的根本原因在于中国人的劣根性,而丑陋的"国民性"又源于千百年来封建礼教对正常人性的戕害,所以他愤激,他呼号,他要打破"铁屋子",他要"立人",凭借《狂人日记》《阿Q正传》等作品的宏大叙事,来完成启蒙救国大业。张爱玲则轻轻地撩去了政治的、社会的、历史的这些沉重的帷幕,"点上一炉沉香屑",漫不经心、絮絮叨叨地讲述那些"美丽而苍凉"的市井故事,她认为人性中本来就有着自私、贪婪、虚荣等众多难以克服的弱点,而注定了人生的无奈与悲哀,所以张爱玲没有鲁迅的"哀其不幸,怒其不争",而是"因为懂得,所以慈悲"。她说:"我写到的那些人,他们有什么不好我都能原谅,有时候还有喜爱,就因为他们存在,他们是真的。"(《我看苏青》)③鲁迅站在时代潮流的前列,虽也有过彷徨、绝望,但批判、呐喊、斗争一直是他生命的主旋律;张爱玲没有鲁迅的沉重,她始终站在潮流之外,固守着她那"美丽而苍凉"的世界,她也谴责、嘲讽,但更多的是理解与宽容,她也有悲观,但没有反抗、绝望,而是出人意料地化美丽与虚无为苍凉。鲁迅的世界总是黑白分明,而张爱玲却将美与丑、真与假、善与恶混杂的人生归结为一个永恒的"美丽而苍凉的手势",淡淡地书写着她的关于人性的独特的文学"传奇"。有人说张爱玲是旧上海最

---

① 子通,亦清.张爱玲评说六十年[M].北京:中国华侨出版社,2001:62.
② 陈子善.张爱玲的风气:1949年前张爱玲评说[M].济南:山东画报出版社,2004:30-32.
③ 张爱玲.张爱玲作品集[M].兰州:敦煌文艺出版社,1997:524.

后一个贵族,其实她的雅并不在于她的家庭、出身,而是源于她那颗"美丽而苍凉"的心灵。

(四)结语:"小团圆"

20世纪40年代傅雷的《论张爱玲的小说》一文这样结尾道:"一位旅华十年的外侨和我闲谈时说起:'奇迹在中国不算稀奇,可是都没有好收场。'但愿这两句话永远扯不到张爱玲女士身上!"[①]如今历史的尘埃已基本落定,张爱玲生前死后的文学命运虽几经起伏,但最终还是没有辜负傅雷的期望,她的文学"传奇"终究有了一个"小团圆"式的"好收场",虽然她的这一"美丽而苍凉"的"传奇"仍在延续。

原载《绍兴文理学院学报(哲学社会科学版)》2011年第6期

---

① 子通,亦清.张爱玲评说六十年[M].北京:中国华侨出版社,2001:70.

鲁迅"破"及"立人"思想探析

"立人"是鲁迅一生战斗的主要目的,而"破"则是他"立人"的主要手段,且其在"破"上的建树远高于"立人","破"多"立"少,"破"深"立"浅,巧于"破"而拙于"立",更为重要的是,这一切都跟鲁迅偏激的性格有着密切的关系。偏激是鲁迅之所以成为鲁迅的根本点,是区别于其他文学家、思想家的最显著标志,可以说不承认鲁迅的偏激或不理解鲁迅的偏激,就不可能真正走近鲁迅,所以偏激反而成了解读鲁迅的一把至为关键的钥匙。

(一)传统文化的"破"与"立"及鲁迅的态度

鲁迅"破"的主要对象是中国传统文化,准确地说应该是中国传统文化的糟粕,但事实上由于鲁迅及时代的偏激,打倒"孔家店"也殃及了中国传统文化的精髓,这是矫枉过正的必然后果。

在人类文明史上,"破"与"立"一直是社会发展的动力与方式。我们就以中国传统文化为例,先谈儒家的"破"与"立"。孔子不满春秋时期的"礼崩乐坏",但他主要的作为不是"破",而是"立",主张"仁"与"礼",强调"为政以德",这是"立国",又反复论及"君子",就是"立人"。一部区区不过两万字左右的《论语》,其中"君子"一词就出现了110次之多,与《论语》的另一个核心范畴"仁"同为出现频率很高的词,可见孔子对"立人"的重视,而且大多是在既"立"且"破"中阐述的,比如"君子喻于义,小人喻于利""君子怀德,小人怀土。君子怀刑,小人怀惠""君子和而不同,小人同而不和""君子周而不比,小人比而不周"等等,而以《论语·卫灵公》中的概括最为代表:"君子义以为质,礼以行之,孙以出之,信以成之。君子哉!"孔子更为重要的"立"是提出了"中庸"这一儒家的核心范畴。中庸的思想不始于孔子,但正是孔子第一次也是仅有的一次在《论语》中使用了"中庸"一词:"中庸之为德也,其至矣乎,民鲜久矣。"(《论语·雍也》)虽然只用到"中庸"一词一次,但孔子在《论语》中多处论及了"中庸"的含义,比如"过犹不及"(《论语·先进》)"质胜文则野,文胜质则史;文质彬彬,然后君子"(《论语·雍也》)"不得中行而与之,必也狂狷乎。狂者进取,狷者有所不为也"(《论语·子路》)等等。孔子在《论语》中奠定了中庸思想的基础,而中庸思想的真正展开、完善是《中庸》及后儒对《中庸》的不断阐释。如《中庸》开篇写道:"天命之谓性,率性之谓道,修道之谓教。"这里已开始赋予中庸形而上的意义了,到后儒面对道释的挑战,不断吸收道释的长处,而大力提升了中庸概念的层次,如理学家程颐指出:"中者,天下之正道,庸者,天下之定理。"这里中庸被这位理学大师看作是天上人间的最终真理而达本体论高度。"天不生仲尼,万古如长夜",没有孔子的"立",是无法想象中华民族悠久灿烂的文明史的。中庸就是道,就是自然,就是和谐,本文这里之所以花不少笔墨谈儒家的中庸思想,是因为鲁迅不大接受中庸思想,虽然他抨击的是中庸的庸俗化变体——折中主义,但同时他也确没有真正领悟中庸的圣义。

然后谈道家的"破"与"立"。我们知道,道家"破"的对象正是儒家思想,儒家坚信"有为",坚持"知其不可为而为之",格物、致知、修身、齐家、治国、平天下,而老庄强调"无为",道家所"立"的是"道":"道生一,一生二,二生三,三生万物。万物负阴而抱阳,冲气以为和。""人法地,地法天,天法道,道法自然。"而其"立人"则一样玄虚:"至人无己,神人无功,圣人无名。"前面讲孔子多么伟大,而现在道家又否定了儒家,这不令人费解吗?其实,这并不矛盾,因为二者所处的层面不同。在我们看来,儒家的境界已经很高了,几乎遥不可及,这不能怪儒家的要求高,而是我们太俗不可耐了,所以我们更难理解超越了儒家的道家境界了,觉得老庄的话不可理喻,即使有接受的,又大多是误读,如消极、苟且偷生、玩世不恭之流。这当然是鲁迅所要批判的,但同时鲁迅也一样与道家的真谛擦肩而过。比如鲁迅在《写在〈坟〉后面》中如实写道:"就是思想上,也何尝不中些庄周韩非的毒,时而很随便,时而很峻急。孔孟的书我读得最早，最熟，然而倒似乎和我不相干。"①

再提一下释家的"破"与"立"。佛陀不仅"破"了积极入世的儒家，而且把超脱的老庄也"破"了，因为道家的境界也未究竟。佛教"立"的"三法印""四圣谛""八正道"等教义，宣扬六道轮回、因果报应、解脱成佛，强调"凡所有相，皆是虚妄"，即"万法唯心造"，教人不要分别、执着、妄想，而应看破、放下、自在。鲁迅在佛学上是下过很大功夫的，其大量地购读佛经主要是在1914年至1916年这三年，钻研后鲁迅也由衷叹服："释迦牟尼真是大哲，我平常对人生有许多难以解决的问题，而他居然大部分早已明白启示了，真是大哲！"②

鲁迅好像也接受了佛教，其实他更多的是对佛教的"破"："做人有'作'就是动作（＝造孽），下地狱却只有报（＝报应）了……我却不大相信这一类鬼画符。"③又说："我常常感叹，印度小乘教的方法何等厉害：它立了地狱之说，借着和尚，尼姑，念佛老妪的嘴来宣扬，恐吓异端，使心志不坚定者害怕。那诀窍是在说报应并非眼前，却在将来百年之后，至少也须到锐气脱尽之时。这时候你已经不能动弹了，只好听别人摆布，流下鬼泪，深悔生前之妄出锋头；而且这时候，这才认识阎罗大王的尊严和伟大。"④鲁迅认为："这些信仰，也许是迷信罢……这些老玩意，也只好骗骗极端老实人。"⑤所以鲁迅下了这样的结论："佛教和孔教一样，都已经死亡，永不会复活了。"⑥

可见鲁迅只是接受了佛教的一些哲理智慧，而不会相信佛教的那些迷信。正如他的好友许寿裳所说，"鲁迅对于佛经只当做人类思想发达的史料看，借以研究其人生观罢了。别人读佛经，容易趋于消极，而他独不然，始终是积极的。他的信仰是在科学，不是在宗教。"⑦又说："鲁迅读佛经，当然是章先生的影响……先生与鲁迅师弟二人，对于佛教的思想，归结是不同的：先生主张以佛法救中国，鲁迅则以战斗精神的新文艺救中国。"⑧其实鲁迅早期曾一度肯定过宗教信仰，他在发表于

---

① 鲁迅.鲁迅全集(第一卷)[M].北京：人民文学出版社,2005:301.
② 许寿裳.挚友的怀念：许寿裳忆鲁迅[M].石家庄：河北教育出版社,2001:26.
③ 鲁迅.鲁迅全集(第三卷)[M].北京：人民文学出版社,2005:211.
④ 鲁迅.鲁迅全集(第三卷)[M].北京：人民文学出版社,2005:214.
⑤ 鲁迅.鲁迅全集(第三卷)[M].北京：人民文学出版社,2005:214.
⑥ 许寿裳.挚友的怀念：许寿裳忆鲁迅[M].石家庄：河北教育出版社,2001:26.
⑦ 许寿裳.挚友的怀念：许寿裳忆鲁迅[M].石家庄：河北教育出版社,2001:26.
⑧ 许寿裳.挚友的怀念：许寿裳忆鲁迅[M].石家庄：河北教育出版社,2001:27.

1908年12月的《破恶声论》一文中说:"人心必有所冯依,非信无以立,宗教之作,不可已矣。"①而且对佛教尤抱有好感:"夫佛教崇高,凡有识者所同可,何怨于震旦,而汲汲灭其法。"②其实当时的鲁迅还未真正接触、了解佛教,可是相隔八年当他深入钻研佛经之后,却反而不相信佛教了,可以说鲁迅与佛教有缘没分,终其一生,鲁迅是没有信仰的。

中国传统文化的主干儒道释三家的思想与境界虽有高下之分,但"三教归一",彼此并没有实质性的冲突,同是宇宙人生本质的不同层面的展开与体现,在现实生活中均有其不可替代的作用,所谓"以儒治世,以道治身,以释治心",千百年来,无数中国人,尤其是文人士大夫,都以自己的生命体验诠释了这一真理,所以中国人的人生境界是西方文明所难以想象的。

鲁迅对儒道释的态度是一以贯之的,就是以"破"为主,"晋以来的名流,每一个人总有三种小玩意,一是《论语》和《孝经》,二是《老子》,三是《维摩诘经》,不但采作谈资,并且常常做一点注解"③。从鲁迅的这段话中我们不难看出他对中国传统文化的感受与倾向。

(二) 鲁迅的"立人"

大致归纳了中国传统文化的"破"与"立"之后,我们现在来分析鲁迅的"破"及"立"就有了参照,便于展开与深入。我们先勾勒一下鲁迅"破"与"立"的时代背景。鸦片战争以来,国门洞开,西风东渐,中西文明的碰撞、融合拉开了序幕。有人曾形象地说:希腊人在爱琴海边上思考着人与物的关系,印度人在恒河边上思考着人与神的关系,而中国人则在黄河边上思考着人与人的关系。这个比方形象地反映了以中国为代表的东方文明与西方文明的深层内核及其差异。总的来说,中国文明是道德本位与和合文化,儒家思想的修身、齐家、治国就是以道德来统帅个人、家庭、社会,具体表现为仁、义、礼、智、信等范畴,注重个人、家庭、社会的和谐,重精神轻物质,重群体轻个人,融合了道释精神后更是如此,在人类精神文明的发展层面上应是比较高级的阶段,所以中国文明又被称为早熟的文明。这一文明发展到近

---

① 鲁迅.鲁迅全集(第八卷)[M].北京:人民文学出版社,2005:29.
② 鲁迅.鲁迅全集(第八卷)[M].北京:人民文学出版社,2005:31.
③ 鲁迅.鲁迅全集(第五卷)[M].北京:人民文学出版社,2005:328.

代已经烂熟了，就是说其文明的精髓日益枯萎，而糟粕经过千百年的发酵，已弥漫、浸透到社会有机体的每个角落，如龚自珍等人就早已觉察到当时社会祥和表象下隐藏的巨大危机，更可怕的是其社会已基本丧失了自我纠偏和革新的机能，幸好这时候另一个"面目可憎"的老师——西方文明来给中国上课了。西方文明总体上是商业物质本位与斗争文化，西方人推崇理性科学，努力探索征服自然，特别是近代以来，科学技术日新月异，创造了大量物质财富。西方虽有宗教信仰及丰富的哲学资源，但总体上还是重物质轻精神，重个人轻群体，正好是中国文明的反面。所以论物质文明西方强于中国，可论精神文明中国高于西方，因而东西文明应该是互补的，而不仅仅是对立的，由此我们就可以理解20世纪70年代出版的《展望21世纪——汤因比与池田大作对话录》一书中英国著名历史学家汤因比博士所作的"拯救21世纪人类社会的只有中国的儒家思想和大乘佛法"的惊人预言，以及晚清张之洞"中学为体，西学为用"主张的真知灼见和今天的中国大力发展科技和经济的原因了，就是取长补短，都是中庸的具体表现。

当中国文明和西方文明屡撞屡败的时候，中国人的反省也渐渐上升到文化的层面上了。在对待中西文化上，无非有三种方案，其中两个是极端的：或激进派如陈独秀、李大钊等，或保守派如王国维等，还有一个就是中庸派如梁启超（先激进后中庸）等。当然保守和中庸都是没有什么市场的，激进派明显占了上风，而有了狂飙突进的新文化运动。鲁迅当然属于激进派，而且有他自己独特而深入的思考。鲁迅认为，中国落后的主要根源就是腐朽的封建文化，对中国传统文化的绝望，迫使他"别求新声于异邦"。从求学南京到留学日本，从学医到从文，从1903年发表《中国地质略论》一文提出科学救国和实业救国的思想，到1908年发表的《文化偏至论》等5篇论文提出"立人"的主张，青年鲁迅的思想几经转变而初步成熟。特别从他1907—1908年两年当中连续撰写、发表的5篇论文《人之历史》《摩罗诗力说》《科学史教篇》《文化偏至论》《破恶声论》当中，我们能看到青年鲁迅对西方现代文明的进化论、科学、民主等重要特征的敏锐洞察与批判性吸收，这五篇文章虽为文言文，但字里行间洋溢着鲁迅作为一个思想家的天才与锋芒，令人折服。

同样是向西方学习，鲁迅对晚清时期的"兴业振兵"和"立宪国会"这样的机械移植西方科学与民主的救国举动却不以为然，斥之为"抱枝拾叶"，这样的异端思想不用说在当时，就是在100年后的今天都是少有人能相信和接受的，可见鲁迅眼光的独特与超越。一方面由于鲁迅看到了近代中国人实验西方的科学与民主这两大法宝的相继失败,更为重要的是,另一方面鲁迅已经看到了19世纪西方文明"唯物质""重众数"的偏颇,这确是鲁迅的深刻之处。所以鲁迅要"别立新宗",而这时尼采、叔本华、雪莱等具有反抗精神的西方斗士进入了鲁迅的视线,让鲁迅看到了中国的希望,最终鲁迅得出这样的结论:"然欧美之强,莫不以是炫天下者,则根柢在人,而此特现象之末,本原深而难见,荣华昭而易识也。是故将生存两间,角逐列国是务,其首在立人,人立而后凡事举;若其道术,乃必尊个性而张精神。假不如是,槁丧且不俟夫一世。"①在鲁迅看来,无论是"整顿武备""富国强兵",还是"立宪国会",都不是救国的"根本之图",中国也不应该走西方已经走过的"唯物质""重众数"的偏至道路,如果人没有"立"起来,那么无论是科学还是民主,都不能真正挽救中国。所以鲁迅认为在当时的中国"立人"是当务之急和重中之重,青年鲁迅对自己久经思考后的这一重大发现深信不疑。

那么鲁迅究竟是要在中国"立"什么样的"人"呢?这是鲁迅思想最特立独行而让人百思不解的地方,因为他所要立的既不是儒家的君子,也不是道家的真人,更不是释家的解脱之人,所以从某种意义来说,理解鲁迅比理解孔子、老子乃至佛陀还要难。我们先看鲁迅在《文化偏至论》中是怎样介绍他心仪的几位西方"个人主义"思想家的——斯蒂纳:"人必发挥自性,而脱观念世界之执持。惟此自性,即造物主,惟有此我,本属自由……意盖谓凡一个人,其思想行为,必以己为中枢,亦以己为终极:即立我性为绝对之自由者也。"②叔本华:"又见夫盲瞽鄙倍之众,充塞两间,乃视之与至劣之动物并等,愈益主我扬己而尊天才也。"③克尔凯郭尔:"谓惟发挥个性,为至高之道德。"④易卜生:"往往反社会民主之倾向。"⑤尼采:"斯个人主义之至雄桀者矣,希望所寄,惟在大士天才,而以愚民为本位,则恶之不殊蛇蝎。"⑥

由此看来,鲁迅的"尊个性而张精神"式"立人",就是要唤醒人们的"自性""个性",将人们从"观念世界的执持"下解放出来。就中国而言,就是要打破中国传统封建思想观念的"铁屋子",使自我意识觉醒后的中国人能"立"起来,成为真正意义上的"个人",也即鲁迅在《摩罗诗力说》中所颂扬的"立意在反抗,指归在动作""大

---

① 鲁迅. 鲁迅全集(第一卷)[M]. 北京:人民文学出版社,2005:58.
② 鲁迅. 鲁迅全集(第一卷)[M]. 北京:人民文学出版社,2005:52.
③ 鲁迅. 鲁迅全集(第一卷)[M]. 北京:人民文学出版社,2005:52.
④ 鲁迅. 鲁迅全集(第一卷)[M]. 北京:人民文学出版社,2005:52.
⑤ 鲁迅. 鲁迅全集(第一卷)[M]. 北京:人民文学出版社,2005:52.
⑥ 鲁迅. 鲁迅全集(第一卷)[M]. 北京:人民文学出版社,2005:53.

都不为顺世和乐之音,动吭一呼,闻者兴起,争天拒俗,而精神复深感后世之心,绵延至于无已"①的"精神界之战士",而这样的"个人"在旧中国是不会出现的,因为都被封建社会的"仁义道德"吃掉了,只有鲁迅是个例外。

鲁迅后来在《灯下漫笔》中又进一步思考道:"中国人向来没有争到过'人'的价格,至多不过是奴隶。"②鲁迅呼唤这样的"个人"的出现:"故今之所贵所望,在有不和众嚣,独具我见之士,……弗与妄惑者同其是非,惟向所信是诣,举世誉之而不加劝,举世毁之而不加沮,……则庶几烛幽暗以天光,发国人之内曜,人各有己,不随风波,而中国亦以立。"③(《破恶声论》)事实上中国近现代以来,像鲁迅这样的具有独立性、反抗性、创造性的"个人""精神界之战士",实在难找到第二个。

奉"立人"为圭臬的"精神界之战士"的鲁迅,其自身的精神也充满了矛盾、困惑,很多时候"战士"自己都"立"不起来,遑论"立"别人,而使得鲁迅"立人"的效果大打折扣,究其原因,主要还是出在"战士"自己身上。鲁迅的"立人"思想主要是受到尼采的超人哲学和易卜生的"独战多数"的个性主义思想的启发,而把启蒙的希望寄托在先觉的"精神界之战士"或"大士、天才"身上,想"毕其功于一役",希望从根本上解决中国的问题,这看似深刻的天才想法,实际上是极其偏激而不可能实现的。整个社会的"立人"即马克思主义的人性解放的命题是一个长期的历史的过程,整个社会大众的"人的自觉"即国民素质的提高是不可能一蹴而就的。如果"人"是那么好"立"的,那么只一个孔子就能解决问题了,连老庄、佛陀都是多余的。事实上,在中国历史上,虽是儒道释三管齐下,真正被"立"的人还是少数,因为任何社会教育的普及率同样有一个发展的过程,而像鲁迅所冀求的"人各有己,而群之大觉近矣"④的境况其实已经接近于马克思主义的共产主义社会阶段了,怎么可能在短期内实现呢? 所以鲁迅"立人"思想的初衷是好的,也是深刻的,可又带有明显的好高骛远、不切实际的痕迹。

由此我们就能看清鲁迅"掊物质而张灵明,任个人而排众数"的启蒙战斗口号的偏激。尼采、易卜生们提出的"价值重估"和"偶像破坏"的理论和思想是对19世纪西方资本主义社会"唯物质""重众数"的偏至道路的批判和否定,是针对资本主

---

① 鲁迅.鲁迅全集(第一卷)[M].北京:人民文学出版社,2005:68.
② 鲁迅.鲁迅全集(第一卷)[M].北京:人民文学出版社,2005:224.
③ 鲁迅.鲁迅全集(第一卷)[M].北京:人民文学出版社,2005:27.
④ 鲁迅.鲁迅全集(第八卷)[M].北京:人民文学出版社,2005:26.

义国家大工业生产及科学技术的迅速发展对人的精神的扭曲和个性意志的摧残而生发的,而鲁迅所面对的则是一个与西方迥然不同的前资本主义的半封建半殖民地的中国社会,这个社会固然因为封建文化对人们思想的长期束缚和毒害使民众精神普遍呈现落后、愚昧、麻木的状态,需要精神上的唤醒与提升,但对当时的中国来说更迫切需要的其实就是西方的科学与民主,要补上发展经济、科技及民主的课,来矫正中国文化向来重道德精神而轻物质科学和重社会等级而轻个性自由的缺陷,特别是要根除封建文化专制主义,就必须倡导而不是批判和抛弃尼采、易卜生们所否定的科学理性和民主精神,这应该是鲁迅"立人"思想的主要误区和盲点。从人类长远的眼光看来,"立人"不仅仅是救国的手段,而且"立人"本身就是人类发展的终极目的,即共产主义社会人类的全面发展和终极解放,所以"立人"虽是"根本之图",但远水救不了近火,不能切实解决当时中国最紧迫的落后、挨打乃至亡国的问题。不是说不要"立人",而是不能像鲁迅那样一味地只强调、夸大"立人"的功效而忽视科学、民主对中国现状更为有用的事实,理智的选择应该是既要"立人",更要科学与民主,而不是"掊物质而张灵明,任个人而排众数"。

  鲁迅"立人"思想的偏激还体现在他把"立人"与其他社会事务割裂开来的形而上思维上。青年思想者鲁迅认为,中国要"生存两间,角逐列国","其首在立人,人立而后凡事举",特别是在辛亥革命失败后,他更坚持这种看法:"此后最要紧的是改革国民性,否则,无论是专制,是共和,是什么什么,招牌虽换,货色照旧,全不行的。"[1]应当承认,鲁迅揭示辛亥革命失败的原因是没有启发广大群众特别是农民群众的觉醒,这是极为重要和深刻的,但由此就得出只有等启蒙任务完成后才能进行社会变革的结论却又是极其片面的。在鲁迅看来,只有先"立人",完成启蒙任务之后,才能进行其他社会事务的改革,否则什么事都是不能达成的,而幻想"人立而后凡事举",显然也只能是一厢情愿。任何一个社会、国家的发展都是其内在诸本质内涵如政治、经济、科技、文化等相互制约、共同进步的极其复杂的系统过程,是不可能先把某一因素发展到位,再去发展其他的。同样道理,个人自身的发展与社会的其他发展基本上是保持同步的,也就是说"立人"能促进社会其他事务的发展,反过来社会其他事务的发展也会促进"立人"的发展,社会的健康发展最好是均衡的发展,而不应该是有"先后"的畸形发展。鲁迅的这一偏见在其后期的"立人"

---

[1] 鲁迅.鲁迅全集(第十一卷)[M].北京:人民文学出版社,2005:470.

斗争中得到了一些纠正，马克思主义的思想指导使鲁迅逐步学会了辩证法，明白了自己的片面，知道了"立人"启蒙的任务绝不是一朝一夕就可以完成的，也绝不是仅靠少数"大士天才"去振臂一呼的，更不应该有"先后"问题。这从鲁迅后期主动放弃自己得心应手的小说创作，而以杂文为主要文学形式，自觉地将"立人"与变革现实的社会革命斗争紧密结合，以及百忙之中花费了大量的时间和精力热情地去发现、培养、扶植青年作家等在上海文化战线所进行的各种活动均能得到反映。毛泽东说："鲁迅后期的杂文最深刻有力，并没有片面性，就是因为这时候他学会了辩证法。"① 这应是中肯之语。

总之，鲁迅结合当时中西文明的现状，认识到了"立人"对社会发展尤其是对当时中国的重要性，这是鲁迅的深刻和过人之处。但他没能看清对人类发展而言"立人"大业的长期性、复杂性和目的性，又片面夸大了"立人"的作用，而忽视了中国对科学理性和民主精神需要的极端迫切性，人为割裂了"立人"与其他社会发展因子的有机联系，过于执着于"立人"和打破"铁屋子"；加之其所立的"超人"式"精神界之战士"形象内涵的模糊性与"庸众"的对立性以及行事的极端性：造成鲁迅"立人"思想的先天不足与致命缺陷。这不仅导致了鲁迅自身内在精神的高度紧张而沉重阴暗——虽然他没像尼采那样最后疯了，但他长期精神的矛盾、苦闷、痛苦是一般人难以承受的，从而缺乏孔子、老庄"立人"时的从容与理性；更重要的是使鲁迅的"立人"流于空洞的、狂妄的呼号和极端的否定、破坏，不具备儒道释三家"立人"的具体性、可操作性、普遍性，因而实际成效不大。

鲁迅曾经为了批判国民性的中庸消极而写文称赞被一些中国人讥为"书呆子"的堂吉诃德的执着、偏激的性格，其实鲁迅的一生又何尝不是堂吉诃德式的。堂吉诃德硬要学古代的游侠，穿一身破甲，骑一匹瘦马，带一个跟丁，游来游去，想斩妖伏怪，除暴安良，闹了许多笑话，吃了不少苦，最后狼狈回来了，临死才知道自己不过是一个平常人，并非什么侠客。鲁迅硬要"立人"救国，匕首投枪，冲锋陷阵，浴血奋战，以为登高一呼，就会万民响应，打破了"铁屋子"，"人立而后凡事举"，一切搞定，殊不知"立人"即一个社会的人的普遍自觉和彻底解放是一个漫长的历史过程，那个文化的、人性的"铁屋子"是那么容易打破的吗？鲁迅的那点折腾是丝毫也没有动摇"铁屋子"的，可见鲁迅不就是中国现代版的"堂吉诃德"吗？鲁迅是最勇敢

---

① 瞿秋白，等.红色光环下的鲁迅[M].石家庄：河北教育出版社，2000：62.

的,也是最悲哀的。这里不是要否定鲁迅"破"的价值与意义,因为鲁迅所讲的虽然刺耳甚至偏激,但毕竟是真话,而中国也确实缺少这样真的声音。所以鲁迅的巨大意义就在于让中国人第一次真正全面审视自身的弱点,虽然人们改正错误很难,但知错毕竟是改错的开始,这是鲁迅对中华民族发展的独特贡献,少有人能比肩的。说鲁迅的悲哀,是说偏执的他竟然想凭一己微薄的力量去改变社会历史的进程,这无异于螳臂当车,更何况当初孔子、老庄、马克思他们"立人"时,也没有指望自己的理想能够很快变为现实,而只是将自己的理想作为人们追求的一个遥远的目标和方向而已。当然鲁迅这种孔子式"明知不可为而为之"的执着举动也正是其"我以我血荐轩辕"炽热爱国心的生动诠释,而"留取丹心照汗青",令人肃然起敬。

(三) 鲁迅的"破"

我们先梳理一下鲁迅"立人"的"动作"史,即"破"的历史。鲁迅认为,经过"圣人之徒""伪士"的作践,中国的"朴素之民"堕落成了庸俗的"众庶",而几千年没能"立"起来,都在"铁屋子"里"昏睡",从而导致了近代中国的落后、被动的局面,只有打破"铁屋子",让成为奴隶甚至想做奴隶而不得的中国人"立"起来,争得"人"的资格,中国才有救。所以作为"精神界之战士"的鲁迅一生的主要"动作"就是不遗余力地打破这"铁屋子",以"破"为"立",但他的"动作"的历程也不是一帆风顺的。青年鲁迅一开始对"立人"大业充满信心,以为中国只有多出现一些尼采那样的"精神界之战士",他们振臂一呼,就能唤醒"众庶":"凡人之心,无不有诗,……无之何以能解? 惟有而未能言,诗人为之语,则握拨一弹,心弦立应,其声澈于灵府,……益为之美伟强力高尚发扬,而污浊之平和,以之将破。"[①]"人各有己,而群之大觉近矣。"[②]似乎"立人"救国大业指日可成,可是鲁迅刚起步就被泼了一盆冷水,《新生》杂志的夭折和《域外小说集》遭受的冷遇使鲁迅认识到,"精神界之战士"与"愚昧的国民"在精神上几乎是无法沟通的,国人不是那么好唤醒的,雄心万丈的鲁迅不得不停止了"动作",而有了他留日归国后近十年的沉默。五四新文化运动又重新点燃了鲁迅"立人"的希望与信心,但从五四初期《呐喊》的兴奋、助威,到五四高潮时

---

① 鲁迅.鲁迅全集(第一卷)[M].北京:人民文学出版社,2005:70.
② 鲁迅.鲁迅全集(第八卷)[M].北京:人民文学出版社,2005:26.

《彷徨》的无奈、痛苦,再到《野草》的苦闷、绝望,鲁迅的"动作"是越来越小了,"立人"事业又几至停顿。好在这一次僵局为时较短,到上海后中国共产党和马列主义的介入,使鲁迅的"立人"事业得以起死回生,且渐入佳境。

现在我们来盘点鲁迅跟"铁屋子"战斗的伟业及偏激之处。鲁迅称自己"立人"的"道术"是"任个性而张精神",可是究竟怎么"任个性而张精神",鲁迅语焉不详,也没真正付诸行动,也就是说他不是从正面来"立人"的,而是以"破"为"立",认为只要毁坏了"铁屋子","个人"就自然"立"了,所以鲁迅"立人"真正的"道术"是"破"。鲁迅也确实是"破"的高手,可谓战功卓著,捷报频传,相继揪出了奴性、守旧、健忘、迷信、敷衍、献媚、无特操等以阿Q精神为代表的一大批国民劣根性,而其最辉煌的战绩则是"礼教吃人"与"中国人至多不过是奴隶"的两大惊人发现,这是鲁迅撕破了千百年来遮在中国人和中国社会身上的温情脉脉的面纱,而看到的中国"铁屋子"里的悲惨景象。鲁迅的目光是犀利的,他打破了一件件披着美好外衣的"圣物",高明的中庸其实是折中主义,士大夫们的三教合一其实是无特操,优雅的礼教其实是吃人者,中国悠久灿烂的历史其实就是想做奴隶而不得的时代与暂时做稳了奴隶的时代的循环,古老辉煌的中国文明其实也就是安排给阔人享用的人肉的筵宴,而中国其实不过是安排这人肉的筵席的厨房。鲁迅对"铁屋子"的描绘显然过于悲观,可是对打破这"铁屋子"又显然过于乐观:"而创造这中国历史上未曾有过的第三样时代,则是现在的青年的使命!"[①]"扫荡这些食人者,掀掉这筵席,毁坏这厨房,则是现在的青年的使命!"[②]事实上,毁坏一个"非人"的世界,创造一个真正的"人"的时代,又岂止是一代青年的使命,而应该是无数代青年的使命。

诚然,在中国历史上,没有一个人能像鲁迅这样抢着一把"立人"的斧头痛快淋漓地将中国传统文化砍得如此体无完肤、狼狈不堪、惨不忍睹,也难怪毛泽东要连用七个"最"字来褒奖鲁迅,鲁迅确实说出了别人说不出或不敢说的话,如此叛逆且深刻,千百年来,唯鲁迅一人而已。鲁迅自己也承认:"又因为从旧垒中来,情形看得较为分明,反戈一击,易制强敌的死命。"[③]又说:"我的取材,多采自病态社会的

---

① 鲁迅.鲁迅全集(第一卷)[M].北京:人民文学出版社,2005:225.
② 鲁迅.鲁迅全集(第一卷)[M].北京:人民文学出版社,2005:229.
③ 鲁迅.鲁迅全集(第一卷)[M].北京:人民文学出版社,2005:302.

不幸的人们中,意思是在揭出病苦,引起疗救的注意。"①可见鲁迅是善于"破"的,善于给社会、民众"看病",却拙于"治病",这也确是鲁迅的心里话,面对自己大刀阔斧砍伐后的中国文化的废墟和中国人精神的废墟,鲁迅确实很茫然,不知道怎么在这满目疮痍的废墟上去"立"一个崭新的民族文化与个体精神,虽然他的"立人"也有独立性、创造性、反抗性的标准,但这标准又太模糊、宽泛了,而近于无了,根本无济于事。

对自己过于负面的心理,鲁迅自己也很烦恼、无奈:"我自己总觉得我的灵魂里有毒气和鬼,我极憎恶他,想除去他,而不能。我虽然竭力遮蔽着,总还恐怕传染给别人,我之所以对于和我往来较多的人有时不免觉得悲哀者,以此。"②这里的"毒气和鬼"就是指鲁迅碰到一切事物时潜意识地总喜欢从负面去分析的习惯,这确实也是鲁迅性格心理的重要特征,就是极端的灰色悲观心理,凡事总往坏处想,而较少或不愿注意事物好的一面。所以鲁迅对中国传统文化的大力讨伐除了时代使然,也带有性格的因素,而难免偏激了。比如鲁迅对儒家思想的精髓——中庸的批判就是这样的,虽然鲁迅否定的是中庸的庸俗化变体——折中主义,但从他批判"三教合流"看来,他确实是过于偏激而不能接受和理解儒家的中庸思想。前面已分析过,儒道释三家的思想境界高下不同,各有侧重,无论是社会还是个人,各取所需,或并行不悖,或三教合一,这是中国历史上反复证明了的,比如苏轼就是一个典型的三教合一的代表。但鲁迅坚决反对这种"无特操"的文化现象:"唐有三教辩论,后来变成大家打诨;所谓名儒,做几篇伽蓝碑文也不算什么大事。宋儒道貌岸然,而窃取禅师的语录。清呢,去今不远,我们还可以知道儒者的相信《太上感应篇》和《文昌帝阴骘文》,并且会请和尚到家里来拜忏。"③为什么儒者就不能去学道信佛呢?为什么儒道释就一定要斗个你死我活而不能和而不同呢?因为鲁迅天生就是偏激的性格,所以他对儒家的中庸也是最厌恶和痛恨的,这应该是可以理解的。

任何文化都有精髓与糟粕的一面,延续了几千年的中国传统文化固然有着种种缺陷,但也不至于像鲁迅所批的那样夸张,似乎一无是处。比如封建礼教的庸常化固然有"吃人"的一面,但儒家倡导的仁义礼智信的做人准则对中华民族生存和

---

① 鲁迅.鲁迅全集(第四卷)[M].北京:人民文学出版社,2005:526.
② 鲁迅.鲁迅全集(第十一卷)[M].北京:人民文学出版社,2005:453.
③ 鲁迅.鲁迅全集(第五卷)[M].北京:人民文学出版社,2005:328.

发展的意义恐怕也是无与伦比的,而且一直占据社会主流思想地位的应该是传统文化的精髓而不是糟粕,否则中华文明早就应该中断了,这一点却是鲁迅没有也不想看到的。再比如,在中国漫长的封建社会中,人的个性确实受到了一定的压制,但换来的是家庭、社会的和睦,这是中国人中庸思想的体现,因为这样总比一味放任个性而导致天下大乱好,而鲁迅却把这样的社会看作是做稳了奴隶甚至是想做奴隶而不得的时代,显然又太偏激了。人的个性的自觉与解放有一个从低到高的历史发展过程,就像一个人小时候的幼稚,本没有什么好责备的,这是一个人长大成熟必须经历的过程,所以鲁迅由于缺乏历史的、辩证的眼光,加之偏激的性格,就放大了过去中国社会的不足。鲁迅的发现乍看起来,确实吓人一跳,可放眼世界历史,有哪个国家民族不是如此呢,而中国应还算幸运一些的,因为毕竟有儒道释文化的共同指引。另外,鲁迅对国民劣根性的批判,确实一针见血,入木三分,其中有些像圆滑、敷衍等也许是中国人特有的,但更多的是人类普遍的劣根性,如自私、冷漠等,而所有的这些毛病都是人类在一定的社会历史发展阶段中所不可避免的,在鲁迅发现之前就存在,在鲁迅发现之后还将继续存在,要真正根除这些毛病同样是一个漫长的历史过程,而不是哪个思想家一揭露就会消失的。但也正是这样的意义彰显了鲁迅及其文字不朽的价值,因为在相当长的一段历史时期内鲁迅的文章都将作为人性的一面镜子,促人反省,催人奋进。

(四)结语:"破"的"现代圣人"与执着的"中间物"

鲁迅是中国几千年来文化的一个最大的异数,个人偏激的性格,加之独特的生活经历和对西方文化的抉择,更重要的是风雨如磐的中国黑暗现实造就了他的极端,非极端不足以反抗,非极端不足以批判,非极端不足以让人们警醒,所以从对中国传统文化糟粕的"破"的意义上来说,鲁迅的功绩是举世无双的,毛泽东也正是从这个角度把鲁迅尊为"现代圣人"的。

鲁迅一生广闻博览,但他真正吸收的还是最契合自己性格的尼采的"超人"哲学。鲁迅是一个脚踩大地、执着现实的"精神界之战士",一个最坚决、彻底的现实主义者、唯物主义者,一个摒弃了一切关于绝对、完美、永恒的乌托邦的神话与幻觉世界的"中间物"。鲁迅在《野草·影的告别》中写道:"有我所不乐意的在天堂里,我不愿去;有我所不乐意的在地狱里,我不愿去;有我所不乐意的在你们将来的黄金世界里,我不愿去。"①鲁迅是不屑诗人、哲学家或宗教徒眼中的过去或将来如何美好的,他认为其他的一切都是虚妄,只有眼前的现实是真实的,他说:"现在的地上,应该是执着现在,执着地上的人们居住的。"②

所以他只愿立足今天的现实,自觉地甘做"进化链子"上的"中间物","肩住黑暗的闸门,放青年到光明中去",而"横眉冷对千夫指,俯首甘为孺子牛"。

在中国历史上,像鲁迅这样执着与偏激的人是罕见的,但恰恰是这样极端的性格成就了鲁迅的伟大与深刻;同时鲁迅的灵魂也必然替中国人承担了太多的超乎我们想象的矛盾、苦闷、挣扎、绝望,"寄意寒星荃不察",鲁迅到后期其精神的偏激的"铁屋子"才透进了一丝亮光。对鲁迅的态度,郁达夫曾沉重而睿智地提醒过国人:"没有伟大的人物出现的民族,是世界上最可怜的生物之群;有了伟大的人物,而不知拥护、爱戴、崇仰的国家,是没有希望的奴隶之邦。"③鲁迅曾希望他的文字"速朽",在中国人的心中,鲁迅及其文字应是不朽的。

中国是崇尚中庸的国度,中华文明最缺乏的就是像鲁迅这样的"精神界之战士"来清理门户、更新血液,因为偏激,所以深刻,这应该是鲁迅的根本价值所在,中国人没有理由不珍惜他。

原载《浙江师范大学学报(社会科学版)》2010年第4期

---

① 鲁迅.鲁迅全集(第二卷)[M].北京:人民文学出版社,2005:129.
② 鲁迅.鲁迅全集(第三卷)[M].北京:人民文学出版社,2005:52.
③ 郁达夫.回忆鲁迅:郁达夫谈鲁迅全编[M].上海:上海文化出版社,2006:104.

《神曲》情结与"灵的文学"

老舍虽然与佛教、基督教等均有不解之缘,可是由于各种各样的原因,他对宗教的兴趣、探索总是浅尝辄止,而一次次与宗教的真谛擦肩而过。老舍不以思辨见长,不是思想家,可是他的充满文化意蕴的"京味儿"小说,却尤其耐人寻味;老舍没有成为佛教徒,也不是虔诚的基督教徒,却以但丁的《神曲》为标杆,大力提倡"灵的文学"。

(一) 老舍与宗教:"拿来主义"

尽管老舍在青少年时期曾经亲身受到过佛教的恩典,他本人也曾在佛事活动中多次帮过忙,且后来还专门看过一些佛教书籍,然而他始终没能领悟到佛教的胜义,未真正走近佛教。

由于宗月大师的鼎力相助,少年老舍才得以上学,所以老舍从小便与佛教结下了因缘。老舍感激宗月大师:"没有他,我也许一辈子也不会入学读书。没有他,我也许永远想不起帮助别人有什么乐趣与意义。他是不是真的成了佛?我不知道。但是,我的确相信他的居心与言行是与佛相近似的。我在精神上物质上都受过他的好处,现在我的确愿意他真的成了佛,并且盼望他以佛心引领我向善,正像三十五年前,他拉着我去入私塾那样!"[1]老舍亲近宗月大师,不是为了接纳精深圆融的佛理,而只是"盼望他以佛心引领我向善",所以他不能真正理解宗月大师的举动:

---

① 老舍.宗月大师[N].华西日报,1940-01-23.

"他施舍粮米,我去帮忙调查及散放。在我的心里,我很明白:放粮放钱不过只是延长贫民的受苦难的日期,而不足以阻拦住死亡。但是,看刘大叔那么热心,那么真诚,我就顾不得和他辩论,而只好也出点力了。即使我和他辩论,我也不会得胜,人情是往往能战败理智的。"①

1924年老舍到达英国伦敦之后,与许地山交往较多,一度对佛教兴趣倍增。他后来回忆道:"前十多年的时候,我就很想知道一点佛教的学理。那时候我在英国,最容易见到的中国朋友是许地山……所以我请他替我开张佛学入门必读的经书的简单目录——华英文都可以。结果他给我介绍了八十多部的佛书。据说这是最简要不过,再也不能减少的了。这张目录单子到现在我还保存着,可是,我始终没有照这计划去做过。"②显然,老舍始终没能迈过佛教的门槛。

据史料记载,1922年老舍在北京缸瓦市教堂伦敦教会接受洗礼,成为一名正式的基督教徒。1924年老舍在《中华基督教会年鉴》第7期发表论文《北京缸瓦市伦敦会改建中华教会经过纪略》,提出西方基督组织不适合中国情形,认为教会应自立、自治、自养。同年夏经在燕京大学的艾温士牧师推荐,赴伦敦大学东方神学院任华语讲师。1930年回国后任教于教会学校齐鲁大学,曾在北京神学院和青年会作过讲演。抗战期间,在重庆作过《〈圣经〉与文学》的演讲。

但是,老舍绝不是西方意义上的虔诚的基督教徒,老舍夫人胡絜青曾回忆道:"老舍可是从来没有作过礼拜,吃饭也不祷告……老舍只是崇尚基督与人为善和救世的精神,并不拘于形迹。"③可见,老舍对待佛教和基督教的态度是一致的,即"拿来主义"。为什么老舍只汲取了佛教的向善和基督教的博爱、救世等品质呢? 这跟老舍身上带有的满人古典伦理色彩有关。老舍研究专家关纪新在《满族伦理观念赋予老舍作品的精神烙印》一文中认为:"自古以来,满族的传统理念崇尚淳朴、忠义、豪爽、正派的品性……满族传统理念格外看重人生在世的自尊度,无论处于盛世还是处于乱世都应有道德自律。满人通过自觉的德行养成来表达对一己名誉的看护,也以个人操守来支撑对民族声誉的守望。"④作为八旗后代的老舍,对异样文化的取舍,自然以自己注重的道德信念为标准。也就是说,老舍是以道德的眼光来

---

① 老舍.宗月大师[N].华西日报,1940-01-23.
② 老舍.灵的文学与佛教[M]//老舍文集:第15卷.北京:人民文学出版社,1990:442.
③ 崔恩卿,高玉琨.走近老舍:老舍研究文集[M].北京:京华出版社,2002:49.
④ 关纪新.满族伦理观念赋予老舍作品的精神烙印[J].中央民族大学学报,2007(5):114.

评判宗教的,他欣赏佛教、基督教,只是因为二教的劝人为善与救世的宗旨与他的道德理念相吻合而已。因此可以说,老舍对宗教其实还是很隔膜的,老舍一生的思想和文学创作都停留在道德层面,而没有上升到宗教层面,虽然他提倡"灵的文学",虽然他作品中有不少宗教的元素,虽然宗教和道德有着千丝万缕的联系。

(二) 老舍的文学理想:《神曲》情结与"灵的文学"

但丁的《神曲》透露了新时代的曙光——人文主义,但这改变不了作品从框架到主旨的浓烈的基督教色彩。初登文坛的老舍,对宗教虽抱有好感但总有隔膜,但读到但丁的《神曲》,却一见如故,且由此形成了对老舍一生文学创作影响至深的"《神曲》情结"。

老舍在发表于1945年7月的《写与读》一文中回顾了自己20多年来的写作与阅读经历,特别提到了自己初次读到《神曲》的情景和《神曲》对自己的影响:"使我受益最大的是但丁的《神曲》。我把所能找到的几种英译本,韵文的与散文的,都读了一过儿,并且搜集了许多关于但丁的论著,有一个不短的时期,我成了但丁迷,读了《神曲》,我明白了何谓伟大的文艺。"①老舍在1937年7月9日发表的《保卫武汉与文艺学习》一文中感慨:"终生写成的《神曲》与《浮士德》是不能在这儿期望的。我们只有随时的心灵火花的爆发,还没有功夫去堆起柴来,从容地燃起冲天的烽火。"1956年召开的全国青年文学创作者会议上,老舍在题为《青年作家应有的修养》的讲话中又提到《神曲》:"我们若是一开始就想写出一部《神曲》或《战争与和平》,一定会使自己失望。《神曲》差不多写了一辈子!"②

老舍对《神曲》的妙处心领神会:"论时间,它讲的是永生。论空间,它上了天堂,入了地狱。论人物,它从上帝、圣者、魔王、贤人、英雄,一直讲到当时的'军民人等'。它的哲理是一贯的,而它的景物则包罗万象。它的每一景物都是那么生动逼真,使我明白何谓文艺的方法是从图像到图像。天才与努力的极峰便是这部《神曲》,它使我明白了肉体与灵魂的关系,也使我明白了文艺的真正的深度。"③老舍读《神曲》很受启发,对《神曲》的接受是全方位的,比如"俗语"的运用,文艺的方

---

① 老舍.老舍论创作[M].上海:上海文艺出版社,1982:213.
② 老舍.我热爱新北京[M].北京:北京出版社,1979:170.
③ 老舍.老舍论创作[M].上海:上海文艺出版社,1982:213-214.

法——"从图像到图像"等等,其中,老舍最大的收获则是"灵的文学"。

　　1940年9月4日,老舍应重庆缙云寺佛教友人之约前去参观汉藏教理院,并作了题为《灵的文学与佛教》的演讲,集中表达了对"灵的文学"的看法:"在古代的文学里,只谈到人世间的事情,舍了人世间以外,是不谈其他的,这所写的范围非常狭小。到了但丁以后,文人眼光放开了不但谈人世间事,而且谈到人世间以外的'灵魂',上说天堂,下说地狱,写作的范围扩大了。这一点,对欧洲文化,实在是个最大的贡献,因为说到'灵魂'自然使人知所恐惧,知所希求。从中世纪一直到今日,西洋文学却离不开灵的生活,这灵的文学就成了欧洲文艺强有力的传统。"①这里有必要厘清老舍心目中对"灵的文学"的理解。在西方本来的意义上,"灵的文学"是指基督教意味的文学,是信仰的文学,可是老舍却是从他的伦理道德立场来把握的。他所谓的"灵的文学"就是"灵魂的文学",抑或"道德的文学",像《神曲》写了人的灵魂,写了天堂、地狱,写了善恶美丑,所以就是"灵的文学"。显然老舍理解的"灵的文学"与西方原意相去甚远,已没有任何宗教信仰色彩。

　　由是老舍才这样理解中国的文学:"反观中国的文学,专谈人与人的关系,没有一部和《神曲》类似的作品,纵或有一二部涉及灵的生活,但也不深刻。我不晓得,中国的作家为什么忽略了这个,怎样不把灵的生活表现出来?"②又说:"谈到中国灵的生活,灵的文学,道教固然够不上——因为他是根据老庄哲学,再渗点佛教等色彩而成的宗教,就是儒家也没有什么,唯有佛才能够得上讲这个;佛陀告诉我们,人不只是这个'肉体'的东西,除了'肉体'还有'灵魂'的存在,既有光明的可求,也有黑暗的可怕。"③老舍对中国传统文化的理解基本是正确的,但由于对宗教的隔膜,对道释二家的超越性的认识显然很不到位。中国文学中一向缺少"灵的文学",可是像《红楼梦》这样的伟大的真正的"灵的文学"的作品,却没有引起老舍足够的重视,可见老舍欣赏、追求的"灵的文学",不是宗教的、超越的,而是停留在理性的、道德伦理的层面上。

　　因而在这次演讲的最后,针对国内社会黑暗现状,老舍呼吁:"中国现在需要一个像但丁这样的人出来,从灵的文学着手,将良心之门打开,使人人都过着灵的生活,使大家都拿出良心来,但不一定就是迷信。"④老舍虽然某种程度上曲解了西方

---

① 舒济.老舍讲演集[M].北京:生活·读书·新知三联书店,1999:24.
② 舒济.老舍讲演集[M].北京:生活·读书·新知三联书店,1999:24-25.
③ 舒济.老舍讲演集[M].北京:生活·读书·新知三联书店,1999:26.
④ 舒济.老舍讲演集[M].北京:生活·读书·新知三联书店,1999:27.

意义上的"灵的文学",可是他自己却立意要做中国的"但丁",《离婚》《骆驼祥子》《四世同堂》《茶馆》等"京味儿"力作,原汁原味地袒露、剖析中国人的灵魂。

(三) 中国式《神曲》:《四世同堂》

1936年夏天,在妻子胡絜青的支持下,老舍辞去了山东大学的教职,背水一战,专心写成了"一本最使自己满意的作品"——《骆驼祥子》。老舍之所以对这部小说如此自信,是因为作者对造成小说主人公祥子灵魂演变的社会环境因素了如指掌,从自重自信到自甘堕落,小说不仅触及了人力车夫祥子灵魂的深处,更是对满族文化及中国传统文化的审视与反省,从而达到了老舍心目中的"灵的文学"的高度。《骆驼祥子》可看作是老舍立意创作中国式《神曲》的一个重要的里程碑,并由此奠定了老舍在中国现代文学史上的重要地位。

正当老舍潜心写作,再攀艺术高峰时,抗日战争全面爆发,老舍的"灵的文学"的创作也被迫中断了,直到1943年11月胡絜青带着3个孩子,历经艰辛,从北平辗转来到了重庆北碚老舍的住处,情况才有了转机。在这之前,身为中华全国文艺界抗敌协会理事兼总务部主任的老舍,全身心投入抗日宣传工作,写过鼓词、坠子、相声、拉洋片等大众通俗文艺作品,并写过9本话剧,但都找不到感觉,后来再写小说,《不成问题的问题》《火葬》两篇反映沦陷区抗战题材的作品也写得极不顺手。胡絜青来到重庆后,给老舍带来了他渴望知道的抗战以来关于故土北平的大量翔实而鲜活的信息。有一天老舍激动地对胡絜青说:"谢谢你,你这次九死一生地从北平来,给我带来了一部长篇小说,我从未写过的大部头。"[1]这部大部头小说,就是近百万字的三部曲《四世同堂》。

老舍曾说过:"我生在北平,那里的人、事、风景、味道,和卖酸梅汤、杏儿茶的吆喝的声音,我全熟悉。一闭眼我的北平就完整的,像一张彩色鲜明的图画浮立在我的心中。我敢放胆的描画它。它是条清溪,我每一探手,就摸上条活泼泼的鱼儿来。"[2]由此可以理解老舍为什么仅凭妻子的述说,就胆敢写《四世同堂》了。"江山不幸诗家幸",身在异乡的老舍无时无刻不在关注着沦陷区的北平,他深知抗日战争对老北平人乃至全中国人来说无疑就是一场灵魂的炼狱,一些平时不为人注意

---

[1] 老舍. 我怎样写《火葬》[J]. 收获,1979(2):150-153.
[2] 中国当代文学研究资料·老舍专集(上)[M]. 福州:福建人民出版社,1979:109.

的中华民族的优异品质和国民劣根性在这场浩劫中都将一览无余。老舍思考、关注的不仅仅是故土亲朋、熟人的命运,也不仅仅是老北平的盛衰,更重要的是古老中国文化经过战火的洗礼能否涅槃新生。胡絜青带来的烽火北平的信息,验证了老舍的思考,激活了老舍对故土旧人、旧事的记忆,再次激发起老舍创作《神曲》式"灵的文学"作品的希望和雄心。

《四世同堂》分上、中、下三部:上卷取名《惶惑》,写于1944年,共34万字;中卷取名《偷生》,写于1945年,共33万字(两卷均写于重庆北碚);下卷取名《饥荒》,写于1947年至1948年,共14万字,在美国纽约完成。这部巨著在主题、结构乃至人物设置方面都深受《神曲》的影响,全景描绘,气度恢宏,意蕴深远。作品以抗战时期北平一个普通的小羊圈胡同作为故事展开的具体环境,以祁家四世同堂的生活为主线,通过几个家庭众多小人物屈辱、悲惨的经历,来反映北平市民在八年全面抗战中惶惑、偷生、苟安的畸形心态,再现他们缓慢、痛苦而又艰难的觉醒历程,进而对中国传统文化中的家族文化所造成的国民劣根性进行了批判性的反思。四世同堂是传统中国人崇尚的家族理想,也是祁老人唯一可以向他人夸耀的资本,他尽一切可能去保持这个家庭的圆满,享受别人所没有的天伦之乐,然而当儿子因受日本人的侮辱而含恨自杀,孙女被饥饿夺去幼小的生命,他也忍无可忍,终于站起来向日本人发出愤怒的呐喊。可是抗战硝烟刚散去,他就很快忘掉了自己所遭遇过的苦难,想对他的重孙小顺子说:"只要咱俩能活下去,打仗不打仗的,有什么要紧!即便我死了,你也得活到我这把年纪,当你那个四世同堂的老祖宗。"①

中华人民共和国成立后,老舍依然有写作"灵的文学"的努力,如《茶馆》及未完成的《正红旗下》。特别是《正红旗下》,如果不是意外的老舍之死,当是一部《神曲》式"灵的文学"的杰作,也应当是老舍一生创作的总结和最高峰,这已成为中国现代文学史上永远的遗憾了。老舍的语言天赋为他开启了文学的大门,老舍与宗教的若即若离,既成就了其文学的辉煌,也是造成老舍之死的一大内因。老舍的"灵的文学"的创作实践,虽达不到但丁的《神曲》的高度,却开拓了现实主义文学罕见的深度,而成经典。

原载《集美大学学报(哲学社会科学版)》2009年第2期

---

① 老舍.四世同堂(补篇)[M].天津:百花文艺出版社,1983:78.

论中国现代小说人性抒写的两重模式

对人性的描摹与揭示,可谓中国现代小说最亮丽的一道风景线。由于时代的原因,大多数中国现代作家的目光几乎都集中在政治与社会的层面,但即使像茅盾《子夜》那样的"社会剖析派"小说,也离不开浓重的人性抒写,更不用说废名、沈从文等那些专注人性的另类作家了,所以无论是侧重现实的文学研究会,还是标榜浪漫的创造社,无论是海派抑或京派,也无论是"人的文学",还是"为艺术而艺术",人性抒写成为中国现代小说的共同宣言与最显著标志,同时也是中国新旧小说的根本分野,把中国古典世情小说雅俗整合的艺术追求推向了一个新的高度与境地。

人性是真善美与假丑恶共生共存的极其复杂的结合体,而作家的秉性、思想等又千差万别,所以对人性的表达自然会呈现出多种风格,但大致离不开以下两种典型模式:一是侧重于从反面揭露丑陋人性,二是致力于从正面讴歌美好人性。当然还有正反结合、有破有立的第三种模式,但显然只是两种典型模式的衍化而已,本文对之不展开分析。现代小说这两种人性抒写的典型模式,各有优劣,分别蕴含着不同的文化底蕴、精神诉求、价值取向与艺术趣味,而使得中国现代小说的百花园一度出现了争奇斗艳的繁荣局面。本文意在从文化与人性的视角来宏观把握中国现代小说创作的成败得失,以期进一步总结小说创作的艺术规律。

(一) 众声喧哗:反面揭露型

人心早已是不古,而 20 世纪上半叶的中国社会现实则更是满目凄凉,面对这样不堪的世道人情,中国现代作家为了拯时救世,唤醒国民,启蒙大众,都不约而同地走上了以反面揭露型为主的人性抒写的小说创作道路,而鲁迅无疑是这一类型小说的旗手。

人性有共性与个性之分,鲁迅对国民性的批判显然是从共性着手的,但这并不说明鲁迅只重视共性而忽视个性。事实上,鲁迅对国民劣根性批判的触发点正是西方方兴未艾的个性主义思潮,且其对中国人种种陋性批判的主要目的,就是要"立人",这个"人"就是指有个性的新人。在鲁迅的文学世界里,人的个性与共性就这样有机地融为一体。在鲁迅眼中,西方文明有很多地方值得中国学习,其中他特别推崇的就是西方现代文化对个人、个性的肯定与尊重:"是故将生存两间,角逐列国是务,其首在立人,人立而后凡事举;若其道术,乃必尊个性而张精神。假不如是,槁丧且不俟夫一世。"[①]因为"人各有己,而群之大觉近矣"[②],而中国人的生存现实是,不仅没有个性,甚至连人的资格也尚未争取到:"中国人向来没有争到过'人'的价格,至多不过是奴隶。"[③]这迫使鲁迅去寻找导致中国人处于这种生存窘境的根源,而把批判的锋芒直指几千年来的中国封建文化与制度,这是鲁迅的过人与伟大之处。鲁迅通过孔乙己、阿Q、祥林嫂、闰土等一个个典型人物的成功塑造,揭示了中国人身上普遍带有的自私、狭隘、麻木、愚昧、奴性等负面的人性品质,就是为了打破中国传统封建思想观念的"铁屋子",使自我意识觉醒后的中国人能"立"起来,成为真正意义上的"个人",也即鲁迅在《摩罗诗力说》中所颂扬的"立意在反抗,指归在动作""大都不为顺世和乐之音,动吭一呼,闻者兴起,争天拒俗,而精神复深感后世之心,绵延至于无已"[④]的"精神界之战士"。"哀其不幸,怒其不争",在鲁迅的心中,中国人的国民性并非一无是处,中国传统文化也不全是糟粕,但如果要从正面来赞美中国人或中国文化固有的一些优点,在鲁迅看来,那是于事无补的,也是不合时宜的,更不符合鲁迅的性格,当务之急是"打破铁屋子",而不是大唱赞歌。

年轻时候的张爱玲就写过一句与她的年龄极不相称的惊人之语:"生命是一袭华美的袍,爬满了蚤子。"[⑤]自认为天才的张爱玲凭其对人生的独特感悟,发现小说

---

① 鲁迅.鲁迅全集(第一卷)[M].北京:人民文学出版社,2005:58.
② 鲁迅.鲁迅全集(第八卷)[M].北京:人民文学出版社,2005:26.
③ 鲁迅.鲁迅全集(第一卷)[M].北京:人民文学出版社,2005:224.
④ 鲁迅.鲁迅全集(第一卷)[M].北京:人民文学出版社,2005:68.
⑤ 张爱玲.张爱玲作品集[M].甘肃:敦煌文艺出版社,1997:396.

有两种风格迥异的写法。一种可称之为"强烈对照法",就像大红大绿的配色,通常为悲剧和新文学所用;另一种可称之为"参差对照法",就是那种好中有坏、善中有恶的写法,好比葱绿配桃红,她承认道:"我喜欢参差的对照的写法,因为它是较近事实的。……所以我的小说里,除了《金锁记》里的曹七巧,全是些不彻底的人物。他们不是英雄,他们可是这时代的广大的负荷者。"(《自己的文章》)[1],显然,鲁迅的那些主观意识明显、批判色彩强烈的小说当属第一种写法,鲁迅在塑造人物形象时,眼睛始终紧盯在国民劣根性上,而会选择性忽略或遮蔽人物的其他特性,这样高度类型化的结果必然是人物形象特征鲜明,成功地给读者留下深刻印象,但同时我们也应该看到,这样的典型化创作手法是以部分地牺牲人物的真实度为代价的。其实,在小说写法的运用上,作家是没有选择的,因为作家的个性已经基本决定了其创作方法的趋向,像鲁迅这样爱憎分明、性情刚烈的作家,自然会选择强烈对照的小说写法,而不可能像张爱玲那样去写。当然张爱玲虽说是坚持"华美的袍"与"蚤"并举的参差对照的写法,但她的写作重心显然还是放在"蚤"上而不是"袍"上,这是张爱玲的个性与生命观所决定的,只是她没有走到像鲁迅那样偏执的地步。

  同样是深刻,张爱玲与鲁迅的艺术风格却有着显著的差异,一个是感性的,一个是理性的。张爱玲不以思想与理性见长,她硬是凭着自己过人的文学禀赋以及对人生的独特感悟,用她那张扬而随性的文字直达生命"美丽而苍凉"的底子,于平淡中见深刻。对此,一度被张爱玲视为知己的胡兰成在《论张爱玲》一文中曾这样分析道:"鲁迅是尖锐地面对着政治的,所以讽刺、谴责。张爱玲不这样,到了她手上,文学从政治走回人间,因而也成为更亲切的。……鲁迅的个人主义是凄厉的,而她的个人主义则是柔和的,明净的。"[2]胡兰成诚为张爱玲的文学知音,这里对鲁迅与张爱玲的文学比较可谓一语中的。鲁迅持续关注的是"国民性",而张爱玲一直痴迷的是"人性",二人的聚焦点好像很靠近,可细究起来却大为不同。鲁迅最擅长从政治、历史、文化等宏观层面来俯视"国民性",他一针见血地指出了近代中国落后贫穷的根本原因,那就是中国人的劣根性,而丑陋"国民性"的根源就是千百年来的封建礼教。鲁迅不仅愤激,呼吁打破"铁屋子",而且凭借《狂人日记》《阿Q正传》等作品的国民性批判叙事来"立人",以完成启蒙救国大业。张爱玲则有意避开

---

[1] 张爱玲.张爱玲作品集[M].甘肃:敦煌文艺出版社,1997:344.
[2] 陈子善.张爱玲的风气:1949年前张爱玲评说[M].济南:山东画报出版社,2004:30-32.

了鲁迅那样沉重的文学目光,而是"点上一炉沉香屑",以一副轻松而略带幽默甚至挪揄的腔调,慢慢讲述着一部部"美丽而苍凉"的市井传奇。张爱玲坚信,人性中普遍存在着自私、贪婪、虚荣、狡诈、狭隘等诸多自身难以克服的致命弱点,因而注定了人生的悲凉与无奈。面对着如此不堪的人性与人生,张爱玲的态度是"因为懂得,所以慈悲",而不是鲁迅式的"哀其不幸,怒其不争",正如她所说的那样:"我写到的那些人,他们有什么不好我都能原谅,有时候还有喜爱,就因为他们存在,他们是真的。"(《我看苏青》)①

鲁迅一直站在时代潮流的前列,他的文学世界总是黑白分明,充满了火药味;而张爱玲则大多时候置身于潮流之外,守望着她那方"美丽而苍凉"的真实世界,将真善美与假丑恶混杂的人生图景归结、定格为一个永恒的"美丽而苍凉的手势",不仅"张看"着,还"张写"了一段关于人性的文学"传奇"。对于张爱玲的文学个性,王晓明曾有一段精辟的概括:"她非但对人生怀有深深的绝望,而且一开始她就摆出了一个背向历史的姿态。她写人性,却绝少滑入揭发'国民性'的轨道;她也有讽刺,但那每每与社会批判无关;她似乎是写实的,但你不会想到说她是现实主义作家;她有时候甚至会令你记起'控诉'这个词,但她这控诉的指向是那样模糊,你根本就无法将它坐实。"②

以上主要以鲁迅和张爱玲为例,阐述了中国现代小说反面揭露型人性抒写的创作机理与艺术特色,其实这一创作类型的作家作品还有许多,像郁达夫的《沉沦》、巴金的《家》、钱钟书的《围城》等等都是其中的上乘之作,本文就不作一一详析。总之,以鲁迅和张爱玲为代表的反面揭露型人性抒写小说显然是占据了中国现代小说的主流位置,创作业绩斐然,当然其重"破"轻"立"的局限性就在所难免了。

(二)"少数人的星光":正面讴歌型

自近代西风东渐以来,中国原有的宗法制社会在现代文明的侵蚀下,逐步土崩瓦解。对几千年的古老中国来说,西方文明的入侵,固然是千载难逢的发展机遇,

---

① 张爱玲.张爱玲作品集[M].甘肃:敦煌文艺出版社,1997:524.
② 王晓明.张爱玲文学模式的意义及其影响[J].明报月刊,1995(10):17.

但首先得经受西方列强的欺侮和自身社会转型阵痛的双重洗礼,此可谓中华民族前所未有的一次浴火重生。原有的一切基本上都被打破了,可新的规则与秩序还无法及时有效地建立起来,社会纷乱不堪,在这样特殊的历史时期,人性中恶的成分更是普遍容易得到滋长,世风江河日下也就成为必然了,这就是近现代中国最大的国情。面对这样的社会现实,愤世嫉俗的文人、作家,会产生两种截然不同的创作倾向:一种是像鲁迅那样直面当前残酷的社会与人性现实,大胆抨击,积极斗争,以警醒国人;另一种则是像废名、沈从文等京派作家那样,回避惨淡的社会现实,甚至拒绝现代文明,而是以他们青少年时期所经历过的古朴的故乡生活为参照,从正面讴歌那一方未被现代文明侵染的精神净土,来营造自己心目中理想的人性王国。在当时看来,后者的创作显得非常另类,而成为中国现代小说的支流甚至末流,可是新中国成立以来,他们的作品却得到人们越来越多的关注与肯定,其文学价值正日益凸显。

　　身处大致相似的社会环境,却有着与众不同的创作态度,作家的内因显然起了决定性作用。同样是对现实社会的不满与抗争,废名没有像大多数现代作家那样拿起笔来去揭露社会与人性的种种丑恶,以期警醒世人,改良甚至变革社会,而是选择了相反的艺术方式,看似软弱到不敢正视现实,甚至有厌世之嫌,可事实并非如此。一个作家的理想如果在现实生活中得不到实现,那么他可以选择在自己的艺术世界中去建造自己的理想王国,但这必须具备三个条件:一是作家所拥有的理想不是世俗层面的,应该具有超越性;二是作家富有超越性的思想与精神诉求;三是作家具备一定的带有理想色彩的生活积累。而废名恰恰就是这样的一个作家。废名读书广泛,但最让他心仪的还是中国传统的文化与文学:"废名在北大读莎士比亚,读哈代,转过来读杜甫,李商隐,《诗经》,《论语》,《老子》,《庄子》,渐及佛经。"[1]中国传统文化的儒道释精神已慢慢融入了废名的骨髓,而使得他渐渐具备了超越性的思想与理想。废名的家乡黄梅曾经是禅宗兴盛之地,古风长存,生于斯长于斯的废名,对故乡的风土人情留下了极其美好而深刻的印象,这成为他后来创作的重要源泉与动力。初入文坛的废名一开始也是一个"很热心政治的人"[2]。《讲究的信封》表达的是对军阀镇压学生运动的不满,《少年阮仁的失踪》描写了五

---

[1] 药堂.怀废名[M]//新诗十二讲:废名的老北大讲义.沈阳:辽宁教育出版社,2006:161.
[2] 废名.序[M]//废名小说选.北京:人民文学出版社,1957:1.

四运动退潮后青年知识分子的苦闷,可在编选《竹林的故事》小说集时,废名却不打算要这两篇小说了,他自己也惊讶:"相隔不过两年,竟漠然若此。"①种种机缘成熟之后,废名义无反顾地走上了自己独特的文学之路。

延续了几千年的中国宗法制度及封建伦理文化固然有着以鲁迅为代表的现代作家所竭力声讨的种种沉疴弊端,但也并非一无是处,当然在那样的时代背景下为行将灭亡的封建宗法制社会大唱挽歌也是极不明智的,而废名就敢冒天下之大不韪,接连创作了《竹林的故事》《菱荡》《桥》等正面展现中国宗法制农村社会美好图景的诗性小说,充满了唯美、恋旧的色彩,还带着淡淡的哀愁,问世以来自然饱受争议。废名的这种"倒行逆施"并非盲目之举,而是有着明确的价值标准与美学追求的。现代文学固然需要大量的鲁迅式的反面揭露型人性抒写作品,以警醒世人,但同时也需要废名式的正面讴歌型作品,以激发人们追求美好理想的信心。就像今天的媒体一样,如果总是充斥着负面的信息,而缺少正能量,那就会反而诱发、滋长整个社会的负面情绪,所以废名的创作也可以被称为正能量写作,而有着其独特的价值与地位,这正如刘小枫所论述的那样:"所谓审美现象,实际上就是生活在世界中的人自己绘出的一个意义世界,一个与现实给定的世界截然不同的世界。只有居住在、生活在这个富有意义的审美世界中,人才不至于被愚蠢、疯狂、荒诞置于死地。"②家乡的风土人情在废名的笔下是那样恬静、和谐,充满着儒道意味乃至禅意,似乎成了世外桃源,那里的一草一木、一山一水,无不灵气盎然,生活在其中的人们更是至纯至朴,像《菱荡》的陈聋子,《竹林的故事》中的三姑娘,《桥》里的琴子、细竹等等这些普通男女无一不是真善美的化身,而令人神往。废名的家乡叙事首先是写实的,但同时更是写意的。他说:"创作的时候应该是'反刍'。这样才能成为一个梦。是梦,所以与当初的实际生活隔了模糊的界。艺术的成功也就在这里。"③故乡滋养了废名的心灵,反过来废名又创造了文学维度的故乡,也是他精神与审美的乌托邦,废名对自己这样的创作充满了自信:"我此刻继续写《无题》(指《桥》),我还要写《张先生与张太太》这类东西。就艺术的寿命来说,前者当然要长过后者,而且不知要长过几百千年哩。"④显然,废名致力于营造人性的理想王国,

---

① 废名.自序[M]//竹林的故事.桂林:广西师范大学出版社,2003:5.
② 刘小枫.诗化哲学:德国浪漫美学传统[M].济南:山东文艺出版社,1986.
③ 废名.说梦[M]//废名文集.北京:东方出版社,2000:55.
④ 废名.说梦[M]//废名文集.北京:东方出版社,2000:53.

这既不是逃避现实,更不是欲粉饰封建宗法制社会而开历史的倒车,而是意在从正面给人以希望与理想:"审美的乌托邦虽然不可能完成变革社会的任务,但它的功能在于超越具体革命行为而有助于加强人的建设,指向人的发展这一更为持久、永恒的目的。"①

废名反常的创作路数,注定了其人其文寂寞的命运,可谓知音寥寥,在中国现代作家中真正能得其真传的恐怕只有沈从文一人而已,而再传弟子汪曾祺因之大器晚成,已属当代作家行列了。应该说,废名的作品对沈从文讴歌优美人性创作观的最终确立与成熟是起了很大的推动作用的,这从同是作家的沈从文对废名惺惺相惜的评语可以看得出来:"不但那农村少女动人清朗的笑声,那聪明的姿态,小小的一条河,一株孤零零的长在菜园一角的葵树,我们可以从作品中接近,就是那略带牛粪气味与略带稻草气味的乡村空气,也是仿佛把书拿来就可以嗅出的。作者显示的神奇,是静中的动,是平凡的人性的美。"②受到废名创作的启示,沈从文终于摆脱了其早期创作总是在表现都市与乡村这两极之间徘徊、挣扎的尴尬局面,彻底回归到自己"乡下人"的本真身份,而将目光自觉地聚焦到了自己魂牵梦绕的故乡湘西,才渐入佳境,《边城》《长河》等佳作迭出,并最终凝练成了自己别具一格的创作理念:"这世界或有在沙基或水面上建造崇楼杰阁的人,那可不是我,我只想造希腊小庙。选小地作基础,用坚硬石头堆砌它。精致,结实,对称,形体虽小而不纤巧,是我理想的建筑,这庙供奉的是'人性'。"③他进一步概括道:"我要表现的本是一种'人生形式',一种'优美,健康,自然,而又不悖乎人性的人生形式'。"④显然,沈从文的创作宗旨是要关注、表现人性,而且重在表现优美、健康、自然的人性,是标准的正能量写作,而未被现代文明侵染前的湘西正好为沈从文旨在建造"人性小庙"的文学努力提供了不竭的源泉与动力。"兵皆纯善如平民,与人无侮无扰。农民皆勇敢而安分,且莫不敬神守法。……一切皆保持到一种淳朴习惯,遵从古礼。"⑤"每个人民皆正直而安分,永远想尽力帮助到比邻熟人,永远皆只见到他们

---

① 单世联. 反抗现代性:从德国到中国[M]. 广州:广东教育出版社,1998:246.
② 沈从文. 心与物游[M]. 西安:陕西师范大学出版社,2007:207.
③ 沈从文. 习作选集代序[M]//刘洪涛,杨瑞仁. 沈从文研究资料(上). 天津:天津人民出版社,2006:51.
④ 沈从文. 习作选集代序[M]//刘洪涛,杨瑞仁. 沈从文研究资料(上). 天津:天津人民出版社,2006:53.
⑤ 沈从文. 风子[M]//沈从文全集(第7卷). 太原:北岳文艺出版社,2002:107.

互相微笑,……向善为一种自然的努力。"①这就是沈从文眼中的故乡,在他的记忆中,湘西似乎永远是一方美德的净土,以至于他笔下的男女老少、各色人等,无不像湘西的山水一样,清新自然,灵动秀美,俨然一幅幅湘西版世外桃源,留给读者无尽的遐想。代表作《边城》可谓沈从文"人性小庙"中一粒最耀眼的明珠,而其主人公翠翠简直就是一个美的精灵,一位如梦如幻的湘西女神,"一对眸子清明如水晶"的她不仅外表乖巧,天真活泼,更有着一颗水晶般透彻的心,乃至于"从不想到残忍事情,从不发愁,从不动气"。是湘西绝美的山水与淳朴的民风滋养、哺育了翠翠,也是湘西的赤子沈从文创造了她,使她成为一尊人性真善美化身的文学雕塑,永远屹立在湘西的山水之上,更永远屹立在世人的心中。

跟废名一样,沈从文对自己的文字也是颇具信心的:"说句公平话,我实在是比某些时下所谓作家高一筹的。我的工作行将超越一切而上。我的作品会比这些人的作品更传得久,播得远。我没有方法拒绝。"②他甚至公开表达了对一般读者误读的不满与遗憾:"我作品能够在市场上流行,实际上等于买椟还珠,你们能欣赏我故事的清新,照例那作品背后蕴藏的热情却忽略了,你们能欣赏我文字的朴实,照例那作品背后隐伏的悲痛也忽略了。"③沈从文真是诚实得可爱,他从不自欺,更不会骗人,时间已经证明了一切,"赤子其人,星斗其文",张充和的这句挽联也许是对三姐夫沈从文最中肯的评价了。

沈从文没有废名身上明显的道禅风骨,但在对美好人性的深刻感悟与执着追求上,他们是完全一致的。无法想象的是,如果中国现代小说缺少了废名与沈从文,该是多么的单调、晦涩。他们虽是少数,却能持久地照亮中国现代文学的天空,他们的文学自信,某种程度上就是中国现代文学的自信。这就是正面抒写人性小说的独特而巨大的价值所在,这样的作家与作品可遇而不可求,且大多时候只能是"少数人的星光"。

(三) 结语

当然,除了以上两种典型的小说人性抒写模式之外,确实还存在第三种情况,

---

① 沈从文.凤子[M]//沈从文全集(第7卷).太原:北岳文艺出版社,2002:138.
② 沈从文.横石和九溪[M]//湘行散记.太原:北岳文艺出版社,2002:76-77.
③ 沈从文.习作选集代序[M]//刘洪涛,杨瑞仁.沈从文研究资料(上).天津:天津人民出版社,2006:52-53.

就是作家既不热心于对社会与人性假丑恶一面的抨击,也不沉醉于理想世界的文学营造,而是将作家的主观意识尽量隐藏起来,不动声色地描摹生活与人性的本来样子,这样的写法也一样能出精品,甚至是很伟大的作品,比如老舍的《骆驼祥子》、李劼人的《死水微澜》等就是这样的例子,但这样的作品也不会成为中国现代小说的主流。20世纪上半叶是中华民族浴火重生的时代,中国现代文学最需要的当然是富有战斗性的、警示性的、启蒙性的作品,反面揭露型小说无疑成了时代的及时雨、最强音,可谓振臂一呼,八方响应,声势浩大,可也正由于其过于强烈的时代性,而会在某种程度上削弱了其文学性,因为时过境迁,很可能就风光不再。相反,正面讴歌型人性抒写小说,在那个苦难深重的黑暗年代,确实是没有多少生存的理由与空间的,可是随着时间的流逝,其文学价值却逐步地得到放大,因为积极向上、追求真善美是人类永恒的主题,而这一类型的作品正好成为人们所渴求的真正的精神与文化大餐,这其实也就是废名、沈从文对自己的写作充满自信的根本原因所在。

中国现代文学处于一个特殊的历史巨变时期,因而诞生了这两种截然相反的非常态的小说创作模式,这是历史与文学互动的必然结果,所以在今天这样稳定的和平年代,文学的主流就不会再是这两种极端的形态了,而是恢复到常态,即不偏不倚的写实主义流行的时代。中国现代小说的人性抒写既是西方现代小说中国化的必然结果,也是中国古典世情小说雅俗整合这一传统艺术精神的一次精彩的现代演绎与突破,而成为中国现代小说最成功的一环。

原载《当代文坛》2014年第4期

下篇——当代文学的文化拼图

莫言创作思想刍议

莫言最大的文学天赋就是其过人的感觉与想象能力。当川端康成《雪国》里"一只黑色而狂逞的秋田狗蹲在那里的一块踏石上,久久地舔着热水"这样的句子激活了莫言的这一禀赋和儿时记忆之后,他便一发不可收拾,在故乡高密的土地上纵情宣泄,缔造了他那光怪陆离的"文学王国",遗憾的是他在创作中常常滥用了自己的这一非凡本领,而不是恰到好处。

(一)"小说的气味"与"写作时要调动全部的感受"

莫言强调"小说的气味"与"写作时要调动全部的感受",说的其实是一回事,就是要大写特写人物的感觉,他说:"我喜欢阅读那些有气味的小说。我认为有气味的小说是好的小说。有自己独特气味的小说是最好的小说。能让自己的书充满气味的作家是好的作家,能让自己的书充满独特气味的作家是最好的作家。"[①]这里莫言毫不掩饰自己的文学偏好,认为铺天盖地地进行感官甚至感官变异叙事的作品就是最好的,可同时也暴露了莫言言说的不严谨乃至认识的误区。一个明显的事实就是,《红楼梦》《阿Q正传》等是并不带有或少有莫言所说的"气味"的经典小说,难道它们还不如带有浓重乃至呛人"气味"的《丰乳肥臀》好?

当然,被莫言视为文学"圣经"的感官叙事,如果运用恰当,确实能产生令人震

---

① 莫言.莫言讲演新篇[M].北京:文化艺术出版社,2010:2.

撼的文学效果,比如莫言早期作品《透明的红萝卜》《红高粱》等就是这样的佳作。只可惜莫言后来过于文学自信,在创作时对自己的感觉与想象毫无节制,而在感官叙事的歧途中越走越远。很多读者都惊奇于莫言满纸鲜活怪异的感官描写,但对莫言的感官叙事最为激赏的恐怕当属学者刘再复了,他用"生命"一词来形容莫言的感官化小说:"莫言没有匠气,没有痞气,甚至没有文人气(更没有学者气)。他是生命,他是顽皮地搏动在中国大地上赤裸裸的生命,他的作品全是生命的血气与蒸气。(二十世纪)八十年代中期,莫言和他的《红高粱》的出现,乃是一次生命的爆炸。本世纪下半叶的中国作家,没有一个像莫言这样强烈地意识到:中国,这人类的一'种',种性退化了,生命萎顿了,血液凝滞了。这一古老的种族是被层层垒垒、积重难返的教条所窒息,正在丧失最后的勇敢与生机,因此,只有性的觉醒,只有生命原始欲望的爆炸,只有充满自然力的东方'酒神精神'的重新燃烧,中国才能从垂死中恢复它的生命。……他始终是一个最有原创力的生命旗手,他高擎着生命自由的旗帜和火炬,震撼了中国的千百万读者。"①刘再复算是现今肯定莫言的声浪中重量级的学者了,他专门出版了《莫言了不起》一书,可见他对莫言评价之高,甚至带点狂热了,而且以这样的标题为书名,实在是过于冲动了,有失学术著作的基本品质。

莫言获得诺奖之后,刘再复又进一步阐释了莫言的"全生命写作":"莫言不是用头脑写作,而是用全生命写作。全生命包括心灵与潜意识,他的作品呈现的全是活生生的生命、活生生的人性。……莫言的宝贵之处是他彻底醒悟了,而且最彻底地抛弃教条,最彻底地冲破概念的牢笼,让自己的作品只磅礴着生命。他的小说是'生命爱恨''生命呻吟''生命挣扎''生命喘息''生命强悍''生命脆弱''生命狂欢''生命悲哭''生命神秘''生命荒诞''生命野合''生命诞生''生命死亡''生命野性''生命魔性'等生命现象的百科全书。"②刘再复是我一直敬仰的学者,但他对莫言如此击节叹赏,我还是很惊愕。我承认莫言的感官叙事能力很出色、独特,说其是空前绝后的,也不为过,可是在他的作品中实际呈现的往往是感官叙事的泛滥与细节描写的臃肿,更为致命的是在这些文字的背后很难找到人物心灵的深厚内涵,而达不到刘再复所标立的"全生命写作"的理想境界。当然,刘再复也不是有意拔高

---

① 刘再复.莫言了不起[M].北京:东方出版社,2013:3-4.
② 刘再复.莫言了不起[M].北京:东方出版社,2013:81-82.

莫言,他对莫言作品的体验是真实的,可是如果他没有误读莫言的话,那么《红楼梦》等传世之作该置于何地就将成为难题。

另一位将莫言的感官叙事上升到理论高度的是学者陈思和。他早在1987年对莫言的感官描写就有过细致的思考:"我们今天不可能再像左拉那样,片面强调人的生理性,但在整个文学创作中,我们不仅关心人的社会性,而且更关注人的生理性,我觉得这在对人的整体性认识上,没什么大错,关键在于写得好不好。《红高粱》中这段写的是有点恶心,但这是否就算艺术上的缺点?过去我们受到传统审美观念的影响很大,比如刚才严锋说的赛马,如果你以作品情节发展为中心,托尔斯泰确实写得比左拉好。但我觉得左拉的作品更接近生活的本来面目。"①陈思和是肯定莫言的感官叙事的,并且运用左拉的自然主义理论进行了阐释,在25年后莫言获诺奖之际,他又做了进一步概括:"我之所以从左拉开始谈起,是因为左拉的人生和创作标志了两种对理想的不同演绎可以同时存立:前一种理想倾向于人类对于美好未来的勇敢追求和斗争精神,而这个美好未来的标准既是人类理性选择的结果,也是外在于人的生命的一种被确认的原则,在多元角逐的国际政治斗争中,这一原则在不同政治语境下也被赋予了多元的解释;而后一种理想倾向于对于人的生命元素及其文化历史的追寻和发现,歌颂人的生命力量,并通过对人性的深刻描写来认识人性,充分肯定人应该通过自身的力量来掌握自己命运,而不是消极地被拯救,这种追求更多地倾向于人文的理想和文学的理想。应该说,经过了一百多年的传承和实践,这两种理想主义的倾向都得到了诺贝尔文学奖的尊重并且有所反映。这次莫言的获奖表现了这一点。莫言的创作无疑是属于后一种理想倾向的传统。"②陈思和对两种理想主义的界定无疑是颇有见地的,可是莫言的创作是否真的"属于后一种理想倾向的传统",应该还有待商榷。

就像不少人喜欢拿魔幻现实主义来套莫言小说一样,其实莫言受马尔克斯的影响实在有限。莫言自己曾坦言,他直到2007年才真正读完了马尔克斯的《百年孤独》,之前他只看了这部小说的开头部分,而福克纳《喧哗与骚动》给莫言最大的启示就是,福克纳可以创造"约克纳帕塔法县",他也可以创造文学的"高密东北乡",虽然他同样至今也仅仅是看了《喧哗与骚动》的开头几页。显然,莫言跟当年

---

① 杨扬.莫言研究资料[M].天津:天津人民出版社,2005:413.
② 陈思和.在讲故事背后:莫言《讲故事的人》读解[J].学术月刊,2013(1):108.

的那批先锋新潮作家一样,他们学到的只是诸如形式等西方现代派小说的皮毛而已,而无法真正吸收卡夫卡、加缪、贝克特、马尔克斯等伟大西方现代派作家的人文精神,因为中国作家难以具备理解西方文化的精神结构,就像一般西方人很难理解中国传统的儒道释文化一样。莫言的作品具有西方魔幻现实主义小说的外衣,而难以拥有西方现代派文学的精神内核,魔幻叙事仅仅是西方现代派小说的表现手段,而在中国作家这里却几乎成了目的,导致这种文学"南橘北枳"现象的根本原因,就是本文第二部分将要论述的作家思想资源问题。

相比于刘再复与陈思和,莫言的同学加老友朱向前可能对莫言看得更真切一些。早在1993年,当"莫言病"日趋严重的时候,朱向前就撰文提醒好友:"他早先创作中暴露的那些缺陷,如感觉的炫耀、泛滥乃至重复,语言的毫无节制,狭隘激愤情绪的喷吐,为审丑而审丑的癖好,等等,都加倍触目惊心起来,几乎成了此一阶段最鲜明醒目的莫言烙印,使作品变得空前地迷狂、偏执、紊乱和晦涩。"①朱向前一直追踪并批评莫言的创作,并很早就预言莫言会获诺奖,但他并没有简单地吹捧,而是力求真实地评价莫言,他多次用"大河滔滔,泥沙俱下"来形容莫言的创作,在莫言获得诺奖后,他又做了这样的概括:"莫言不是一个精致的作家,但是是一个丰富的作家;莫言不是一个理性的作家,但是是一个深邃的作家;莫言不是一个完美的作家,但是是一个伟大的作家。"②

且不说莫言"泥沙俱下"的作品中"泥"与"沙"的比例,只就朱向前对莫言的这个最新评价来说,乍一看,这个一分为二的评价很是得体,但同时也透露了朱向前评价时的某种犹豫、矛盾甚至吃力。首先,莫言不是一个精致的作家,但也未必就是一个丰富的作家,因为作品中除了感官叙事的一次次重复,那些面目模糊的人物、东拼西凑的故事基本上都可以被忽略。其次,不是一个理性的作家,却是一个深邃的作家,这多少有点牵强,文学史上很难出现这样的情况,这"深邃"是评论家赋予的,还是读者在莫言作品的字缝里找到的,也许莫言就是唯一的特例。最后,这世界上没有一个人是完美的,更不会出现一个完美的作家,所以说莫言不是一个完美的作家,等于没有说,因为这句话适用于任何一个作家。最关键的是,现在就肯定莫言是一个伟大的作家,是否有点操之过急?还是像其他作家一样,让时间去

---

① 朱向前.莫言:诺奖的荣幸[M].南昌:百花洲文艺出版社,2012:74-75.
② 莫言.莫言对话新录[M].北京:文化艺术出版社,2010:192.

盖棺定论为妥。

(二) "中国作家不是缺乏思想,而是思想太多"

莫言最大的文学缺陷就是其思想的浅薄与苍白,这一点连德国汉学家顾彬都看得非常清楚。由于众所周知的历史原因,莫言那一代人基本上成长、生活于一个近似于文化真空的时代环境当中,难以吮吸古今中外优秀文化的汁液,而普遍患有严重的"思想缺钙症""文化贫血症"。莫言高小毕业,后来因参军而有机会读了解放军艺术学院文学系首届大专班,但他的发展重心依然落在小说创作上,而没有恶补思想文化,这成为他日后文学创作的严重瓶颈。更为糟糕的是,直到如今,莫言对自己的这一致命硬伤不但不以为然,反而引以为荣,而故步自封。

正因为莫言以没有思想为荣,所以当他在访谈或演讲中谈到作家的思想问题时,总是贬低作家思想在文学创作中的作用与地位,而为自己擅长的感官化叙事进行辩护。2004年在一次记者访谈中,莫言集中表达了自己有关作家思想储备的问题:"前不久有人提出,中国作家缺乏思想,我认为不是缺乏思想,而是思想太多了。……好的小说是作家无意识中完成的,也就是说,当一个作家高举着思想的大旗,发誓要写出一部伟大作品时,那基本上是在发疯,伟大作品、有思想的小说,从来不是这样的人用这样的方式写出来的。……所以我讲,作家最好没有思想,思想越多越写不好。……你不能从思想出发来写小说,你得从人出发来写小说;你不应该从理性出发来写小说,而应该从感性出发来写小说。"①

这段表白已经足够说明莫言思想的肤浅与偏激。首先,中国当代作家的精神资源问题,不是思想太多了,而是缺乏深刻的思想,无论是博大的西方现代人文精神,还是深邃的中国传统文化,中国当代作家基本上都很隔膜,杂乱而平庸是他们思想的共同特征。其次,一位没有深刻思想的作家,是难以写出真正富有思想性的作品的。我们无法想象:如果曹雪芹没有对传统文化的谙熟与感悟,能写出不朽的《红楼梦》? 如果鲁迅没有对国民劣根性的真切体认,能写出传世的《阿Q正传》? 如果卡夫卡没有对西方文化的透彻体验,能写出惊世的《变形记》? 最后,文学创作

---

① 张清华,曹霞.看莫言:朋友、专家、同行眼中的诺奖得主[M].武汉:华中科技大学出版社,2013:343-344.

主要是形象思维的参与,但离不开作家思想的导引,是理性与感性的有机融合。文学要用形象说话,但感觉及想象的抒写主要还只是手段,思想情感才是文学的内核与真正目的,而且要是有深度的思想与高尚的情感,这就是强调作家精神素养的根本原因。思想与形象是文学腾飞的两翼,缺一不可,这是千百年来无数优秀作家所共同体现的文学基本规律,所以思想欠缺的莫言,由于一味强调感官叙事,就像一架失控的飞机一样,惊险骇人,而终难成正果。强调文学的感性与形象没有错,前提是作家要具备相当的思想素养,否则,真是疯了。

关于思想与形象的问题,莫言其实一直也很纠结,可是他至今还是没能真正认识到思想对一个伟大作家的重要性,不去反省自身的思想素养缺陷,而是纠缠于创作中思想与形象的先后问题:"作家的思想最终还是要落到形象上,从形象出发,先有形象,然后再有思想,有时候也不那么具体。我们构思一个作品,产生一种创作冲动的时候,肯定先是有故事情节以及栩栩如生的人物形象出现,我们会感觉到某些细节或者某些事件,它本身具有一种非常深厚和广阔的可能性,未必会想得特别明白。反之,一个作家的思想非常明确,而且要把这种明确的思想在作品里面明确地表现出来,这会伤害一部小说的艺术质地。"①莫言如此总结创作经验,几乎等于否定了曹雪芹、鲁迅等伟大作家的创作。是的,一部作品的创作灵感,有时候是来自生活中的某个细节或事件,但一部高质量作品的最终完成,却离不开作者深厚的思想储备与生活积累,为什么面对大致相似的世态人情,只有鲁迅能写出《阿Q正传》,是因为鲁迅有着一般人没有的深邃目光,这就印证了罗丹的一句名言:"对于我们的眼睛,不是缺少美,而是缺少发现。"为什么一般人发现不了美,是因为我们不具备发现美的思想与精神素养,所以作家的眼睛即思想品质决定了其作品艺术价值的高低。以其昏昏使人昭昭,若作家自己都对创作对象不甚了了,却希望读者从中有多么大的收获,岂不是自欺欺人。

思想是文学形象思维的灵魂,深刻的思想是高质量创作的有力支撑与保证,离开了思想强大且潜移默化的导引,文学写作岂不真成了胡言乱语,所以深刻而明确的思想怎么会伤害一部小说的艺术质地呢?当然,在具体写作时,思想是必须让步于形象思维的,但这并不能削弱思想在创作中的作用,因为在正式动笔之前的构思阶段,素材的取舍,情节的铺排,结构的设计,语言的风格,叙事的视角,主题的凝练

---

① 张清华,曹霞.看莫言:朋友、专家、同行眼中的诺奖得主[M].武汉:华中科技大学出版社,2013:132.

等等诸多方面都是对作者思想品质与艺术能力的考验,真正做到了胸有成竹,方能下笔如神。

面对争议,莫言始终坚持自己的创作信条。2005年莫言在香港的题为《我怎样成了小说家》的演讲中说道:"也有人说,莫言是一个没有思想只有感觉的作家。在某种意义上,他们的批评我觉得是赞美。一部小说就是应该从感觉出发。一个作家在写作的时候,要把他所有的感觉都调动起来。描写一个事物,我要动用我的视觉、触觉、味觉、嗅觉、听觉,我要让小说充满了声音、气味、画面、温度。当然我还是有思想的。我认为一个作家如果思想太过强大,也就是说他在写一部小说的时候,想得太过明白,这部小说的艺术价值会大打折扣。因为作家在理性力量太过强大的时候,感性力量势必受到影响。小说如果没有感觉的话,势必会干巴巴的。"[1]这里,莫言继续强化着自己的错误认知,过分夸大感官叙事在小说创作中的分量。感官的细节描写是为刻画人物服务的,不能喧宾夺主,更不能本末倒置,而莫言恰恰犯了"感官叙事泛滥症",不顾人物的具体情况,不管对塑造人物形象有无帮助,他笔下的人物始终都像打了兴奋剂,沉浸于颠颠倒倒、离奇癫狂而漫无目的、漫无边际的感觉世界里。

莫言的《生死疲劳》从动物的视角来进行叙事,而有机会让莫言的感官天赋发挥到了极致。佛教元素只是他感官叙事的框架与工具而已,跟佛教精神毫无关联,作品中的人物、故事、历史背景等等也都从属于他的感官叙事,真是一切从感性出发,最终也归结于感性。在通篇感官叙事的狂轰滥炸之下,读者试图找到一个饱满的人物形象和清晰的主题的努力恐怕都是枉然的。与之相反,我们看到鲁迅有节制的感官抒写是怎样打动人心的,比如《从百草园到三味书屋》开头的一段经典描写就是这样:"不必说碧绿的菜畦,光滑的石井栏,高大的皂荚树,紫红的桑葚;也不必说鸣蝉在树叶里长吟,肥胖的黄蜂伏在菜花上,轻捷的叫天子(云雀)忽然从草间直窜向云霄里去了。单是周围的短短的泥墙根一带,就有无限趣味。油蛉在这里低唱,蟋蟀们在这里弹琴。翻开断砖来,有时会遇见蜈蚣;还有斑蝥,倘若用手指按住它的脊梁,便会啪的一声,从后窍喷出一阵烟雾。"这里的描写包括了视觉、听觉甚至味觉,但鲁迅没有滥用自己的感觉能力,运用"不必说……也不必说……"这

---

[1] 莫言.我怎样成了小说家[EB/OL].(2012-10-17)[2014-03-28]. http://www.360doc.com/content/12/0121/07/2406619_242113329.shtml.

样的巧妙句式,只是点到为止,却给了读者无限的想象空间,而成为最具文学魅力的一段文字之一。其实人人都具备神奇而独特的感觉能力,作者不应以自己的感觉去代替甚至遮蔽读者的感觉,而是应该以精当的描写去激活读者的感觉能力,同时赋予读者巨大的想象空间,而不是像莫言那样拼命地以臃肿的细节描写挤压甚至堵塞读者的想象空间,这真是吃力不讨好的事情。

再比如《社戏》中的一段经典描写:"于是架起两支橹,一支两人,一里一换,有说笑的,有嚷的,夹着潺潺的船头激水的声音,在左右都是碧绿的豆麦田地的河流中,飞一般径向赵庄前进了。两岸的豆麦和河底的水草所发散出来的清香,夹杂在水气中扑面的吹来;月色便朦胧在这水气里。淡黑的起伏的连山,仿佛是踊跃的铁的兽脊似的,都远远的向船尾跑去了,但我却还以为船慢。"这里鲁迅写了视觉、听觉、味觉、触觉甚至幻觉联想,非常传神地写出了孩子纯净而渴望尽快看到社戏的天真童心。我们无法想象,如果让莫言来写这段情节,该是怎样的大煞风景。

白描是中国传统的艺术手法,鲁迅深谙其中的奥秘:"白描却没有秘诀。如果要说有,也不过是和障眼法反一调:有真意,去粉饰,少做作,勿卖弄而已。"[1]他在《我怎么做起小说来》一文中又进一步解释道:"我力避行文的唠叨,只要觉得够将意思传给别人了,就宁可什么陪衬拖带也没有。中国旧戏上,没有背景,新年卖给孩子看的花纸上,只有主要的几个人(但现在的花纸却多有背景了),我深信对于我的目的,这方法是适宜的,所以我不去描写风月,对话也决不说到一大篇。"[2]文学的世界推崇百花齐放,允许风格的多元化,有写意传神的白描,也有浓墨重彩的写实,可是一切都要适度,把握好分寸、火候,才是艺术的关键与真谛,而莫言过于执着、放任感官叙事,已经走上了艺术的歧途而不自知,他勤奋创作的一部部作品只能成为文学的"怪胎",而难以经得起时间的考验,实在令人惋惜。

(三)"作为老百姓写作"

莫言是一个坦诚的人,这是他的一点可爱之处:"我是一个出身底层的人,所以我的作品中充满了世俗的观点,谁如果想从我的作品中读出高雅和优美,他多半会

---

[1] 林文光.鲁迅文选[M].成都:四川文艺出版社,2009:112.
[2] 林文光.鲁迅文选[M].成都:四川文艺出版社,2009:162.

失望。这是没有办法的事,什么人说什么话,什么藤结什么瓜,什么鸟叫什么调,什么作家写什么作品。我是一个在饥饿和孤独中成长的人,我见多了人间的苦难和不公平,我的心中充满了对人类的同情和对不平等社会的愤怒,所以我只能写出这样的小说。"①这是莫言的实话实说,他的小说充满了吃喝拉撒、声色味触,可谓俗气冲天,要他去写《红楼梦》《阿Q正传》《边城》《变形记》那样的高雅作品,实在是一件不可思议的事情。同时莫言也有狡猾的一面,他一边谦虚谨慎,一边又为自己的独特创作寻求更大的理论空间与价值地位,甚至要人们相信,他的创作模式才是文学的正宗,这就是他大唱"作为老百姓写作"这一论调的出发点与根本目的。

思想文化与理论素养是莫言的弱项,为了给自己的作家身份增加砝码,他多次强调自己是"素人作家":"作家有两种,一种是学者型,还有一种,像我国台湾说的,叫素人作家。我更多的还应该是素人作家,靠灵性、直觉、感性和生活写作,不是靠理论、知识写作。"②这样的分类固然有一些道理,但是没有哪个作家是仅凭理论与知识写作的,何况历史上大多数作家可以说都是素人作家,少数作家兼有学者身份只是现代社会的产物。莫言自己缺乏理论素养,所以就总是有意无意地贬低学者身份,觉得作家与学者两种身份之间似乎是水火不相容的。其实我们知道,作家和学者两种身份之间确实存有相冲突的一面,但也有结合得很好的例子,比如鲁迅,一面搞研究教书,一面创作,相得益彰,成绩都很突出。所以,作家的根本分野,不是学者型与素人型的差异,而是有思想与没有思想的区别。伟大的作家拥有深刻的思想,平庸的作家只有浅薄的思想,而超强的形象思维是所有作家的共性,否则就不能成为作家了,当然像莫言这样的作家又属于形象思维特强的个案了。

在莫言的思想中,总是存在着种种的对立,思想与形象、历史与现实、民间与官方、老百姓与精英、政治与文学等等,常常被这些对立牵着鼻子走。其实,作家完全可以超越这些表面的对立存在,而进入更深的层面,比如曹雪芹写《红楼梦》,他只是通过人性的抒写、人物的塑造去剖析社会、演绎文化,而无须去考虑以什么身份写作以及为谁写作的问题,他的作品是面向所有读者的,知音也好,误读也好,小贩也好,宰相也好,能读懂、接受多少算多少。真正的文学是超越等级、阶层、阶级、民族甚至时空的,不存在为老百姓的写作,更不存在为社会精英的写作,所以"为老百

---

① 莫言.苍蝇·门牙[M].上海:上海文艺出版社,2000:6-7.
② 莫言,刘颋.我写农村是一种命定[M]//孔范今,施战军.莫言研究资料.济南:山东文艺出版社,2006:93.

姓写作"本身就是一个伪命题。鲁迅国民性批判的作品,我们现在去看依然很受用,外国人也喜欢看,后人还要看,显然,文学是不可能贴上某一群体的标签的,否则肯定是冒牌或低劣的文学。

莫言反对"为老百姓写作"的提法,主要原因还是为他本质上的农民身份辩护,虽然他是个作家,也算是个知识分子,可他的心态与见识其实比普通农民高不了多少。莫言骨子里反对崇高与伟大,也不相信有崇高与伟大,认为天下人都和他一样:"'为老百姓写作'听起来是一个很谦虚很卑微的口号,听起来有为人民做马牛的意思,但深究起来,这其实还是一种居高临下的态度。其骨子里的东西,还是作家是'人类灵魂工程师''人民代言人''时代良心'这种狂妄自大的、自以为是的玩意儿在作怪。"莫言 2001 年 10 月在苏州大学演讲中的这一席话,已经充分展示了莫言思想境界的真实状况。

自古以来,就不乏这样的一群人,他们就是"人类灵魂的工程师"。从感慨"举世混浊而我独清,举世皆醉而我独醒"的屈原,到创作"无韵之离骚,千古之绝唱"的司马迁,再到吟唱"人生自古谁无死,留取丹心照汗青"的文天祥,再到喟叹"都云作者痴,谁解其中味"的曹雪芹,还有秉持"横眉冷对千夫指,俯首甘为孺子牛"的现代斗士、"民族魂"的鲁迅,这样具有崇高人格的伟大灵魂,在中国历史上不胜枚举。虽然相对于社会全体来说,他们永远是小众,但他们确实是超越于普通人之上,不是说他们的财富、权力、地位高高在上,而是说他们的人格堪称世人的楷模,他们的《离骚》《史记》《红楼梦》《阿 Q 正传》等等这些或从正面歌颂真善美或从反面抨击假丑恶的伟大作品就是能够起到丰富生命、启迪人生、净化心灵的巨大作用,而永远激励着人们去追求真善美,抗拒假丑恶。这些人绝不是莫言所说的"狂妄自大的、自以为是的",好为人师,而是以一颗赤子之心,以身作则,引领世人,去创造人间的美好未来。

同样,莫言不相信存在真正的"人民的公仆",显然也是相当短见的。我们承认,现实生活中贪官污吏确实不少,但不能以偏概全,就否认"人民的公仆"的存在,且不说"周公吐哺,天下归心"的古人境界,也不说周恩来总理等老一辈仁人志士一心为民的高风亮节,就是在物欲横流的当今社会,廉洁奉公的官员还是有很多的,正是这些人成为社会的良知、民族的脊梁,否则人类还有何未来可言。一个人可以是卑微的,但不应该卑劣到以为天下人都跟他一样;一个作家可以觉悟平平,但不应短视到认为天下就没有高尚的作家。

莫言推陈出新,提倡"作为老百姓写作",看上去很美,其实漏洞百出,不堪一击。莫言认为,"作为老百姓写作"者,"他在写作的时候,没有想到要用小说来揭露什么,来鞭挞什么,来提倡什么,来教化什么,因此他在写作的时候,就可以用一种平等的心态来对待小说中的人物。他不但不认为自己比读者高明,他也不认为自己比自己作品中的人物高明"①。一个作家除了想象力、形象思维要超过一般人,他的眼光更要比一般人深邃,他要能透过现象看到本质,然后又能形象、艺术地揭示出生活的本质来,这就是作家的重要使命与职责。作家的心灵肯定要比一般人更敏感、更丰富、更深刻、更慈爱、更有智慧,否则就不能被称为作家,如果一个作家都不能比一般读者高明,那我们还需要这个作家干什么。至于作家是否比笔下的人物高明,那要看具体情况,鲁迅写阿Q,当然鲁迅要比阿Q高明,但如果我们去写鲁迅,当然是我们不及鲁迅高明,所以莫言说作家不能认为自己比自己作品中的人物高明,实在让人费解。文学创作是一种特殊的艺术活动,具体写作时是不能分心于作品的思想倾向什么的,而以形象思维为主,可是这并不代表动笔之前也不要考虑作品的思想倾向,但凡伟大的作家不是抛弃思想与理性,而是善于用形象来表达厚重的思想。莫言"作为老百姓写作"的意思,其实就是作家写作时不要做思想倾向的判断,这是符合文学创作活动实际的,但是他要作家装糊涂,而不认为比读者甚至笔下的人物高明,这种完全抛弃理性的做法,也许只有他莫言可以做到,而且这样创作的小说具有什么样的品质,我们就可想而知了,一个疯狂、迷乱、扭曲的感官世界而已,与那些理性照耀下的经典作品难以同日而语。

偏执的思想导致莫言"妙语连珠",他说:"'作为老百姓写作'者,无论他是小说家、诗人还是剧作家,他的工作与社会上的民间工匠没有本质的区别。一个编织筐篮的高手,一个手段高明的泥瓦匠,一个技艺精湛的雕花木匠,他们的职业一点也不比作家们的工作低贱。"②这话放在莫言自己身上,确实非常合适,因为他跟那些手艺人一样,都拥有一项娴熟的技艺,而且不需要高深的思想,他不是编织篮筐、砌墙或雕花,而是睁着眼睛做梦。可是如果要把曹雪芹、鲁迅这样的作家也仅仅看作是手段高明的手艺人,我估计谁也不答应,当然莫言除外,因为技艺与真正的艺术固有相似的一面,但还是有着本质的区别的,那就是鲁迅可以去做一个泥瓦匠的

---

① 林建法.说莫言[M].沈阳:辽宁人民出版社,2013:70.
② 林建法.说莫言[M].沈阳:辽宁人民出版社,2013:71.

活,而一个再高明的泥瓦匠也干不了鲁迅的活,主要原因就是泥瓦匠难以具备鲁迅的深邃思想。莫言只看到技艺与文学艺术相似的一面,而忽视乃至否认两者的本质区别,把艺术创作降低到手艺的地步,实在是"天才"的发现了,非一般人能够理解的。因为自己思想的贫瘠,就极力排斥思想,乃至否认理性在创作中的重要作用,而一味纵容自己的感官能力,且千方百计地去证明这种创作的合理性、先进性,甚至奉之为文学创作的正途与至高法则,这种欲盖弥彰的滑稽剧竟然赢得了满堂喝彩,而且这部"皇帝的新装"还会更加隆重地上演下去,因为莫言获得了诺奖。

(四) 结语:"诉说就是一切"的"讲故事的人"

莫言其他关于创作的诸如"没有谈过恋爱的人写出的恋爱更美好"之类的惊人之语本文就不一一列举了,总之,人一思考,上帝就发笑,而莫言一发言,我们就会发愣,因为他总是坚持"诉说就是一切"的创作原则:"诉说就是他最终的目的。在这样的语言浊流中,故事既是语言的载体,又是语言的副产品。思想呢?思想就说不上了,我向来以没有思想为荣,尤其是在写小说的时候。"[①]所以,莫言自称是一个"讲故事的人",其实他那是在忽悠我们,诉说本身才是莫言的根本目的,而诉说的内容倒是其次,因为莫言从诉说过程中得到了极大的满足与快感。

李建军一直是莫言批判小众队伍的主力,他在莫言获诺奖后,写了《直议莫言与诺奖》的长文,一吐为快,其中有一段不敬之词尤为痛快淋漓:"莫言的作品中,没有中国文学的含蓄、精微、优雅的品质,缺乏那种客观、冷静、内敛的特征,缺乏那种以人物为中心、从人物出发的叙事自觉。相反,莫言的写作,是极为任性恣纵的;他放纵自己的想象,习惯于根据自己的主观感觉来写人物,常常把自己的感觉强加给人物,让人物说作者的话,而不是人物自己的话;让人物做作者一意孤行要他们做的事,而不是他们根据自己的处境、性格和心理定势可能做或愿意做的事。"[②]也就是说,几乎所有的中国优秀文学传统在莫言面前都失效了,中国文学因莫言的出现而频频失语,也许不是我们不明白,而是莫言远远超越了我们理解的极限。刘再复高呼"莫言了不起",可我觉得莫言除了感觉与想象能力了不起,其他没什么大不了

---

① 林建法.说莫言[M].沈阳:辽宁人民出版社,2013:52.
② 李建军.直议莫言与诺奖[J].文学自由谈,2013(1):27.

的。莫言写过《生死疲劳》,我们期待着,莫言的感官叙事什么时候也会出现"疲劳"。

莫言获得诺奖,对中国文学而言,当然是利大于弊,但中国人应该像莫言那样淡定,不应丧失了泱泱文学大国的自信与风度。在自然科学方面,西方确实比中国强,可在人文艺术领域,中国人根本就无须自卑,在中国文学史上那么多杰出的诗人、作家面前,诺贝尔文学奖又有什么了不起呢?可是,据报载,《中国现代文学史》教材因莫言获得诺奖而即将修订,并打算让莫言享受专章评介的待遇,而与鲁迅等大家平起平坐。这就显得有点不够淡定了,中国的文学作品只有中国人自己才能真正说得清楚,西方人的感觉往往隔了不止一层,仅供参考而已,千万不应太当真。

原载《华文文学》2015 年第 5 期

论贾平凹小说《极花》的虚实叙事

《极花》是贾平凹的第 16 部长篇小说,作者原以为要写到 40 万字,结果却以 15 万字收手,成为其最短的一部长篇小说,对此作者在后记中这样解释道:"兴许是这故事并不复杂,兴许是我的年纪大了,不愿她说个不休,该用减法而不用加法。十五万字正好呀,试图着把一切过程都隐去,试图着逃出以往的叙述习惯……"①

事实上,《极花》的叙事风格并无明显突破,还是一如既往的"汤汤水水又黏黏糊糊",贾平凹这一独特的小说表现手法经过反复操练,已日臻圆熟,而慢慢改变、征服了不少难以适应的读者。贾平凹注重小说的写实,一向以密集的细节轰炸著称,同时更善于构建小说整体的精神维度,本文主要就《极花》的精神抒写与虚实叙事展开讨论。

(一)"青天一鹤见精神":贾平凹小说的虚实观

"沧海六鳌瞻气象,青天一鹤见精神",是清人吕世宜所作的一副流传很广的对联,我们一般可以作这样的理解:大海因六鳌而更有气象,青天因飞鹤而显精神。可是才子贾平凹的解读却与众不同:"偶尔的一天,我见到了一副对联,其中下联是'青天一鹤见精神',我热泪长流,我终于明白了鹤的精神来自青天。"②(贾平凹

---

① 贾平凹.极花[J].人民文学,2016(1):94.
② 贾平凹.活法[M].北京:中国文联出版社,2008:302.

《〈高老庄〉后记》)这里且不论解读孰是孰非,关键是贾平凹从中感悟到了小说的真谛,并形成了自己独特的小说艺术观。

自《废都》开始,贾平凹的小说面貌就发生了突变:"没有扎眼的结构又没有华丽的技巧,丧失了往昔的秀丽和清晰,无序而来,苍茫而去,汤汤水水又黏黏糊糊,这缘于我对小说的观念改变。我的小说越来越无法用几句话回答到底写的什么,我的初衷里是要求我尽量原生态地写出生活的流动,行文越实越好,但整体上却极力去张扬我的意象。这样的作品是很容易让人误读的,如果只读到实的一面,生活的琐碎描写让人疲倦,觉得没了意思,而又常惹得不崇高的指责,但只谈到虚的一面,阅历不够的人却不知所云。我之所以坚持我的写法,我相信小说不是故事也不是纯形式的文字游戏,我的不足是我的灵魂能量还不大,感知世界的气度还不够,形而上与形而下结合部的工作还没有做好。"①(贾平凹《〈高老庄〉后记》)在贾平凹看来,小说的写实叙事就好比"青天",属于形而下的范畴,而作品的整体意象则好比"一鹤",属于形而上的范畴,因而"青天"与"一鹤"也就是作品实与虚的关系问题。贾平凹之所以强调"行文越实越好",进行细节的饱和轰炸,就是要以实显虚,以"青天"去彰显"一鹤"——作品的精神,这样的思路无疑是正确而深刻的,小说最重要的凭借就是细节。

精神当然有着不同层次的丰富内涵,贾平凹的"精神"首先指的就是人的物质欲望:"我举个例子,不可能是多高雅。比如说,吃饭和性交,吃饭的目的是维持生命,这需要种、耕、收、做,然后咀嚼、消化、排泄,这一整套多繁重,若仅仅是这样,我想谁也不想活了。但造物主为了让人们能把这些活干下去,它给人了一种食欲,这食欲看不见,说不清,但你就为了满足那食欲,你得自愿地从事那一套繁重的工作了。性交也是如此,若没有一种性欲的快感,没人去干那一种简单的机械重复的体力运动的。你说性交是一种体力运动还是一种精神享受?实际上,人一生是苦难的,人为了让自己活得有意义,都是在追求一种精神的享受。文学吧,写实就是那些日常生活,是那些为了食欲的劳作,是那些为了性欲的运动,它透发出来的是那种快感,那种愉悦之感。火之焰,珠之光。我画过一幅画,画了个藕,把藕当作女人平行的腿画的,藕上一支莲茎,开着一朵艳丽的荷花,题款是:精神使我们的生命灿

---

① 贾平凹.活法[M].北京:中国文联出版社,2008:304.

烂。"①显然，贾平凹这里所说的"精神"，其实就是人的食色等本能，属于精神的低层次范畴，因为动物也有类似的需求。本着这样的"精神"观，贾平凹在小说中不厌其烦、长篇累牍地写人的吃喝拉撒，也就不足为怪了，因为他觉得欲望是人生的基础与核心内容。

  贾平凹当然不会满足于表现人的物欲上，他早就有了更高的小说追求："我是企图将作品写得混沌、模糊、多义性，故事很简单，但不是简单的主题。作品得有维度呀，维度越多越好。这方面的试验是慢慢来的，意识也是慢慢清晰和自觉的，比如写《废都》时，我想几个人同时对待某一件事，并且佛道怎么看、动物界怎么看、灵性界怎么看，但想得蛮好，表现时就觉得能力不够了。在中国现在对小说的认识里，如果小说写到人生、命运层面，就算是好小说了，但我觉得还不够，你还得写到人性层面，写到灵魂层面吧，生命之外肯定还有什么东西，理论上怎么讲我搞不清，但作品不能太单一了。"②这就是贾平凹小说中神秘文化叙事越来越明显与自觉的根本原因。比如《废都》中的四个太阳齐现的神秘天象，一株开了四朵不同颜色的"奇花"，一个向往着野性美的"哲学牛"，以及一个能看到超自然力量的牛老太太等等；再如《白夜》中的"再生人"，《土门》里的神医云林爷、阴阳手成义、长着尾骨的梅梅，《高老庄》中通过画画能够未卜先知的小孩石头、出现过飞碟的神秘又恐怖的白云湫，《秦腔》中的疯子引生，《古炉》中的狗尿苔。通过这些奇奇怪怪、神神道道的神秘叙事，贾平凹试图提升、丰富作品的精神内涵与境界。

  其实，贾平凹小说的神秘叙事与《红楼梦》有着某种关联。《红楼梦》中的一僧一道，名"茫茫大士"和"渺渺真人"，是两位奇特而又神秘的人物：他们出场时生得"骨格不凡，丰神迥异"，但后来却幻成癞头和尚和跛足道人，二人时而结伴而行，时而各自行事，对《红楼梦》中的一些人物或指点迷津，或解除冤孽，而贯穿小说始终。再加之宝玉的含玉而生，宝黛神奇的前世因缘，指点贾瑞而又让其丧命的风月宝鉴，等等这些离奇的细节，让作品蒙上了一层扑朔迷离的神秘色彩。贾平凹的小说显然借鉴了《红楼梦》的这一艺术表现手法，但《红楼梦》更为重要的一大思想与艺术成就却是贾平凹难以模仿的，那就是《红楼梦》写实的内容本身就已经蕴含着丰富而深刻的精神内涵，比如纯洁真挚的宝黛爱情以及由宝黛爱情悲剧及贾府的盛

---

① 郜元宝，张冉冉. 贾平凹研究资料[M]. 天津：天津人民出版社，2005：37.
② 郜元宝，张冉冉. 贾平凹研究资料[M]. 天津：天津人民出版社，2005：23.

极而衰所演绎的佛教色空观等等。同样是写实,贾平凹的小说基本上是停留在描写人生吃喝拉撒的本能层面,而《红楼梦》不仅描绘了大观园外的现实世界,更主要的是呈现了大观园这一带有乌托邦性质的理想世界。至于神秘叙事,对《红楼梦》来说是锦上添花而水乳交融,而对于贾平凹的小说来说,则显得有点生硬,有时甚至沦为画蛇添足。一方面贾平凹竭力提升作品的精神品质,可另一方面他最熟悉也是最擅长的农民叙事又在某种程度上限制了作品的精神品位。

贾平凹小说首先力图在"写实"中见"精神",同时又借助于一些神秘叙事来丰富、提升作品的精神内涵,在中国当代文学中,这样的艺术追求无疑是一种相当明智的选择。当然,想法是一回事,而实践又是另一回事,贾平凹也常常为自己创作的力不从心与眼高手低而苦恼,但有这样的创作自觉,就已经难能可贵了,而贾平凹更令人敬佩之处,就是其永不满足、锲而不舍的创作精神。《极花》是贾平凹向着自己的创作高峰发起的又一次冲击。

(二)《极花》的"青天":细节写实

像贾平凹的大多作品一样,《极花》也是源于一个真实的故事,是贾平凹早年为写《高兴》而走进西安的一个"拾荒村"调查采风时遇到的。极花,是北方的一种已不多见的神奇生命,在冬天是小虫子,夏天又变成草和花。小说故事非常简单,农村女孩胡蝶家境困窘,靠母亲捡垃圾维持生计,为让弟弟继续读书,自己辍学来到母亲拾荒的城市,在她第一次主动出去找工作时就被拐卖了,并生了孩子,但她时时刻刻都想着逃离,被解救回城后,面对人们的风言风语,她又选择了逃离,回到了被拐卖的村庄。《极花》表面上写的是拐卖妇女问题,但实际上反映了当下中国贫困农村光棍成堆的严峻现实,提出了广大农村正在迅速凋敝的迫切社会问题:"这个故事就是稻草呀,捆了螃蟹就是螃蟹的价,我怎么能拿了去捆韭菜?"[①]意思是说,这个故事本身倒也平常,但是因为作者赋予了其深刻的思想主题,而身价陡增。

小说大部分篇幅都是主人公胡蝶在唠叨。因为被关在窑洞里,胡蝶除了想、看、听,其他并不能做什么,除了回忆自己被拐卖前的一些往事,更多的是对拐卖后所在山村信息的逐步了解。作品的重心在于展现山村的凋敝与农民的生存状态,

---

① 贾平凹.极花[J].人民文学,2016(1):92.

因而主人公胡蝶的形象其实是相当苍白的,作者意在通过胡蝶的视角来呈现山村男性婚姻的窘境。《极花》不厌其烦地描写了山村农民的吃喝拉撒——他们一天三餐的不离土豆,他们喝酒的丑态百出,他们随口的脏话,他们贫乏乃至荒芜的性生活。也许是为了突出作品的主题,《极花》安排了两段性描写:第一段是黑亮在父亲的策划与众人的帮助下,强奸了买来已将近大半年的老婆胡蝶;第二段是胡蝶在怀孕后主动向黑亮求欢。这两段性描写都比较翔实,尤其是前者。依照贾平凹的理论,性也是一种精神生活,而且贾平凹倾心于原汁原味地展示日常生活,既然性是日常生活之一种,性描写就应该是小说自然不过的段落,从《废都》开始,性就成为贾平凹小说关注的焦点之一。

小说是严肃的文艺作品,我们无法想象如果《红楼梦》中也加上大段的性描写,该是怎样的大煞风景。中国古代其实就不乏《肉蒲团》《姑妄言》那样的性小说,那种类型的小说虽也有它的特殊价值,但毕竟不能成为小说的主流,更不能成为经典,为大众普遍接受的还是像《红楼梦》那样干净典雅的作品。这并不是说小说中不可以写性,有时候性也是表达主题的一种方式,而是说不要写得过实,更不能为了吸引读者的眼球,而故意写性,糟蹋了作品,也糟蹋了作家自己的人格。

贾平凹注重写实,追求细节的全面与丰富,以完整呈现日常生活的原貌:"这种不分章节,没有大事情,啰啰嗦嗦的写法,是因为那种生活形态只能这样写,……现实的枝蔓特别多,我想把生活的这种啰嗦繁复写出来。"①艺术源于生活,又高于生活,而不应该是生活的复制品。艺术创作的本质,其实就是为了表达主题的需要,而砍去现实生活多余的枝蔓,伟大的艺术家都是剪辑生活的高手,难道贾宝玉、阿Q的生活中就没有繁多的枝蔓,呈现在读者眼前的贾宝玉、阿Q都是经过作者精心剪辑之后的人物形象。如何编排细节是小说创作相当重要的一环,而贾平凹关心的不是如何剪辑细节,而是将日常生活一股脑儿地端出来,让读者去剪辑取舍,这也是贾平凹作品众多却很少被改编成影视剧的重要原因之一。

贾平凹也深知写实的奥妙:"最容易的其实是最难的,最朴素的其实是最豪华的。什么叫写活了,逼真了才能活,逼真就得写实,写实就是写日常,写伦理。……写实并不是就事说事,为写实而写实,那是一摊泥塌在地上,是鸡仅仅能飞到院墙。在《秦腔》那本书里,我主张过以实写虚,以最真实朴素的句子去建造作品浑然多义

---

① 郜元宝,张冉冉.贾平凹研究资料[M].天津:天津人民出版社,2005:5.

而完整的意境,如建造房子一样,坚实的基,牢固的柱子和墙,而房子里全部是空虚,让阳光照得进,空气流通。"①(贾平凹《〈古炉〉后记》)但凡事强调过了头,就会走向反面。我们首先要肯定贾平凹小说密集细节描写的成功,同时也应该看到其明显的不足。对于贾平凹小说过于冗长、膨胀的细节描写与极其缓慢的叙述节奏,相信不少读者一下子还真难以适应。贾平凹的细节描写,由于强调原生态复制,不加剪辑,而把人物形象淹没在枝蔓细节的汪洋大海之中,所以尽管勤奋的贾平凹新作迭出,可能给读者留下鲜明印象的人物形象却不多,就像《极花》中的胡蝶、黑亮,都是非常模糊、干瘪的。相反,鲁迅笔下阿Q、祥林嫂、孔乙己等人物形象,虽着墨不多,有时仅凭一两个细节,就能把人物写活了。比如孔乙己的"多乎哉,不多也",祥林嫂的"眼珠间或一轮"、阿Q的画圆圈等等传神之笔,都给读者留下了深刻的印象,而加深了对人物的理解。

不仅如此,由于太重视细节叙事,而好的细节又是有限的,所以对贾平凹而言,细节的重复就在所难免了。再生动的细节,如果用了第二次,就会成为最蹩脚的,新作《极花》也不例外。比如"苍蝇又落在窑壁上,她恨恨地拍掌过去,那不是苍蝇是颗钉子,她的手被扎伤了,血流出来她竟然抹在了脸上"②,这当然是一段很精彩的细节描写,只是这在贾平凹之前的作品中已多次出现过了,而让人顿觉索然无味。再比如:"村长说:'男人吃了女人受不了,女人吃了男人受不了,男人女人都吃了炕受不了。'"③这个黄段子在贾平凹小说中也不是第一次出现了,只不过以前说的是驴鞭,而这次说的是血葱。我们承认太阳底下没有新鲜的事情,日常生活就是无聊机械的重复,可是在艺术创作中还是要避免重复。

贾平凹讲究细节的真实,可很多时候又因为混淆了作家与其笔下人物之间的关系,而造成了细节的不真实,《极花》中这样的败笔也不少见。比如开头有胡蝶的这么一段心理描写:"我不会起来撑它的,也不会敲打炕沿板儿去吓唬,咬吧,咬吧,让老鼠仇恨去,把箱子往破里咬了,也帮我把这黑夜咬破!"④其中最后一句"也帮我把这黑夜咬破"显然"穿帮"了,因为主人公胡蝶不是诗人,这样富有诗意的句子只能属于才子贾平凹,这其实是犯了写作的大忌,就是作者跳出来替人物说话。再

---

① 贾平凹.古炉[M].北京:人民文学出版社,2011:607.
② 贾平凹.极花[J].人民文学,2016(1):19.
③ 贾平凹.极花[J].人民文学,2016(1):38.
④ 贾平凹.极花[J].人民文学,2016(1):5.

比如胡蝶怀孕后的一段懊悔心理描写:"我是多纯净的一块土地呀,已经被藏污纳垢了,还能再要生长罪恶和仇恨的草木吗?"①这段描写看上去很美,可问题是这明显不像胡蝶的口吻,让人觉得很假。还有像"我不再有想法了,想法有什么用呢? 黄土原想着水,它才干旱,月亮想着光,夜才黑暗"②这样的描写,都明显失真,不知是作者过于逞才,还是有意为之。

过于倚重细节,还造成了作品结构的局限。贾平凹不刻意追求作品的故事性,而是让细节去推动情节的自然发展,这当然是一种很美好的设想,可要真正实施起来并非易事,因此既有像《秦腔》那样比较成功的个案,又有更多的遗憾之作。比如《极花》,由于采用了胡蝶(被囚禁于窑洞)这一特殊的限制视角,又加上贾平凹惯常使用的细节推进,这就使得该小说的情节发展与结构营造雪上加霜,步履维艰:"这件事如此丰富的情节和如此离奇的结局,我曾经是那样激愤,又曾经是那样悲哀,但我写下了十页、百页、数百页的文字后,我写不下去,觉得不自在。我还是不了解我的角色和处境呀,我怎么能写得得心应手? 拿碗在瀑布下接水,能接到吗?!"③贾平凹写作出现这样的情况,一方面是由于他对主人公胡蝶确实并不真的熟悉,另一方面是由于对自己细节推进情节写作模式的过于自信。后来虽然另起炉灶,原计划 40 万字的《极花》最终还是以 15 万字就匆匆收场,这不是"贾"郎才尽,而是作品的结构出了问题,罪魁祸首就是贾平凹奉行的细节至上主义。

拿人体打个比方,情节就好比作品的骨架,而细节就如同作品的血肉,情节加上细节,作品的人物形象才会屹立而饱满。贾平凹的作品单纯靠细节说话,忽视了情节即结构的作用,而企图通过细节去营造情节,就像一个人失去了骨架,血肉再丰满,也立不起来了,骨架的作用是血肉无法代替的。《极花》仅有 15 万字,如果删去一些冗余的段落,就更加短了。在小说第 4 章《走山》的中间部分,有以"比如"开始的 6 段文字,意在叙写胡蝶获得初步自由后的山村生活,并着重表现老老爷对"我"的态度。这些内容当然有助于呈现山村的凋敝与农民的混沌,也许在贾平凹看来,这样特别的段落安排还颇有新意,但从小说的结构艺术标准来看,如此机械插入的文字,实在不算高明,即使水准一般的作品也不会出现这样的硬伤,显示了作者结构与叙事的某种无力与尴尬。同样的问题在第 5 章《空空树》中间部分又再

---

① 贾平凹. 极花[J]. 人民文学,2016(1):39.
② 贾平凹. 极花[J]. 人民文学,2016(1):45.
③ 贾平凹. 极花[J]. 人民文学,2016(1):6.

次出现,作者写了一连串以"如今,我学会了……"开头的段落,分别写"我"学会了侍弄鸡、做搅团、做荞面饸饹、做土豆、骑毛驴等等,很有山村生活气息,只是会让读者产生阅读散文的错觉,这样风格的段落出现在小说中实属罕见。像以上这些怪异的段落,已经明显脱离了贾平凹拿手的以细节推动情节发展写作模式的轨道,之所以会出现这样的创作窘境,就是贾平凹一味依赖细节而忽视情节的恶果。我们承认细节有推动情节发展的功能,但这种功能毕竟是有限的,一部长篇小说如果全靠细节来构建情节,其成功概率可想而知,而且相当吃力不讨好,《极花》就是最好的例子。《红楼梦》也非常写实,但它的情节脉络清晰,而且没有过多枝蔓的细节描写,是细节与情节有机结合的完美典范。贾平凹曾经以《红楼梦》为写作标杆,但由于在艺术手法上没有掌握好分寸,而始终难以写出《红楼梦》那样的经典之作。

贾平凹曾经在《使短篇小说短起来》一文中这样告诫自己:"你多么糊涂:为什么将每一事、每一人、每一景,一味地去模拟而堆砌那些繁琐的细节呢?以为这样就是有了生活气息,有了地方色彩吗?就事论事地写去,你以为最深刻了,最宏富了,其实适得其反!请你明白:现代文学是内向的文学、暗示的文学,而要做到这一点,就必须把主要的精力放在对生活的概括与选择上。"[①]可见,贾平凹对自己写作过于倚重细节的毛病有着清醒的认识,但可能是习惯使然,一提起笔就控制不住让细节"汪洋恣肆"起来。

(三)《极花》的"一鹤":写意务虚

贾平凹在《极花》后记中认为自己的创作与水墨画有关:"水墨的本质是写意,什么是写意,通过艺术的笔触,展现艺术家长期的艺术训练和自我修养凝结而成的个人才气,这是水墨画的本质精髓。写意既不是理性的,又不是非理性的,但它是真实的,不是概念。"[②]因而贾平凹觉得:"我写了几十年,是那么多的题材和体裁,写来写去,写到这一个,也只是写了我而已。"[③]这倒是大实话,不管是现实主义作家,还是浪漫主义作家,其实都是在写"我"。文学不仅要反映现实,更要具有批判性与超越性,引导人性与社会的提升,因而作家的品质直接决定了其作品的高下,

---

① 贾平凹.活法[M].北京:中国文联出版社,2008:317.
② 贾平凹.极花[J].人民文学,2016(1):93.
③ 贾平凹.极花[J].人民文学,2016(1):94.

关键就要看这个"我"了。贾平凹强调自己创作的水墨画特色,是写"意"的,又是写"我"的,其实也就是为了凸出自己作品的"精神"。

像《秦腔》的引生、《古炉》中的狗尿苔一样,贾平凹给《极花》安排了老老爷这一特别的角色,意在拓展作品的精神维度。"这是一个枯瘦如柴的老头,动作迟缓,面无表情,其实他就是有表情也看不出来,半个脸全被一窝白胡子掩了,我甚至怀疑过他长没长嘴。"①贾平凹笔下的这类人物,总是一副怪怪的模样,然后又有一些怪怪的举动,最终目的是借以表达作者的一些怪怪的思想,老老爷也不例外。老老爷立春日会开村里第一犁,会给村里耍的狮子彩笔点睛,更重要的是他会写一些笔画繁多无人认识的怪字,能识天文地理,观天象,辨地气:"地呼出的气是云,也是飞禽走兽树木花草,也是人。……咱村的坟地里西边的白茅梁上,咱村里人都是从那里来的,人一死也就是把气又收回去了,从哪儿出来的从哪儿回去,坟就是气眼。"②这些奇谈怪论其实都是贾平凹在借老老爷的嘴说的,老老爷就是作者说话的一个道具,而游离于作品所描写的现实世界之外。老老爷在《极花》中成了中国乡村民间传统文化的象征与代言人,贾平凹一直对民间文化抱有浓厚的兴趣,有很多自己的体验与思考,而如何在小说中再现这些文化元素,就成为贾平凹的一个重要写作课题。

《极花》不仅在老老爷身上展现了作品的"一鹤",而且在写实叙事中也揉进了一些别样的"意味"。比如,作品两次写了"我"的出魂场景。第一次是"我"因逃跑被抓而遭毒打后:"我的魂,跳出了身子,就站在了方桌上,或站在了窑壁架板上的煤油灯上,看可怜的胡蝶换上了黑家的衣服。……我以前并不知道魂是什么,更不知道魂和身体能合二为一也能一分为二。那一夜,我的天灵盖一股麻酥酥的,似乎有了一个窟窿,往外冒气,以为在他们的殴打中我的头被打破了,将要死了,可我后来发现我就站在方桌上,而胡蝶还在炕上。"③人在濒死、强烈刺激等一些特定情况之下是否会发生灵魂离体等离奇现象,当然还有待科学证实,贾平凹自然未曾有过类似的体验,之所以要在作品中进行这种想象性描述,意在凸显人的"意识"或"精神"的独立性与神奇性。第二次是"我"被黑亮强暴之时:"我在那时嗡的一下,魂就从头顶出来了。我站在了装极花的镜框上。我看见了那六个人脸是红的,脖子是

---

① 贾平凹. 极花[J]. 人民文学,2016(1):6.
② 贾平凹. 极花[J]. 人民文学,2016(1):44.
③ 贾平凹. 极花[J]. 人民文学,2016(1):19.

红的,头上的光焰就像鸡冠,一齐号叫着在土炕上压倒了胡蝶。"①这样的写法很是特别,令人耳目一新。

小说还写了狐狸诱人出魂的奇异梦幻,显然也是作者横加的一段神秘叙事。"我"怀孕后虽老实了许多,但一直还有逃跑的念头,于是恍惚间便有了这样的似梦非梦:"夜深沉了,渐渐地我似乎是醒着又迷迷糊糊,醒着能从窗格见到星,迷迷糊糊又能见到梦。竟然窗台上就有了一只狐狸,那样的漂亮,长长的眼睛,秀气的鼻子和嘴,而且是一只红狐。……不知怎么,我就觉得狐狸钻进了我的身子,或者是我就有了狐狸的皮毛,我成了一只红色的狐狸,跳出了窗子,跑过了碹畔……"②这段描写可以理解为"我"的潜意识显像,是一种心理幻觉,带有一丝聊斋的意味。贾平凹在日常生活的写实中,不时地掺杂一些超常的叙事,意图在整体上提升作品的意蕴,当然是一种有益的艺术实践。这种稍带点聊斋风格的现实主义小说,偶尔尝试一下也未尝不可,但如果频繁出现,那就又不免重复而无味了。

《极花》的写作缘起是拐卖妇女,围绕被拐卖女子胡蝶展开叙事,可作品的表达重心又不是胡蝶,而是胡蝶被拐卖到的一个偏僻山村,这就使得作品的主题变得复杂起来。我们可以这样来理解这篇小说的诞生历程,一开始贾平凹是想着力书写拐卖妇女问题,可写着写着就写不下去了,原因是他对被拐卖妇女的生存现实其实并不是多么熟悉,后来就转而重点关注与拐卖妇女问题相关的农村单身男性的婚姻问题,主题如此转换,一下子就激活了贾平凹大脑中关于农村与农民的诸多记忆,而得以继续写下去。主题的游移,反映了作者表达的犹豫,既然还是写农村题材的作品,贾平凹又不愿放弃最初因拐卖妇女问题而引发的写作灵感,于是就把拐卖妇女问题作为作品的基本框架,然后再充填大量的农民叙事,试图二者兼顾。可事实上两个问题都没能写透,因为无论是胡蝶,还是黑亮,两个主人公形象都很单薄,没能立起来,整篇小说几乎成了大量农村生活碎片的大杂烩、大串烧。

随着城市化进程的加快,农村的凋敝、萎缩乃至消失已是中国现代化发展的必然一环,这本来就不是什么坏事,至于由此产生的偏僻乡村光棍成堆现象,也是社会转型不可避免的产物,关注这一特定人群的生存状况,本也无可非议,关键是关注的角度问题。《极花》通过胡蝶的视角,这样界定山村的农民:"这个村里的人我

---

① 贾平凹.极花[J].人民文学,2016(1):31-32.
② 贾平凹.极花[J].人民文学,2016(1):47-48.

越来越觉得像山林里的那些动物,有老虎狮子也有蜈蚣蛤蟆黄鼠狼子,更有着一群苍蝇蚊子。大的动物是沉默的,独来独往,神秘莫测,有攻击性,就像老老爷、村长、立春、三朵他们,而小的动物因为能力小又要争强好胜,就身怀独技,要么能跑要么能咬要么能伪装要么有毒液,相互离不得又相互见不得,这就像腊八、猴子、银来、半语子、王保宗、刘全喜他们。"①这里把农民比作动物,当然不是说贾平凹歧视侮辱农民,而是意在揭示这些落后偏僻乡村百姓真实的生存状态,他们因为经济与文化发展的严重滞后,而极端愚昧保守,其实这就是他们中不少人婚姻无望的根本原因。被拐卖来的胡蝶想方设法地逃离这个恐怖的山村,可这个山村的大多数人却难逃他们自己的命运。

《极花》写的拐卖妇女问题,当然不是什么新鲜事,古往今来,这样的事层出不穷,只不过因为现在媒体的发达而被放大了,只要人类还有利益的交换,这样的丑事就不会停止。《极花》主要关注的似乎是社会对被拐卖妇女的态度问题,觉得像胡蝶那样的被拐卖女子,即使被解救了,有可能还会回到拐卖地。这其中的情况比较复杂,不能一概而论,有些女性被解救后还是回去了,可能是社会异样的眼光造成的,但也可能是因为放不下已生的孩子而回去。女性是否被拐卖,又是否被解救,解救后又是否回去,有着复杂的因素,其中很多因素都是人力难以控制的,而社会要做的只能是一方面加强打击拐卖人口的犯罪活动,一方面积极寻找、解救并安抚已被拐卖的女性,当然最重要的还是要普遍提高大众教育程度与道德水准,净化社会风气,努力缩小贫富差距,从根本上降低这类犯罪行为发生的概率。

贾平凹反复说过,自己骨子里就是个农民,因而他写农民,某种意义上也就是写他自己。贾平凹一直关注农村,书写农民,怀念山村一些美好的过去,更多是揭露农民身上存在的种种缺点与恶习。他的小说首先是写实的,但他又不满足农村与农民的恶劣现状,他爱他们,又恨他们,于是只能在写实的同时揉进一些别样的"东西",给农村、农民以希望,也是让自己的人生多一点分量。青天没有了那"一鹤"该是多么的死寂,人性没有了精神又是多么的庸俗沉闷,贾平凹的小说赋予了农村及农民以新的生机,而成为精神永恒的故乡。

---

① 贾平凹.极花[J].人民文学,2016(1):48.

(四) 结语

贾平凹亦曾经这样告诫过自己:"请不要苦心巴巴地按流行的条律去塑造一个什么典型。莎士比亚、巴尔扎克永远是我们崇拜的文学先祖。但是,先祖却不能局限了我们的手脚。文学越来越没有什么法和式了。不要再去复述一个有头有尾的故事吧,生活是无情节的。戏剧性对于现代人越来越不真实了。开头和结尾比任何时候都来得重要。"①(贾平凹《使短篇小说短起来》)也就是说,典型人物、情节这些小说批评标准在贾平凹面前统统失效了,问题是贾平凹能否在传统批评话语的废墟上建立起一套新的更有效的小说创作与批评范式,而贾平凹几十年的创作实践其实已经有了答案,他的作品并没能超越曹雪芹、巴尔扎克所创造的艺术高峰,说明经典的创作与批评标准依然有效。

《极花》继续彰显了贾平凹的创作优势与艺术特色,尤其注重小说的虚实叙事,思想性、艺术性方面不乏可圈可点之处,但总体上来说并没有取得显著的突破,主要原因是农民题材在贾平凹手上早已经写烂了,重复已是不可避免,要想再写出新意,谈何容易,但已过花甲之年的贾平凹及其《极花》的精神追求还是值得大加赞赏的。

原载《许昌学院学报》2019 年第 1 期

---

① 贾平凹.活法[M].北京:中国文联出版社,2008:318.

论苏童小说的诗性写作

苏童认为："小说应该具备某种境界，或者是朴素空灵，或者是诡谲深奥，或者是人性意义上的，或者是哲学意义上的，它们无所谓高低，它们都支撑小说的灵魂。"[①]（苏童《苏童创作自述》）在当代作家中，苏童小说的境界可谓是别具一格的，那就是诗性在支撑着苏童小说的灵魂。在诗性难觅、文学日益边缘化的今天，苏童诗性盎然的小说显然是文坛一道独特的风景线，从而凸显了苏童写作的意义。从诗性入手，来解读苏童的小说创作，也许能真正走进苏童迷人的小说世界。

（一）诗性与雅俗

何为诗性？这似乎是一个不言而喻的问题。老子曰："道可道，非常道；名可名，非常名。"诗性与道家的"道"有着相似的不可言说的一面，但中国人还是力图把握诗性的内涵。从"诗言志""思无邪"对主体道德、人格的强调，到"诗缘情"对情感、个性的重视，这一转变其实并没有撼动中国儒家的"诗教"传统，因为"志"与"情"是融为一体的，"志"为本，有了"无邪"的"志"，必会产生高雅的"情"，"志"与"情"共同谱写了诗性的精神本质。

"人之初，性本善"，诗的本质其实就是人原初的精神内涵——真善美，就是雅。从个体来说，人最初的赤子之心天真无邪，就像李贽"童心说"所强调的那样："夫童

---

① 汪政,何平.苏童研究资料[M].天津:天津人民出版社,2007:17.

心者,真心也。……夫童心者,绝假纯真,最初一念之本心也,失却真心,便失却真人。"(李贽《焚书·童心说》)清代诗人张问陶也有类似的吟咏:"要从原始传丹诀,万化无非一味真"(《题屠琴坞论诗图》)、"尘缘逐处丧天真"(《己未岁末述怀》)。就是说,随着个体的长大与社会化,童心会渐渐丧失殆尽而俗不可耐,故而才有青少年大多是天生诗人的现象,因为青少年大多童心尚未灭尽,但很快就会童心不再,极少数童心能长期保存的,就是我们当今社会所极罕见的另类——诗人了。从社会方面来说,无论是中国,还是西方,在人类童年时期,都有着共同的精神特征——诗性智慧,而随着科技、理性的发展,人类背"道"而驰,逐步走向异化,而难以返璞归真了。这种情况在西方表现得尤为突出,特别是近代以来,资产阶级的科技文明在带来了巨大的物质财富的同时,也吹散了人生的诗意,造成了人们心灵的枯竭、人格的异化、人性的丧失等各种精神的普遍危机。在法国,卢梭大声疾呼,主张返归自然,重建那种被现代人所抛弃了的朴素的、与自然和谐相处的古老生活方式。在德国,浪漫派早就提出了对世界进行"诗化"的口号;狄尔泰标举体验美学,他建立的精神科学理论试图为我们解开人类生命价值之谜,他曾断言,"诗向我们揭示了人生之谜";尼采呼吁酒神精神,赋予人生世界一种审美的意义;海德格尔"诗意地栖居"对生命的本质进行了思考与展望;非理性主义、生命美学、浪漫主义思潮等等,无一不是以唤回人生的诗意为旨归,竭力想挽救被技术洪流所淹没了的人的内在灵性,拯救被理性思维所窒息了的朴素运思方式,纠正日益异化了的人生与世界。诗性精神是中国传统文化的内核,直到近代国门洞开、西风东渐以前,中国一直都是诗性盎然的国度,可是以物质与科技为主导的西方文明很快就吹散了萦绕在古老中国大地上几千年之久的诗意,曾经的诗性国度正日益物质化、庸俗化,国人已经堕落到了不知何为诗性的地步。

20世纪90年代初,中国曾发生过一场持续近两年的关于人文精神的讨论,最终虽不了了之,可面对十多年后的中国社会现状,那场讨论的意义就愈加凸显。人文精神的内涵当然很丰富,生命的意义与价值、诗与审美、敬畏之心与崇高感等等,一言以蔽之,就是诗性,就是精神,就是雅。黑格尔就认为个体的精神取向直接关系到一个民族的生死存亡,他有句名言:"一个民族有一些关注天空的人,他们才有希望;一个民族只是关心脚下的事情,那是没有未来的。"毛泽东在《纪念白求恩》一文中号召人们学习白求恩的毫无自私自利之心的精神,他有一段诗一般的议论:"一个人能力有大小,但只要有这点精神,就是一个高尚的人,一个纯粹的人,一个有道德的人,一个脱离了低级趣味的人,一个有益于人民的人。"后来他又语重心长地告诫全党:"人是要有点精神的。"毛泽东所强调的"精神",其实就是诗性,就是人生的本质内容。温家宝总理于2007年9月4日在《人民日报》文艺副刊发表了一首题为《仰望星空》的小诗,意味深长;2010年胡锦涛总书记又明确强调要抵制"三俗"(庸俗、低俗、媚俗)之风:一正一反,都是在劝导国人要"有点精神",要弘扬生命的诗性本色,就雅去俗,提升人生的品位与境界。

有人惊呼"文学死了""诗人死了",其实人的诗性本质是不会改变的,世人只因贪求物欲,在无边的欲海里挣扎、沉浮,而迷失了真心,所以诗人、文学家就成为社会的良知与灯塔,指引着世人迷途知返,回归本性,彰显生命的诗性本色。在当代文坛上,苏童就是这样的一位典型的诗性作家。

(二) 苏童的诗性小说观

苏童原名童中贵,现在的名字显然更"名"副其实,"名"如其人,富有灵气与诗意。生于苏州的苏童,血脉里自然因袭着古老江南积淀已久的诗性文化的基因,离开江南悠久、肥沃的诗性土壤,当代作家苏童几乎就会化为乌有。

苏童非常重视作家自身的天赋与修养,重视自身灵魂的塑造与质量。苏童认为:"小说是灵魂的逆光,你把灵魂的一部分注入作品,从而使它有了你的血肉,也就有了艺术的高度。这牵扯到两个问题:其一,作家需要审视自己真实的灵魂状态,要首先塑造你自己;其二,真诚的力量无比巨大,……我想真诚应该是一种生存的态度,尤其对于作家来说。"[1](苏童《苏童创作自述》)苏童对作家灵魂的"真实"与"真诚"的强调,已然透露出他浓郁的诗人气质,而他对鲁迅的解读也非常契合他的心灵特质:"鲁迅对我们而言,值得学习的是他的姿态和胸襟,他的伟大在于,他的精神,他在教育我们为人为文的品格。在我的心目中,与创作的影响相比,他更是一座德行的高峰。"[2](周新民、苏童《打开人性的皱折——苏童访谈录》)长期的创作实践,使得苏童越发感受到作家自身灵魂的重要性,他的第一部长篇小说《米》还是相当成功的,可他后来却心怀愧疚地反省道:"我自己觉得小说中的某些细节

---

[1] 汪政,何平.苏童研究资料[M].天津:天津人民出版社,2007:18.
[2] 汪政,何平.苏童研究资料[M].天津:天津人民出版社,2007:215.

段落尤其是性描写有哗众取宠之心。无论你灵魂的重量如何压住小说的天平,灵魂应该是纯洁的,当然这不仅仅是《米》给我的戒条。"①(苏童《自序七种》)就像鲁迅所说的那样,苏童的写作不仅时时刻刻在解剖别人,更多的是更无情面地解剖他自己的灵魂,这也使他更加坚信决定一个作家成功的关键是内因,是灵魂,是精神,是诗性,而不是外因:"文学资源应该分为外部资源和内部资源两类,大体上作家们所拥有的外部文学资源是一样的,……外部文学资源不是创作的关键,关键是那个内部资源,……唯一有意义的文学资源是这个神秘的内部资源……"②(苏童、汪政《苏童访谈》)

苏童上大学时写过一阵诗,很难想象一个未曾写过诗的人会成为作家,因为一个真正的作家其实是用小说在表达着诗的主题,小说家本质上应该都是诗人,正如米兰·昆德拉在《不能承受的生命之轻》中所写的那样:"小说不是作者的忏悔,而是对于陷入尘世陷阱的人生的探索。"③小说应该是关于现实甚至存在的诗性之思,苏童对此有着执着的追求,他说:"我希望达到的境界含有许多层次,我希望自然、单纯、宁静、悠远,我又希望丰富、复杂、多变。它们有一点是共通的,那就是必须是纯粹的艺术的。"④(苏童《答自己问》)无论是"自然、单纯、宁静、悠远"的境界,还是"纯粹的艺术的",其本质都是诗性的。面对着滚滚红尘的种种庸俗、丑陋的现实,作家所肩负的使命就尤其沉重而崇高,诗性苏童深感别无选择:"我们该为读者描绘一个什么样的世界,如何让这个世界的哲理与逻辑并重,忏悔与警醒并重,良知与天真并重,理想与道德并重,如何让这个世界融合每一天的阳光与月光。这是一件艰难的事,但却只能是我们唯一的选择。"⑤(苏童《虚构的热情》)

2006年9月15日,苏童围绕自己刚完成的长篇小说《碧奴》,在复旦大学作了一场题为《神话是飞翔的现实》的演讲,他说:"说到'孟姜女哭长城'的故事,最大的把我征服的内容是,别看这是一个民间流传的神话传说,它里面有一个非常严肃、巨大的人生命题甚至可以说是哲学命题。……'孟姜女哭长城'故事一个奇特的东西是它还显示了世态人心,因为所有的神话背后都有世态人心支撑,民间传说更

---

① 汪政,何平.苏童研究资料[M].天津:天津人民出版社,2007:42.
② 汪政,何平.苏童研究资料[M].天津:天津人民出版社,2007:2.
③ 昆德拉.不能承受的生命之轻[M].许钧,译.上海:上海译文出版社,2003:263.
④ 汪政,何平.苏童研究资料[M].天津:天津人民出版社,2007:34.
⑤ 汪政,何平.苏童研究资料[M].天津:天津人民出版社,2007:45.

是。……孟姜女故事给我的启发,给我的一个角度,就是从世俗出发,一个普通的民间女子怎么成了一位神?她身上如何散发神性的光芒?"①世俗与神性往往是对立的,苏童在这次"重述神话"的创作当中却有了新的思考:"神话也好现实也好也不对立,很多时候它们是互为补充、互为映照的。"②其实,无论是英国公司在中国选择了苏童加入其"重述神话"计划,还是苏童选择了"孟姜女哭长城"来"交差",其标准却是一样的,那就是诗性,苏童正是"重述神话"诗性写作的恰当人选,孟姜女也正是从人到神的诗性转变的典范。

苏童曾经明确表达过自己的世界观:"生命中充满了痛苦,快乐和幸福在生命中不是常量,而痛苦则是常量。我倾向于痛苦是人生的标签这种观点。至于对死亡的看法,死亡从某种意义上来说是一种摆脱,所以在我的小说中,死亡要么是兴高采烈的事,要么是非常突兀,带有喜剧性因素。死亡在我的小说里不是可怕的事。"③(苏童、王宏图《南方精神》)这段话似乎透露了苏童世界观的宗教倾向,可他又说:"我对宗教一直抱着敬而远之的态度,我的所有的创作包括小说中流露出的宿命情绪,与宗教是无关的。……实际上我不是从宗教或某种哲学理念去演绎我的小说进程,许多东西我自己要在写作完成后才能圆满地解释。……我的哲学观和宗教观都潜藏在我的小说的演进之中,它不是固定的。"④(苏童、王宏图《南方精神》)可见苏童小说有时散发的某些宗教意味虽是自发的、朦胧的,处于萌芽的阶段,但同时也显示了苏童创作不甘于表面化与平庸的努力。他说:"我的创作目标,就是无限利用'人'和人性的分量,无限夸张人和人性力量,打开人生和心灵世界的皱折,轻轻拂去皱折上的灰尘,看清人性自身的面目,来营造一个小说世界。"⑤(周新民、苏童《打开人性的皱折——苏童访谈录》)苏童高举着人性的大旗,凭着"虚构的热情",挖掘出人性"皱折"深处的无尽的诗意来,从萦绕着童年记忆的"香椿树街"系列到洋溢着怀乡、还乡情结的"枫杨树村"系列,从"新历史"系列再到现实题材系列,无不张扬着同一个主题,那就是展示"人性自身的面目"——诗性。

---

① 汪政,何平.苏童研究资料[M].天津:天津人民出版社,2007:71-72.
② 汪政,何平.苏童研究资料[M].天津:天津人民出版社,2007:74.
③ 汪政,何平.苏童研究资料[M].天津:天津人民出版社,2007:195.
④ 汪政,何平.苏童研究资料[M].天津:天津人民出版社,2007:195.
⑤ 汪政,何平.苏童研究资料[M].天津:天津人民出版社,2007:203.

(三) 苏童小说的诗性内涵

生活中的苏童安分守己,创作中的苏童却喜欢折腾。为了寻找"黑暗中的灯绳",苏童不断挑战自我,突破自我,创作题材与风格虽几经转变,从"香椿树街"到"枫杨树村",从童年的记忆到历史的想象,从现实到神话,从意象到白描,但作者的诗心未变,作品主题的诗性内涵未变。

苏童自小生活的"城北地带",在小说中被处理成"香椿树街",围绕着亦真亦幻的"香椿树街",苏童尽情地回味着诗意盎然的童年生活。一个人有关童年经历的记忆虽然总是残缺不全的,但因为有着童年的特殊视角,一切便都有了文学的意味,正如苏童所概括的那样:"我从小生长在类似'香椿树街'的一条街道上,我知道少年血是黏稠而富有文学意味的,我知道少年血在混乱无序的年月里如何流淌,凡是流淌的事物必有它的轨迹。"①(苏童《自序七种》)《乘滑轮车远去》《刺青时代》《城北地带》《南方的堕落》等作品刻画了倔强的血性少年达生、漂亮乖巧的美琪、粗鲁暴躁的红旗等一个个鲜活的少年形象,回力球鞋、U形铁、滑轮车、工装裤、古巴刀……这些有着鲜明时代烙印的细节,演绎着时代少年的欢乐与哀伤、自由与冲动、憧憬与忧愁。童心难灭的苏童长期沉湎于自己早年的记忆,抹去了政治的、时代的风云,只剩下纯粹的人性风景:"一条狭窄的南方老街(后来我定名为香椿树街),一群处于青春发育期的南方少年,不安定的情感因素,突然降临于黑暗街头的血腥气味,一些在潮湿的空气中发芽溃烂的年轻生命,一些徘徊在青石板路上的扭曲的灵魂。"②(苏童《自序七种》)在这些色彩斑斓的怀旧叙事中,在那些看似平淡无奇的日常书写的背后,隐藏着作者那颗寻觅、探索人生真谛的心。当然,"香椿树街"系列作品同时也如实地描写了二十世纪六七十年代普通人的日常生活,那些琐屑的、庸常的生活画面在苏童的笔下却有了某种美感,那也是生活给他的灵感与感动:"我从一盆被主人搁置在老虎窗前的枯萎的万年青上,看见了南方生活残存的一点诗意,就那么一点点诗意,已经让我莫名地感动。"③(苏童《关于现实,或者关于香椿树街》)生活给了苏童"一点点诗意",苏童却给了我们无边的诗意。

---

① 汪政,何平. 苏童研究资料[M]. 天津:天津人民出版社,2007:37.
② 汪政,何平. 苏童研究资料[M]. 天津:天津人民出版社,2007:36-37.
③ 汪政,何平. 苏童研究资料[M]. 天津:天津人民出版社,2007:60.

苏童探寻的目光终于穿越了童年记忆的碎片,来到了"枫杨树村",一次次操练着自己精神的怀乡与还乡,《飞跃我的枫杨树故乡》《罂粟之家》《一九三四年的逃亡》《祭奠红马》《祖母的季节》《逃》《外乡人父子》《米》等作品共同营构了苏童扑朔迷离的精神故乡或文学故乡——"枫杨树村"。苏童的祖籍是扬中,父辈起才移居苏州谋生,扬中原来是长江中心的一座小小的孤岛,苏童只是在很小的时候去过一次,除了湿漉漉、雾蒙蒙的印象,其他没有任何关于祖辈故乡的记忆,苏童笔下的"枫杨树村"其实是苏童梦游、神往的虚拟故乡,是苏童生命血脉的"根"。苏童生长于苏州,但苏州显然还不能算是他的根,无"根"的困惑使得苏童只能靠想象与文字去寻觅、建造自己的"根":"我写这个其实是'寻根'文学思潮比较热闹的时期,'寻根'文学思潮推动了我对自己的精神之根的探索。因此,'枫杨树'的写作其实是关于自己的'根'的一次次的探究,这探究不需要答案,因此散漫无序,正好适合小说来完成。通过虚构可以完成好多实地考察完成不了的任务。"①(周新民、苏童《打开人性的皱折——苏童访谈录》)与其说苏童通过小说来缝合家族史的碎片,还不如说苏童借助想象、意象在完成人性史的拼图,欲望、冷酷、残暴、灾难、逃亡……种种颓败的气息笼罩着"枫杨树村",先人们的种种愚昧、丑陋与不幸、痛苦在苏童的笔端尽情上演,政治、历史在作品中只是模糊的背景,纵横驰骋的主角是原汁原味的美丑一体、真假一如的人性。"当我想知道我们全是人类生育繁衍大链环上的某个环节时,我内心充满甜蜜的忧伤,我想探究我的血流之源,我曾经纠缠着母亲打听先人的故事。"(苏童《一九三四年的逃亡》)对苏童来说,先人们的一切细节,不管是好是坏,都有着不同寻常的意义,当苏童用好奇的、探究的眼光去想象、还原先人们的斑斑劣迹时,丝毫没有亵渎的意味,无论是《一九三四年的逃亡》中吸人精血的陈文治、薄情寡义的陈宝年,还是《罂粟之家》中满身梅毒大疮的刘老信、好色成瘾的陈茂,苏童的笔调始终是温情而浪漫的,一次次颇有收获的寻"根"之旅,使得"枫杨树村"系列成为苏童小说中最富诗性的作品。

真正让苏童声名鹊起的还是以《妻妾成群》为开端的"红粉"系列。"枫杨树村"系列的先锋姿态让苏童在小说形式上折腾了一番,但很快苏童就发现了先锋写作的危机,而毅然决然地选择了向传统的回归,《妻妾成群》就是一次华丽的转身:讲故事,重白描,在散发着阴柔气息的古典小说的迷宫里穿梭,苏童如鱼得水,在人性

---

① 汪政,何平.苏童研究资料[M].天津:天津人民出版社,2007:200.

的天空中自由翱翔。有人把苏童的"红粉"系列,包括《米》《我的帝王生涯》《武则天》等概括为"新历史"小说系列,其实历史在苏童的作品中一般只剩下模糊的背景,甚至是缺席的,苏童在意的是"人性"的故事,展现的是"人性"的空间,而不是历史,苏童把自己的这种创作方法叫作"老瓶装新酒":"在写作时,我试图摆脱一种写作惯性,小心地把'人'的面貌从时代和社会标签的覆盖下剥离出来。我更多的是讲人的故事。……以前的小说文本通常是将人物潜藏在政治、历史、社会变革的线索的后面,表现人的处境。我努力地倒过来,将历史、政治的线索潜藏在人物的背后,拷问人物不一定要把他们倒吊着,可以微笑着伸出懒腰逼供。我想我自己认为的新酒就在这里。"①(周新民、苏童《打开人性的皱折——苏童访谈录》)这是苏童的聪明之处,也导致了其作品屡屡被误读:"譬如《妻妾成群》,许多读者把它读成一个'旧时代女性故事'或者'一夫多妻的故事',但假如仅仅是这样,我绝不会对这篇小说感到满意的。是不是把它理解成一个关于'痛苦和恐惧'的故事呢?假如可以作出这样的理解,那我对这篇小说就满意多了。"②(苏童《我为什么写〈妻妾成群〉》)作为一个男性作家来刻画女性形象,自然有着种种障碍,可是苏童却显得驾轻就熟,颂莲、梅珊、小萼等一个个鲜活的妇女形象跃入读者的眼帘,而显示了苏童惊人的创作天赋——虚构的力量与热情:"虚构不仅是幻想,更重要的是一种把握,一种超越理念束缚的把握……虚构不仅是一种写作技巧,它更多的是一种热情,这种热情导致你对于世界和人群产生无限的欲望。按自己的方式记录这个世界这些人群,从而使你的文字有别于历史学家记载的历史,有别于报纸上的社会新闻或小道消息,也有别于与你同时代的作家和作品。"③(苏童《虚构的热情》)苏童最根本的与众不同就是他的诗性的眼光,陈旧的题材、平常的人物,到了苏童的笔下就会让人耳目一新,且耐人寻味,那是因为一切都已经抹上了苏童的诗性色彩:"比如我对人性的探讨,什么是阴暗,什么是灰色、堕落,在我这里都不形成道德上的美与丑,我的'王国'我说了算,这不是自恋,是我们剩余不多的一份骄傲。"④(苏童、张学昕《回忆·想象·叙述·写作的发生》)

中长篇小说的创作实绩使苏童跻身中国当代文坛优秀作家的行列,蜚声海内

---

① 汪政,何平.苏童研究资料[M].天津:天津人民出版社,2007:202-203.
② 汪政,何平.苏童研究资料[M].天津:天津人民出版社,2007:63.
③ 汪政,何平.苏童研究资料[M].天津:天津人民出版社,2007:45.
④ 汪政,何平.苏童研究资料[M].天津:天津人民出版社,2007:223.

外,但苏童自己最钟爱的却是他的短篇小说。自称患有短篇"病"的苏童,主要深受外国短篇大师的影响,他先后转益多师、移情别恋于契诃夫、高尔基、海明威、博尔赫斯、乔伊斯、雷蒙德·卡佛等欧美大家,当然也喜爱冯梦龙、沈从文、汪曾祺等中国的短篇大师。近年来苏童的写作重心明显地移向了短篇小说的创作,而佳作迭出,《向日葵》《水鬼》《古巴刀》《巨婴》《骑兵》《西瓜船》《拾婴记》等一大批短篇小说,像一首首优美、精致的抒情小诗,将苏童诗性写作的唯美风格发挥得淋漓尽致。

与其说苏童在写小说,还不如说他写的是诗,一曲曲关于人性的挽歌,美丽而哀伤。

(四) 苏童小说的诗性叙事

读苏童的小说,最先感受到的往往不是作品的诗性内涵,而是作品无处不在的诗性叙事的无穷魅力,语言、结构,特别是轻盈巧妙的意象,让人充分领略到汉语言文字诗性叙事的神奇张力与潜力。就是说,苏童的作品,从内容到形式,从外到里,无不渗透着充沛的诗意。

意象纷呈是苏童小说最显著的艺术特色。意象、意境是中国古典诗歌传统的精髓,也是中国特别是江南诗性文化的结晶,苏童在小说创作中情不自禁地营造意象,就是其诗人本色的生动写照。评论界对苏童作品的意象特征关注已久,王干于1992年就以《苏童意象》为题对构成苏童小说的主要意象群落进行了阐述,认为:"苏童小说从'我'到'他'、从繁到简的几经变异,并没有改变他意象化美学追求。……可以说苏童创造了一种小说话语,这就是意象化的白描,或白描的意象化。"[1] 张学昕从美学层面、文体风格等方面对苏童作品中的意象进行了阐述:"我们在苏童小说中所看到的大量的意象,不仅使他的小说获取了更大的表现的自由与空间,使叙述向诗性转化,而且使'抒情性风格'向更为深邃的表意层次迈进、延伸……"[2] 上述二人主要就苏童小说的意象特色而论,没有联系作品的内涵作进一步的挖掘。2003年,葛红兵发表的《苏童的意象主义写作》一文,可谓是对苏童意象研究的一大突破。葛红兵不再囿于作品的艺术形式,而是从整体上将苏童的写

---

[1] 汪政,何平.苏童研究资料[M].天津:天津人民出版社,2007:332-333.
[2] 张学昕.南方想象的诗学:论苏童的当代唯美写作[D].长春:吉林大学,2007:102.

作命名为"意象主义写作",他认为苏童以意象主义的写作语式,突破了20世纪主宰汉语言文学的启蒙语式,在解读《妻妾成群》时,他有一段精辟的分析:"苏童无意于展现时代,也无意于刻画人物,他试图揭示的其实只是某种心态、意绪与幻觉,在这个意义上,女性主人公的命运与观念实际上都是虚拟的、象征化的。而实实在在地被苏童看重的则是她们的生存感受、她们的虚荣、她们的欲望、她们的恐惧、她们的空虚,这些通过井、箫、阳痿、醉酒等一系列意象弥漫开来。"①(葛红兵《苏童的意象主义写作》)这里对苏童作品的把握还是相当到位的,只是没有进一步捕捉到苏童创作的诗性根源。

苏童早期创作时,意象的运用十分频繁,先锋实验的痕迹很重,比如"枫杨树村"系列小说,苏童这样描述道:"小说由一组组画面的碎片、一组组杂乱的意象组成,而小说的推动力完全靠碎片与碎片的碰撞,意象与意象之间的碰撞。"②(周新民、苏童《打开人性的皱折——苏童访谈录》)青春时期的苏童诗意奋发,完全把小说当作诗歌来写了,过于张扬而少节制,到了《妻妾成群》时,苏童终于成功转型了。他自己这样总结道:"在(20世纪)80年代,意象的大量使用是我写作的一个习惯,也许来自诗歌。在写作中,塑造人物形象也好,推进情节也好,都注重渲染意象的效果。……但是后来,我渐渐抛弃这样的一种写作方法。尤其从《妻妾成群》开始,我开始使用传统白描手法,意象在我的小说中存在是越来越弱。"③(周新民、苏童《打开人性的皱折——苏童访谈录》)越来越成熟的苏童学会了收敛自己的诗性,不只凭借意象,而且善于运用多种艺术手段来营造作品的意境,甚至在像《已婚男人》《离婚指南》这样毫无诗意的现实题材中也能写出诗意来。

苏童小说的遣词造句深得中国古典小说语言的神韵,准确、细腻、简洁、生动,且如行云流水,其别样的清词丽句,富有诗情画意:"这方面给我启发很大的是我国古典小说《红楼梦》《三言二拍》,它们虽然有些模式化,但人物描写上那种语言的简洁细致,当你把它拿过来作一些转换的时候,你会体会到一种乐趣,你知道了如何用最少最简洁的语言挑出人物性格中深藏的东西。"④(林舟、苏童《永远的寻找——苏童访谈录》)比如《妻妾成群》里,当颂莲与飞浦二人坐着呷酒时,苏童写

---

① 汪政,何平.苏童研究资料[M].天津:天津人民出版社,2007:476.
② 汪政,何平.苏童研究资料[M].天津:天津人民出版社,2007:199.
③ 汪政,何平.苏童研究资料[M].天津:天津人民出版社,2007:211.
④ 汪政,何平.苏童研究资料[M].天津:天津人民出版社,2007:105.

道:"颂莲的心里很潮湿,一种陌生的欲望像风一样灌进身体,她觉得喘不过气来。"用诗性的词句来演绎、定格人物微妙的心理波澜,苏童绝对是高手。他曾经说过:"也许一个好作家天生具有超常的魅力,他可以在笔端注入一个世界,这个世界空气新鲜,或者风景独特,这一切不是来自哲学和经验,不是来自普遍的生活经历和疲惫的思考,它取决于作家自身的心态特质,取决于一种独特的痴迷,一种独特的白日梦的方式。"①(苏童《周梅森的现在进行时》)苏童喜欢写作,尤其醉心于短篇小说的创作,因为写作对他来说是一种享受,甚至是一种生活方式,一种天马行空式的用语言来固定无比深广的心灵内涵的工作,更是一种风光无限的精神的旅行与探险。苏童乐此不疲:"写作也可以借助纸上的时间,文学的虚拟世界,拥有一个物质生活之外的另一个精神空间。我感到,我写作的时候是在霸占着某个世界,一个神秘的王国,发号施令,很强悍,令人满足。"②(苏童、张学昕《回忆·想象·叙述·写作的发生》)

古人写诗,是生活的一部分,文学与生活是融为一体的,从而过着诗性生活。从某种意义上来说,苏童所过的就是古代诗人的生活,只不过从他嘴里吟出的不是一首首诗,而是一篇篇小说。苏童创作了小说,小说同时也创造了苏童,苏童小说的诗性叙事使得他过着现代人难以企及的诗性生活:"我唯一坚定的信仰是文学,它让我解脱了许多难以言语的苦难和烦忧。我喜爱它并怀着一种深沉的感激之情,我感激世界上有这门事业,它使我赖以生存并完善充实了我的生活。"③(苏童《一份自传》)

(五)结语:"平静如水"

1989年,苏童在《上海文学》上发表了短篇《平静如水》,小说末尾写道:"我现在远离了外面乱哄哄的世界,所以我说,平静如水。"这句话其实也是苏童自我生命的真实写照。"乱哄哄"的现实世界必然是庸俗不堪的,诗性的苏童只有选择小说创作来逃离,来营构自己"平静如水"的文学世外桃源。正如苏童自己总结的那样:"就这样平淡地生活。我现在蜗居在南京一座破旧的小楼里,读书、写作、会客、与

---

① 苏童.寻找灯绳[M].南京:江苏文艺出版社,1995:167.
② 汪政,何平.苏童研究资料[M].天津:天津人民出版社,2007:218.
③ 汪政,何平.苏童研究资料[M].天津:天津人民出版社,2007:9.

朋友搓麻将,没有任何野心,没有任何贪欲,没有任何艳遇。这样的生活天经地义,心情平静、生活平静,我的作品也变得平静。"①(苏童《一份自传》)

平淡才是真。这就是诗性的苏童,平静如水的苏童,给我们奉上一道道诗性大餐的苏童。

原载《南京师范大学文学院学报》2011年第2期

---

① 汪政,何平.苏童研究资料[M].天津:天津人民出版社,2007:11.

余华小说雅俗论

人们已经习惯于用西方的批评话语来解读余华,所以用雅俗这样的中国传统批评话语来审视余华的小说创作,似乎是很不适当的,甚至是徒劳的,但如果我们承认在这样的批评标准下《金瓶梅》《红楼梦》的伟大,那么在雅俗视角观照下的余华小说总该有所呈现,这将是本文所要尝试的。

(一) 余华小说创作的精神资源及其"看法"

一个作家精神的高度决定了其作品思想的深度,很难想象一个思想肤浅的作家能写出深刻的作品来,除非是那种悟性极高的天才,比如年纪轻轻的张爱玲就写出了很有分量的"美丽而苍凉"的《传奇》,显然这样的天才毕竟是罕见的。《红楼梦》的伟大主要在于其深广的形而上内涵,鲁迅作品的深刻源于其对中西文化的谙熟。鲁迅曾经一度崇拜尼采,更曾经花了很大力气研读佛经,虽然他终其一生并没有宗教信仰,但佛教甚深的思想智慧还是潜移默化地影响了鲁迅,对古今中外伟大思想的自觉吸收与融合,使得鲁迅成为中国现代史上思想的巨人、文学的大家。老舍、沈从文等现代著名作家也都是这样的灵魂、人性、精神的探索者、批判者、建设者,他们的作品自然而然地积淀了厚重的文化与精神,而成为真正意义上的经典。

余华的文学天赋当然是不言而喻的,这是一个作家的前提,对大多数作家而言,其精神资源的取向与优劣往往直接决定了其创作的品质与成就。从余华的一些随笔及访谈中,我们可以大致勾勒余华写作的精神谱系。作为一个经历过"文革"的"不喜欢中国的知识分子"的"60后",相比于对川端康成和卡夫卡的熟悉,余华对中国传统文化与文学显然是比较隔膜的,但这并不是说他熟悉西方文化,事实上他真正感兴趣的是西方现代文学的叙事技巧,虽然余华说他喜欢读《圣经》,但我们很难在他的作品中找到真正的西方精神,所以我们可以说余华的精神资源相对于鲁迅那些现代文学大家而言是相当贫瘠的。因为缺乏那些古往今来伟大思想的指导,所以越是爱思考,其文字就越是显示了其思想的贫穷、混乱与幼稚,这样的情况在余华的随笔中比比皆是,他的小说更是明证。比如余华发表于《作家》1998年第8期的《我能否相信自己》一文,就是他平庸思想的一次展览。文中余华反复引用和论证他颇为认可的两句话——"看法总是要陈旧过时,而事实永远不会陈旧过时""命运的看法比我们更准确"①他认为"事实"和"命运"远比"看法"重要,所以在他的小说中就只有"事实"的堆积和"命运"的设计,而独独没有"看法",即思想。其实,"命运"本身就是"看法",而且伟大的"看法"是很难过时的,比如中国传统文化的儒道释思想、西方的宗教文化等等都是历久弥新的,只有那些肤浅的"看法"才会很快就消失在历史的天空。余华追求"真实",一味相信、强调"事实"、细节以及想象,可是没有"看法"的"事实"与细节其实只是"事实"的杂乱的表象,根本就无法接近"真实",没有"看法"的想象也只能是痴人呓语。谢有顺曾经一针见血地指出余华的这一创作误区:"从事实的层面进入价值的层面,对作家而言,他进入的其实是一个新的想象世界。只有二者的结合,才能够把事实带到深邃之中,因为事实后面还有事实。那些拘泥于事实世界而失去了价值想象的作家,最后的结局一定是被事实吞没;他的作品,也很快就会沦为生活的赝品。"②樊星也曾有论述:"我们就可以注意到余华以及其他'人性恶'的作家与陀思妥耶夫斯基的巨大差距。这差距就在于中国作家常常停留在'描述'(无论是白描,还是渲染神秘氛围)的层次,……却不能像陀思妥耶夫斯基那样,深入到'人性分析'的哲学境界。中国作家有直面丑恶的勇气,却缺乏剖析丑恶的才赋。"③[樊星《人性恶的证明——余华小说论(1984—1988)》]郜元宝也有同感:"我们只知道余华拒斥了什么,并不知道余华树立了什么。余华为我们呈现出如此清晰而单纯的世界图画,他自己关于苦难的观

---

① 洪治纲. 余华研究资料[M]. 天津:天津人民出版社,2007:65.
② 谢有顺. 余华的生存哲学及其待解的问题[M]//吴义勤. 余华研究资料. 济南:山东文艺出版社,2006:350.
③ 洪治纲. 余华研究资料[M]. 天津:天津人民出版社,2007:276.

念却并没有如何凸显出来,反而不得不趋于某种令人困惑的含混暧昧。谁也不知道余华到底在讲些什么。"①(郜元宝《余华创作中的苦难意识》)事实上,余华确实没有讲什么,倒是评论家们无中生有、一厢情愿地讲了许多。

余华说:"人是为活着本身而活着。"这就是余华的人生观。他认为:"人的理想、抱负,或者金钱、地位等等和生命本身是没有关系的,它仅仅只是人的欲望或者是理智扩张时的要求而已。人的生命本身是不会有这样的要求的,人的生命唯一的要求就是'活着'。"②(《"活着是生命的唯一要求"——与〈书评周刊〉记者王玮谈话》)事实上,"活着"只是人生最外层的表象,而在这表象背后隐藏着丰富的人生的意义与价值,所以如果说动物是为活着而活着还能成立的话,那么说人是为活着而活着,就实在是匪夷所思了,因为即使是最卑微、平庸的人,也不可能像动物那样没有目的、意义地活着,更不用说那些为了崇高的信念、信仰而赴汤蹈火、舍生取义的人。人活着也不仅仅是苦难,更不仅仅是忍受苦难与痛苦、暴力与死亡、命运与绝望,即使是最悲惨的人生也有快乐、美、希望与抗争,哪怕是短暂的。对此谢有顺也看得明白:"余华为福贵、许三观安排了一大堆精心结撰的'事实'(丧亲和卖血的苦难),却唯独没有让他们成为有'看法'(通过受难与积极世界联系)的人,结果,存在的尊严、价值和光辉就无从建立起来,更不要说像卡夫卡那样将人物的生活与人类的根本境遇联结在一起了。"③(谢有顺《余华的生存哲学及其待解的问题》)所以余华自以为发现了人"活着"的"真谛",其实荒谬不堪,如果人们真的是余华所认为的那样的生存状态,那人间不是回到了原始社会,就是变成了动物世界甚至地狱。

余华说:"事实上我不仅对职业缺乏兴趣.就是对那种竭力塑造人物性格的做法也感到不可思议和难以理解。我实在看不出那些所谓性格鲜明的人物身上有多少艺术价值。那些具有所谓性格的人物几乎都可以用一些抽象的常用词语来概括,即开朗、狡猾、厚道、忧郁等等。显而易见,性格关心的是人的外表而并非内心,而且经常粗暴地干涉作家试图进一步深入人的复杂层面的努力。因此我更关心的是人物的欲望,欲望比性格更能代表一个人的存在价值。"④(余华《虚伪的作品》)照余华这么理解,古今中外的大多数文学经典就毫无价值可言了,《金瓶梅》中的西

---

① 洪治纲.余华研究资料[M].天津:天津人民出版社,2007:203.
② 余华.我能否相信自己:余华随笔选[M].北京:人民日报出版社,1998:216.
③ 吴义勤.余华研究资料[M].济南:山东文艺出版社,2006:351.
④ 吴义勤.余华研究资料[M].济南:山东文艺出版社,2006:13.

门庆、潘金莲,《红楼梦》中的贾宝玉、林黛玉,《罗密欧与朱丽叶》中的罗密欧、朱丽叶等人物就不是什么不朽的艺术形象了,而且性格绝不是"人的外表",而是一个人心灵的集中体现,所以对塑造人物性格的文学经典不屑一顾的余华,并非是超越了经典,而是根本就不懂经典而自以为是、胡言乱语。在写完《许三观卖血记》之后,余华有过这样的总结:"我过去的现实更倾向于想象中的,现在的现实则更接近于事实本身。一个人的年龄慢慢增长以后,对时代的事物越来越有兴趣和越来越敏感了,而对虚幻的东西则开始慢慢丧失兴趣。换一个角度说,写得越来越实在,应该说是作为一名作家所必须具有的本领,因为你不能总是向你的读者们提供似是而非的东西,最起码的一点,你首先应该把自己明白的东西送给别人。"①(余华、潘凯雄《新年第一天的文学对话:关于〈许三观卖血记〉及其它》)就是说,余华自己也承认,在《许三观卖血记》之前的那些作品是他自己都不明白的"似是而非的东西",也难怪他有"我能否相信自己"的感慨。可是很多读者尤其是一些西方的读者都说他们读懂了,其实即使是余华自己认为"明白"的《许三观卖血记》里,又有多少东西能让人明白。

  小说创作的关键无非是解决好写什么和怎么写这两个方面的问题,二者同样重要,但内容决定形式,这里的内容不仅仅是作品的故事情节,更应该是人物、情节背后的思想内涵,这就牵涉到作者自身的素养问题。如果作品的内容问题没有解决好,却一味折腾叙事技巧等形式,那样的作品从外表看光怪陆离,令人耳目一新,可作品的内核却空空如也,而成为一个做文字游戏的怪物,20世纪中国很多的先锋作家所做的就是这样的事情。更可悲的是当时的评论界,面对这些纷纷出笼的带着西方现代派文学面具的"怪物",为了保持评论家的尊严,虽然看不懂,但也绝对不能保持沉默,费尽心思地挪用西方批评话语来"为赋新词强说愁",而与先锋作家共同玷污了中国当代文学的圣殿。余华到写完《许三观卖血记》后才渐渐明白了沈从文关于小说创作经验总结的一个字——贴:"贴——其实就是源源不断地去理解自己笔下的人物,就像去理解一位越来越亲密的朋友那样,因为生活远比我们想象的要丰富得多,就是我自己也要比我所认为的要丰富得多。"②(余华《"我只要写作,就是回家"——与作家杨绍斌的谈话》)就像演员演戏要尽量投入角色一样,

---

① 余华,潘凯雄.新年第一天的文学对话:关于《许三观卖血记》及其它[J].作家,1996(3):4—10.
② 吴义勤.余华研究资料[M].济南:山东文艺出版社,2006:32.

"贴"是小说创作的一个最基本的诀窍与原则,那些世界名著哪一部不是贴着人物写的。可惜余华是写作了十多年之后才略有所悟,可更严重的问题是,如果作家自身的素质不够扎实,越是贴着人物写,可能就越危险,而成为毫无节制的疯言疯语,破绽百出,余华的大多数小说就是这样的产品。

余华受中国传统文化与文学的滋润非常有限,而主要靠移植西方现代主义文学的叙事技巧来支撑自己的小说创作,可是正如刘小枫所分析的那样,西方现代派所"审视痛苦的景观"根源于西方传统文化的"理性精神与基督精神",而中国的先锋作家由于文化背景的局限,不可能把握到西方作家用来审视痛苦的景观,这是先锋作家所表现的痛苦不可能如西方作家那样纯粹和深刻的根本原因。[①] 同时这样的无根"移植"所生成的"南橘北枳"也是造成余华作品屡次被西方读者误读而获奖的原因,因为西方人同样对中国的文化是隔膜的,他们只看到余华作品中对中国人磨难的津津乐道,而冠以"反映人类普遍生存意义的寓言""人道主义"等褒评。但是中国真正的评论家是不会人云亦云的,比如谢有顺等评论家当年就对余华颇为自信的新作《兄弟》很不以为然,尽管《兄弟》后来又在法国获奖,但这并不能改变中国批评家的看法和余华小说的品质。

(二) 余华小说主题的"雅":"被荒诞"与"被深刻"

作家莫言曾盛赞余华是"中国当代文坛上的第一个清醒的说梦者",因为他从余华《十八岁出门远行》等作品里看到了卡夫卡的影子,更是看到了自己的影子,因为他们都有挥霍自己过人想象力的嗜好。可问题的关键是,文学不仅仅是想象力的跑马场,仅仅靠想象力是炼不成文学大师的,而只能是花里胡哨的平庸作者。

死亡、暴力、冷漠是余华小说不断重复的想象叙事,自《活着》始虽有所收敛,但《许三观卖血记》《兄弟》里依然骨子里透露着余华创作的一贯风格。如果要追问为什么余华会是这样的风格,那么可从内因与外因两方面着手分析。首先是内因,包括余华的童年经历、性格乃至天赋,这些是决定性因素。余华自己也觉得:"童年生活对一个人来说是一个根本性的选择,没有第二或第三种选择的可能。因为一个人的童年,给你带来了一种什么样的东西,是一个人和这个世界的一生的关系的基

[①] 刘小枫.这一代人的怕和爱[M].北京:三联书店,1996:145.

础。……我们对世界最初的认识都是来自童年,而我们今后对世界的感受,对世界的想象力,无非是像电脑中的软件升级一样,其基础是不会变的。……一个人的童年基本上是抓住了一个人的一生。他的一生都跟着他的童年走。他后来的所有一切都只是为了补充童年,或者说是补充他的生命。"①(余华、洪治纲《火焰的秘密心脏》)在1997年完成《许三观卖血记》后的访谈中,余华也曾说过:"我的叙述是比较冷漠的,即使以第一人称叙述语调也像一个旁观者,这种叙述的建立肯定与小时候的生活有关。"②(陈少华《写作之途的变迁——作家余华精神现象试读》)余华小时候的家就住在医院,见多了鲜血与死亡,可是这并不能成为他后来反复书写暴力的根本理由,否则外科医生岂不更有可能成为像余华这样的作家,所以我们应该追溯更为根本的缘由,那就要对余华的人格或精神进行心理分析,对他的先天禀赋、气质力求把握,才有可能真正揭开余华的写作之谜。当然我们不可能直接对余华进行精神分析,但从余华作品中一次次的关于暴力与死亡的"意淫"里,从他的阅读兴趣里,可以间接地勾勒余华的心理个性或气质。余华也读过中国的文学作品,可他对《红楼梦》《荷花淀》《大淖记事》之类的中国特色的作品可能没有什么感觉,而最终拜倒在以卡夫卡为代表的西方现代派文学的脚下,这绝不是偶然的,因为余华的气质契合了卡夫卡之类的作品,正如他自己所说的那样:"因为只有在外国文学里,我才真正了解写作的技巧,然后通过自己的写作去认识文学有着多么丰富的表达,去认识文学的美妙和乐趣,虽然它们反过来也影响了我的生活态度和人生感受,然而始终不是根本的和决定性的。"③(余华《我为何写作》)外国文学作品当然不是决定性的,童年的经历和卡夫卡只是一步步激活了余华潜意识中的暴力与冷漠,决定性的还是余华的先天气质。想象力丰富是一切作家的共性,可想象的具体内容与对象却是一个作家的个性,所以余华的气质决定了他想象的焦点与范围。他说:"最早的时候,像刚才说到,卡夫卡给我带来了自由以后,我写了《十八岁出门远行》那么一批作品。那个时候,我是一个强硬的叙述者,或者说是像'暴君'一样的叙述者。我认为人物都是符号,人物都是我手里的棋子。"④(余华、洪治纲《火焰的秘密心脏》)就是说,余华作品中的人物、情节、对话、动作、意象等等都成了作者内在精

---

① 洪治纲.余华研究资料[M].天津:天津人民出版社,2007:3-6.
② 吴义勤.余华研究资料[M].济南:山东文艺出版社,2006:208.
③ 吴义勤.余华研究资料[M].济南:山东文艺出版社,2006:21-22.
④ 洪治纲.余华研究资料[M].天津:天津人民出版社,2007:19.

神品质流露抑或宣泄的道具而已。严格说来,所有的文艺作品都是不同程度的个人思想趣味的表现,那么为什么卡夫卡们宣泄了就可以成为西方的文学经典,而余华的喃喃自语就受到质疑呢?这就是上文提到的"南橘北枳"的问题,由于余华对中国人的文化与心理缺乏深刻的体验,他表面上所写的是中国的人和事,实际上他写的是他自己内在的、隐秘的灵魂,所以他所叙写的那些充满暴力、死亡与冷漠的人和事根本就不可能代表中国人的生存现实,但因为他的作品与卡夫卡貌合神离,所以西方读者硬是把余华的"自言自语"误读成了"普遍的人性",其实无论是福贵、许三观,还是李光头兄弟,余华臆想的这些苍白、干瘪、怪异的人物形象都不是中国人灵魂的真实写照,这就是余华与卡夫卡的区别,也是中国先锋作家邯郸学步、买椟还珠的遗憾。

在西方文学中,"荒诞"是指形而上的世界存在及生命存在的本质,"荒诞感"就是对荒诞的感受和体验,它产生于西方19世纪末20世纪初尼采宣布"上帝死了"之后的资本主义社会人性异化的普遍现实,更扎根于西方的宗教文明与科技理性文明互相碰撞、融合的土壤,卡夫卡便是这种文学的代表。他逃避现实世界,追求纯粹的内心世界和精神慰藉,表现因荒诞的客观世界所引起的陌生孤独、忧郁痛苦以及个性消失的种种心理感受,而在某种程度上揭示了人类存在荒诞的本质,这就是卡夫卡的伟大与深刻之处,因为他的作品确实触摸到了他所处的社会时代的脉搏。反观中国现当代的社会历史与现实:一是中国人历来缺乏明确的宗教信仰,因为什么都信就等于什么都不信;二是科技理性文明在中国的发展有一个长期的过程。所以不是说中国人生存的本质不荒诞,而是说大多数中国人难以产生"荒诞感"的自觉,特别是近现代以来,一贯执着于现世生活且乐天知命的中国人虽饱受磨难,但却少有颓唐与绝望,更不要说上升到"荒诞感"了,而是苦中作乐,不断地抗争,一次次重新燃起新的希望,真可谓是"痛并快乐着",这才是中国人的生存真相——肤浅、庸俗但有滋有味,缺少理性,更谈不上神性。所以余华的作品虽然写了死亡、苦难、绝望,好像要上升到"荒诞"的哲学高度,可一联系到中国的社会现实,就知道这只是"张冠李戴",完全是不真实的,余华"在细雨中呼喊"的其实只跟他个人有关,诸如"苦难""荒诞""救赎"等解读余华作品内涵的词语前面应该都要加个"被"字,也就是说余华的作品是"被深刻""被雅",于是也"被经典"了,而这正是先锋作家所普遍存在的最致命的缺陷。对此洪治纲这样总结道:"先锋作家普遍缺乏应有的精神深度与思想力度,显露出相当虚浮的思想根基,并导致很多作品在审美意蕴的开拓上始终徘徊不前,无法获得常人所难以企及的种种精神深度。"①(洪治纲《先锋:自由的迷津——论九十年代以来中国先锋小说所面临的六大障碍》)

(三)余华小说内容的俗:"虚伪的形式"

一般作家创作都要靠生活积累,当然一个作家经历再丰富,也不可能事事都有亲身体验,但是有了相当的生活积累之后,凭借阅读等间接体验,再加之作家过人的想象力,就可以几乎无所不写了,包括虚构、描写自己未曾经历、体验过的场面与细节,这是一个作家必备的本事,也是艺术创作的一条基本经验:源于生活,又高于生活。艺术创作需要想象,这是为了弥补个人经历与经验的局限,作家能把一个自己可能从未见过的人物的一言一行描写得那么栩栩如生,凭借的就是艺术想象的功夫,这功夫绝不是作家闭着眼睛的胡思乱想,没有厚重的生活积淀,没有一双敏锐的眼睛,没有对人性、灵魂的深刻洞察,仅凭信马由缰的想象就想写出有分量的作品来,显然是不可能的事情。

余华当然也有生活积累,江南的自然山水与人情风俗在他的笔下也时有出现,他所写的福贵、许三观、李光头兄弟等人物也应该是他所熟悉的江南日常生活中的普通人,可是看了这些作品后,总觉得有点隔,就是作者似乎不熟悉这些人物,就像看一部胡编乱造的电视剧一样,不真实得让人恶心。余华读了卡夫卡的作品之后,觉得很有收获:"我找到了那种无所羁绊的叙事和天马行空的想象,找到了那种'大盗'的精彩感觉。……他给我带来了自由,写作的自由。在我的心里,他是个大作家。大作家可以'乱写',他爱怎么写就怎么写。"②(余华、洪治纲《火焰的秘密心脏》)于是余华也就真的凭想象"自由"地"乱写"了,其实,余华只是学到了卡夫卡叙事技巧层面的一点皮毛,根本没有具备卡夫卡对世界与人生的深刻看法,而东施效颦了。比如《一九八六年》,余华自己认为是写了一部寓言小说,摩罗在《论余华的〈一九八六年〉》一文中把这个历史教师的疯狂,看作是他精神上的觉醒后道德上的自我完善,对小说主人公评价颇高:"我们至少应该说,他以其最伟大的文化想象

---

① 吴义勤. 中国新时期小说研究资料:上[M]. 济南:山东文艺出版社,2006:469.
② 洪治纲. 余华研究资料[M]. 天津:天津人民出版社,2007:15-16.

力和精神能量,成为我们的时代所能出现的最高尚最深刻的非人。"①其实这篇小说完全是余华式禀赋、气质与其想象力结合的私语,少有现实生活的基础与指向,除了倾心于对种种暴力刑罚场面的描绘,看不到这血腥具象背后的任何人文意义与思想倾向,因为作者本人的精神世界就缺乏哲理的维度,怎么可能指望他写出卡夫卡式的作品,摩罗的解读基本上属于拔高式的误读。

在余华的很多作品中,我们确实可以体会到余华式写作的"自由",因为他的写作不仅缺少明晰而深刻的精神倾向性,而且很少受到现实生活逻辑的制约,而只是一味地放纵着自己的想象力,这种创作的自我感觉也许很惬意,可是读者面对着那像少了一根筋的文字,可能就不是个滋味了。余华作品中的人物形象不仅是扁平的,而且其言行等细节也往往都是怪异的、突兀的,因为那些人物的动作与语言都是作者不顾生活的逻辑随性想象的,而令人莫名其妙。余华作品里这样的"硬伤"可以说比比皆是,这里仅以《活着》为例,来分析余华式"自由"写作的后果。比如家珍特意炒了四样蔬菜,"可吃到下面都是一块差不多大小的猪肉",来开导"我"不要去嫖,日常生活中这样的荤笑话是有的,可是余华却将它作为一个细节来写,只能使人觉得这样"聪明"的妻子实在是有点二五了,或者是余华在侮辱读者的智商。再比如"我"赌输掉全部家产后,"我"爹抵押家产全部换来铜钱,通过让"我"挑铜钱还债受苦,来让"我"醒悟,这同样又是一个很弱智而滑稽的细节安排,因为爹在"我"平日浪荡时都没有设法开导"我",为什么一定要等到"我"赌输光了,才想到这一好计,这样突兀的细节描写实在是让人匪夷所思。有很多语言描写也总是让人摸不着头脑,比如龙二买了"我"的田地后,向"我"和爹作揖说道:"看着那绿油油的地,心里就是踏实。"读者实在不能明白龙二为什么要讲这句话,是炫耀、讽刺,还是幸灾乐祸?只是让人奇怪还算精明的龙二怎么就冒出了这样的混账话。再比如家珍上轿回娘家后,作者写道:"凤霞走到我身边,我摸着她的脸说:'凤霞,你可不要忘记我是你爹。'凤霞听了这话咯咯笑起来,她说:'你也不要忘记我是凤霞。'"这样的语言描写看似精彩,却经不起细究,凤霞并没有随母亲走,"我"对凤霞的话就显得很突兀,而小小年纪的凤霞却有这样的回答更让人难以接受,因为这实在就是作者本人的回答,而严重不符合生活的常理与逻辑,只要是一个正常人都能一眼看出这样的描写是多么的虚假与荒唐。余华的作品中充满了这样的很别扭的日常生活

---

① 洪治纲.余华研究资料[M].天津:天津人民出版社,2007:478.

的叙写,可能也有人觉得这样的文字很别致,问题是这些别致的文字要真正成为"有意味的形式"才行,否则越是"别致",就越是败笔与文字垃圾。

有人说过,一切比喻都是蹩脚的,因为如果你能描述得很准确的话,那是不需要用比喻的。余华是喜欢用比喻的,而且都是相当蹩脚、平庸的比喻,因为他的写作是想象的信马由缰,所以他已习惯于用比喻了,而不管行文处是否需要用比喻,也不管比喻得是否得体,而肆意地联想。余华自以为写下了很多生动、巧妙的比喻,可读者却感觉像吃下了一只只苍蝇,恶心不已。这里还是以《活着》为例,我们随便录几则让人眉毛一皱的比喻:"我经常让她背着我去逛街,我骑在她身上像是骑在一匹马上""我给了她两巴掌,家珍的脑袋像是拨浪鼓那样摇晃了几下""眼看着桌上小山坡一样堆起的钱,像洗脚水倒了出去""脑袋里空空荡荡,像是被捅过的马蜂窝",这些比喻句看似不错,但其实都停留在小学生的水平:一方面是余华滥用联想,更主要的是余华根本就无力把一个个细节描写具体,只能用这样一句句空洞乏味的比喻搪塞、糊弄过去,这就与上乘的作品形成了鲜明的对比,真正优秀的作品是基本上不用比喻的,即使要用也用得出神入化,而给读者留下深刻的印象,比如鲁迅小说中的一些比喻句就是这样的。

像一般的世情小说一样,余华的小说也写了生老病死、喜怒哀乐等世俗生活,可是作者一味强调想象与形式,而忽视了更为重要的对世界和人类本质等终极关怀的探究,使得他的作品因为人文精神的缺席而苍白单薄。只重视形式的作品当然是难以成为《红楼梦》那样的真正"有意味的形式"的,而只能是不伦不类的文学"怪胎"。

(四) 结语:"写作的难度"

余华的写作经历了从回忆、想象回归现实的缓慢而痛苦的发展过程,《活着》《许三观卖血记》,包括《兄弟》,为余华一次次带来了信心与荣誉,可同时也一步步暴露了余华作为一个作家的致命软肋,正如李敬泽所批评的那样:"他从来不是一个善于处理复杂的人类经验的作家,他的力量在于纯粹,当他在《活着》中让人物随波逐流时,他成功了,但当他在《兄弟》中让人物行动起来、东奔西跑,做出一个又一个选择时,他表明,他对人在复杂境遇下的复杂动机并不敏感,他无法细致有力地论证人物为何这样而不是那样,他只好像一个通俗影视编剧那样粗暴地驱使人物:

没有道理,也无须讲道理,宋凡平就要死要活地爱上了李兰;李光头这个几岁的孩子一定要去摩擦电线杆,因为他被余华界定为欲望的化身;而孙伟的父亲也必须那么悲惨地自杀,因为余华认为他必得报应,所以他的儿子将纯属偶然地横死……"①习惯于想象的余华一旦笔触落到现实上,就手足无措,洋相百出,与擅长写实的贾平凹比起来简直有天壤之别。

  曾经对余华非常赏识和期待的谢有顺在看到余华颇为自信的《兄弟》(上)后,就大为失望,认为"硬伤"累累的《兄弟》在余华的作品中"不值一提",其他评论家也几乎持一致的看法,可《兄弟》现在又在法国获奖了,那么该怎么理解这样的咄咄怪事呢?我觉得,不要说余华作品在西方获得的只是一般的奖项,即使是获得了诺贝尔奖也没有什么的,因为像《红楼梦》那样的伟大作品又岂是个诺贝尔奖所能涵盖的。而且谢有顺也还是诚实的,没有继续硬捧好友余华,因为《兄弟》实在是大失水准了,可以说是余华以往写作弱点的总爆发。谢有顺之所以对《活着》《许三观卖血记》等作品还能容忍而唱了一些赞美诗,是因为他相信余华一定能超越和克服自己"写作的难度"。可事实已经证明,谢有顺错了,而且是从一开始就错了,因为在沙子上建大厦是必定终究要倒塌的。

原载《当代文坛》2011年第3期

---

  ① 李敬泽. 被宽阔的大门所迷惑:我读《兄弟》[J]. 当代作家评论,2005(6):153.

论谢有顺文学批评的"伦理"话语

文学批评是以文学理论为指导,对作家创作进行分析、研究和评价的科学阐释活动,其一方面不断总结文学创作规律,一方面肩负着提升作者与导引读者的双重责任。中国当代文学批评可谓空前繁荣,在西方文艺理论的影响之下,批评话语不断翻新,尽管批评家循循善诱,可是作家、读者常常还是跟不上批评走马灯式的话语节奏,往往一个概念还没弄明白,下一个新名词又粉墨登场。

谢有顺是当代文学批评的领军人物,十多年来,几乎每年都在《文学评论》《当代作家评论》《小说评论》《文艺争鸣》《当代文坛》等学术期刊发表数十篇评论,可不是土八路式的零敲碎打,而是具备系统批评话语的正规作战。谢有顺有着丰富的批评话语,不论什么风格的作家作品,他都能找到相应的话语进行富有个性的生动解读。其中他使用得最频繁的一个词语就是"伦理",诸如叙事伦理、身体伦理、写作伦理等等,本文主要就他的"伦理"话语批评理论与实践展开探讨。

(一)"叙事伦理"还是"伦理叙事"

"伦理"的"伦"即人伦,指人与人之间的关系;"理"即道理、规则;"伦理"就是人们处理相互关系应遵循的道理和规则。社会生活中的人与人之间存在着各种社会关系,由此必然派生出种种矛盾和问题,就需要有一定的道理、规则或规范来约束人们的行为,调整人们相互之间的关系,而道德就是调整人们相互关系的行为规范的总和,具体可细分为各种各样的伦理,比如商业伦理、战争伦理、亲属伦理、婚姻伦理、同事伦理、朋友伦理等等，就是人在处理各种关系时应当遵循的道理与规范。

来源于西方的批评话语"叙事伦理"，按照正常的逻辑，应该是指叙事所应遵循的伦理，但如果这么来理解，显然是不成立的，因为文艺叙事这一活动本身主要是作家的个体性劳动，不涉及复杂的人与人之间的关系，所以也就不存在什么叙事的伦理，即使存在这个意义上的叙事伦理，也不是西方批评话语"叙事伦理"的内涵所指。

文学作品包括内容与形式两个方面，不管是什么文学理论与批评话语，都不可能超出这两个范畴。我们知道，内容是事物的内在诸要素的总和，形式是内容的存在方式，是内容的结构和组织。内容和形式是辩证的统一，没有无形式的内容，也没有无内容的形式，内容与形式是叠态的影像。内容决定形式，形式依赖于内容，并随着内容的发展而改变，但形式又作用于内容，影响内容。

"伦理"与"叙事"其实就是内容与形式的关系。就是说，作品的"伦理"内容会决定作品的"叙事"形式，而不是相反，虽然作品的"叙事"形式会反作用于作品的"伦理"内容，但一般情况下反作用力毕竟跟决定力是无法相比的，这是事物存在与发展的基本规律。伟大的作品无不是深刻的思想内容与精当的表现形式的完美结合，就一部作品整体来说，其内容与形式又是同等重要的，不可偏颇而走极端，所以曾经风行一时的形式主义创作，就是因为强调重要的不是"写什么"而是"怎么写"，而很快走入了文学的死胡同。

叙事就是讲故事，侧重于作品的形式方面，而伦理则主要关涉作品的内容。一般来说，伦理是叙事的表现内容与对象，叙事的职责是怎样准确而生动地表现作品的伦理内涵，显然叙事本身是不具有伦理性的。叙事与伦理是表现形式与表现对象之间的关系，可以表达为"叙事表现伦理"，但不能说成"叙事的伦理"，不能因为叙事表现了伦理，就认为叙事本身也有伦理性，就像不能因为语言表达了人类的思想，就说语言也有了思想。作品表现了伦理思想，可以概括为"伦理叙事"，这完全可以理解，可是以谢有顺为代表的当代文学批评话语"叙事伦理"，就让人不容易搞明白了，作为伦理表现方式的叙事，怎么会也具有了伦理性呢？这是读者一接触到这个新名词时的第一反应与疑惑。

我们先看看国内相关学者对"叙事伦理"的理解与定义。学者们认为叙事伦理不同于日常理性伦理："文学语境中的叙事伦理是一种虚构伦理，也是一种现代性伦理，它的重点不是在揭示或解释现实理性伦理的主题呈现，而是在考量虚构语境中文学元素相互作用所生成的伦理境遇性及其可能性。生活理性伦理作为主题固然可以进入文学虚构空间,但那已经是经过了生活变艺术的深层转化,遵循的是虚构空间的价值逻辑,因此,二者名同而实异。所以,从根本意义上说,基于社会学背景的道德或伦理批评与叙事伦理虽然不能排除其谱系学的关系,但其实已经具有重大的方法论差异。"①我们知道,艺术源于生活,又高于生活,生活中的伦理现实经过文学化表达后,当然会有所变化,或更加典型,或更加深刻,或更加丰富,或更加细微,我们可以认为这是因为叙事而造成的艺术效果,就是承认叙事在文学表现伦理过程中的重要作用,也就是形式对内容的反作用力。对于这样的文学事实,"叙事伦理"批评家自有另一番阐释,其关注的焦点自然有所不同,不是在揭示或解释现实理性伦理的主题呈现,而是在考量虚构语境中文学元素相互作用所生成的伦理境遇性及其可能性,就是说他们对作品表现的生活伦理现实不感兴趣,而是紧盯着因为叙事而生成的"伦理境遇性及其可能性",并界定其为"虚构伦理",已与现实伦理相区别,这就是所谓的"叙事伦理",即由"叙事"生成的"伦理",而不是"叙事的伦理"。从避免歧义的角度来看,批评话语"叙事伦理"应该改为"叙事性伦理"更为妥当。

由"伦理叙事"而至"叙事伦理",伦理由叙事的对象魔术般地变成了叙事的生成物,一般人还是无法适应这个180度大转弯。我们承认叙事在文学表现现实伦理过程中的重要作用,但叙事毕竟属于形式,是表现伦理的工具而已,而"叙事伦理"却把作品的伦理表现主要归功于"叙事",显然是过于强调"叙事"而有本末倒置之嫌。源于形式主义的西方叙事学,本来就是一种极端的、科学主义的研究话语,试图把适用于自然科学的那一套法则用来研究文学艺术,在发现对作品的精神内涵无从把握之后,就只能从作品的语言、叙事等表现形式入手。这样的研究路数,固然能展示一些艺术表现规律,但如果想借此去把握作品的思想内容,就无异于缘木求鱼了。经历种种破壁而几乎一无所获之后,西方文艺批评终于又回头了,而发生了伦理化转向,但是他们并不能完全丢弃原来擅长的形式主义批评,于是便产生了"叙事伦理"这样的批评话语怪胎。

自然科学的研究对象是物质世界,而文学艺术的主体是人的精神世界。在科学突飞猛进的现代社会,人们便产生了一种错觉,认为科学是阐释世界的唯一标

---

① 伍茂国.伦理转向语境中的叙事伦理[J].河南大学学报(社会科学版),2014(1):101-107.

准,殊不知以人的精神世界为表现对象的文学艺术,并不是现行科学所能认识的对象。文艺批评的研究对象是文学艺术,它其实是介于科学与艺术之间的一种中间状态,就是说它首先需要的是形象思维的艺术感知,其次才是逻辑思维的理性概括,二者缺一不可。西方形式主义批评由于深受科学至上主义的影响,试图通过对作品表现形式的细致研究,来解读作品,这是典型的买椟还珠,把"椟"研究得再透也不可能得到"珠"的真相,这就是科学至上主义制造的文艺批评闹剧。中国改革开放以来,盲目跟风,将西方的形式主义批评理论奉为圭臬,先锋写作,风靡一时,各种唬人的新式批评话语,让人们的阅读能力瞬间归零。

"叙事伦理"看似具有中庸的智慧,既重视作品的叙事形式,又不忽略作品的伦理内容,但其实还是偏于形式的研究,因为它重视的仅仅是因为叙事而增加的一部分新的伦理境遇,就是说它真正在意的还是叙事,而不是叙事的目的,在形式主义批评眼中,有时候叙事本身就成了目的。"叙事"与"伦理"固然是有联系的,主要联系就是"伦理"是被怎么"叙事"的,即"伦理叙事",而且作品创作与解读的重点是"伦理",而不是"叙事"。比如《红楼梦》,曹雪芹最关注的是作品表现的思想情感,其次才是表现手法与技巧问题,读者当然也是先重点关注《红楼梦》的思想内涵、人物形象,其次才会鉴赏作品的语言、叙事等表现形式。反之,如果按照"叙事伦理"的理论,曹雪芹考虑的重心就不是作品的思想情感了,而是设计怎样的叙事来产生思想情感,问题是作品的思想情感是作者本来就有的,而不是因为叙事才产生的,这就是"叙事伦理"的尴尬而让人难以接受。在实际创作中,作者当然会考虑情节的安排,以更好地表现作者想要表现的思想情感,但如果因此就说作品的思想情感是叙事生成的,估计谁也不会答应,作品的思想情感跟叙事当然有关,叙事在思想情感的表现中也发挥了重要作用,但绝对不能因此就说"叙事伦理"。在实际阅读中,也没有哪个读者会去从作品的叙事方法中去理解作品的伦理内涵,而是直接从作品叙述的故事中去体会。

"叙事伦理"认为是"叙事"创造了"伦理",这一点我们也不完全否认,文学作品通过巧妙的"叙事"确实会产生与现实伦理不一样的"虚构伦理",但是我们必须看到,"虚构伦理"的根源是"现实伦理",而不是"叙事","叙事"在由"现实伦理"到"虚构伦理"的转化过程中只是提供了一种工具与助力,而且"现实伦理"的丰富性远远高于"虚构伦理"。西方的批评家们似乎是离开了"叙事"就无法解读作品的"伦理"内涵了,因为在他们的眼中只有"叙事"是实在的,抓得住的,因而也就是科学的,离开了"叙事"话语,他们就无法说话了,批评研究也就不具备科学性了。

批评理论是对创作艺术规律的揭示与总结,便于指导创作与阅读。在"叙事伦理"批评话语诞生之前,人们的阅读倒是正常,可是在知道"叙事伦理"之后,可能反而就不会阅读了,因为用"叙事"这把钥匙,怎么也打不开"伦理"这把锁,"叙事"与"伦理"虽不是风马牛不相及,可是把二者硬生生地拴在一起,还要郑重其事地开辟一个新世界,实在是过于滑稽。中国古代文论的一些话语,比如"气""风骨""意境"等等,虽然模糊,没有明确的定义,但是它有用有效,稍有点文墨的人都懂得用它去创作与鉴赏作品。如果一种批评话语无助于人们的创作与阅读,有了它反而碍手碍脚的,那它就是无效的,是伪批评理论,不管它是哪个批评大师的发明。显然,"叙事伦理"理论就是过于强调、夸大了作品的"叙事"形式对于"伦理"内涵的反作用力,而与作品的实际情况截然相反,失去了立足的根本,成为一个伪命题。

其实,用"伦理叙事"一词,就完全可以表达"叙事"与"伦理"之间的辩证关系,而不需要再生造一个让人不知所云的"叙事伦理"来。"伦理叙事"一方面研究作品"伦理"的具体内涵,一方面又可以挖掘"叙事"在作品"伦理"内涵表现中的作用,也就是说,"伦理叙事"已经包含了"叙事伦理"的内涵了,没必要再造新词,徒添混乱。

(二)谢有顺的"伦理"话语理论

在谢有顺的"伦理"批评里,不仅有"叙事伦理",还出现了"身体伦理""写作伦理""自由伦理""消费伦理"等诸多话语,内涵丰富多样,形成了自己的"伦理"批评话语体系。

首先,我们看谢有顺的"叙事伦理"。在《小说叙事的伦理问题》一文中,谢有顺这样分析道:"'叙事伦理'不是'叙事'和'伦理'的简单组合,也不是探讨叙事指涉的伦理问题,而是指作为一种伦理的叙事,它在话语中的伦理形态是如何解析生命、抱慰生存的。一种叙事诞生,它在讲述和虚构时,必然产生一种伦理后果,而这种伦理后果把人物和读者的命运紧紧地结合在一起,它唤醒每个人内心的生命感觉,进而确证存在也是一种伦理处境。"[①]这段话比较令人费解,谢有顺认为"叙事伦理"不"探讨叙事指涉的伦理问题,而是指作为一种伦理的叙事",明显的自相矛

---

① 谢有顺.小说叙事的伦理问题[J].小说评论,2012(5):24-30.

盾,虽然后面又用"伦理后果""伦理处境"这样的词语作了进一步的描述,但读者还是一头雾水,"叙事"为什么会"必然产生一种伦理后果",而且"这种伦理后果把人物和读者的命运紧紧地结合在一起",阅读好的作品当然有益于读者,但也不至于达到这种"把人物和读者的命运紧紧地结合在一起"的夸张程度,无非就是以"伦理"的名义为"叙事"摇旗呐喊。

在《重构中国小说的叙事伦理》一文中,谢有顺又集中表达了自己对"叙事伦理"的理解:"在讲述故事和倾听故事的过程中,讲者和听者的心灵、情绪常常会随之而改变,一种对伦理的感受,也随阅读的产生而产生,随阅读的变化而变化。作家未必都讲伦理故事,但读者听故事、作家讲故事的本身,却常常是一件有关伦理的事情,因为故事本身激发了读者和作者内心的伦理反应。"①从这段表述,可以看出谢有顺的"叙事伦理"观跟西方的"叙事伦理"话语基本一致,就是强调由"叙事"而生成的"伦理",而且这种"伦理"不一定体现在作品中,主要表现为作者或读者因为"叙事"而引起的"伦理反应",写作与阅读本身成为"一件有关伦理的事件",哪怕作品并没有讲述伦理故事。这样的解读显然是彻底颠覆了传统的小说常识,以前我们只知道从作品的故事与人物形象中去寻找作品的思想伦理内涵,而谢有顺却告诉我们,过去的解读方式已经过时了,现在要从叙事本身去获得"伦理"体验。

面对谢有顺上面的那段表述,估计大部分读者都会目瞪口呆,一脸茫然,于是谢有顺接着进行了详细的阐释。比如他以莫言的《檀香刑》为例:"在这些作品中,叙事改变了我们对一件事情的看法,那些残酷的写实,比如凌迟、檀香刑,得以在小说中和'猫腔'一起完成诗学转换,就在于莫言的讲述激起了我们的伦理反应,我们由此感觉,在我们的世界里,生命依然是一个破败的存在,而这种挫伤感,会唤醒我们对一种可能生活的想象,对一种人性光辉的向往。"②这里最关键的问题就是对"莫言的讲述激起了我们的伦理反应"这一表述的理解,究竟是莫言讲述的内容还是讲述本身激起了读者的伦理反应,这是"叙事伦理"与"伦理叙事"的根本分野。"叙事伦理"当然坚持认为,是莫言的讲述本身激起了读者的伦理反应,也就是说,是叙事本身而不是叙事的内容激起了读者的伦理反应,这种片面强调形式而忽视内容的主张,显然让一般人难以接受,不知道谢有顺是怎么相信这种理论的。

---

① 谢有顺.重构中国小说的叙事伦理[J].文艺争鸣,2013(2):95-112.
② 谢有顺.重构中国小说的叙事伦理[J].文艺争鸣,2013(2):95-112.

谢有顺进一步这样解释道:"叙事不仅是一种讲故事的方法,同时也是一个人的在世方式,能够把我们已经经历、即将经历与可能经历的生活变成一个伦理事件。在这个事件中,生命的感觉得以舒展,生存的疑难得以追问,个人的命运得以被审视。"①话是说得越来越玄乎了,"叙事"竟然成为我们的在世方式,而且能够把我们的生活变成一个"伦理事件",似乎如果一个人不写作或阅读,就不能存活了,没有了"叙事",我们的生活中就不存在伦理了。这样的表述实在是让人匪夷所思,难道"叙事"真的对人如此重要,就像空气一样须臾不能离开吗?"叙事"只是小说的表现形式之一,"叙事伦理"把"叙事"抬高到这种无以复加的地步,而且把作品的伦理内涵硬说成是"叙事"的产物,竭力为自己的这一套理论寻找理由,以自圆其说。"叙事伦理"乍一看有根有据,底气十足,其实经不起细致地推敲,始作俑者自己都云里雾里,然后就来糊弄大众,纯属自欺欺人。

其次,除了"叙事伦理",谢有顺还经常使用"文学伦理""写作伦理""身体伦理"等类似的批评话语,当然他并不是一味地使用"叙事伦理"这样怪异的概念,有时也会恢复正常的"伦理"表达。比如,他在《中国当代小说叙事伦理的基本类型及其历史演变》一文中这样写道:"这里提出国族伦理的宏大叙事、自由伦理的个体叙事、消费伦理的大众叙事这样一种'三分法',用意并不在于指证每一部当代小说的类型归属,进而编制小说的类型目录,而是借助'分类编组'来归纳其主导因素,以利于考察中国当代小说叙事伦理的整体变迁。"②显然,这里的"国族伦理""自由伦理""消费伦理"就属于正常表述,而与"叙事伦理"迥然不同。所谓"自由伦理"是指人们在追求"自由"过程中所应遵循的规范,"消费伦理"是指人们在"消费"过程中应该遵循的规范,其中的关键词是"遵循";而"叙事伦理"的关键词是"生成",其含义是"叙事""生成"的"伦理",而不是"叙事""遵循"的"伦理"。这两种"伦理"短语的意义生成显然是不同的,但谢有顺并没有作明确的区分,而让读者迷惘不已。

最后,谢有顺"伦理"话语的关键解码就是"小说的伦理"与"俗常的伦理"的区分。谢有顺认为:"对于习惯了以俗常的道德标准来理解人世、关怀此在的中国作家来说,在如何对待'恶人恶事'这点上,很少有人提出辩证的声音。总有人告诫写作者,小说的伦理应和人间的伦理取得一致,于是,惩恶扬善式的叙事伦理,不仅遍

---

① 谢有顺.重构中国小说的叙事伦理[J].文艺争鸣,2013(2):95-112.
② 谢有顺,李德南.中国当代小说叙事伦理的基本类型及其历史演变[J].文艺争鸣,2014(4):61-77.

存于中国古代戏曲和小说之中,即便在现代作家身上,也依然像一个幽灵似的活跃着,以致整个二十世纪的文学革命,最大的矛盾纠结都在如何对待文明和伦理的遗产这个问题上——甚至到了二十一世纪,诗歌界的'下半身'运动所要反抗的依然是文学的伦理禁忌,所以,他们对性和欲望可能达到的革命意义抱以很高的期待。现在看来,将文学置于人间伦理的喧嚣之中,不仅不能帮助文学更好地进入生活世界与人心世界,反而会使文学面临简化和世俗化的危险。"[①]谢有顺用"俗常"一词来形容现实的伦理道德,认为"小说的伦理"要高于"俗常的伦理",既有一定的道理,也存在明显的破绽。

谢有顺所谓的"小说的伦理"并非指作品故事表现的现实伦理,而是专指由小说的"叙事"而生成的特殊"伦理",而跟"俗常的伦理"区别开来。伦理道德的源头是真善美,代表了做人的正能量,能量有大小,一个人或社会的道德水准也就有高下之分。对个人而言,要不断修身养性,提高道德境界;对社会而言,要加强精神文明建设,提升整体道德水平;所以伦理道德是人类趋向文明的动力与标志,本质上是高雅的,而不是"俗常"的。之所以用"世俗"来形容社会,不是因为伦理道德的"俗常",而是因为很少有人真正去践行"伦理道德",就是说只有"俗常"的人或社会,而没有"俗常"的伦理道德,不道德或没有道德才是"俗常",道德虽有层级的高下,但代表做人底线的最低层次的道德也是高雅的,也不能称其为"俗常"。按照上述的道理,谢有顺认为"将文学置于人间伦理的喧嚣之中,不仅不能帮助文学更好地进入生活世界与人心世界,反而会使文学面临简化和世俗化的危险"的表述就显然不妥。文学表现世间的伦理道德怎么可能导致文学的世俗化呢?社会是世俗的,而伦理道德就是驱使社会超越世俗的强力引擎,不应该把社会世俗的帽子强加在伦理道德的头上。

谢有顺贬低"俗常的伦理",而抬高"小说的伦理",其出发点是值得肯定的,就是要提升伦理道德水准,但是他所谓的"伦理"又跟现实的伦理道德不是一回事情:"小说家的使命,就是要在现有的世界结论里出走,进而寻找到另一个隐秘的、沉默的、被遗忘的区域——在这个区域里,提供新的生活认知,舒展精神的触觉,追问人性深处的答案,这永远是写作的基本母题。在世俗伦理的意义上审判'恶人恶事',抵达的不过是小说的社会学层面,而小说所要深入的是人性和精神的层面;小说应

---

① 谢有顺.重构中国小说的叙事伦理[J].文艺争鸣,2013(2):95-112.

反对简单的伦理结论,着力守护事物的复杂性和丰富性——它笔下的世界应该具有无穷的可能性,它所创造的精神景观应该给人们提供无限的想象。"①世俗伦理道德追求真善美,鞭笞假丑恶,具体表现为复杂的人性,因为人性是天使与魔鬼并存,伦理道德会让人展示天使的一面,反之则显示魔鬼的一面,谢有顺认为小说表现的世俗伦理只是停留在社会学层面,显然并不符合事实。小说不可能完全从"现有的世界结论里出走",现实社会是小说的土壤,小说不会满足于复制现实,而是要创造一个高于生活的更典型深刻的世界,以便让人们更好地认识世界,更好地生活,并非是要"寻找到另一个隐秘的、沉默的、被遗忘的区域"。小说怎么可能脱离现实世界去凭空臆想一个"新大陆",艺术世界是客观世界的一个倒影,而不是另一个世界,谢有顺"小说的伦理"显然夸大了艺术的作用,特别是"叙事"的作用。

(三)谢有顺的"伦理"话语批评

谢有顺的"叙事伦理"话语理论强调的是"叙事"生成的"伦理",而不是故事包含的"伦理",更不是"叙事"遵循的"伦理";是"小说的伦理",而不是"俗常的伦理""现实的伦理"。这一套理论因为存在偏激片面的致命伤,说起来已经是相当吃力,而要应用到具体的批评中,则更为艰难,无奈之下,就只能说的是一套,而做的是另一套了。

我们先看谢有顺对《红楼梦》的"叙事伦理"批评:"曹雪芹的伟大也正在于此——他从根本上超越了中国传统小说中那种惩恶扬善、因果报应的陈旧模式,既写俗世,又写俗世中的旷世悲剧;既写人世,又写人世与天道的相通,为小说开创了全新的精神空间和美学境界。它对中国文学最大的贡献,就是创造了一种新的叙事伦理:小说的写作,就是要从俗世中来,到灵魂里去,写出人生和天道的通而为一。"②这里谢有顺认为《红楼梦》"创造了一种新的叙事伦理:小说的写作,就是要从俗世中来,到灵魂里去,写出人生和天道的通而为一",这算是什么"伦理"呢?是指"写出人生和天道的通而为一"吗?而且即使这个"伦理"成立,也不是"叙事"直接造成的,而是小说的故事与人物形象所展现的。这里所谓的"新的叙事伦理",其

---

① 谢有顺.重构中国小说的叙事伦理[J].文艺争鸣,2013(2):95-112.
② 谢有顺.重构中国小说的叙事伦理[J].文艺争鸣,2013(2):95-112.

实改为"新的叙事主旨"更为合适,因为《红楼梦》不仅有着坚实的儒家精神叙事,更包含丰富而深刻的道释精神叙事,表现了超越的人生,这是《红楼梦》之前的小说很少能够企及的描写境界,使小说的主题发生了质的升华,可谓"新的叙事主旨"。《红楼梦》的主旨达到了空前的高度,这几乎早已成为"红学"的常识,可是经过谢有顺用"新的叙事伦理"重新包装之后,反而让一般读者摸不着头脑了,还以为是什么新的创见。最关键的是,《红楼梦》的主旨跟所谓的"叙事伦理"扯不上半点关系,将《红楼梦》的主旨强说为"叙事伦理",人为制造阅读障碍,真可谓"你不说我倒还明白,你越说我越糊涂"了。

  再看谢有顺对鲁迅的"叙事伦理"批评:"鲁迅小说的叙事伦理,也绝非通常的'国族伦理的宏大叙事'所能涵盖。它有国族层面的承担,也注重伸展个人的生命感觉,尤其注重传达鲁迅自己的切身体验。……和陀思妥耶夫斯基一样,鲁迅也是能写出'灵魂的深'的作家。他同样兼具'伟大的审问者'和'伟大的犯人'这双重身份,不仅超越了善恶,而且因为深入到了'甚深的灵魂中',达到'无所谓残酷,更无所谓慈悲'的境界——这远比一般的社会批判要广阔、深邃得多。"①谢有顺认为,鲁迅小说的"叙事伦理"不仅有社会批判层面的"国族伦理",而且有自己生命的体验,直达灵魂的深处。这里也没有说这些"伦理"是怎么由"叙事"生成的,其实就是鲁迅小说所包含的思想内容,根本就不是他所界定的"叙事伦理"话语的有效运用;其实,也不是谢有顺不想在评论中实际操作"叙事伦理"话语,而是这一话语根本就没有可操作性。另外,谢有顺喜欢将"小说的伦理"与"灵魂写作"相提并论,认为像曹雪芹、鲁迅这样写了"灵魂的深"的作家,就是超越了"俗常的伦理",进行的是真正的"叙事伦理"写作。应该说,文学应当表现深刻的思想主题,这是毋庸置疑的,人生有不同的境界,人性有丰富的层面,从物质欲望到精神追求,从已知的到未知的,从此在的到彼岸的,从现实的到理想的;等等,都应该是文学表现的对象与主题,强调"灵魂写作",就是要不断提升作品主题的高度与厚度,如此丰富的思想主题怎是"小说的伦理"一语所能概括的。伦理道德仅仅是小说众多主题之一,无论是"小说的伦理",还是"叙事伦理"都是以偏概全,容易让人产生小说就是表现伦理的错觉。

  在《贾平凹小说的叙事伦理》一文中,谢有顺这样定位贾平凹小说的"叙事伦理":"在'赞颂'和'诅咒'、'庆幸'和'悲哀'之间,贾平凹再一次坦言自己'充满矛盾

---

① 谢有顺. 重构中国小说的叙事伦理[J]. 文艺争鸣,2013(2):95-112.

和痛苦',他无法选择,也不愿意作出选择,所以,他只有'在惊恐中写作'。在我看来,正是在这种矛盾、痛苦和惊恐中,贾平凹为自己的写作建立起了一种新的叙事伦理。……贾平凹的《秦腔》正是朝着这个方向走的,它虽然是乡土的挽歌,但它里面没有怨气和仇恨,也没有过度的道德审判,这是一个很高的写作境界。'必须饶恕一切,乃能承认一切,必须超越一切,乃能洒脱一切',牟宗三这话说出了一种新的写作伦理,它和'帮苏东坡本人憎恨王安石'式的写作伦理正好相对。贾平凹在《秦腔》中,以其赤子之心的温润,在写作上回应和展开了这种全新的叙事伦理。"文中把贾平凹小说的"叙事伦理"概括为"饶恕一切"又"超越一切",而且还是"全新"的,论证的内容基本上离不开小说的故事、细节与人物形象,其实就是在阐释贾平凹小说的主题,可是如果不玩点诸如"叙事伦理"这样的噱头,就毫无新意,而一旦挂上了"叙事伦理"这样的金字招牌,立马就会被人视为"学术创新",尽管没有人真正懂得何谓"叙事伦理"。谢有顺自己其实也心虚得很,别看他炒作概念时振振有词,可实际批评起来,就只能挂羊头卖狗肉了,题目吆喝的都是叙事、伦理什么的,可具体行文时还是作品的主题分析,然后在文中或篇末煞有其事地交代一下,这就是什么叙事、什么伦理,让似懂非懂的读者干瞪眼。

如果说"叙事伦理"已经让人头脑空白,那么谢有顺的"身体伦理"话语几乎能逼得人发疯。身体作为血肉之躯,又不是人的某种特定行为,虽不能等同于物质,但要说身体也有什么"伦理",读者只能怀疑自己的眼睛是不是看错了。在《文学叙事中的身体伦理》一文中,谢有顺这样解释道:"身体的伦理性(或者说身体性的灵魂)是真确存在的,我甚至认为,身体是灵魂的物质化,而灵魂需要被身体实现出来;没有身体这个通道,灵魂就是抽象的,就成了虚无缥缈的东西。……只有将个人身体的独立性同构在别人的身体和社会的身体里,这个身体才有可能获得精神性的平衡。换句话说,生理性的身体必须和语言性的身体、精神性的身体统一在一起,身体的伦理才会是健全的。——我相信,关于身体伦理的这一思索,对于文学叙事中的身体表达,也同样具有启发意义。"[①]人是灵魂与身体的统一体,就像内容与形式的关系一样,互为条件,不可分割。人具有伦理道德的属性,但如果谁想去进一步确认,这伦理是属于人的灵魂精神,还是属于人的身体物质呢?恐怕要被当作笑话,因为这就等于要把人的灵魂与肉体分开,显然是不可能的。谢有顺当然不

---

① 谢有顺. 文学叙事中的身体伦理[J]. 小说评论,2006(2):30-34.

是这样的傻瓜,他认为身体具有精神性,因而身体也就有了伦理,其实说的还是人的伦理性,只不过他强调了伦理的身体属性。人的伦理道德既离不开灵魂,也离不开身体,灵魂是主导,但具体的伦理必须通过身体表现出来,二者缺一不可。比如食色等欲望好像是身体的功能,其实欲望的根源还是人的心理与精神,身体的欲望就是心灵的欲望,二者其实是一,而不是二,所以没有必要作身体伦理与心理伦理或灵魂伦理的区分,还是回归正常的说法——人的伦理,制造"身体伦理"这样的新词,利少弊多,徒增麻烦。

  谢有顺不仅重视写作中的身体叙事,更重视灵魂叙事。他在《重申灵魂叙事》一文中写道:"我的确以为,文学光写身体和欲望是远远不够的,文学应该是人心的呢喃;文学不能只写私人经验,只写隐私,文学还应是灵魂的叙事。……在今日的文学写作中,重申灵魂叙事,重塑一种健全的精神视野和心灵刻度,便显得迫在眉睫。欲望书写的时代正在过去,文学的生命流转,应该往精神上走了,我相信这是文学发展的大势。"①其实,无论是身体叙事,还是灵魂叙事,都是写人,而且写身体欲望离不开人的灵魂,写人的精神也离不开身体,所以实际上并不存在截然分开的身体叙事与灵魂叙事,如果曹雪芹写作时还要考虑哪儿是身体叙事,哪儿是灵魂叙事,估计也写不出《红楼梦》了。物质与精神,身体与灵魂,身体叙事与灵魂叙事,这些对立范畴都是现代科学主义主导下的二元思维作祟的结果,万法归一,才是世界及文学的常道。文学批评不能陷入机械与片面的怪圈,一会儿强调身体叙事,一会儿强调灵魂叙事,好像都有道理,但又互相矛盾,而要注意整体性思维的原生态批评。

  在《重申散文的写作伦理》一文中,谢有顺重申了一种值得重视的散文"写作伦理":"必须再一次解放作家的感知系统,使作家学会看,学会听,学会闻,学会嗅,学会感受,从而通过对事物的观察和记述,找回散文写作中生命的秘密通道和心灵的丰富维度。"②我们看到,这里所谓的"写作伦理",既不是写作所要遵循的"伦理",也不是由"写作"生成的"伦理",而是散文写作的方式问题,认为必须再一次解放作家的感知系统,从而通过对事物的观察和记述,找回散文写作中生命的秘密通道和心灵的丰富维度,显然这并非什么新鲜的见解,但是冠以"写作伦理"之后,一下子就身价不菲。该文论述的内容其实以"散文写作的要领"为题更为合适,而且"重

---

① 谢有顺.重申灵魂叙事[J].小说评论,2007(1):16-20.
② 谢有顺.重申散文的写作伦理[J].文学评论,2007(1):135-140.

申"一词也用得不妥,纯属唬人,因为之前并没有谁明确申明过散文的"写作伦理","重申"根本就无从说起。

(四) 结语

谢有顺才华横溢,批评勤奋,成绩斐然,对中国当代文学批评特别是小说批评作出了显著贡献。他属于那种才子型批评家,思维敏捷,对作家作品有着自己真切的感受,行文中常常妙语连珠,生动精辟,给人留下了深刻的印象。

不过,人无完人,优点越明显,缺点往往也愈突出。谢有顺的优势是形象思维,而逻辑思维稍逊,但文学批评不仅需要过人的形象思维能力,更需要很强的辩证思维能力,这就使得他的批评文字难免留有很多明显的破绽,其漏洞百出的"伦理"话语批评就是典型的例子。谢有顺如果生在中国古代,那绝对是文学评论的大家,因为中国古典印象式批评不需要突出的逻辑思维能力,但是生逢现代学术背景,他的批评就显得有点吃力,虽然他自己未必自知,虽然他大作迭出,虽然他名震一时。

西方现代文艺理论空前繁荣,潮起潮落,几经峰回路转,一样是精华与糟粕并存。许多文艺思想都带有科学主义的味道,比如形式主义研究体系下的叙事学就是其中的代表,这种理论固然在某种程度上窥见了艺术表现的规律,但由于偏于机械的形式研究,其局限也非常明显。"叙事伦理"批评话语重视作品伦理表现过程中叙事的作用,也算是一种独到的创见,彰显了叙事的隐蔽功能,这是其值得肯定的地方,但是它把叙事与作品的内容完全割裂开来,一头扎进了仅由"叙事"生成的有限"伦理"中,完全是丢了西瓜捡了芝麻,可谓得不偿失,标准的钻牛角尖。

谢有顺大胆地借鉴西方的"叙事伦理"话语进行文学批评,出发点是好的,只是他没有看清这一话语的致命缺陷,以为得到了一个批评法宝,殊不知就是一块废铁而已。这样的批评如果是偶尔为之也就罢了,可如获至宝的谢有顺大讲特讲,甚至乱讲滥讲,"伦理"话语满天飞,无非是重复而已,讲不出新意,反而留下了众多的破绽。更遗憾的是,这么多年来,批评界对之很少提出疑义,可能也是因为没有几个人能真正读懂谢有顺的"伦理"批评文字,至多是似懂非懂,大家想的是,这样著名的评论家还能有错?

原载《辽宁师范大学学报(社会科学版)》2018年第2期

"于丹事件"症结分析

2006年国庆期间,于丹在中央电视台《百家讲坛》栏目开讲"《论语》心得"之后,就遭遇了"挺于"和"反于"的"冰火两重天"。"挺于"派(简称"鱼丸")人多势众,理直气壮;"反于"派(简称"扁鱼")人数少,其中又有几个"迂"博士,虽有理有据,但声音微弱,很快便被"挺于"派的唾沫所淹没。刘心武意淫"红楼"、易中天歪批"三国",国学中人尚能容忍,可于丹如此恶搞中国传统文化真正的原典、经典《论语》《庄子》,就终于惹怒了"迂"博士们,自然"扁鱼"们就犯了众怒,成了"万夫指",百口莫辩,很快就归于沉默,除了个别人穿件写有"孔子很着急,庄子很生气"字样的文化衫之类的以牙还牙式的恶搞。

一边是大众消费文化的热火朝天,一边是国学研究者在书斋里钻故纸堆,本来是相安无事的,井水不犯河水,可为什么这次却有了如此激烈的冲突?同样是于丹的讲座,为什么"鱼丸"们看到津津有味,而"扁鱼"们却觉得不堪卒读;同样是于丹,一方面被捧为"学术超女",同时又被贬为"高学历文盲":个中原因值得深思。"于丹风波"的喧哗已渐至平息,作一番理性的探讨显然很有必要。

(一)怎一个"乱"字了得

有争议毕竟是好事,一个社会真正可怕的是只有一种声音。我们先听听官方的声音。2007年2月7日起,《人民日报》海外版连续7天在一版、四版两个要闻版,以导读加整版或半版文章并配以图片的形式,推出了名为"于丹现象启示录"的系列报道,其中有这样一段精彩的评析:"在'于丹现象'的背后,我们隐约看到了中国传统文化的巨大力量,看到了当今中国百姓心灵深处对于通俗易懂的人文理论的强烈渴求。我们也分明感到,'以白话诠释经典,以经典诠释智慧,以智慧诠释人生,以人生诠释人性'的文化普及工作,在中国有着多么广阔的前景。"再配以一些动人的细节描写,如:"很多人听了于丹的课,如醍醐灌顶,茅塞顿开。一位50多岁的人打电话对她说,原来不用以德报怨啊,以直报怨就可以啦?一直以为善良是没有底线的,浪费了很多时间和精力,要是20年前知道就好了;还有些人说听讲后自己有脱胎换骨之感。一时间叫好声不绝。"[①]时任全国人大常委会副委员长的许嘉璐在重庆全国第十七届书市作报告时盛赞于丹,并代表全国读者和古代文化的研究者向于丹鞠躬。他指出,如果有几个人跳出来指东画西,难道他们的考证就是正确的? 当今社会需要一批专家将中国历史精髓文化以老百姓喜闻乐见的方式传播出去,老百姓就是希望社会上出现更多的易中天和于丹。

再看看一些"鱼丸"和"挺于"的学者们的反应。网络上的"鱼丸"们毫不掩饰对于丹的疯狂崇拜,津津乐道于她的着装、风度、谈吐,关注着她的一举一动,对可笑迂腐的"扁鱼"们更是保持高度警惕,嗤之以鼻,恨之入骨。一个退休老干部说:"对学术圈外的大众来说,这种讲法太好了。别小看一个个小故事,它就把《论语》讲活了!"一位沈阳的"鱼丸"对于丹的评价是:"她把孔子请到了当下,请到了当今的生活之中。"[②]为了给"于丹热"推波助澜,消除不和谐的"音符",媒体及时采访了一些著名国学专家。我国台湾学者陈鼓应说:"作为一个学者,我自己常会沉迷于纯学术研究,会掉书袋,比较学究。于丹能从生活中去阐发对庄子的理解。她讲的是自己的'心得',所以我不太能理解为什么有些人会对她持有如此强烈的反对态度。"[③]中国社会科学院研究生院余敦康教授认为:"现在我们都应该觉得欢欣鼓舞,居然从来不读《论语》和《庄子》的普通大众,能对它们产生这么大的兴趣。在我看来,'于丹现象'正是中华文化即将起飞、文化建设高潮即将到来的标志性事件。真正的文化建设高潮应该是全民性的运动,不是几个学者在那里埋头苦读。我们

[①] 张稚丹.于丹为什么这样红(于丹现象启示录①)[N].人民日报海外版,2007-02-07(04).
[②] 张稚丹.于丹为什么这样红(于丹现象启示录①)[N].人民日报海外版,2007-02-07(04).
[③] 学者评说"于丹现象"[EB/OL].(2007-05-18)[2008-10-20].http://news.sina.com.cn/c/cul/2007-05-18/035511845298s.shtml.

的社会需要更多的于丹。"①

现在我们听听反方的争辩。"迂"博士们在《我们为什么要将反对于丹之流进行到底》一文中痛心疾首道："中国文化已经到了最危急关头。同鸦片战争时期、新文化运动时期相比,中国文化所面临的形势更严峻,也更隐蔽。因为,这一次她所面对的是那些打着要'开掘中国传统文化这座富矿'的旗号的人们,他们巧言令色,谄视媚行,实际上却偷偷为中国文化掘好了坟墓……为了中国文化的命运,我们不应再对无良媒体人表示沉默。正所谓:'八佾舞于庭,是可忍也,孰不可忍也!'我们谨此呼吁,所有有良知的媒体人,应对社会舆论予以正确引导,我们更希望,《百家讲坛》应立即让于丹下课,并向全国人民公开道歉。"②网民"晋阳之甲"(山西大学教授白平)陆陆续续地发了80多篇为《于丹〈论语〉心得》纠谬的帖子,在网上却被骂得灰头土脸。他在最后的帖子中这样总结:"在现实生活中,像于丹教授这样无德无才的伪劣'学者'并不少见,这种情况并不值得奇怪,但是能像她这样以一种文盲和流氓的表现一时间红遍全球,从而登上'中国文化名人'宝座的人,古往今来却绝无仅有。"他进而感慨道:"于丹教授能被推出来,又能被全国上下普遍接受,九牛一毛的'反于'者都遭到了嘲讽否定,处境尴尬,这种情况本身是社会的悲哀,是文化的悲哀。形成这种情况有种种复杂的原因,都是值得我们每个人冷静地深思的。笔者感到非常奇怪,为什么到处都是人云亦云?为什么人们都不肯认真地读一下于丹教授的书?难道真的是读了以后都觉得是本好书?难道我们所指出的这林林总总的五六百处错误都不算是错误?这个世界可真是乱得不可救药了!"③

事情发展到这个地步,还真让人纳闷了,双方似乎都有理,而正方稍占上风,因为事实胜于雄辩,奇迹般的收视率和销量摆在那儿,谁能否认。那么问题究竟出在哪儿呢?

---

① 学者评说"于丹现象"[EB/OL]. (2007-05-18)[2008-10-20]. http://news.sina.com.cn/c/cul/2007-05-18/035511845298s.shtml

② 徐晋如. 呼吁媒体应有良知不该炒作于丹[M]//张法,肖鹰,陶东风,等. 会诊《百家讲坛》. 合肥:安徽教育出版社,2007:203-204.

③ 这段文字出自山西大学教授白平网络版书稿《问君能有几多羞》,但此书稿现在无从查询,只在一些报道中提到。详见:学者状告中华书局败诉不服气:细列于丹66条错[EB/OL]. (2010-12-11)[2022-11-20]. https://www.chinanews.com/cul/2010/12-11/2715910.shtml.

(二) 通俗、普及还是恶搞、忽悠

有趣的是,如果细心分析一下,会发现双方争论的重点并不一致,从而让人一头雾水。正方认为:"中国传统文化是一座底蕴非常深厚的富矿,在 21 世纪的当今中国,在人类面临越来越多物质挑战和精神困惑的当今世界,开掘中国传统文化这座富矿,让其发挥出特有的启迪心智、砥砺精神的力量,既非常必要,又迫在眉睫……广大民众对于中国传统文化有着巨大的现实需求,尤其在物质虽然丰饶充沛而精神却相对贫乏迷惑的当下,人们更加渴求及时雨露对心田的滋润。"[①]所以他们强调,于丹开讲《论语》《庄子》是及时雨,其成功并非偶然,而是必然的,因为当今社会、百姓都非常需要喝这样的"心灵鸡汤"。正方这样的表述无疑是正确的,于丹通俗生动地讲解孔子、庄子,拉近了艰深晦涩的经典与大众的距离,让传统文化的精髓在当代社会重又生根发芽,当然是功德无量的事,这也是正方冲天底气的根本所在。至于于丹讲座中出现的这样那样的错误和不足,那是次要的问题,无伤大雅,正如中华书局副总编顾青所说:"搞学术研究和向普通老百姓传播经典文化是完全不同的两件事。如果要给于丹贴个标签,应该是'传统文化的传播者'。"[②]于丹自己也解释说:"如果在大学讲坛上我这样讲,那我是渎职的,是对专业的学生不负责任。但是如果在电视上以一个大学讲堂上的严谨,讲求考据的话,也是对大众的不负责任。因为上电视必须考虑观众,15 岁以上的中学生要听得懂,还要喜欢听。"[③]

反方的观点主要是,不是反对传统文化的普及,更不是反对经典的通俗化,相反,作为国学的研究者、传承者,他们更知道弘扬传统文化的精华在当代中国的重要性和艰巨性,在这一点上的自觉性他们应当高于正方,那么他们又为什么竭力地"反于丹"呢?至此,答案应该很清楚了,他们不是反对传统文化的通俗化普及,而是反对于丹那样的普及方式。他们觉得,于丹那样讲解孔子、庄子,不是通俗化,而是庸俗化,是恶搞,所以也不是普及,而是在忽悠大众。他们觉得,《百家讲坛》可以直接"煲"于丹版的"心灵鸡汤"什么的,但不应该硬扯上孔子、庄子,因为只要真正读

[①] 张稚丹.于丹为什么这样红(于丹现象启示录①)[N].人民日报海外版,2007-02-07(04).
[②] 张稚丹.于丹为什么这样红(于丹现象启示录①)[N].人民日报海外版,2007-02-07(04).
[③] 张稚丹.于丹为什么这样红[J].教师博览,2007(4):18-20.

过《论语》《庄子》的,都一眼能看出,于丹所讲的什么快乐呀、境界呀之类的跟孔子、庄子的核心思想精神内涵相距太远,实在是风马牛不相及。所以在他们的眼里,于丹的讲座简直是开口即错,破绽百出,对经典的恶搞、亵渎简直到了无以复加、无法容忍的地步,于是愤怒无比"迂"博士们发出了难得的吼声,他们觉得不能让于丹再继续这样忽悠大众了。可是一般的观众、读者由于对《论语》《庄子》知之甚少,就是中学里学的那几篇,所以他们听于丹文采飞扬的讲解,一会儿警句,一会儿小故事,觉得于丹太有才了,讲得太好了,讲到他们心里去了,挺有收获的,所以对"迂"博士们的举动就感到不解了,而且"扁"于丹也就是"扁"他们,于是很自然地回一句:"眼红了?!有本事你去讲讲看!"其实,"扁鱼"们是无意跟大众作对的,他们的意思是于丹"煲心灵鸡汤"未尝不可,只是不应该煞有其事地拿《论语》《庄子》说事儿,于丹这样做就是恶搞经典、忽悠大众。所以事实上"扁鱼"们也是在替"鱼丸"们说话,只是"鱼丸"们是绝对不会相信的。

所以,整个事件看起来像是个误会,如果不是于丹挂羊头卖狗肉,明明是在煲中国版的"心灵鸡汤",可偏偏又郑重其事地说是什么《论语》心得、《庄子》心得,不就什么事都没有了嘛。事实上问题却远不是如此简单。

(三)炒作、浮躁几时休

正如网民"晋阳之甲"所说的那样:"对于于丹教授的批评根本不属于正常学术论争的范畴,这是一起恶劣的社会腐败事件,是中国文化史上空前的一场荒唐闹剧,这一事件的发生是国家和民族的奇耻大辱,真可谓斯文扫地!"[1]整个"于丹事件",于丹本人固然有不可推卸的责任,但始作俑者、罪魁祸首还是我们这个浮躁的社会,国人浮躁的灵魂。

于丹之错。据《人民日报》报道,是《百家讲坛》制片人万卫忽悠于丹开讲《论语》的,但不管怎么说,自己没有金刚钻,却敢揽下了瓷器活儿,就是第一大错。既然接了活儿,就应该尽力做好,可事实上于丹又太自以为是,根本没有认真准备,他自己也曾坦言:"我对《论语》是只言片语、非学理化的阐述……《论语》也可以这样

---

① 这段文字出自山西大学教授白平网络版书稿《问君能有几多羞》,但此书稿现在无从查询,只在一些报道中提到。详见:学者状告中华书局败诉不服气:细列于丹66条错[EB/OL].(2010-12-11)[2022-11-20].https://www.chinanews.com/cul/2010/12/11/2715910.shtml.

庸俗化地阅读。我没备课,就是冥想,拿着杯水,想如何把《论语》里做人的道理匹配点故事,拿张白纸,这边是一主题词,那边是一小故事,鼓捣到一起。"①所以站在讲台前的于丹能口若悬河,更是信口开河,离题万里就不谈了,逻辑之混乱,文理之不通,遣词造句之笨拙生硬,东拉西扯,一团乱麻,如此忽悠大众,实在是缺乏起码的职业道德且对公众失敬,这是第二大错。把《论语》都讲成那样了,还敢再讲《庄子》,真是"无知者无畏",因为稍有点国学功底的人都知道,《庄子》的思想境界是远远高于《论语》的。当然按照于丹的讲法,也确实毫不奇怪,即使让她讲《坛经》《圣经》也一样轻松自如,因为她讲的内容跟讲的题目实在是没有什么关系的,是于丹式的"六经注我",几个人这样胡侃完全可以,可是在堂堂中央电视台的《百家讲坛》上就这样面对大众开讲,纯属胡闹,这是第三大错。讲座轰动,销书火爆,又是签名售书,又是巡回演讲,"学术明星""学术超女",公众、媒体的疯狂起哄,使得本来就虚荣的于丹更自我膨胀得没谱了。例如有记者问她:"很多人叹服你的口才,想知道你是如何练就的?"她回答说:"经典给了我悟性,给了我力量,这不需要任何演讲技巧。语言有三个不同的层次,'有技巧没境界''有技巧有境界'是前两个层次,到第三层次就是'境界浑然天成,技巧终被抛却'。"记者又问:"你是如何对国学产生兴趣的?"她回答说:"爸爸是个很好的启蒙老师,他希望文化对我的生命有一种力量,让我知道自己的价值。《论语》是我从4岁读到40岁的书,已不是我外在的研究对象了,它是我的生活方式。"②读《论语》竟把一个人读成这样了,实在是天大的滑稽,普及传统文化的人竟然是如此的浅薄,实在是绝妙的讽刺。这是第四大错。至于其讲解中出现错误的数量之多、种类之全、层级之低劣,堪称当代奇观,空前绝后,这一点本文无须展开,因为已有不少文章和专著作了耐心的披露和分析。"冰冻三尺,非一日之寒",身为教授的于丹曾经为中央电视台《东方时空》《今日说法》《艺术人生》等多个电视栏目进行过策划,还担任中央电视台新闻频道、科教频道总顾问,这些骄人的业绩同时也从反面透露了作为学者的于丹早就浮躁成什么样儿了。

《百家讲坛》之错。对《百家讲坛》的变脸,观众早已有所感觉,为了提高收视率,给栏目重新定位,淡化专业、学术及思想,增强娱乐性、通俗性、普及性,本也无

---

① 苗炜,于丹.《论语》也可以这样庸俗地解读[J].视野,2007(6):10-11.
② 《领导时事政策手册》编辑部.领导时事政策手册[M].北京:中国民主法制出版社,2007:192-193.

可非议。刘心武、易中天、于丹一路走来，大获成功，收视率节节攀升，可问题是栏目也应该要换名儿了，改为"百家书场"似乎比较合适，因为说书的是不需要什么学术、思想的。开初的《百家讲坛》虽收视率不高，但像杨振宁、丁肇中、李政道、霍金、叶嘉莹、周汝昌等大家的讲座有思想、有学术，品位高，可成为经典的学术视频，这样的高品质讲座当然不应该冀求一时会有很多观众，收视率低是很正常的事，但它未来的、潜在的观众却是无限的。而现在的这些讲座牺牲了思想、学术，以普及的名义，一味地媚俗，以快餐文化的模式生产文化垃圾，收视率是提高了，经济效益是有了，但对社会并无多少真正积极的贡献，浪费了有限而极其宝贵的公共资源。曲高必和寡，搞普及性讲座更非易事，非大手笔不行。所以在选题、选人及难易程度上应格外慎重，最好是找某一领域内有真才实学表达能力又强的高手来担当主讲，在每一个专业领域中应当不乏这样的人才，只要愿意找。肚里有货但口才差固然不行，但仅凭口才而肚里没货更不行，因为前者只是讲得不生动，后者却很可能是"歪嘴和尚念歪了经"。此次"于丹事件"的导火索就是制片人选人严重不当，让一个几乎就不懂《论语》《庄子》而只会信口开河的人去讲孔子、庄子，也许是理科出身的制片人万卫过于相信于丹的"才"了，加之其本身对《论语》《庄子》也知之不多，于是一场让人瞠目结舌的文化闹剧就此开演了。

　　出版社之错。在电视上讲讲也就算了，大不了以后不要再播出，也就没什么恶劣影响，可当事人可不是这样认为的。精心策划的于丹讲座竟如此红火，当然要把策划进行到底，这样千载难逢赚钱的绝好机会岂容错过。于是这一闹剧中的另一主角儿——出版社(先是中华书局，后是中国民主法制出版社)迫不及待地登场了，魔术般地创造了令他们自己都不敢相信的畅销书奇迹(仅《于丹〈论语〉心得》一书发行第一个月销量就超过了100万册，第二个月达到了200万册)，轻轻松松地赚了个盆满钵满，取得了社会效益与经济效益空前的双丰收。于丹宣讲《论语》的节目播出后，全国有超过10家出版社都想争取出版有关书籍。"最后中华书局之所以能够出版《于丹〈论语〉心得》，关键是中央电视台和于丹本人对中华书局的图书质量有绝对的信任。很多老专家都把这本书狠狠地'滚'过，我们也知道这本书发行量大，容易被大家盯着，中华书局在没有什么硬伤这方面绝对自信。"[①]中华书局

---

① 于丹讲《论语》人选初定:我是怎样被"发现"的[EB/OL].(2007-02-12)[2008-10-23]. https://www.chinanews.com.cn/other/news/2007/02-12/873233.shtml.

副总编辑顾青曾经这样告诉记者。真不知道中华书局那些老专家是怎么"狠狠地'滚'"的，还是顾青副总编辑在说谎，总之就这样一本"千疮百孔""惨不忍睹"的"破书"就是销量火爆，气死那些"迂"博士们、"扁鱼"们。

媒体之错。那么这不是咄咄怪事了吗？简直成了新版"拍案惊奇"了。其实事情并不神秘，答案就在媒体那儿。在这场举国读于丹的狂欢节中，媒体是贯串全剧始终的第一号角色，发挥了决定性的作用。无法想象的是，如果没有媒体的大肆炒作，能有那么多人去看讲座、去买书？特别是《人民日报》海外版连续七天登载所谓"于丹现象启示录"之后，全国大小媒体更是一哄而上，炒得于丹像坐上了火箭，快成天仙了。这么多的编辑、记者、主持人，如果没有看过、读过《于丹〈论语〉心得》就这样胡吹，是缺乏最起码的职业道德；如果看过了、读过了还这样吹，就是天理难容了。不是不要宣传报道有关弘扬、普及传统文化的事，相反，媒体作为党的喉舌、人民的代言人，应该大力宣传弘扬、普及中国传统文化的典型人物、典型事迹，只是此次宣传完完全全搞错了对象，真让人啼笑皆非、哭笑不得，中国人也太"幽默"了。

大众之错。改革开放以来，与物质生活水平迅猛提高极不相称的，是国人精神生活质量的每况愈下。拜金主义猖獗，颠覆崇高，解构神圣，生活渐渐变成一地鸡毛，于是人们渴望喝一点"心灵鸡汤"聊以慰藉，于丹乱七八糟、自己都不知道讲的什么的所谓"心得"，恰如一股春风吹进了人们的心田。谁叫你不去读点经典，不忽悠你忽悠谁，真是忽悠没商量！这样的"心灵鸡汤"喝了就有用？何况有几个"鱼丸"好好喝的，喝了就真的像于丹那样有了"心得"吗？其实，这于丹版"心灵鸡汤"不喝倒好，越喝反而越迷糊，不然怎么会把于丹当偶像而不是真正去学习孔子、庄子呢？

从于丹之错，到大众之错，接二连三，一错再错，其实都只是一个字——躁。

（四）结语：将忽悠、恶搞进行到底？！

不久前，英国麦克米伦公司以10万英镑买下中华书局《于丹〈论语〉心得》一书的全球英文版权，创下中文单本版权输出的最高纪录。这当然是莫大的好事，只是希望找个顶尖翻译高手在翻译时把原版中触目皆是且惊心的"硬伤"妥善处理掉，最好是中华书局请人或者于丹本人坐下来，花点时间，先把《论语》《庄子》再温习温习，然后修改，或者省事儿，干脆把题目改了（中华书局不久前出版《于丹〈论语〉心得》续集《于丹〈论语〉感悟》,已做了较大修改,也算是明智之举)①。总之,别以为老外更好忽悠,否则不仅贻笑大方,贻害万年,而且还要丢丑海外了。

  "于丹事件"在当今中国绝不是孤立的,比如"三鹿奶粉事件"等丑闻层出不穷,浮躁之风已深入国人骨髓,如果鲁迅还在世,真不知他会写些什么文字。面对"于丹事件",其实孔子、庄子若在天有灵,他们是不会着急,更不会生气的,充其量有点遗憾罢了,只是国人真的到了必须要向绝不浮躁的孔子、庄子学习的时候了,而且千万不要像于丹那样学,更希望"于丹事件"不要重演了。

原载《齐齐哈尔师范高等专科学校学报》2009年第1期

---

① 曾祥芹.《于丹〈论语〉心得》:自由化误读的典型[J].图书与情报,2008(4):85-92.

后　记

写完了前面的自序后，就觉得再也无话可说了，于是后记就成了一个难题，提交初稿时编辑问怎么没有后记，我说校稿时再补上吧，其实心里真没底。

这一拖就是两个多月，其间发生的两件事倒是觉得有必要在这里记一下。我平时闲暇喜欢刷短视频，经常刷到复旦大学王德峰教授的演讲视频，其中有一个视频让我印象尤其深刻，他说凡是凝聚中国传统文化核心思想与精神的汉语词语都难以翻译为欧洲语言，包括英语、德语、法语等等。他举例说：比如《道德经》早就翻译为很多欧洲语言版本，但都翻译错了，其中海德格尔不服气，跟一个华人合作翻译了3年，最终还是以失败告终。他进一步举例说：比如"缘分"这个词，表示偶然性与必然性的统一，中国人很容易明白，可在欧洲语言中就是没有对应的词语来翻译。被誉为"哲学王子"的王德峰，精通马克思主义与中国传统文化，又曾在出版社做过多年译著编辑，对中西文化的差别看得比较真切，感悟很深，其演讲不仅幽默风趣、新颖别致，而且往往一语中的，金句频出，令人叹服。

其实，不仅西方人难以搞懂《道德经》等中国传统文化的核心文献，即使是当下中国又有几个人能真正弄明白儒道释经典，这就使我联想起另一件事。自2021年2月份起，中央广播电视总台隆重推出了大型文化节目《典籍里的中国》，该节目从《尚书》开始，以《传习录》收尾，邀请知名导演担当影视指导，遍请口碑佳实力派的影视嘉宾进行故事演绎，结合环幕投屏、AR、实时跟踪等舞台技术，展现千年历史中经典书籍的诞生源起和流转传承，制作精良，堪称文化类节目的大手笔。我偶尔看了一些片段，舞台表演效果确实相当震撼，特别是撒贝宁穿越时空，与一位位古圣先贤面对面对话,编导创意十足,让人眼前一亮,可以说节目基本达到了预期的宣传目的与收视率。10月10日播出的王阳明《传习录》是《典籍里的中国》第一季的收官之作,我切换频道时看到了后面一部分,感觉编导与演员都很用心,只是对《传习录》的理解与表现还是比较肤浅,比如节目中撒贝宁及演员反复吟诵"知是行之始,行是知之成",强调王阳明"知行合一"的思想,似乎都已经轻松地领会了王阳明的思想,其实王阳明心学提倡的"四句教""致良知",融合了儒道释思想的精髓,是一种极高的人生境界,一般人如果不具备相当的传统文化素养,要想真正弄懂与体验那样的胜境,谈何容易。当然,我并不是否定《典籍里的中国》弘扬中国优秀传统文化的重要作用,最起码它让观众对中国传统文化留下了初步且美好的印象,但是仅凭一档电视节目就想让人们真正深入了解优秀传统文化典籍,那是完全不切实际的,因为传统文化的博大精深远超人们的想象。所以要想真正传承与弘扬中华优秀传统文化,关键是要在大中小学切实开展传统文化教育,这个道理"知"似乎很容易,可真正要"行",却难上加难。

这又让我想起了很多年前的另外一件事。2014年3月教育部发布了《完善中华优秀传统文化教育指导纲要》的通知,激动不已的我立马找来文件学习,这份纲要内容翔实,共分为7大条、24小条,洋洋洒洒近7000字,确实凝聚了诸多专家学者的心血,对今后大中小学的传统文化教育指明了具体的方向与途径。这份纲要对落实立德树人根本教育任务和社会主义精神文明建设的重要性不言而喻,很是振奋人心,可是我却越看越不是滋味,因为我意外地发现这样重要的文件竟然出现了好多处的表述不当,有失泱泱文化大国的风度。当时我还一根筋地罗列了14处表达欠妥的例子,并附上了详细的修改理由及修改方案,然后郑重其事地在教育部网站上提交了自己的修改建议,结果可想而知。当时我还"冒失"地发表了题为《表达欠妥的〈完善中华优秀传统文化教育指导纲要〉》的博文,现在网上还能搜到。现举其中一个小的例子:原文是"热爱祖国河山、悠久历史和宝贵文化",我觉得要修改为"热爱祖国大好河山、悠久历史和宝贵文化",理由是既然在"历史"与"文化"之前都加了形容词修饰语,那么在"河山"之前也应该加上"大好"或"壮美"一词来修饰,以做到行文风格的前后一致,虽然只添加了"大好"两个字,但文气更为流畅自然。可能有人会觉得我这是在吹毛求疵,可一方面我这样是中文教师的职业使然,读文章时眼睛里揉不得沙子,遣词造句稍有差池都能自动识别出来而产生修改的冲动,另一方面更为重要的是,作为颇有文化优势的教育部,其公文写作理应无懈可击,最起码要安排文字表达功底好的人员最后把把关,而不应该让一个表达不够严谨的重要公文如此发布。中国古代各级公文都能做到文从字顺,言简意赅,表达精当,堪称完美,彰显文化大国的气派,可现代公文的表达水准普遍下滑,教育部如此重要的公文都出现瑕疵,其他部门与层级的公文水平可想而知,所以经常在抖音上刷到网友给某些部门公文挑刺的视频,也就见怪不怪了。

上面提到公文写作,已经扯远了,其实我要说的重点是,2014年教育部就发布了《完善中华优秀传统文化教育指导纲要》,至今已过去7年多了,我期待的中华优秀传统文化教育热潮始终没有出现。当初那么大的雷声,最终只落下了诸如《诗词大会》《典籍里的中国》这样的小雨点,各大中小学的传统文化教育并未见明显起色,就我所在的高校而言,一切照旧,甚至还有所倒退——不仅取消了理工科的大学语文课,就连中文系也没有自觉重视大学生的传统文化教育,只是开了一门中国文化概论课而已。大学的传统文化教育都如此敷衍,属于应试教育的中小学传统文化教育就更不用提了。《完善中华优秀传统文化教育指导纲要》所描绘的美好蓝图至今还是基本停留在纸面上,"知行合一"难矣。

在当下的中国,传承与弘扬中华优秀传统文化,确实困难重重。我这十多年的文学批评,其实就是文化宣传,所以我这部论文自选集取名为"踏寻传统文化的足印",就是想提醒读者,我的这些文字不是一般的文学研究,而蕴藉着丰富的传统文化内涵。我是打着文学批评的幌子,其实真正想表达的是中华优秀传统文化,希望读者能够理解我的这一番良苦用心。文学与文化是密不可分的,文学是文化之花,所以不懂得传统文化,就不可能真正读懂《红楼梦》,自然也就难以读懂我的这些文学批评文字,而我的意图就是借助文学的光芒引导有缘之人慢慢走进中国传统文化的神圣殿堂。

行文至此,该说的都说了,不该说的也已经说了,为写后记强絮聒。最后,要感谢人文学院对本书出版的大力支持,还要感谢东南大学出版社编辑的热心指导,当然更要感谢读者诸君,因为有了你们的阅读,此书问世的一切努力才有了意义。相逢都是缘,祝愿大家沿着中国传统文化的铿锵足印继续前行!

2021年10月14日